ullstein

MARC MELLER ist das Pseudonym eines erfolgreichen Roman- und Drehbuchautors. Am liebsten schreibt er Thriller, in denen das Thema »Angst« in all seinen Ausformungen eine zentrale Rolle spielt. Marc Meller lebt in Köln und Hannover.

Von Marc Meller ist bereits in unserem Hause erschienen:
Raum der Angst – Ein Escape-Room-Thriller

Marc Meller

STADT DES ZORNS

Ein Escape-
Room-Thriller

Ullstein

Besuchen Sie uns im Internet:
www.ullstein.de

Wir verpflichten uns zu Nachhaltigkeit

- Klimaneutrales Produkt
- Papiere aus nachhaltiger Waldwirtschaft und anderen kontrollierten Quellen
- ullstein.de/nachhaltigkeit

MIX
Papier
FSC FSC® C083411

Originalausgabe im Ullstein Taschenbuch
1. Auflage Oktober 2021

Umschlaggestaltung: zero-media.net, München
Titelabbildung: plainpicture / © Christian Diehl (Treppe)
Umschlagsinnenmotiv: getty images / © Schroptschop
Satz: LVD GmbH, Berlin
Gesetzt aus der ITC Slimbach Std
Druck und Bindearbeiten: CPI books GmbH, Leck
ISBN 978-3-548-06382-9

KAPITEL 1

Ein weiterer Tropfen löste sich von den rostroten, teils brüchigen Backsteinen. Kondenswasser, wie es sich an solchen Orten nun mal bildete. Der Tropfen fiel herab und zersprang beim Aufprall auf den weißen Helm in unzählige kleine Partikel.

Dirk Meier nahm keine Notiz davon. Den Blick auf die in Plastik eingeschweißte Karte gerichtet, schritt er voran, sah kurz auf. Der Strahl seiner Helmlampe zerteilte die matte Dunkelheit. Es war nebelig in dem Tunnel, der Boden nass und glitschig. Hinter ihm ging sein Kollege Jens Radke, er war etwas jünger, kam frisch von der Fachhochschule, wo er Versorgungstechnik studiert hatte. Meier dagegen gehörte zur »Alten Schule«, wie man so schön sagte. Den Beruf von der Pike auf gelernt, zweiter Bildungsweg, Abendschule. Es gab in dieser Stadt kaum jemanden, der die Unterwelt so gut kannte wie er. Die Karte in seiner Hand versicherte ihm, wo sie waren, und vor allem: was sich genau über ihnen befand.

»Es gibt doch auch noch Tunnel aus der Römerzeit, oder? Ich war noch nie in so einem«, sagte Radke.

»Da sind ja auch noch höchstens hundert Meter von übrig. Und der Tunnel dient nur noch den Touristen.«

»Unglaublich, oder? Wenn man sich das mal vorstellt.

Die Römer hatten bereits eine Kanalisation, und im Mittelalter haben sie die Scheiße auf die Straße gekippt.«

»Tja, wat willste machen«, sagte Meier in breitem Kölsch. »So ist der Jeck. Vergisst gerne mal die eine oder andere Errungenschaft.« Meier wechselte wieder ins Hochdeutsche. »Um 1880 herum, als die Stadt sich immer weiter ausbreitete, haben die dann mal angefangen, eine Kanalisation zu bauen.«

Meier schaute nach oben zur Decke. Der Strahl der Helmlampe tastete das halbrunde Gewölbe über ihm ab. Sie befanden sich in einem sogenannten *Entlastungstunnel*, der über drei Meter Deckenhöhe hatte. Er diente dazu, bei starken Niederschlägen die Wassermassen abzuführen und in den Rhein zu leiten. Wenn dies geschah, war der Tunnel bis zur Decke mit Wasser geflutet. Jeder, der sich dann hier aufhielte, wäre verloren. Die Steine, rötlich braun gefärbt und zum Teil mit Moos und Schimmel überwuchert, bildeten eine unebene Fläche. Sooft Meier auch schon hier gewesen war, die Welt im Untergrund faszinierte ihn jedes Mal. Das Kanalsystem hatte sich im Laufe von hundertfünfzig Jahren wie ein Spinnennetz unter der Stadt ausgebreitet.

Meier sah wieder auf die Karte, um sich zu vergewissern, dass sie die richtige Stelle erreicht hatten. Direkt über ihnen schaufelten mehrere Bagger ein tiefes Loch für das Fundament eines neuen Bürogebäudes. Statiker hatten berechnet, dass der Bau dem Tunnel nichts anhaben konnte. Trotzdem, die Kanalisation war zu wichtig, als dass man sie allein den Bauingenieuren überlassen durfte. Hier war eine Expertenmeinung gefragt, und Meier war der Experte.

Er nahm seine schwarze Maglite-Taschenlampe vom

Gürtel, schaltete sie ein. Der grelle Strahl, hundertmal stärker als das Licht der Helmlampe, leuchtete in die Tiefen des Tunnels hinein und wurde von der vernebelten Luft reflektiert. Es sah alles gut aus – mit dem bloßen Auge betrachtet. Jens Radke prüfte mit einem Laserentfernungsmesser von einigen Stellen aus die Deckenhöhe. Es schien wirklich alles in Ordnung zu sein.

Da rümpfte der junge Kollege die Nase. »Riechst du das auch?«

Meier schaute ihn fragend an. Im Laufe der Jahre hatte er sich zu sehr an den modrigen Geruch, manchmal nach Fäulnis, gewöhnt. Aber der Kollege hatte recht, es roch noch nach etwas anderem, leicht süßlich. Meier kannte auch diesen Geruch. Er leuchtete wieder mit der Taschenlampe in den Tunnel. Radke nahm ebenfalls seine Maglite vom Gürtel und richtete den Strahl in die entgegengesetzte Richtung, aus der sie gekommen waren. »Womöglich Ratten«, dachte er laut. »Hier verwest doch so einiges, oder?«

Verwesung. Genau danach roch es. Meier ging ein paar Schritte weiter, langsam, den Strahl in den Tunnel gerichtet. Es kam ihm vor, als versuche er, mit Fernlicht durch eine Nebelwand zu schauen. Man konnte nie so genau sehen, was sich dahinter befand. Schritt für Schritt bewegte er sich vorwärts. Aber es war nichts zu erkennen, was seine besondere Aufmerksamkeit erfordert hätte. Keine Ratten. Kein Unrat. Nur wenig Schlamm.

Meier wollte die Suche beenden, als der Strahl der Taschenlampe etwas erfasste. Auf dem Boden, etwa zwanzig Meter entfernt, was war da? Meier konnte es nicht erkennen, also ging er darauf zu.

Und erstarrte.

»Was ist da?«, rief sein junger Kollege, der ihm bis jetzt nicht gefolgt war, aber nun näher kam.

»Bleib, wo du bist«, stieß Meier aus.

»Wieso?« Radke hielt sich nicht an die Anweisung. Meier hörte hinter sich, wie Füße durch eine Pfütze wateten.

»Bleib da«, schrie Meier laut, ohne sich umzudrehen.

Die Schritte hinter ihm verstummten.

Meier starrte vor sich auf den Boden. Dort lagen die sterblichen Überreste eines Menschen. Eindeutig. Schneeweiße Haut hatte das Licht der Taschenlampe reflektiert. Aus den seltsam verschränkten Beinen traten Knochen hervor. Offene Brüche. Der Oberkörper des Toten war mit Stich- und Schnittwunden übersät, die Kleidung regelrecht zerfetzt. Kein Blut, das war längst versickert. Die Leiche lag mit dem Gesicht nach unten auf dem Bauch. Trotzdem war zu erkennen, dass es ein Mann war, mit längeren ergrauten Haaren. Die Finger weit gespreizt, als ob sie sich an den Steinen festkrallten, die Nägel waren abgebrochen. Im Todeskampf schien er mit letzter Kraft versucht zu haben, über den Boden zu robben. Vielleicht, um seinem Mörder zu entkommen. Zwecklos. Der hatte ihm eine Metallstange, ein Moniereisen vom Betonbau, in den Rücken gerammt und ihn damit am Boden fixiert.

Meier schaltete die Taschenlampe aus, um sich von dem furchtbaren Anblick loszureißen. Er schnappte nach Luft, taumelte ein paar Schritte rückwärts, bevor er sich umdrehte und in die entsetzten Augen seines Kollegen sah. Radke war noch ein paar Meter näher gekommen, um zu sehen, was da lag.

»Oh Gott«, entwich es ihm. Er drehte sich ruckartig um

und erbrach sich auf den Boden. Radke hustete, stützte sich an der Wand ab.

»Lass uns von hier verschwinden«, sagte Meier und versuchte, seine Stimme nicht panisch klingen zu lassen. Er nahm sein Handy aus der Tasche, sah auf das Display. Fünfundzwanzig Meter Erdschicht über ihnen ließen kein Funksignal durchdringen. Oder doch? Meier griff an seinen Gürtel, nahm das Walkie-Talkie an den Mund: »Stewo eins von Stewo zwölf, kommen.«

Das Funkgerät blieb stumm.

Radke hatte sich etwas erholt von dem Schock. Meier gab ihm per Handzeichen zu verstehen, dass er sich in Bewegung setzen sollte. Sie gingen los, marschierten durch den Tunnel, viel schneller, als sie gekommen waren. Radke stolperte, fiel aber nicht hin.

»Pass auf, verdammt!«, fauchte Meier ihn an. »Schau auf den Boden.«

Es schien, als ob Radke taumelte – wie ein Betrunkener. Das Adrenalin war schuld, die Angst.

»Stewo eins von Stewo zwölf, kommen«, blaffte Meier ins Funkgerät. Seine Stimme überschlug sich beinahe. Aber es blieb still, keine Antwort. Nur das Knacken beim wiederholten Betätigen des Schalters. Durch dieses Gewölbe drang nichts, kein Schall, keine Funkwellen. Sie waren abgeschnitten vom Rest der Welt.

Meier konnte nicht sagen, wie oft in seinem Leben er schon durch diesen Tunnel gegangen war. Aber noch nie hatte er Angst gehabt. Jetzt zitterte seine Hand, in der er das Funkgerät hielt, und er musste aufpassen, es nicht fallen zu lassen. Meier war darum bemüht, sich nichts anmerken lassen, er wollte den jungen Kollegen nicht noch mehr verunsichern. Der alte Hase im Team fühlte sich wie der Kapitän in einem Flugzeug, das in heftige Turbulenzen geraten war, und jetzt ging er durch die Sitzreihen und musste so tun, als wäre nichts. Immer lächeln.

Meier nahm wieder das Funkgerät an den Mund. »Stewo eins, kommen. Verdammt noch mal!«

Immer noch kein Kontakt.

Er watete durch eine Pfütze, den Blick stur geradeaus gerichtet, immer und immer wieder setzte er einen Notruf ab.

Plötzlich ertönte etwas. Es klang wie ein Gongschlag.

Meier blieb abrupt stehen, drehte sich zu Radke um.

Der junge Kollege sah ihn fragend an. »Was war das denn?«

Die Schallwellen hallten immer noch nach. Bis zum nächsten Gongschlag. Wie in einem buddhistischen Kloster, dachte Meier.

Er überlegte. Es musste vom Kronleuchtersaal kommen, der lag nicht mehr weit entfernt. Es fanden im Moment keine Führungen oder Veranstaltungen statt. Oder doch? Meier war sich nicht sicher, das beruhigte ihn ein wenig. Womöglich wurde gerade ein Konzert vorbereitet.

»Weiter«, sagte er mit zittriger Stimme und ging voraus.

Im Kronleuchtersaal, der zu Ehren des letzten deutschen Kaisers Wilhelm des Zweiten hergerichtet worden war, gab es ein Telefon. Seit hundertdreißig Jahren. Ein alter Apparat mit riesiger Wählscheibe und einem uralten Kabel, das nach oben führte, an die Oberfläche.

Wieder ertönte ein Gongschlag.

Das Licht, das vom Kronleuchtersaal in den Entlastungstunnel fiel, wurde heller. Nur noch eine Metalltreppe trennte sie von dort. Meier betrat die erste Stufe, ging nach oben, der Kronleuchter, der an der Decke hing, verbreitete helles Licht. Erst in den 1990er-Jahren war er elektrifiziert worden. Bis dahin hatten ihn sechs Kerzen geschmückt. Der Raum erfüllte den gleichen Zweck wie der Stollen. Er war dazu da, große Regenmengen aufzunehmen, um sie durch die Kanalisation abzuleiten. Heutzutage fanden hier Veranstaltungen statt, Konzerte oder exklusive Feiern, wenn es keinen Starkregen gab. Denn dann wurde der Tunnel nicht gebraucht.

Meier erreichte das Ende der Metalltreppe. Inmitten des backsteinernen Gewölbes stand der Gong. Er pendelte noch langsam hin und her, gab leise Schwingungen von sich. Unweit des Gongs stand ein korpulenter Mann, mit dem Rücken zu ihnen. Er ließ den Klöppel in seiner rechten Hand schwingen. Der Fremde war etwa eins neunzig groß, schätzte Meier, und trug einen schwarzen Anzug in Übergröße. Seine grauen Haare waren schulterlang, und er schien tief in Gedanken versunken zu sein, reagierte nicht auf die beiden Ankömmlinge.

»Hey!«, blaffte Meier ihn an. »Wer sind Sie? Und was tun Sie hier?«

Meier wartete die Antwort nicht ab, ging zu dem über hundert Jahre alten Telefon an der Wand, das durch ein dickes Kabel mit der Außenwelt verbunden war.

Der Anzugträger reagierte noch immer nicht, schwang nur den Klöppel in seiner rechten Hand.

Meier hob den schweren Hörer von der Gabel, drehte mit dem Finger an der Wählscheibe. Außer dem Rasseln der Mechanik war kein Geräusch zu vernehmen. Kein Ton drang aus dem Hörer.

Meier drückte die Gabel mehrmals herunter. Nichts. Er schmetterte den Hörer wütend auf die Gabel, griff zu seinem Funkgerät, das er wieder an den Gürtel gesteckt hatte. Meier war zu hektisch, das Funkgerät fiel ihm aus der Hand auf den Boden. Der Akku sprang ab. Meier bückte sich, hob die Einzelteile auf, fügte sie wieder zusammen. Allmählich ergriff ihn Panik, er wusste, dass hier etwas ganz gehörig falsch lief.

Endlich. Er hatte das Funkgerät wieder zusammengebaut.

Da ertönte ein erneuter Gongschlag.

»Monsieur«, ertönte die sonore Stimme des Mannes, der sich umgedreht hatte. »Würden Sie das bitte unterlassen.«

Meier erstarrte. Er sah in die Mündung einer Pistole, die sein Gegenüber in der linken Hand hielt. Von hinten hatte Meier den Mann älter geschätzt. Sein Gesicht wirkte jedoch wie das eines Dreißigjährigen, er hatte ein Doppelkinn und zwischen seinen verfetteten Wangen eine kleine Stupsnase. Die Haare waren ergraut, ordentlich nach hinten frisiert, und er trug eine randlose Brille. Wenn er keine Waffe in der Hand hielte, hätte Meier geglaubt, es mit einem Musiker zu tun zu haben, Cello oder Kontrabass.

Die Pistole in seiner fleischigen Hand wirkte relativ klein, aber groß genug, um jemanden damit zu töten.

Der Kollege Radke war zur Salzsäule erstarrt. Jetzt richtete der Mann den Lauf der Pistole auf ihn.

»Lassen Sie das Funkgerät fallen«, sagte der Mann in ruhigem, aber ebenso bestimmendem Tonfall. »Sonst erschieße ich Ihren Kollegen.«

Meier ließ los. Erneut krachte das Funkgerät auf den

Boden, und der Akku sprang ab. Im selben Moment ertönte der ohrenbetäubende Mündungsknall und hallte von den Wänden wider. Die Wucht des Projektils riss Jens Radke von den Beinen. Meier vernahm nur noch ein hochfrequentes Piepen im Ohr. Der Mann wirkte völlig unbeeindruckt von dem, was er getan hatte, als wäre er für die Folgen seines Handelns gar nicht verantwortlich.

Radke lag auf dem Boden, krümmte sich vor Schmerz und versuchte, den Oberkörper wieder aufzurichten. Dabei streckte er flehend den rechten Arm nach seinem Kollegen aus. Die andere Hand bedeckte die Brust. Blut quoll zwischen den Fingern hervor. Sehr viel Blut. Die Arbeitskleidung war tiefrot durchnässt.

Meier war unfähig, sich zu bewegen. Seine Muskeln gehorchten ihm nicht mehr, er war paralysiert. Er wusste, dass es keine Rettung für den jungen Kollegen gab. Die Kugel hatte ihn in die Brust getroffen, dort sicherlich größere Blutgefäße zerfetzt.

Aber was … was wird aus mir, dachte Meier. Würde er diese Begegnung mit dem Fremden überleben?

Der eiskalte Mörder seines Kollegen ließ den Lauf der Pistole in Richtung Boden sinken, lächelte Meier an, als ob er die Gedanken seines Opfers lesen könnte.

Das Piepen in den Ohren ließ allmählich nach. Jetzt konnte Meier das Röcheln seines Kollegen hören. Radke schien an seinem eigenen Blut zu ersticken. Seine Atemgeräusche wurden leiser, noch leiser. Ein letzter Schwall Blut schoss aus seinem Mund, dann fiel der Kopf nach hinten, das Röcheln verstummte. Der ausgestreckte Arm plumpste auf den Boden.

Jens Radke hinterließ eine Frau, ein kleines Kind und

einen Stiefsohn, den sie mit in die Ehe gebracht hatte. Meier konnte es nicht fassen. Wieso? Er sah zu dem Mann, der immer noch die Pistole in der Hand hielt und auf den Boden richtete.

»Warum?«, stammelte Meier. »Warum … tun Sie so etwas? Was haben wir Ihnen getan?«

Der Mann räusperte sich. »Ich heiße Janus.«

Einige Sekunden lang wusste Meier mit dem Namen nichts anzufangen. Doch dann bahnte sich die Erinnerung den Weg durch seine Gehirnwindungen. Janus. Erst jetzt realisierte Meier, dass an der rechten Hand des Mannes ein Finger fehlte, der Zeigefinger. Deshalb hielt er die Mordwaffe in der linken. Der rechte Zeigefinger war oberhalb des ersten Gliedes abgetrennt worden.

Meier wusste schlagartig, wen er vor sich hatte. Auch wenn Janus auf den Fotos, sowohl in der Zeitung als auch im Fernsehen, ganz anders ausgesehen hatte.

»Ich heiße Janus«, wiederholte der Mann mit einem zarten Lächeln auf den Lippen. »Ich möchte ein Spiel spielen. Und dazu brauche ich Ihre Hilfe.«

KAPITEL 2

Hannah starrte gedankenverloren aus dem Fenster und spiegelte sich in der getönten Scheibe. Dahinter zogen Industriegebäude vorbei, teils modern, teils in die Jahre gekommen, dazwischen ein chaotisches Geflecht aus bunten Rohrleitungen. Aus einigen Ventilen entwich weißer Nebel, der sich beim Aufsteigen in der kalten Luft auflöste.

Der ICE, in dem Hannah saß, fuhr mitten durch ein Chemiewerk hindurch. Sie stellte sich vor, wie es dort riechen würde. Nach Lösungsmitteln, Chemikalien. Sie bekam davon nichts mit, die Filter der Klimaanlage funktionierten. Das Chemiewerk war aufgebaut wie eine kleine Stadt, die Gebäude durch asphaltierte Straßen voneinander getrennt. Autos und Fahrradfahrer. Menschen in Arbeitskleidung überquerten Zebrastreifen, Ampeln gab es nicht. Am meisten faszinierte Hannah das Geflecht von verschiedenfarbigen Rohrleitungen, gelb, braun, grau – jede Farbe stand wohl für eine andere Flüssigkeit oder ein Gas, das darin transportiert wurde. Die Rohrleitungen verbanden die Gebäude miteinander, und das ganze System war verwirrend. Ein Spiegelbild von Hannahs momentanem Gefühlszustand. Nervosität, Schmerz, Unruhe. In Hannah hatte sich eine Menge Druck aufgestaut, ihre Ventile funktionierten nicht mehr so gut.

Hannah war von Hannover aus auf dem Weg nach Köln. Ihre vier Jahre ältere Schwester Valerie wohnte dort mit ihrem Mann. Anders als Hannah machte sich Valerie seit jeher kaum Gedanken über die Zukunft oder überhaupt darüber, was im Leben alles passieren könnte. Das Schicksal sei sowieso gnadenlos, lautete ihr Credo. Hannah hatte eine schwere Zeit hinter sich und versuchte, sie noch weiter hinter sich zu lassen. Valerie würde eine große Hilfe dabei sein, ihre unbekümmerte Art färbte meist auf Hannah ab.

Der Zug hatte das Chemiewerk durchquert und fuhr über ein Autobahnkreuz hinweg, lieferte sich ein kurzes Rennen mit der Schwebebahn, dem Wahrzeichen Wuppertals. Dann folgten Felder und Wiesen. Bauern bei der Arbeit. Hannahs Blick verharrte stur auf einem imaginären Punkt in weiter Ferne. Sie hatte sich zu viel zugemutet. Zumindest unmittelbar nach den traumatischen Erlebnissen vor neun Monaten. Vor neun Monaten war es ihr gelungen, aus eigener Kraft einem gefährlichen Psychopathen zu entkommen. Er hatte sie entführt, gefangen gehalten und zu einem Spiel gezwungen – in einem Escape-Room, zusammen mit sieben weiteren Personen, von denen fünf das Spiel nicht überlebten. Die Medien hatten dieser abscheulichen Tat einen Titel verliehen: »Das Massaker von Marienburg«.

Zu schnell sei Hannah ins normale Leben zurückgekehrt, hatten ihr nicht nur Freunde gesagt, sondern auch ihre Therapeutin. Hinzu kam, dass der Psychopath entkommen konnte, immer noch auf der Flucht war. Es bestand die Gefahr, dass er erneut den Kontakt zu ihr suchen würde. Janus – wie er sich selbst nannte – war abgetaucht, in Hannahs Kopf blieb er allgegenwärtig.

»Guten Tag«, ertönte eine Frauenstimme neben ihr. Im Gang stand eine junge Zugbegleiterin in Uniform. Die Augen der Frau verrieten, dass sie wenig geschlafen hatte, was sie aber nicht daran hinderte, freundlich zu lächeln.

»Schichtwechsel«, sagte sie. »Dürfte ich noch mal Ihre Fahrkarte sehen?«

Hannah kramte das Papier aus der Jackentasche und reichte es ihr. Die Kontrolleurin schaute kurz darauf, dann verzog sie das Gesicht, sah Hannah fragend an. »Was machen Sie hier? Das ist ein Ticket für die erste Klasse.«

»Passt schon«, sagte Hannah.

»Wie Sie wollen. Hier wird keiner zu seinem Glück gezwungen.«

Die Kontrolleurin gab das Ticket zurück und ging weiter. Der Großraumwaggon in der zweiten Klasse war höchstens zu einem Drittel gefüllt. Hannahs Schwester Valerie hatte das Ticket gekauft und bezahlt. Erste Klasse, Sitzplatz mit Zweiertisch am Fenster. »Vielleicht sitzt dir ja ein netter Mann gegenüber«, hatte sie gewitzelt. Ihre Schwester sähe es gern, wenn Hannah wieder eine breite Schulter zum Anlehnen finden würde.

Erste Klasse. Valerie legte viel Wert auf Luxus. Sie hatte sich den passenden Ehemann dazu ausgesucht. Tobias Uhlenbrock verdiente viel und war wenig daheim. Als Topmanager in der Pharmaindustrie jettete er permanent durch die Weltgeschichte. Das halte die Ehe am Leben, behauptete Valerie gerne. Wenn die beiden sich sähen, flamme die Leidenschaft auf. In der Zeit der Trennung frage keiner so genau, wie der andere sein Leben gestaltete.

Hannah spiegelte sich in der Scheibe, als sie durch einen Tunnel fuhren. In letzter Zeit hatte sie die Neigung, sich selbst zu analysieren. Immerhin studierte sie ja Psychologie. Nur im Moment nicht. Die Universität hatte ihr ein Jahr Auszeit gewährt, zwei Semester. Die Geschehnisse Anfang des Jahres rechtfertigten dies allemal.

Warum fahre ich zweiter Klasse, dachte Hannah, während sie ihr Spiegelbild betrachtete. Es war kein Versehen gewesen, sie hatte vor dem Einsteigen aufs Ticket geschaut.

Stiller Protest gegen die Affektiertheit ihrer Schwester? Snobismus war Hannah stets fremd gewesen. Trotzdem: Warum verzichtete sie auf eine Dienstleistung, die Valerie bezahlt hatte?

Hannah gab sich mit der einfachsten aller Erklärungen zufrieden: weil sie den Gesichtsausdruck ihrer Schwester genoss, wenn sie aus dem falschen Waggon ausstieg.

Valerie hatte eine besondere Art, ihre Mundwinkel zu verziehen. Sie hob immer nur die eine Seite an, die linke. Valerie stand auf dem Bahnsteig, dort, wo laut Wagenstandsanzeiger die Waggons der ersten Klasse hielten. Ihr Kopfschütteln drückte Unverständnis aus. Mal wieder. Bosco, der Golden Retriever, den sie an der Leine hielt, war ganz aufgeregt, Hannah wiederzusehen.

»Wieso zahle ich so viel für dein Ticket, wenn du es nicht nutzt?«

Hannah grinste. »Weil du es dir leisten kannst.«

Die beiden umarmten sich herzlich, wobei Hannahs Crossbody-Tasche, die über dem Bauch hing, etwas im Weg war. Sie schob sie zur Seite. Mit Handtaschen hatte es Hannah nicht so, die Flexbag lag eng am Körper an und war beinahe diebstahlsicher. Hannah löste sich von ihrer Schwester und kniete sich hin, um Bosco zu knuddeln.

Valerie musterte die Kleidung ihrer Schwester. »Gibt es in Hannover nur noch Secondhandläden?«

Hannah grinste. »Danke. Du siehst auch gut aus.«

»Ich meine es ernst. Morgen gehen wir beide erst mal shoppen.«

Hannah sah an sich herab. »Was passt dir denn nicht?«

Sie trug eine verwaschene Jeans mit Löchern, ein Levis-Sweatshirt mit abblätterndem Aufdruck und ihre Jacke, zugegeben, die könnte wirklich aus dem Secondhandladen stammen. Ein grüner Parka aus alten Armeebeständen.

»Und was ist das für eine Tasche?« Valerie verzog wieder den Mundwinkel, diesmal leicht verächtlich. »Du siehst aus wie ein Tourist auf Malle.«

»Mir gefällt sie«, sagte Hannah. Sie verschwieg, warum sie diese Tasche mitgenommen hatte und keine andere.

Bosco bellte sein Frauchen einmal an, er wollte los.

Die beiden setzten sich in Bewegung, Bosco ging vorneweg. Hannah zog ihren Rollkoffer hinter sich her. Es war viel los auf dem Bahnsteig. Freitagnachmittag, die Leute wollten nach Hause, und die meisten Züge hatten Verspätung. Eine Durchsage folgte auf die nächste.

Hannah musste innerlich schmunzeln wegen der Bemerkung über das Outfit. Ihre Schwester liebte extravagante Kleidung, deren Wert man auf den ersten Blick sah, auch wenn kein Preisschild dranhing. Sie arbeitete als Galeristin, so stand es auf ihrer Visitenkarte. Ihre Ausstellungsräume waren allerdings meistens geschlossen. Wann sie das letzte Mal ein Bild verkauft hatte, wusste niemand.

Heute, nur um ihre Schwester vom Bahnhof abzuholen, trug Valerie eine weiße Stoffhose im Marlene-Dietrich-Stil, der Jahreszeit angepasst einen Pullover in derselben Farbe und darüber eine dunkelblaue Lederjacke im Bikerstyle. Ihre ebenfalls dunkelblauen *Manolo Blahnik* erzeugten ein charakteristisches Klackern auf dem Steinboden.

»Ich habe einiges fürs Wochenende geplant«, schnatterte sie los. »Es gibt drei neue Restaurants, die du noch nicht kennst. Ich habe zur Auswahl: französische Küche, natürlich einen Italiener und …«

Hannah schnitt ihr das Wort ab. »Lass mich bitte erst mal ankommen.«

»Na klar. Ich dachte, du bist schon hier. Was ist los?«

Valerie ging immer davon aus, dass, wenn man ihr Geschnatter unterbrach, irgendwas los sein musste.

Hannah ging nicht auf die Frage ein. »Ist Tobias wieder unterwegs?«

»Ja. Tokio.« Jetzt wechselte sie schnell das Thema. »Für morgen habe ich geplant, dass wir shoppen gehen und am Mittag in einem Weinlokal ein Häppchen essen. Auch da ist der Tisch schon reserviert. Bosco können wir bei der Nachbarin abgeben.«

»Der arme Hund.«

Valerie lachte. »Er ist gerne dort.«

Hannah fand, dass ihre Schwester eigentlich viel zu egoistisch war, um einen Hund zu halten, der noch dazu viel Auslauf brauchte. Aber sie hatte zum Glück mehrere nette Nachbarn, die Bosco liebten und sich freuten, ihm zeitweise Asyl zu gewähren.

Hannah überlegte, was Valerie gerade gesagt hatte. »Was heißt, da ist ›auch‹ ein Tisch reserviert?«

»Ich habe in allen drei Restaurants angerufen. Du hast also die freie Auswahl.«

Jetzt verzog Hannah die Mundwinkel. Ihr gefiel so

etwas nicht. Andere Gäste bekämen ihretwegen keinen Tisch, weil Valerie sich alle Möglichkeiten offenhielt. Hannah kannte ihre Schwester aber gut genug, um zu wissen, dass jegliche Diskussion darüber zwecklos wäre.

Sie traten auf die Rolltreppe, die abwärtsfuhr, wobei Valerie achtgeben musste, dass ihre schmalen Absätze nicht in den Rillen stecken blieben. Sie wippte auf den Fußballen, bis sie unten waren.

Auf dem Weg zum Parkhaus fielen Hannah die Monitore ins Auge, die in der Ladenpassage des Bahnhofs verteilt waren. Meistens wurden Werbebotschaften gesendet, die Bilder wechselten ständig. Jetzt waren Fotos von zwei Männern zu sehen und darunter das Logo der Kölner Polizei. Es sah auf den ersten Blick wie ein Fahndungsaufruf aus, aber dann las Hannah, was darunter stand: Die Polizei bat um Mithilfe. Die beiden Männer, die auf den Fotos zu sehen waren, galten seit drei Tagen als vermisst.

Hannah blieb kurz stehen, um besser lesen zu können, aber schon wechselte das Bild wieder, und eine Frau in Dessous warb für eine bekannte Modemarke.

»Was ist?« Valerie hatte keine Notiz von den beiden Vermissten genommen und sah ihre Schwester vor der Werbebotschaft für Dessous. »Ich kenne einen Laden, wo es die Dinger gibt. Für wen brauchst du denn so was?«

Hannah erwiderte nichts darauf. Sie setzten ihren Weg durch den Bahnhof fort.

KAPITEL 3

Von irgendwoher drang die Stimme von Bette Midler in den Raum, sie sang »The Rose«. Ein trauriges Lied über die Liebe. Der Finger lag sauber abgetrennt vor Hannah auf dem glänzenden Metalltisch. Ein Chirurg hätte es wohl kaum besser hingekriegt, dachte Hannah. Haut und Sehnen waren sauber durchtrennt, lediglich der Knochen war an einer Stelle gesplittert. Das Ergebnis einer ordentlichen Amputation hätte anders ausgesehen, ja, aber nicht, wenn der Chirurg nur eine Gartenschere zur Verfügung gehabt hätte. Frostige Kälte verlieh der Schnittfläche ein marmoriertes Muster. Kein Tropfen Blut.

»Meinst du, man kann ihn wieder annähen?« In seiner Stimme klang nicht mal der Hauch eines Vorwurfs mit.

Hannah räusperte sich. »Ich glaube, nein.«

Er trat einen Schritt näher an den Tisch heran. Hannah blieb ungerührt sitzen. Sie befanden sich in einem kahlen Raum mit spiegelnden Metallplatten an den Wänden. Hannah kannte den Raum, sie war hier schon einmal gewesen. Sie saß an einem Tisch aus Metall, umgeben von elektronischen Geräten. Direkt gegenüber befand sich ein metallener Korbstuhl, an den Stromkabel angeschlossen waren. Wie bei einem elektrischen Stuhl.

Langsam streckte er den Arm nach ihr aus, an seiner

rechten Hand fehlte der Zeigefinger. Hannah bewegte sich nicht, sie unternahm nichts. Sie musste Geduld haben, den richtigen Zeitpunkt abpassen, durfte nicht zu schnell reagieren. Er streckte die Hand weiter nach ihr aus, noch weiter. Sein Arm schien immer länger zu werden. Und dann – der Zeigefinger vor ihr auf dem Tisch fing an zu zittern, beinahe so, als wollte er der ausgestreckten Hand entgegenspringen.

Das war der Moment. Es ging blitzschnell. Hannah schnappte zu, bekam seine Hand zu fassen, presste sie auf die Tischplatte. Ihr Arm schnellte in die Höhe, das Küchenbeil blitzte im Schein der Lampe auf. Hannah schlug mit aller Kraft zu. Das Geräusch, mit dem die scharfe Klinge die Handgelenksknochen zertrümmerte und an der Tischplatte abprallte, ließ sie zusammenzucken.

Ein Hund bellte, zweimal.

Hannah fuhr ruckartig hoch. Sie war schweißgebadet, saß senkrecht im Bett, atmete schwer. Dann besann sie sich. Schlaftrunken wanderte ihr Blick hin und her, bis sie realisierte, wo sie war. Nicht zu Hause. Tapete an den Wänden, keine Metallplatten. Sie hielt auch kein Beil in der Hand. Bosco, der sich in der Nacht ins Gästezimmer geschlichen hatte und am Fußende schlief, stand neben dem Bett und sah sie mit treuen Augen an. Hannah wuschelte ihm über den Kopf.

»Alles gut«, sagte sie keuchend, »es ist alles in Ordnung.«

Ihr Pyjama fühlte sich feucht an, auch das Laken und sogar die Bettdecke. Hannah keuchte. Draußen wurde es allmählich hell. Ihr Blick ging zum Wecker auf dem Nachttisch, es war schon halb acht.

Hannah schwang ihre Beine über die Bettkante, stand auf und ging ins angrenzende Badezimmer. Bosco folgte ihr, blieb aber an der Tür stehen. Hannah klappte den Klodeckel hoch, zog die Hose runter und setzte sich. Die Erinnerungen an den Traum vergingen. Hannah stand auf, betätigte die Klospülung, wusch sich die Hände und ging ins Zimmer zurück. Bosco hatte sich wieder ans Fußende des Bettes gelegt und schien zu faul, um noch mal aufzustehen.

Ein schwerer Vorhang verdunkelte den Raum. Hannah schob ihn ein kleines Stück zur Seite, sah nach draußen. Es versprach ein sonniger Oktobertag zu werden. Die Bäume im Garten hatten bereits die meisten Blätter verloren, vom Grün des Rasens war nur noch wenig zu sehen. Hannah liebte den Herbst.

Die Albträume wurden wieder mehr. *Hat das was zu bedeuten,* fragte Hannah sich. Falls es tatsächlich so kommen sollte, dass er wieder in ihr Leben eindrang – diesmal war sie vorbereitet, in vielerlei Hinsicht. Sie hatte Verbündete um sich geschart. Valerie gehörte nicht dazu. Hannah hatte sie weitestgehend im Unklaren gelassen, weil ihre Schwester nur schwer den Mund halten konnte, immer alles ausplauderte. Und in ihrer Umhängetasche war etwas, das ihr Sicherheit gab. Hannah fühlte sich gewappnet. Es musste sich irgendwann etwas ändern in ihrem Leben. Es musste irgendwann ein Ende haben.

Sie ging zum Bett zurück, legte sich noch mal hin, ließ jedoch die Augen offen und starrte sinnierend an die Decke. Langsam fand sie wieder zu ihrem normalen Atemrhythmus zurück. Eins, zwei. Einatmen, ausatmen. Eins, zwei. Aus dem Bauch heraus, wie ihre Therapeutin es ihr beigebracht hatte. Schließlich schloss sie die Augen, fing an zu summen, die Melodie von »The Rose«. Die Melodie, die sie in ihren Albträumen begleitete.

KAPITEL 4

Nico saß auf dem Radkasten des Transporters und goss einen weiteren Kanister Wasser in den Bottich. Er hatte einige Zeit als Hilfsarbeiter auf dem Bau malocht und gelernt, wie man Zement mit Wasser anrührte. Daher wusste er, dass bei dieser Mischung der Zement innerhalb von Minuten nicht mehr formbar sein würde. Genau das war der Plan.

Nico sah auf seine Armbanduhr mit zerkratztem Deckglas, sie ging genau. Das Timing war entscheidend. Er rührte mit einer akkubetriebenen Bohrmaschine in dem Bottich. Die Konsistenz stimmte. Solange die Mischung in Bewegung bliebe, würde sie nicht aushärten, danach aber unglaublich schnell. Nico schlug mit der flachen Hand gegen die Wand des Transporters, die die Fahrerkabine vom Laderaum trennte.

»Es geht los. Du weißt, wo du halten musst.«

Durch ein kleines Fenster in der Wand ertönte die Stimme seines Freundes. »Ja. Haben wir schließlich tausendmal geübt.«

Der Transporter setzte sich in Bewegung, Nico musste sich festhalten. Moritz, der am Steuer saß, würde eine kurze Panne vortäuschen. Nicht lange und an einer Stelle, wo die anderen Autos an ihm vorbeikämen. Die Autos. Aber keine Straßenbahn.

Nico spürte die Anspannung. Er hatte schon viele Aktionen mitgemacht für eine bessere und gerechtere Welt. Er hatte Häuser besetzt, Wälder vor der Rodung gerettet und sich von Autobahnbrücken abgeseilt. Aber diese Nummer hier wäre das Geilste, an dem er jemals beteiligt war. Es durfte nur nichts schiefgehen, und vor allem durften sie sich nicht erwischen lassen. Wenn ihr Plan gelänge, wären sie berühmt. Über diese Sache würde man deutschlandweit berichten, vielleicht sogar in der ganzen Welt.

Der Transporter ruckelte, wurde langsamer und blieb stehen.

Es war so weit. Nico schaltete die Rührmaschine ab. Von nun an tickte die Uhr. Er öffnete eine Bodenklappe, die das Loch verbarg, das sie selbst in den Transporter geschnitten hatten. Er sah unter sich nur den schwarzen Asphalt, sonst nichts. Wo hatte Moritz gehalten? Nico stockte der Atem. Der Zement härtete mit jeder Minute weiter aus.

Nico kniete sich auf den Boden, steckte den Kopf durch die Klappe, um unter den Lieferwagen zu sehen. Aufatmen. Sie hatten fast die richtige Position, aber knapp vorbei war auch daneben. Nico kam wieder auf die Knie und hämmerte mit der flachen Hand gegen die Rückwand.

»Du musst noch einen Meter zurücksetzen. Einen Meter!«

Der Transporter ruckelte erneut. Von draußen war das Hupen mehrerer Autos zu hören. Nico ließ sich nicht beirren. Er sah durch das Loch im Boden, dann tauchten sie in seinem Blickfeld auf, die Schienen der Straßenbahn.

»Noch ein kleines Stück«, schrie er nach vorne zum Fahrer.

Unter ihm war nun eine Weiche durch die Bodenluke zu sehen.

»Stopp!«, schrie er.

Der Transporter ruckelte, und Nico verlor für einen Moment das Gleichgewicht. Er konnte sich gerade noch an einer Wand festhalten.

»Perfekt«, rief er nach vorne.

Das Hupen von draußen ließ nach. Motorengeräusche waren zu hören, Autos, die vorbeifuhren.

Nico hob den Bottich an. Er war verdammt schwer. Dann lief die immer noch klebrig graue Masse über den Rand und durch die Luke auf die Schienen. Nico schaffte es, den Bottich ganz umzukippen. Der flüssige Zement verteilte sich großflächig über der Weiche.

Geschafft. Nico schob den Bottich mit dem Fuß weg. Sie mussten noch einen Moment warten. Er sah durch die Bodenluke. Von den Schienen im Asphalt war nichts mehr zu sehen, sie waren komplett überschwemmt mit Zement.

»Die Bahn kommt«, ertönte Moritz' Stimme.

»Moment noch«, sagte Nico. »Einen kleinen Moment müssen wir noch warten.«

Von draußen ertönte das schrille Klingeln der Straßenbahn.

Nico sah auf die Uhr, zählte die Sekunden, bis eine Minute herum war.

»Noch einen kleinen Moment«, rief Nico, der weiter auf die Uhr sah. »Noch nicht.«

Das Klingeln der Straßenbahn kam näher.

»Jetzt! Fahr los!«

Nico hielt sich an einer Stange fest, die normalerweise

dazu diente, Ladung in dem Transporter zu fixieren. Moritz fuhr langsam an, musste aber gleich wieder bremsen.

»Rote Ampel«, kam es aus der Fahrerkabine.

Nico ging zur hinteren Tür, wo sie ein kleines Guckloch ins Blech gebohrt hatten. Er sah hindurch. Die Straßenbahn fuhr wieder an, näherte sich der Weiche. Nun würde sich zeigen, ob er alles richtig gemacht hatte und ob das Timing stimmte. War der Schnellbinderzement schon hart genug? Durch das Guckloch sah Nico, wie die Straßenbahn die Weiche passierte. Der vordere Triebwagen schaffte es ohne Probleme, die Metallräder verdrängten den Zement in der Weiche.

»Verdammt«, fluchte Nico. »Wir haben nicht lange genug gewartet.«

Aber dann – die Bahn blieb abrupt stehen.

»Es ist grün«, rief Moritz von vorne.

»Gib Gas, schnell!«, befahl Nico.

Der Transporter fuhr mit einem Ruckeln los. Durch das Guckloch sah Nico, wie sie sich von der Straßenbahn entfernten.

Die Bahn hatte zwei Waggons, die genau in einer Kurve feststeckten und hinter ihr die dreispurige Hauptverkehrsstraße blockierten.

Das Hupkonzert nahm seinen Anfang. Aber es würde noch lauter werden, da war Nico sich sicher. Er grinste bis über beide Ohren. Sie hatten es geschafft.

Die Aktion »Big Saturday« nahm ihren Anfang.

KAPITEL 5

»Was ist da draußen los?« Hannah spürte wieder die innere Unruhe in sich aufsteigen. Das Heulen der Sirenen, das von draußen hereindrang, war zu einer nicht enden wollenden Melodie verschmolzen, die seit gefühlt einer halben Stunde anhielt.

Valerie hatte Hannahs Frage überhört. Sie war zu sehr mit den Auslagen des Juweliers beschäftigt, starrte fasziniert, mit leicht geöffnetem Mund, in die beleuchteten Schaukästen. Wie ein Kind im Spielwarenladen, dachte Hannah. Sie konnte nicht nachvollziehen, warum Luxus und Statussymbole einen so großen Stellenwert bei ihrer Schwester einnahmen. Etwas anderes, das Valerie offensichtlich im Leben fehlte, wurde dadurch womöglich kompensiert.

Hannah glaubte zu wissen, was. Echte Gefühle, Liebe. Valerie war bei ihrer Partnerwahl schon immer sehr anspruchsvoll gewesen, aber weniger nach romantischen Gesichtspunkten. So auch bei Tobias, den sie äußerst schnell geheiratet hatte. Er war zehn Jahre älter als Valerie und sah darüber hinaus noch weitere zehn Jahre älter aus. Von Stress, Termindruck und Überlastung gezeichnet. Als Valerie ihn der Familie vorgestellt hatte, war es Hannah schwergefallen, sich nichts anmerken zu lassen. Tobias war kleiner als Valerie, leicht untersetzt und hatte damals kaum noch Haare auf dem Kopf gehabt. Mittlerweile trug er wenigstens eine Glatze, was ihn etwas cooler aussehen ließ.

Hannah drehte sich um, als der Inhaber des Ladens aus dem Hinterzimmer kam. Er hatte einen etwas seltsamen Gang, wie jemand, der Rückenprobleme hatte und jeden Schritt mit Bedacht tat. Er kam zu dem Tresen, wo Hannah stand, und legte Valeries Uhr, die repariert werden musste, auf ein Tuch aus grünem Samt. Das Armband war aus schwarzem Leder, das Gehäuse aus Gold, zumindest nahm Hannah an, dass es Gold war, sonst hätte sie sich sehr in ihrer Schwester getäuscht. Der Name Patek Philippe auf dem weißen Zifferblatt sagte Hannah nichts, aber sie ging davon aus, dass der Chronograf sehr teuer war.

Der Juwelier war dem Ambiente seines Geschäfts angemessen gekleidet. Er trug einen maßgeschneiderten dunklen Anzug, Krawatte und das dazu passende Einstecktuch. Im Gegensatz zu Valerie, die näher kam, hatte er Hannahs Frage, was draußen los sei, vernommen.

»Ich hoffe, Sie sind nicht mit dem Auto gekommen«, sagte er mit einem Lächeln.

»Doch«, sagte Valerie. »Allerdings. Wieso?« Sie trat zu Hannah und dem Juwelier an den Verkaufstresen.

»Dann sollten Sie Ihren Einkaufsbummel um einige Stunden verlängern«, sagte der Juwelier – immer noch mit einem Lächeln auf den Lippen. Er schien zu hoffen, dass Valerie die ganze Zeit in seinem Laden verbringen würde. »In der Stadt herrscht das absolute Verkehrschaos, weil mehrere Bahnen ausgefallen sind und die Waggons die Straßen blockieren.«

Valerie schüttelte den Kopf. »Typisch mal wieder: Kölner Verkehrsbetriebe. Wenigstens ist kein Tunnel eingestürzt.«

Jetzt wurde aus dem Dauerlächeln des Juweliers ein breites Grinsen. »Kann ja noch kommen. Man weiß nie.«

Die beiden lachten.

Hannah war nicht nach Lachen zumute. Die innere Unruhe nahm umso mehr zu, je gelassener ihr Umfeld war. Sirenen sowie das Flackern von Blaulicht erinnerten sie an einen der schlimmsten Tage ihres Lebens. Die Zeit, die sie in Geiselhaft verbracht hatte. Als sie um ihr Leben kämpfen und mitansehen musste, wie Menschen vor ihren Augen starben.

Dann, zwei Monate nach den grausigen Ereignissen, als Hannah dachte, das Schlimmste überwunden zu haben, war sie in der Innenstadt von Hannover einkaufen gewesen. Da ertönten wieder Sirenen um sie herum. Ein Feuerwehreinsatz. Urplötzlich überkam Hannah eine Panikattacke. Es hatte sich angefühlt, als erleide sie einen Herzinfarkt. Ihre Lungen waren wie zugeschnürt gewesen, sie bekam keine Luft mehr, und ihr wurde speiübel. Seitdem hasste sie dieses penetrante, aggressive Geräusch eines Einsatzfahrzeugs. Die Tonlage generell. Ihr verging schon jetzt die Lust auf den weiteren Einkaufsbummel.

Valerie schien etwas zu merken. Hannah hatte ihr mehrfach eingebläut, dass sie nicht auf ihren Gefühlszustand angesprochen werden wollte, vor allem nicht in Gegenwart Fremder.

»Komm mal her«, sagte Valerie mit dem typischen Grinsen im Gesicht, das sie aufsetzte, wenn sie Hannah auf andere Gedanken bringen wollte. »Heb mal deinen linken Arm.«

Zögerlich kam Hannah der Aufforderung nach. Der Juwelier begriff sofort. Er hatte bereits die Schatulle für die Uhr auf den Tresen gestellt, um sie einzupacken, jetzt hob er das Schmuckstück von dem grünen Samt auf.

»Darf ich?«, fragte er Hannah mit einem Lächeln.

Eigentlich hätte sie Nein gesagt, war aber gefühlsmäßig nicht in der Lage, zu widersprechen. Mit zarten, sehr gepflegten Fingern, die so etwas jeden Tag machten, legte der Juwelier ihr die Uhr ums Handgelenk und schloss das Lederarmband. »Eine *Patek Philippe Calatrava* mit achtzehn Karat Goldgehäuse und Saphirglas.«

»Wow«, sagte Valerie. »Die steht dir aber so was von.«

Dem konnte Hannah nicht widersprechen. Die Uhr passte vom Stil her, weil sie schlicht wirkte. Die Ziffern auf weißem Untergrund waren schön geschwungen. Heute hatte Hannah auf ihren Parka verzichtet. Sie trug zur löchrigen Jeans und den Turnschuhen ein innen angerautes Kapuzensweatshirt und dazu einen grob gestrickten, überdimensionierten Schal. Ihre Flexbag hatte sie wie immer an der Seite baumeln.

»Wollen Sie sie gleich anlassen?«, fragte der Juwelier.

»Natürlich lässt du sie an«, antwortete Valerie. »Die sieht schick aus, und ich habe ja schon eine Uhr.«

Valerie streckte den Arm aus und zeigte ihre mit Diamanten besetzte Rolex mit kleinem Zifferblatt. Die Steine glitzerten im Licht des Deckenstrahlers.

Hannah wusste, dass sie eine Rolex wie die von Valerie niemals tragen würde. Übertriebener Luxus und jede Form von Dekadenz waren ihr unangenehm. Die Uhr, die sie jetzt am Handgelenk hatte, strahlte nichts davon aus, egal wie hoch ihr Preis sein mochte.

»Jetzt brauchst du nur noch eine richtige Handtasche«, sagte Valerie schnippisch.

Der Juwelier kommentierte diese Aussage mit einem Grinsen. Ihm schien die Flexbag wohl auch etwas zu gewöhnlich.

Valerie bezahlte mit Kreditkarte die Rechnung für die Reparatur und blieb ansonsten standhaft, kaufte nichts Weiteres mehr. Dann verabschiedeten sie sich, und ein junger Angestellter, ebenfalls in schwarzem Anzug, öffnete ihnen die Tür.

Die Sirenen hallten durch die Fußgängerzone. Gefühlt von allen Seiten. Aber sonst bekam man von dem Verkehrschaos in der Stadt wenig mit. Denn am Anfang der Hohen Straße fuhren keine Autos und keine Bahnen. Hannah fiel auf, dass weniger Passanten als sonst an einem Samstag die Fußgängerzone bevölkerten. Wahrscheinlich standen viele, die kommen wollten, im Stau oder hatten sich entschieden, umzukehren.

Hannah sah auf die Uhr. Weniger, um die Zeit zu erfahren, sondern, um sie eingehend zu betrachten.

»Wie teuer war die?«

»Das willst du nicht wissen«, antwortete Valerie mit einem Grinsen.

»Nun sag schon.«

»Sechstausend. Gebraucht.«

»Sechstausend? So teuer sieht sie nicht aus.«

»Es ist die Marke, *Patek Philippe*. Bestes Schweizer Uhrwerk. So eine Uhr ist wie eine Kapitalanlage. Ohne Wertverlust.«

Hannah blieb stehen und hielt ihre Schwester am Arm

fest. Die beiden sahen sich in die Augen. »Schenkst du sie mir?«

Valerie verzog spontan den Mundwinkel, wie immer auf ihre eigene Art. Nur wirkte sie diesmal eher ungläubig, ob Hannah das wirklich ernst meinte. In ihrer Stimme schwang eine Portion Ironie mit. »Ich soll dir eine Sechstausend-Euro-Uhr schenken? Einfach so?«

»Ja«, antwortete Hannah selbstbewusst.

Valerie überlegte nicht lange. »Okay.«

Beide lachten spontan.

»Okay?«

»Ja, verdammt. Sie gehört dir.« Valerie strahlte, als ob sie diejenige wäre, die eine Uhr geschenkt bekommen hatte. »Erinnere mich zu Hause daran, dass ich dir die Papiere gebe, Garantie und Echtheitszertifikat, sonst nimmt sie kein Juwelier zur Reparatur an.«

»Was, glaubst du, sagt dein Mann dazu?«

»Der merkt das gar nicht.« Sie lachte. »Ich könnte die halbe Einrichtung verticken. Autos, Uhren, Schmuck. Nur den Fernseher nicht und das Sky-Sportabo, das würde er merken. Er lebt in seiner eigenen Welt.«

Mit einem Mal stand ein Thema im Raum, über das sie seit Hannahs Ankunft noch nicht geredet hatten.

»Das klingt jetzt nicht so nach einer prickelnden Ehe.«

Valerie setzte sich wieder in Bewegung. Sie gingen schweigend nebeneinanderher, erreichten nach ein paar Hundert Metern die Abzweigung zur Schildergasse, Kölns größter Einkaufsmeile. Jetzt waren sie etwas näher an einer der Hauptverkehrsadern und sahen in der Ferne die Autos, die sich stauten. Zum Glück waren sie nicht davon betroffen.

»Ich gehe fremd«, sagte Valerie unvermittelt. »Lass uns einen Kaffee trinken, dann erzähle ich dir mehr.« Valerie steuerte zügig ein Café an, das Sitzplätze draußen hatte. Es wurde gerade ein Tisch in der Sonne frei, und Valeries Schritte wurden noch etwas schneller. Hannah folgte. Sie war neugierig geworden.

KAPITEL 6

Es schien der ideale, fast perfekte Tag, um in den Zoo zu gehen. Die Temperaturen lagen um die zehn Grad, aber in der Sonne wäre es wärmer, und der Wetterbericht versprach, dass es den ganzen Tag über trocken bleiben sollte. Bernd Kappler rechnete fest damit, dass unter solchen Bedingungen viele die gleiche Idee hatten. Aber er hatte es seinem Enkel Eric versprochen, hoch und heilig. Zu oft war es in der Vergangenheit vorgekommen, dass er den kleinen Mann versetzen musste. Aus beruflichen Gründen. Kappler arbeitete als Erster Hauptkommissar beim LKA Niedersachsen in Hannover.

Seine Tochter Maike war alleinerziehend und studierte an der Medizinischen Hochschule. Nachdem sie den Schritt gewagt hatte und von ihrem Mann losgekommen war, hatte Kappler ihr seine Unterstützung zugesichert. Leichter gesagt als getan. Als leitender Hauptkommissar war sein Privatleben immer wieder plötzlichen Störungen ausgesetzt. Der Schwiegersohn hatte sich als miserabler Vater entpuppt, die einzige Oma, die Eric noch hatte, war nicht viel besser. Sie zeigte wenig Interesse an ihrem Enkelkind, was wohl auch daran lag, dass sie Maike, ihre Schwiegertochter, vom ersten Tag an nicht hatte leiden können.

Kapplers Frau war vor vier Jahren an Krebs gestorben.

Seitdem lebte er allein auf den hundertzwanzig Quadratmetern direkt am Maschsee in Hannover. Er stand an der Balkontür, die Sonne spiegelte sich auf der Wasseroberfläche. Im Moment hatte er keinen wichtigen Fall, an dem er arbeitete. Seit zwei Wochen reihte sich ein langweiliges Strategiemeeting ans nächste.

Da piepte sein Handy. Kappler nahm es vom Tisch, in der Erwartung, dass Hannah anriefe. Die beiden telefonierten täglich, meistens vormittags um dieselbe Uhrzeit. Kappler sah aufs Display, es war nicht Hannah. Der Anruf kam vom Waterlooplatz. Kappler zögerte einen Moment, ob er drangehen sollte, doch wie so oft siegte die Neugier.

»Ja?«, sagte er ins Handy.

»Morgen. Da hat sich gerade ein Freund von dir gemeldet«, ertönte die Stimme eines jungen Kollegen, der heute – am Samstag – Bereitschaft hatte. »Aus der JVA. Scheint sehr wichtig zu sein.«

»Jaja«, seufzte Kappler. »Die Knackis glauben immer, sie hätten was Wichtiges. Welcher Freund denn?«

»Professor Andreas Zargert«, antwortete der Kollege.

Einen Moment lang stockte Kappler der Atem. Der Name löste eine Kaskade von Erinnerungen aus. Professor Andreas Zargert saß in U-Haft wegen der Ereignisse vor neun Monaten. In der Gemeinde Nordstemmen nahe Hannover waren mehrere Menschen ums Leben gekommen. Sie hatten geglaubt, an einem psychologischen Experiment der Universität Hannover teilzunehmen. Aber dem war nicht so. Der Sohn des Professors, mit bürgerlichem Namen hieß er Aurel Zargert, hatte fünf Männer und drei Frauen entführt, eingesperrt, um ein tödliches Spiel mit ihnen zu spielen. In diesem Spiel hatte er sich den Namen *Janus* gegeben. Mit immensem Aufwand hatte Janus in dem unbewohnten Schloss Marienburg einen Escape-Room eingerichtet. Nur wenige überlebten das Spiel des Psychopathen. Die meisten Probanden wurden brutal ermordet, Janus konnte am Ende entkommen. Ein Versagen, das Kappler zum Teil sich selbst zuschrieb, weil er den Gegner schlichtweg unterschätzt hatte. So etwas durfte nicht noch einmal passieren.

Professor Zargert war nicht wegen der Morde angeklagt, sondern das Massaker im Schloss Marienburg hatte noch etwas anderes zutage gefördert: die Wahrheit über den Psychologieprofessor. Er hatte während der Erziehung seiner Söhne massiv in deren persönliche Entwicklung eingegriffen, was man als Gehirnwäsche bezeichnen konnte und was eindeutig den Tatbestand der Kindesmisshandlung erfüllte. Der Prozess gegen ihn würde nächste Woche beginnen.

Kappler räusperte sich. »Was wollte er denn?«

»Du sollst zu ihm kommen.«

»Gerne«, sagte Kappler gelassen. »Am Montag vielleicht, kann aber auch Mittwoch werden. Vielleicht sehen wir uns aber auch erst im Gericht. Heute gehe ich auf jeden Fall mit meinem Enkel in den Zoo.«

»Das glaube ich nicht«, erwiderte der Kollege trocken.

Kappler stutzte, bevor er laut wurde. »Was ist los, verdammt noch mal? Lass dir nicht jedes Detail einzeln aus der Nase ziehen.«

»Schalte mal den Fernseher ein, am besten n-tv.«

Während Kappler nach der Fernbedienung suchte, die mal wieder nicht an ihrem Platz lag, erfuhr er von seinem Kollegen, dass in Köln ein Verkehrschaos ausgebrochen war. Irgendwelche Spaßvögel hatten Schnellbinderzement in mehrere Weichen der Kölner Verkehrsbetriebe gegossen. An neuralgischen Punkten der Stadt. Die Waggons, die daraufhin stecken geblieben waren, blockierten mehrere Hauptverkehrsadern. Und das an einem sonnigen Tag wie heute – zwei Monate vor Weihnachten.

Als Kappler den Städtenamen Köln hörte, lief ihm ein Schauder über den Rücken. Hannah war gerade in Köln, um ihre Schwester Valerie zu besuchen.

Endlich hatte Kappler die Fernbedienung gefunden, und der Bildschirm wurde hell, als ein Nachrichtenmoderator den Pressesprecher der Kölner Polizei interviewte. Kappler hörte den Ausführungen zu:

»Im Moment gehen wir davon aus, dass es sich um die Aktion einer Gruppe von Umweltaktivisten handelt. Bisher hat sich allerdings noch niemand dazu bekannt. Ich rate den Bürgern dringend, sich von der Innenstadt fernzuhalten, am besten den Großraum Köln zu meiden.«

»Und was ist mit denen, die schon da sind?«, fragte der Moderator schnippisch. *»Was sollen die am besten tun?«*

»Alle Verkehrsteilnehmer, außer vielleicht Fußgänger und Radfahrer, müssen sich auf extreme Behinderungen und Wartezeiten einstellen. Wir können noch nicht sagen, wie lange die Störungen anhalten werden. Der Busverkehr im Innenstadtbereich ist bereits gänzlich eingestellt worden.«

»Sind die Staus denn das einzige Problem, oder ist mit weiteren Aktionen zu rechnen?«

Der Polizeisprecher gab eine eher nichtssagende Antwort aus aneinandergereihten Worthülsen.

Kappler hatte genug gehört, wendete sich vom Fernseher ab und sprach in sein Handy. »Was haben die Vorfälle mit dem Professor zu tun?«

»Er behauptet, dass sein Sohn dahintersteckt. Aurel – also Janus.«

Kappler holte tief Luft. »Hat er dafür irgendeinen Anhaltspunkt? Womöglich will er sich nur wieder wichtigtun.«

»Er sagt, er habe Post bekommen. Den Brief will er nur dir persönlich geben. Ich denke, du solltest lieber gleich in die JVA fahren.«

Kappler blieb gar keine andere Wahl. Er musste vor allem Hannah warnen. Er nahm das Handy wieder ans Ohr. »Ich bin quasi auf dem Weg.«

Kappler legte auf und betätigte sofort die Kurzwahltaste. Nichts tat sich. Gar nichts, noch nicht mal die Mailbox.

Kappler fing an, sich Sorgen zu machen. Er versuchte es bei Hannahs Schwester, ihre Nummer hatte er auch. Doch dasselbe, es kam keine Verbindung zustande, also versuchte er es auf dem Festnetz in Köln, und da sprang der Anrufbeantworter an. Nach dem kurzen Ansagetext fiel Kappler mit der Tür ins Haus: »Hier spricht Hauptkommissar Bernd Kappler, dies ist eine Nachricht für Hannah. Janus ist wieder da. Ruf mich sofort an.«

KAPITEL 7

Hannah war etwas aufgewühlt, während sie allein durch die Fußgängerzone flanierte. Sie und ihre Schwester hatten in einem Café eine Pause eingelegt. Bei einer Tasse Kaffee und einem Stück Kuchen hatte Hannah von ihrer Schwester erfahren, dass Valerie und Tobias auf eine offene Zweierbeziehung umgeschwenkt waren. Die beiden waren polyamor, wie sie es nannten. Keiner fragte so genau nach, was der jeweils andere in seiner Abwesenheit trieb.

»Und warum seid ihr noch verheiratet?«, hatte Hannah wissen wollen. Die Antwort war ebenso simpel wie einleuchtend: »Weil es funktioniert.« Valerie brauchte Tobias, seinen Status, sein Geld, und er als wenig attraktiver Mann schmückte sich gerne mit einer Frau wie Valerie. Sie hatte Stil, sah gut aus und machte bei seinen Freunden und Geschäftspartnern was her. Valerie hatte in dem Gespräch mit ihrer Schwester betont, dass sie sich nicht kaufen lasse, dass es ihr nicht nur ums Geld gehe, sondern sie froh sei, Tobias zu haben. Aber er reichte ihr eben nicht. Sie hatte das Leben mit einem Mosaik verglichen, das aus vielen Steinen bestand, wobei der Partner eben nicht für jedes Teil verantwortlich war. Auf diversen Internetportalen lernte Valerie andere Männer kennen, hatte Hannah erfahren. Wenn ihr einer gefiel, schob sie sein Bild nach rechts. Wenn der Mann dasselbe tat, entstand ein *Match*, und der Kontakt war hergestellt. Valeries Bilder und ihr Text darunter schienen so aussagekräftig zu sein, dass sie eine fast hundertprozentige Erfolgsquote hatte, zumindest was ein erstes Treffen anging. Nicht jeder schaffte es, sie zu verführen. Die wenigsten, hatte sie betont. Tobias machte es wahrscheinlich genauso, davon ging Valerie zumindest aus, aber seine Erfolgsquote war bestimmt niedriger.

Hannah wollte sich kein Urteil über die beiden erlauben, aber es beschäftigte sie trotzdem, während sie allein durch die Fußgängerzone schritt. Sie und ihre Schwester hatten sich nach dem Besuch im Café getrennt. Dem vorausgegangen war ein Ping auf Valeries Handy, eine Kurznachricht. Hannah hatte daraufhin eine Vermutung gehabt, wieso Valerie mal kurz allein sein wollte.

Hannah hatte ein altmodisch romantisches Bild von der Ehe. Sie sollte ein Leben lang halten. Auch wenn dies nicht immer gelang, so war in ihren Augen doch die Zielsetzung entscheidend. Ehepartner auf Abruf empfand Hannah als einen Widerspruch in sich. Aber Valerie war nun mal ganz anders als sie. Schon immer.

Hannah sah zum wiederholten Male auf ihr Handy. Netz und guter Empfang wurden angezeigt, aber wenn sie versuchte, zu telefonieren, kam keine Verbindung zustande. Gar nichts passierte. Zum Glück hatte sie mit ihrer Schwester einen Treffpunkt und eine Uhrzeit vereinbart. Am Brunnen vor Galeria Kaufhof. In etwa zwanzig Minuten müsste Hannah dort sein, der Weg war nicht weit. Aber was stimmte mit ihrem Handy nicht? Obwohl Hannah nicht telefoniert oder im Internet gesurft hatte, war der Ladezustand ihres Akkus nur noch siebzig Prozent. Er schien kaputt zu sein, denn am Morgen hatte sie ihr Handy voll aufgeladen. Normalerweise hielt der Akku den ganzen Tag. Zum Glück hatte sie ihre Powerbank dabei.

Hannah erreichte den Neumarkt, wo die Fußgängerzone endete, in Köln einer der Hauptverkehrsknotenpunkte. Hier regierte das Chaos. Eine Straßenbahn mit zwei Waggons war stecken geblieben und blockierte die dreispurige Straße in der einen Fahrtrichtung. Auf der entgegengesetzten Fahrspur positionierte sich ein monströser Autokran, der die Waggons aus den Gleisen heben sollte. Aber vorher mussten die Stromleitungen abmontiert werden. Eine Armada von Feuerwehrleuten und Technikern wieselte umher.

Rien ne vas plus – nichts ging mehr. Auch die Seitenstraßen waren verstopft. Aber es blieb relativ ruhig, fand Hannah. Die Autofahrer verhielten sich diszipliniert, kaum einer hupte, weil sie anscheinend gemerkt hatten, dass dies absolut nichts bringen würde. Zum Teil waren sie auch aus ihren Fahrzeugen gestiegen, schauten dem Spektakel zu oder diskutierten. Überall flackerten Blaulichter, aber die meisten Polizisten waren zu Fuß unterwegs. Auch die Einsatzfahrzeuge blieben im Verkehr stecken.

Hannah bemerkte wieder eine der digitalen Reklametafeln. Sie erhaschte kurz einen Blick auf das Foto der zwei vermissten Männer, das ihr gestern am Bahnhof aufgefallen war. Dann wechselte das Motiv wieder. Man hatte die beiden also immer noch nicht gefunden. Was mochte der Grund sein? Was war mit ihnen passiert?

Da hörte Hannah zwei Männer neben sich laut reden. Der eine, ein grau melierter Herr mit Halbglatze, schien den anderen, einen Jüngeren mit blonden schulterlangen

Haaren, aufklären zu wollen. Im Radio hatte es geheißen, dass Umweltaktivisten für das Chaos in der Stadt verantwortlich seien, betonte der Ältere mit allwissendem Unterton in der Stimme.

»Das ist doch mal wieder reine Spekulation«, erwiderte der Jüngere.

»Wer sonst sollte denn so etwas tun? Und warum?«, regte sich der Ältere auf.

Hannah kam einen Schritt näher und sprach die beiden an. »Entschuldigung«, sie zeigte den Männern ihr Handy. »Mein Telefon funktioniert nicht. Ich habe Empfang, aber es kommt keine Verbindung zustande. Könnten Sie mir kurz Ihr Handy leihen?«

Der Jüngere schaute auf ihr Display. »Nein, so wie ich das sehe, haben Sie kein Netz.«

Hannah suchte nach dem Symbol für den Empfang. Es stimmte, sie hatte das Netz verloren.

Der Ältere blickte ebenfalls auf sein Handy, das noch aus einer anderen Generation stammte. »Ich auch nicht.«

»Geht uns wohl allen so«, sagte der Jüngere mit Blick auf sein Display. »Wenn sich zu viele Handys an einem Ort befinden, kann das passieren. Wie im Fußballstadion.«

Der Blonde lächelte sie an. Hannah schien ihm zu gefallen, das verrieten seine Augen, und er wollte das Feld nicht dem Besserwisser überlassen. »Bestimmt haben das auch diese ominösen Umweltaktivisten zu verantworten. Ich habe ebenfalls null Balken.«

»Schon interessant«, sagte der Ältere mit einem beinahe philosophischen Unterton. »Wie man plötzlich von jetzt auf gleich ein paar Jahrzehnte zurückkatapultiert wird. Nur noch Radio und Festnetz. Wie in alten Zeiten.«

»Genau so was wollen die Aktivisten demonstrieren«, warf der Blonde ein und sah zu Hannah. »Dass wir zu sehr im Überfluss leben. Uns besinnen sollen, was wirklich wichtig ist.«

»Nein«, grätschte der Ältere dazwischen. »Wir sollen uns zurückentwickeln, am besten bis in die Steinzeit.«

Hannah wendete sich kommentarlos ab und ging weiter. Der Blonde rief ihr hinterher. »Einen schönen Tag noch.«

Ihr Verhalten war unhöflich, das wusste sie, aber in letzter Zeit hatte Hannah häufiger das Bedürfnis, nicht jedem gerecht zu werden. Sie dachte über das nach, was die beiden gesagt hatten. *Umweltaktivisten.* Es ergab durchaus Sinn, dass solche Leute anderen den Tag vermiesen wollten, um etwas gegen die Folgeschäden des Kapitalismus zu unternehmen, doch die Theorie erschien Hannah trotzdem etwas unbefriedigend. Sie war neugierig geworden, was die Medien über den Vorfall berichteten, aber um das zu lesen, bräuchte sie erst mal Handyempfang.

Hannah nahm Kurs in Richtung des Brunnens, wo sie sich mit Valerie treffen wollte. Es waren immer noch weniger Passanten in der Fußgängerzone als an einem solchen Samstag üblich. Hannah sah auf die Uhr, noch eine Viertelstunde. Sie ließ den Arm wieder sinken, da vernahm sie das Ping ihres Handys, eine Nachricht war eingegangen.

Hatte sie wieder Netz? Hannah sah sofort nach. Auf dem Display wurde »Kein Netz« angezeigt, auch kein WLAN, trotzdem hatte sie eine Whatsapp-Nachricht erhalten. Scheinbar von ihrem Provider. Sie las die Nachricht: »Bleib stehen und sieh nach links.«

Hannah schaute vom Display auf, ihr Blick ging nach links. Die Nachricht kam unmöglich vom Provider, jemand beobachtete sie. Hannah sah nichts, was ihre besondere Aufmerksamkeit geweckt hätte. Passanten gingen vorbei. Vor ihr war ein großes Sportgeschäft und daneben die Filiale einer Kaufhauskette.

Wieder ertönte ein Ping. Sie sah aufs Display: »Schau genau hin.«

Wie kam diese Nachricht auf ihr Handy? Hannah nahm ihr Smartphone ans Ohr und versuchte, Valerie anzurufen. Es kam keine Verbindung zustande, nichts. Wie war das möglich?

Hannahs Blick streifte durch die Fußgängerzone. Wer hatte sie dazu aufgefordert, stehen zu bleiben und nach links zu schauen? In diesem Moment erlebte sie so was wie ein Déjà-vu. Eine Sekunde, vielleicht zwei, die ihr vorkamen, als wäre sie durch eine Zeitmaschine zurückversetzt worden.

Hannah entdeckte einen Mann, der zwischen den beiden Gebäuden stand, dem Sportgeschäft und der Kaufhauskette. Er trug eine Daunenweste in Neongelb mit dem Aufdruck eines Sportartikelherstellers. Der Mann selbst sah wenig sportlich aus, übergewichtig, nein: Er war richtig fett. Er hatte einen Vollbart und trug eine verspiegelte Sonnenbrille. Er schien sie anzustarren, auch wenn sie seine Augen nicht sehen konnte. Er führte die Zigarette zum Mund, nahm einen letzten tiefen Zug. Hannah erstarrte. Der Mann hatte einen Verband am rechten Zeigefinger, der Finger war komplett eingewickelt.

Für einen Moment schien das Leben um sie herum stillzustehen, bevor es wie in Zeitlupe weiterlief. Hatte der Mann nur eine Verletzung? Oder täuschte der Verband einen Finger vor, der gar nicht da war?

Der Mann warf die Kippe auf den Boden, blies den Rauch aus Mund und Nase aus und wendete sich ab. Hannah war sich für einen Moment nicht sicher, ob diese Person wirklich existierte oder nur eine Halluzination war. Sie sah ihn jetzt nur noch von hinten, wie er in gemächlichem Tempo in einer schmalen Gasse zwischen den Gebäuden verschwand.

Hannahs Füße gehorchten ihr nicht mehr, sie gingen einfach los, folgten dem Mann in einigem Abstand. Er wurde langsamer, blieb an einer Metalltür stehen. Ein Notausgang, vermutete Hannah. Der Mann bückte sich schwerfällig und hob etwas auf, einen Keil vermutlich, der sich zwischen Tür und Rahmen befand. Er steckte ihn in die hintere Hosentasche, riss die Tür weit auf und verschwand im Gebäude.

Langsam schloss sich die schwere Metalltür. Jetzt war es Hannahs Kopf, der entscheiden musste, sie rannte los. Der Spalt, den die Tür noch offen stand, wurde kleiner und kleiner. Sie hatte noch ein paar Meter zu laufen.

Würde sie es schaffen?

Im letzten Moment bekam sie den Knauf zu fassen, bevor die Tür ins Schloss fiel. Hannah hatte richtig vermutet, es war ein Notausgang, die Tür ließ sich nur von innen öffnen.

Sie zögerte einen Moment, atmete tief durch, wechselte den Knauf in die linke Hand, um mit der rechten in ihre Flexbag zu greifen. Hannah spürte das kalte Metall in ihrer Hand, umfasste den Griff des Revolvers, den sie seit Monaten immer bei sich trug.

Bernd Kappler hatte das möglich gemacht. Kaliber .22 – eine Munition für Sportschützen und Biathleten, dementsprechend klein war der Revolver mit sechs Schuss in der Trommel. Nichts, womit man einen Waffennarren hätte beeindrucken können, aber auf kurze Distanz absolut tödlich. Das kalte Metall in ihren Händen verlieh Hannah genug Sicherheit, um durch die Tür zu gehen, dem unbekannten Mann zu folgen.

KAPITEL 8

Wieder fiel eine der schweren Gittertüren krachend ins Schloss. Der JVA-Beamte ging vorneweg durch den tristen Korridor, Kappler folgte ihm in einigem Abstand.

Kappler hatte Hannah noch immer nicht erreicht. Womöglich hatte der mangelnde Mobilfunkkontakt mit den Ereignissen in Köln zu tun. Er hoffte es.

Jetzt hier zu sein, fühlte sich für Kappler an, als ob eine alte, fast verheilte Wunde wieder aufriss. Professor Zargert hatte in den Monaten nach dem »Massaker von Marienburg« äußerst wenig zur Aufklärung beigetragen. Er bezeichnete sich sogar selbst als Opfer seines Sohnes Aurel alias Janus. Der Prozess gegen Zargert würde nächste Woche beginnen. Kappler hoffte, heute mehr zu erfahren als in den bisherigen Gesprächen. Vor allem musste er schleunigst herausfinden, ob Janus tatsächlich etwas mit den Vorfällen in Köln zu tun hatte.

Während der minutiösen Aufarbeitung des Falls hatte Kappler ein Vertrauensverhältnis zu Hannah aufgebaut. Sie sah in ihm so etwas wie einen väterlichen Freund, das hatte sie mehrfach betont. Hannah hielt sich von den Medien fern, gab keine Interviews und war so gut wie nie vor einer Kamera zu sehen. Ganz im Gegensatz zu der zweiten Überlebenden, Melissa, die ihre ungewollte Popularität dazu nutzte, Geld zu verdienen. Kappler erlaubte sich kein Urteil über Melissa, jeder Mensch hatte seine eigene Art, mit so einem Trauma fertigzuwerden.

Die Medien waren natürlich mehr an Hannah interessiert, damals wie heute. Ihr waren sogar Buchverträge angeboten worden, immerhin hatte Hannah das letzte Gespräch mit dem Psychopathen geführt. Aber sie weigerte sich, ihre Gedanken und Gefühle in der Öffentlichkeit preiszugeben. Lediglich ein paar Presseerklärungen hatte sie abgegeben. In einer verglich sie Janus mit dem norwegischen Massenmörder Anders Breivik, der vor einiger Zeit wahllos junge Menschen erschossen und dies auch noch als politisches Statement zu verkaufen versucht hatte. Dieser Vergleich dürfte Janus nicht gefallen haben, genau deshalb hatte Hannah ihn gebracht.

Kappler erreichte die Tür. Der Schließer öffnete den Besprechungsraum Nummer drei und trat einen Schritt zur Seite. »Soll ich hier warten?«

Kappler schüttelte den Kopf. »Nein, nicht nötig.« Er ging an dem Uniformierten vorbei, und der schloss die Tür hinter ihm.

Professor Andreas Zargert stand mit dem Rücken zu Kappler am vergitterten Fenster, hielt die Augen zugekniffen. Das Sonnenlicht war grell, die Gitterstäbe erzeugten ein Schattenmuster auf dem kahlen Steinboden. Als er sich umdrehte, öffnete Zargert die Augen, blinzelte kurz und suchte den Blickkontakt. Seit drei Monaten hatten sie nichts mehr voneinander gehört. Zargert sah schlecht aus, sein Gesicht wirkte blass, fast käseweiß. Er trug keine Anstaltskleidung, sondern Jeans und ein verwaschenes blaues Sweatshirt. Sein Haar war durch und durch ergraut und ungewaschen, die Falten um seine Augen ließen sich nicht mehr übersehen. Kappler wusste, dass der Professor niemanden mehr hatte, keine Familie, keine Freunde. Sein ältester Sohn Lovis lebte in Australien und hatte sich gänzlich losgesagt von seinem Vater. Aurel war auf der Flucht: *Janus* nahm einen der oberen Ränge auf den Fahndungslisten von Interpol ein. In der Untersuchungshaft durfte der Professor keine Kontakte zu Mithäftlingen haben, später würde er wahrscheinlich auch nicht zu den beliebtesten Insassen gehören. Seine Arroganz und das intellektuelle Gehabe waren sogar für Kappler schwer zu ertragen gewesen. Einfachere Gemüter, wie sie hier im Gefängnis anzutreffen waren, würden darauf mit einem Faustschlag ins Gesicht reagieren.

Zargert blinzelte, dann deutete er zum Tisch, um den herum drei Stühle standen. »Setzen wir uns doch.«

Sein Tonfall klang, als sei der Hauptkommissar sein Gast. Kappler ließ ihm die Freude. Sie setzten sich an den Tisch.

»Kommen wir gleich zur Sache«, eröffnete Kappler das Gespräch. »Sie haben einen Brief bekommen, von Ihrem Sohn. Was hat Aurel mit dem Chaos in Köln zu tun?«

»Was habe ich davon, wenn wir miteinander reden?« Früher hätte Zargert nach so einer Bemerkung zynisch gegrinst, heute sah er ihn mit leeren Augen an. Es hatte sich etwas verändert in ihm, das spürte Kappler. Zargert wirkte müde, ausgelaugt.

»Ich könnte als Leumundszeuge im Prozess aussagen. Vielleicht springen da ein paar Jahre Haftverkürzung für Sie heraus.«

Zargert suchte den Blickkontakt. »Das würden Sie für mich tun, wirklich?«

»Ja«, erwiderte Kappler. »Im Gegensatz zu Ihnen kann ich über meinen eigenen Schatten springen.«

Zargert hatte in keinem Verhör, in keiner Anhörung, wahrscheinlich noch nicht mal gegenüber seinem Anwalt zugegeben, dass er Schuld auf sich geladen hatte. Es passte einfach nicht in sein Weltbild, ein Monster erschaffen zu haben. Genau das war Aurel alias Janus: ein Monster! Ein Serienmörder, der aus purer Lust am Töten handelte. Zumindest war dies die einhellige Meinung der forensischen Psychologen, die sich mit dem Fall beschäftigt hatten.

Zargert verschränkte die Arme und beugte sich etwas nach vorne, um Kappler ein Stück näher zu sein.

»Wissen Sie was?«, hauchte er leise. »Ich vertraue Ihnen. Ich rede mit Ihnen. Weil ich das will. Und Sie werden entscheiden, ob Sie im Prozess für mich aussagen oder nicht.«

Kappler nickte. »Das klingt fair. Ich werde mein Versprechen halten, wenn Sie mir die Wahrheit sagen.«

Zargert griff in seine Gesäßtasche und holte einen Zettel hervor, der zusammengefaltet war, legte ihn auf den Tisch, schob das Papier zu Kappler herüber. Während der Kommissar den Zettel nahm und auffaltete, lehnte sich Zargert wieder zurück, breitete zuerst die Arme aus wie Jesus am Kreuz und verschränkte sie dann hinter dem Kopf.

Kappler las, was auf dem Zettel stand: »Heute jährt sich der Todestag von Reinhard. Darum werde ich ein Zeichen setzen und der Menschheit ihre grenzenlose Dummheit vor Augen führen. – Erkenntnis ohne Handeln bedeutet keine ausreichende Erkenntnis.«

Schließlich blickte Kappler auf und sah Zargert fragend an. »Wer ist Reinhard?«

»Er war ein Freund von Aurel. Reinhard Grav. Sie kannten sich seit der Schulzeit. Reinhard war der intelligenteste Mensch, dem ich je begegnet bin. Er hat Informationstechnologie und Mathematik studiert, spezialisierte sich auf Kognitionswissenschaften. Künstliche Intelligenz und so was.«

Kappler faltete den Zettel wieder zusammen und legte ihn auf den Tisch. »Und woran ist er gestorben?«

»Ein tragischer Unfall. Zumindest lautet die offizielle Version so. Reinhard war ein geübter Bergsteiger, er kam von einer Tour nicht mehr zurück.«

»Sie haben jedoch einen anderen Verdacht?«

Zargert nickte. »Aurel war der Überzeugung, dass es Selbstmord war.«

»Und was hat das mit der Sache in Köln zu tun?«

»Reinhard hatte ein Projekt. Kurz vor seinem Tod. Er hat sich mit dem Verkehrsfluss in modernen Großstädten beschäftigt. Er programmierte eine neuartige Ampelschaltung, die selbstlernend war. Künstliche Intelligenz eben. Die Autos sollten über die Ampeln entscheiden, nicht umgekehrt. So würde alles im Fluss bleiben, und die Autos würden weniger Benzin verbrennen und weniger Abgase in die Luft abgeben. Ein geniales Konzept.«

Kappler fing an, eine Verbindung zu erkennen, sah auf den Zettel und überflog ihn noch mal.

Zargert erhob sich von seinem Stuhl, brauchte anscheinend ein wenig Bewegung. »Reinhard scheiterte mit seiner Idee. Die Uni hat das Projekt abgelehnt, nachdem sich eine europäische Förderkommission dagegen entschieden hatte.

Es gab keine Fördergelder, weil gewisse Politiker in Brüssel gar kein Interesse daran haben, dass die Leute mit dem Auto in der Stadt schneller vorankommen als mit öffentlichen Verkehrsmitteln. Im Gegenteil. Der Verkehr soll ausgebremst werden, zumindest nach Meinung linker Ideologen.«

»Mag sein«, unterbrach Kappler ihn ungeduldig. »Aber wo ist die Verbindung? Reden wir über Ihren Sohn – Janus!«

»Von dieser Niederlage hat Reinhard sich nicht erholt. Deshalb glaubt Aurel, dass es Selbstmord war.«

Kappler verstand. »Janus hat die Idee seines Freundes aufgegriffen, um sie in umgekehrter Weise in die Tat umzusetzen?«

Zargert nickte. »Wer den Verkehr fließen lassen kann, kann ihn auch stoppen. Die Mechanismen dürften dieselben sein.«

»Können Sie mir mehr über dieses Ampelprojekt sagen? Hat Aurel Ihnen davon erzählt?«

»Er hat davon erzählt, aber ich habe es nicht verstanden. Mathematik und künstliche Intelligenz, da steige ich aus.«

Kappler sah erneut auf den Zettel, der auf dem Tisch lag. »Was soll der letzte Satz heißen?«

»*Erkenntnis ohne Handeln bedeutet keine ausreichende Erkenntnis*?«

Kappler nickte.

»Sagt Ihnen der Name Yukio Mishima etwas?«

Kappler schüttelte den Kopf. »Klingt japanisch.«

Jetzt nickte Zargert. »Es hätte mich auch gewundert, wenn Sie sich für japanische Literatur interessieren. Yukio Mishima war ein Dichter und Philosoph, der mehrmals für den Literaturnobelpreis vorgesehen war, ihn aber nie erhalten hat. Der letzte Satz könnte ein Zitat von ihm sein.«

»*Könnte*?«, hakte Kappler nach.

»Reinhard und Aurel waren Fans von Mishima. Ganz nebenbei erwähnt. Mishima erlangte traurige Berühmtheit, weil er Selbstmord beging. Der international erfolgreiche, weltweit gefeierte Autor beging Seppuku, die traditionelle Form von Harakiri, wie sie sonst nur die Samurai pflegten.«

Kappler dachte laut. »Eine Anspielung auf den Suizid? Was glauben Sie, will Janus den Tod seines Freundes rächen?«

Zargert lachte verächtlich. »Herr Kommissar, ich bitte Sie.« Er schüttelte den Kopf. »Fragen Sie mich nicht nach seinen Beweggründen. Wir wissen beide, dass so ein banales Motiv wie Rache niemals ausreichen würde. Janus denkt in anderen Kategorien.«

»Sagen Sie mir einfach, was Sie denken.«

Zargert seufzte, er wirkte noch müder als vorher. »Wenn man die komplette Infrastruktur einer Großstadt lahmlegt. Welche Konsequenzen ergäben sich daraus?«

Kappler musste nachdenken, ihm fiel dazu einiges ein, er wollte aber erst die Meinung des Professors anhören.

»Betrachten Sie das Ganze mal als eine Art soziologisches Experiment«, fuhr Zargert fort. »Kennen Sie die *Broken-Windows-Theorie*?«

Kappler nickte. Er war ein Anhänger dieser Theorie, die Anfang der Neunzigerjahre von zwei amerikanischen Soziologen entwickelt worden war. Leider stand er mit dieser Haltung etwas allein da, zu wenige Verantwortliche in Deutschland glaubten daran. Die *Theorie der gebrochenen Fenster* sah einen Zusammenhang zwischen dem Verfall von Großstädten und der Kriminalität und war die Grundlage der Nulltoleranzstrategie, auf die der New Yorker Bürgermeister Rudolph Giuliani sich Ende der Neunzigerjahre berufen hatte. Er wollte seine Stadt zur sichersten Metropole der Welt machen. Was ihm auch gelang. Das Prinzip der Strategie lautete: »Wehret den Anfängen!« Wer Missstände, wie eine zerbrochene Windschutzscheibe, sofort aus der Welt schaffte, vermied Folgeschäden. Das war das Prinzip. Entsprechend wurden selbst kleinste Verbrechen konsequent geahndet, um größere zu verhindern. – Da das Tragen von Waffen in New York verboten war, ließ der Bürgermeister Rudolph Giuliani etliche Razzien in U-Bahnen durchführen, um die Fahrkarten zu kontrollieren. Die Idee dahinter war, dass Kriminelle, die Verbrechen begehen wollten, in der Regel keine Fahrkarten kauften. Wer dann auch noch eine Waffe bei sich trug, wurde von der Polizei festgenommen. Das sprach sich im Milieu herum. Die Kriminellen ließen ihre Revolver zu Hause, was die Mordrate rapide sinken ließ. Die Zahl der Körperverletzungen stieg dagegen an, die Leute prügelten sich, aber es kam zu weniger Schießereien. Die *Broken-Windows-Theorie* wurde durch den Bürgermeister quasi bewiesen und zeigte auf, wie in einer komplexen Gesellschaft Dinge ineinandergriffen, weshalb man sie nicht isoliert betrachten durfte. In Deutschland war man mit dieser Erkenntnis noch nicht so weit, es fehlte das Handeln.

Kappler verstand, was Zargert andeutete. »Wenn nichts mehr geht in einer Großstadt, alles stillsteht, kommen auch die Polizei und andere Einsatzkräfte nicht mehr durch.«

Zargert nickte. »Dann wäre das Fenster zerbrochen, wie es so schön heißt. Ein zerbrochenes Fenster kann der Auslöser für unglaubliche Dinge sein. Wie lange wird es dauern, bis die Ratten aus ihren Löchern kommen und die Stadt einnehmen?«

Kappler mochte gar nicht daran denken. Diebstähle, Raubüberfälle, Plünderung von Geschäften. Und keine Polizei weit und breit. So eine Situation könnte eine gefährliche Eigendynamik entwickeln. Aber das Schlimmste war, dass diese Logik genau dem Denkmuster von Janus entsprach.

»In den Nachrichten hieß es, Umweltaktivisten wären für das Chaos verantwortlich«, sagte Kappler.

»Gut möglich«, erwiderte Zargert. »Er benutzt sie. Wie Spieler in einem Escape-Room. Als Marionetten. Nur diesmal in einem viel größeren Raum. In einer ganzen Stadt. Aber in dem Spiel fehlt noch jemand.«

Kappler nickte stumm.

Zargert schien sich in der Position des Allwissenden zu gefallen. »Mich würde es nicht wundern, wenn Hannah Preuss sich derzeit in Köln aufhält. Wenn dem so ist, wissen wir beide, warum.«

Kappler gefror das Blut in den Adern. Er spürte eine Extrasystole, sein Herzschlag kam kurz aus dem Takt. Er stand von seinem Stuhl auf, nahm den Zettel an sich.

»Vielen Dank, dass Sie mich hergerufen haben. Ich werde mich an mein Versprechen halten.«

»Nicht nötig«, sagte Zargert und stand ebenfalls auf. »Es gibt noch einen anderen Grund, warum ich Sie hergebeten habe.«

Kappler blickte ihn fragend an, wartete darauf, dass er eine Bitte äußerte. Aber Zargert sah ihn nur an, seine Augen wirkten so leer, als wären sie aus trübem Glas. »Der letzte Satz in dem Brief war nicht an Sie gerichtet. Sondern an mich. Ich habe in den letzten Monaten eine Erkenntnis gewonnen.«

Kappler verstand sofort, was Zargert meinte. Zwischen den beiden befand sich der Tisch. Der Professor hielt seine rechte Hand in der Hosentasche.

»Was immer Sie vorhaben, tun Sie es nicht«, sagte Kappler in ruhigem Tonfall.

Zargert lächelte. »Deshalb habe ich Sie gebeten, zu kommen. Ich wollte Ihnen auch eine Frage stellen.«

»Bitte.«

»Wieso sollte ich mich einem ordentlichen Gericht stellen? Dann würde mein Sohn genau das bekommen, was er haben wollte. Haben Sie darüber nie nachgedacht?«

Kappler setzte den Fuß auf den Stuhl, um mit dem nächsten Schritt auf den Tisch zu steigen. Zargert war schneller. Seine rechte Hand fuhr aus der Hosentasche. Im Licht der Sonne konnte Kappler kurz etwas aufblitzen sehen, bevor Zargert die Klinge in seinem Hals versenkte. Kappler war sofort bei ihm – zu spät. Zargert hatte die Halsschlagader getroffen, das Blut schoss in einer Fontäne heraus.

»Wärter!«, schrie Kappler. »Alarm!«

Zargert ging zu Boden, wo sich augenblicklich eine Blutlache bildete. Kappler kniete sich neben ihn, zog das selbst gebastelte Stichwerkzeug heraus, es war ein halbierter Esslöffel mit einer sehr scharfen Kante.

Hinter Kappler schnellte die Tür auf, der Wärter begriff sofort und verschwand wieder. Kappler versuchte, mit dem Finger die Halsschlagader zuzudrücken. Die Fontäne aus Blut ließ nach, nicht weil Kappler Erfolg hatte, sondern weil der Blutdruck rapide nachließ. Zargert sah ihn mit großen

Augen an und sagte mit letzter Kraft: »Janus wird siegen. Weil Sie ihn nicht verstehen. Weil Sie zu dumm für ihn sind.«

Kappler schüttelte den Kopf. »Nein, das wird er nicht.«

Zargert schloss die Augen, das Blut sickerte nur noch aus seinem Hals, als zwei Wärter mit einem Notfallkoffer hereinstürmten.

Kappler kam wieder auf die Beine, entfernte sich, ließ die Ersthelfer ihre Arbeit machen. Seine Jeans und das Sweatshirt waren von oben bis unten mit Blut besudelt, ebenso die schwarze Lederjacke. Er sah zu dem Professor am Boden, seine Gesichtszüge wirkten entspannt. Die Ersthelfer schüttelten nur den Kopf.

Kappler hätte den Suizid nicht verhindern können. Zargert war fest entschlossen gewesen. Den Suizid nicht, aber alles andere. Er musste Hannah verständigen, sie finden.

Bevor Janus es tat.

KAPITEL 9

Hannah hatte die Notausgangstür ganz geöffnet, blieb aber im Rahmen stehen. Neonlicht fiel in die Gasse, die zwischen den zwei hohen Gebäuden im Dunkeln lag. An der inneren Türklinke war eine Alarmsicherung angebracht, wie das bei Notausgängen üblich war. Der Mechanismus schien manipuliert worden zu sein. Hinter der Tür befand sich ein Vorhang, nicht zugezogen. Hannah konnte in den Verkaufsraum des Sportartikelladens sehen. Der dicke Mann mit dem Verband am Zeigefinger hatte sich die Weste ausgezogen und irgendwo hingehängt. Jetzt sprach er mit einem Kaufhausdetektiv, der einen dunklen Anzug mit weißem Hemd trug und einen Knopf im Ohr hatte. Auch wenn der Dicke nun im hellen Licht stand, konnte Hannah sich nicht sicher sein, ob er der war, den sie in ihm vermutete: Janus. Neun Monate waren seit ihrer letzten Begegnung vergangen. Damals war er ein sportlicher Typ gewesen, aber das hieß ja nichts. In dieser Zeit könnte man sich einige Kilos anfressen. Aber was war mit der Whatsapp-Nachricht? Das konnte kein Zufall sein. Nur deshalb hatte sie ihn überhaupt entdeckt. Und Janus war womöglich in der Lage, ihr Handy zu manipulieren. Wie, davon hatte Hannah keinen blassen Schimmer, aber sie traute dieser Bestie alles zu.

Der Mann verabschiedete sich von dem Kaufhausdetektiv und verschwand zwischen zwei Kleiderständern, an denen preisreduzierte Skijacken für Frauen hingen.

Jetzt trat Hannah hinter dem Vorhang hervor und ließ die Notausgangstür hinter sich zufallen. Der Mann durchquerte in gemächlichem Tempo die Wintermodenabteilung für Frauen. Hannah steuerte auf den Detektiv zu, der sie zu bemerken schien und fragend in ihre Richtung sah.

»Rufen Sie sofort die Polizei!«

Der Detektiv wirkte etwas irritiert. »Die Polizei? Wieso?«

»Der Typ, mit dem Sie eben geredet haben, könnte ein Massenmörder sein.«

»Wie bitte?« Der Detektiv grinste frech. »Soll ich vielleicht lieber einen Krankenwagen rufen, der Sie in die Psychiatrie bringt?«

Es war, als hätte er ihr eine Ohrfeige verpasst, die besonders wehtat, weil seine Reaktion nicht ungewöhnlich schien. Wie hätte Hannah auf so einen Satz reagiert? Nicht anders. Und konnte sie sich sicher sein? War in Wahrheit sie die Verrückte? Hannah hatte selbst bemerkt, dass ihre Stimme beim Sprechen beinahe hysterisch geklungen hatte.

»Ich kenne Mike schon eine ganze Weile«, sagte der Detektiv mit einem Grinsen. »Wie viele soll er denn schon umgebracht haben: Frauen oder Männer, was bevorzugt er?«

Hannah holte tief Luft und versuchte es noch mal, diesmal in einem etwas ruhigeren Tonfall. »Rufen Sie bitte die Polizei und sagen Sie denen meinen Namen. Hannah Preuss. Und sein Name ist Janus!«

»Nein, er heißt Mike«, kam als Antwort.

Es schien aussichtslos, den Detektiv zu überzeugen. Hannah blieb keine Zeit, denn der Mann, der angeblich Mike hieß, war im Begriff, den Verkaufsraum zu verlassen. Zielstrebig ging er in Richtung einer Metalltür mit dem blauen Parkhaus-Symbol.

Hannah ließ den Detektiv einfach stehen und folgte *Mike*. Sie sah aus dem Augenwinkel, wie der Detektiv zu einem Festnetztelefon ging, das an einer Säule hing. Und selbst wenn er die Polizei verständigte, gab Hannah sich nicht der Illusion hin, dass sie in der nächsten Viertelstunde Hilfe zu erwarten hätte. Es lag allein in ihrer Hand, *Mike* nicht aus den Augen zu verlieren.

Hannah ging weiter, folgte ihm, den Kopf etwas geduckt, den Blick auf den Boden gerichtet.

Mike nahm tatsächlich die Tür zum Parkhaus und verschwand im Treppenhaus. Hannah rannte los, ihre rechte Hand immer noch in der Umhängetasche, den Revolver fest im Griff.

Um einen Waffenschein zu erhalten, hatte sie eine Kenntnisprüfung ablegen müssen. Kappler war mit ihr auf dem Schießstand gewesen. Hannah traf, wohin sie wollte – zumindest, solange das Ziel eine Scheibe war. Auf einen Menschen hatte sie noch nie gezielt, geschweige denn einen Schuss abgefeuert. Alle Fachleute sagten, dass das noch mal eine ganz andere Nummer sei. Trotzdem, wenn er es war, Janus, wenn sie ihm tatsächlich gegenüberstehen würde, sie würde es tun. Dessen war sie sich absolut sicher. Hannah durfte ihn nicht noch einmal davonkommen lassen. Diesmal nicht. Ihr Jagdinstinkt war geweckt.

Hannah blieb abrupt stehen, betätigte die Klinke der schweren Brandschutztür zum Parkhaus und riss sie mit

Schwung auf. Im selben Moment stieß sie einen spitzen Schrei aus und wich instinktiv einen Schritt zurück.

Vor ihr stand ein junger Mann mit Vollbart und neben ihm eine hübsche Frau im selben Alter. Die beiden waren offensichtlich genauso erschrocken wie Hannah, dann fingen sie spontan an zu lachen.

Hannah nicht.

»Verzeihung«, sie drängelte sich an ihnen vorbei, rempelte dabei den jungen Mann an und hörte hinter sich die beiden reden.

»Was ist denn mit der los?«

»Vielleicht hat sie was geklaut«, mutmaßte die Frau.

Hannah nahm die ersten Treppenstufen und schaute über das Geländer hinweg. Der Mann, den sie verfolgte, war anderthalb Etagen unter ihr und schien es nicht eilig zu haben. Gar nicht. Er fühlte sich anscheinend sicher, zumindest machte er keine Anstalten, sich umzusehen.

Hannah blieb auf Abstand, richtete ihr Tempo nach ihm. Dann hörte sie, wie wieder eine schwere Brandschutztür geöffnet wurde, der Mann hatte das unterste Parkdeck, Nummer vier, erreicht. Sie sah erneut über das Geländer hinweg, er verließ das Treppenhaus. Hannah erhöhte das Tempo, hielt sich am Geländer fest und nahm gegen Ende der Treppe zwei Stufen auf einmal.

Sie zögerte, bevor sie die Tür öffnete. Vielleicht hatte er nur so getan, als ob er nichts merkte, und wartete hinter der Tür auf sie. Hannah sah sich um, sie war allein. Jetzt nahm sie die rechte Hand aus der Tasche, hielt den Revolver nach unten neben ihr Bein. Die Waffe war schwarz und nicht sehr viel größer als ihre Hand. Mit links betätigte sie die Klinke und riss die Brandschutztür auf.

Dahinter lag die Parkebene. Hannah sah so gut wie keine Autos, geschweige denn Menschen. Logisch, denn es fuhr kaum jemand bis hierher. In der Mitte der Parkebene stand eine antike Mauer, wahrscheinlich aus der Römerzeit. Eine von Scheinwerfern angestrahlte und von einem Metallzaun umgebene Ausgrabung. Hannah hatte davon gehört, dass es bei Tiefbauarbeiten in Köln öfter vorkam, dass man auf römische Artefakte stieß. Das Parkhaus war quasi um die Ausgrabung herumgebaut worden.

Wo steckte der Mann?

Hannah atmete tief durch. Das hatte der Trainer auf dem Schießstand zu ihr gesagt. Das Wichtigste sei, einen kühlen Kopf und Ruhe zu bewahren. Insgeheim hoffte sie, dass alles nur ein absurder Irrtum war und sie sich heute Abend beim Essen mit ihrer Schwester darüber kaputtlachen würde.

Da entdeckte sie ihn, wie er zwischen ein paar Autos auf die Ausgrabung zusteuerte. Direkt dort parkte ein Auto. Kaltes Neonlicht flutete die Parkebene, der Asphalt war schwarz, die Betonpfeiler weiß gestrichen.

Hannah versteckte sich hinter einem der Pfeiler, die Markierungen auf dem Boden wiesen darauf hin, dass der Mann, sollte er mit dem Auto wegfahren, an ihr vorbeikäme. Die Ausfahrt nach oben befand sich rechts neben ihr. Wenn er dort hinwollte, würde sie ihn stoppen, und wenn er nicht freiwillig anhielt, würde sie ihm in die Reifen schießen oder ein paar Löcher in die Motorhaube.

Der Mann ging in gemächlichem Tempo an dem Wagen vorbei, ohne stehen zu bleiben. Es war nicht seiner. Wo wollte *Mike* denn hin? Was hatte er hier unten zu suchen? Wieder erreichte der Mann eine Brandschutztür. Diese war etwas kleiner als die, die vom Treppenhaus in die Parkebene führte, und deutlich verrostet. *Mike* griff in seine Hosentasche, zog etwas hervor, einen Schlüsselbund. Er schien nach dem passenden Schlüssel zu suchen, probierte einen aus, es war der falsche.

Hannah musste ihre Deckung verlassen, um näher an ihn heranzukommen. Sonst könnte er durch die Tür gehen, und wenn sie hinter ihm zufiele, wäre er weg. Sie schlich von einem Pfeiler zum nächsten, den Lauf des Revolvers auf den Boden gerichtet. Sie suchte Schutz hinter der Ausgrabung und ging weiter. Der Abstand zu dem Mann verringerte sich. Wenn er sich plötzlich umdrehen würde, könnte er sie sehen. Aber *Mike* schien voll und ganz auf den Schlüsselbund in seiner Hand konzentriert zu sein. Der rechten Hand, wo er den Verband am Zeigefinger hatte. Seine Umgebung schien *Mike* nicht wahrzunehmen.

Hannah war nur noch etwa zehn Meter von ihm entfernt und sich noch immer nicht sicher, ob es Janus sein könnte – oder tatsächlich Mike, der nur eine Verletzung am Finger hatte, weil er sich vielleicht beim Kartonaufreißen geschnitten hatte.

Hannah überlegte. Sie könnte ihn stellen, ihn mit der Waffe bedrohen, ihn auffordern, sich sofort auf den Boden zu legen, und dann auf die Polizei warten. Sollte sie mit ihrer Vermutung richtigliegen, hätte sie gewonnen. Doch wenn sie falschlag, hätte dies ernste Konsequenzen. Für sie persönlich und für ihren Freund Bernd Kappler. Er war ihr Leumund, ohne ihn hätte sie den Waffenschein nicht bekommen. Jemanden grundlos mit einer Schusswaffe zu bedrohen, war so was wie Körperverletzung. Und man würde ernsthaft an ihrem Geisteszustand zweifeln. Hannah musste sich eingestehen, dass sie das selbst manchmal tat, nämlich genau jetzt, in diesem Moment.

Nein, sie musste abwarten, bis er durch die Tür war, und dann schnell genug dort sein. Womöglich war *Mike* ein Techniker und musste ein paar Aggregate überprüfen oder die Sicherungen, die Sprinkleranlage, was auch immer.

Endlich, er hatte den richtigen Schlüssel gefunden, steckte ihn ins Schloss. Aber bevor er die Tür öffnete, drehte er sich unvermittelt um, zum ersten Mal.

Hannah reagierte blitzschnell. Sie verschwand hinter dem Pfeiler, hielt die Luft an. Sie ging davon aus, dass *Mike* sie nicht sehen konnte. Bald würde sie es wissen. Sekunden der Stille vergingen, dann vernahm sie das Quietschen der sich öffnenden Metalltür.

Hannah wartete noch einen Moment, bevor sie einen Blick riskierte. Wieder das Quietschen, die Tür schien zuzugehen. Hannah wagte sich ein Stück weit nach vorne, um an dem Pfeiler vorbeizuschauen. Der Mann war weg, die Tür ging langsam zu. Offenbar hatte sie einen Schließmechanismus. Wenn er von innen abschließen würde, hätte sie ihn verloren.

Hannah riskierte es, verließ ihre Deckung. Die Tür war zugefallen, der Mann verschwunden. Sie blieb stehen, verharrte einen Meter vor der Tür. Verdammt noch mal, was tat sie hier? War sie von allen guten Geistern verlassen? Angenommen, sie läge richtig mit ihrer Vermutung: Wäre sie auf eine Begegnung mit Janus vorbereitet? Wollte sie wirklich wissen, was sich hinter der verrosteten Metalltür befand? Ja, sie wollte diesen Albtraum beenden. Jetzt hatte sie vielleicht die Chance dazu.

Wieder waren es ihre Füße, die bestimmten, wo sie langging, getrieben von blankem Hass. Hass konnte ein guter Antrieb sein. Sie wollte sich nicht mehr ihren Ängsten hingeben, weiterhin nur das Opfer sein. Sie hielt einen geladenen Revolver in der Hand, schussbereit, und sie wusste seit vier Monaten, wie man damit umging.

Hannah erreichte die Tür, winkelte den Arm ab, um die Waffe richtig zu halten. So, wie sie es gelernt hatte. Ihre rechte Hand zitterte leicht, als sie mit der linken nach der Klinke griff, sie herunterdrückte und daran zog. Die Tür ging in ihre Richtung auf. Ein schmaler Lichtstreifen fiel auf den schwarzen Asphalt. Die Tür quietschte. Hannah öffnete sie ganz.

Von dem Mann, den sie bis hierher verfolgt hatte, fehlte jede Spur. Langsam ließ sie den Revolver sinken.

Vor ihr war nichts weiter als eine alte Backsteintreppe, die hinabführte in ein Gewölbe. Nicht so alt wie die Ausgrabung auf der Mitte der Parkebene. Es war aus roten Backsteinen gemauert. Mindestens zwei Etagen ging es abwärts, vielleicht sogar drei, vermutete Hannah. Am Fuße der Treppe setzte sich das Gewölbe fort, ein Tunnel. An der Decke befanden sich kleine Baulampen, die warmes Licht spendeten.

Der Mann hätte Zeit genug gehabt, die Treppe hinunterzugehen und in dem Tunnel zu verschwinden. Die Tür hatte auf der anderen Seite nur einen Knauf. Wenn sie zufiele, konnte man sie von innen nicht öffnen.

Hannah atmete tief durch und lauschte auf ihre innere Stimme. Ihr kamen die beiden Männer in den Sinn, die verschollen waren, nach denen die Polizei suchte. Mitarbeiter der Stadtentwässerungsbetriebe. Der Stollen, der unter ihr am Fuße der Treppe begann, gehörte wahrscheinlich zur Kanalisation.

Hannah fällte eine Entscheidung.

Um nichts in der Welt würde sie die Treppe hinuntergehen, um dem Mann weiter zu folgen – was war nur in sie gefahren? Vielleicht hatte der Detektiv ja doch die Polizei gerufen, und sie würden oben im Kaufhaus auf sie warten. Dann würde sie ihren Freund Bernd Kappler in Hannover verständigen. Er würde ihr glauben und die Kölner Polizei in Kenntnis setzen, dass Hannah nicht verrückt sei und womöglich etwas gesehen habe. Dann müsste diese handeln, ohne weitere Fragen zu stellen.

Erst jetzt – genau in diesem Moment – fiel Hannah auf, dass die Metalltür, deren Knauf sie immer noch in der Hand hielt, auf der Innenseite mit Schaumstoff ausgekleidet war, wie in einem Tonstudio, um Geräusche nicht nach außen dringen zu lassen.

Bevor ihr Verstand realisierte, was das zu bedeuten hatte, spürte sie einen harten Stoß im Rücken. Hannah stolperte durch die Tür geradewegs auf die Treppe zu. Den Revolver musste sie fallen lassen, um sich an dem Geländer festzuhalten. Mit beiden Händen packte sie zu, die Waffe purzelte die Stufen herunter. Zum Glück löste sich kein Schuss. Hannah fand ihr Gleichgewicht wieder, im selben Moment krachte die schwere Metalltür hinter ihr ins Schloss.

Hannah schnappte nach Luft. Stürzte auf die Tür zu, rüttelte an dem Knauf. Sie hämmerte mit beiden Fäusten gegen den Schaumstoff. Egal wie sinnlos es schien, sie schrie, so laut sie konnte. Sie warf sich mit voller Wucht dagegen, aber es war zwecklos. Die Tür gab keinen Millimeter nach.

Sie war gefangen.

Hannah hörte ein Geräusch auf der anderen Seite der Tür, im Parkhaus. Es klang, als wenn ein schwerer Gegenstand aus Metall über den Boden geschleift würde. Hannah wusste, was das bedeutete. Janus war im Parkhaus, sie hatte den richtigen Mann verfolgt, und er schob etwas vor die Tür, sodass man sie wahrscheinlich nicht mal mehr sah, geschweige denn öffnen könnte.

Hannah schrie erneut, so laut sie konnte, sie brüllte sich die Kehle aus dem Leib, bis ihre Kräfte spürbar nachließen.

Dann brach sie in Tränen aus, kauerte sich auf den Boden vor der Tür und versuchte, nicht in Panik zu geraten. Sie war wie eine Maus in eine Falle getappt, sie hatte den richtigen Riecher gehabt. Er hatte sie angelockt. Hierhergeführt in die Tiefgarage. Und jetzt eingesperrt. Hannah dachte darüber nach, wie das hatte passieren können. Hatte sie gesehen, wie er durch die Tür gegangen war? Nein. In diesem Moment war sie hinter den Pfeiler ausgewichen. Erst als die Tür quietschend zuging, hatte sie wieder einen Blick gewagt. Da war er weg. Nicht durch die Tür, das wusste sie jetzt. Er hatte sich versteckt, gewartet, darauf, dass sie aus der Deckung käme und ihrer Neugier nicht widerstehen könnte.

Das Zittern ihrer Hände ließ ein wenig nach, Hannah beruhigte sich etwas. Dann setzte ihr Verstand wieder ein, und sie fasste einen Entschluss. Da war die Treppe, die hinabführte in die Tiefe, zum Anfang des Tunnels. Dort unten lag auch ihr Revolver.

Hannah raffte sich auf, zog sich am Treppengeländer hoch und ging die Stufen nach unten. Dort angekommen, hob sie den Revolver auf. Das kalte Metall in ihrer Hand fühlte sich gut an. Egal was sie erwarten würde, auf wen sie träfe, was Janus für sie vorbereitet hatte, sie war besser vorbereitet als beim letzten Mal. Sie atmete tief durch. Es war immer noch sein Spiel, aber diesmal wollte sie nicht sein Opfer sein.

Kein Opfer!

Ein Spiel zu gewinnen, begann immer im Kopf, hatte mit der richtigen Einstellung zu tun. Hannah musste es als Chance sehen. Die Chance, dieses Kapitel ihres Lebens abzuschließen. Für immer.

KAPITEL 10

Kappler trat das Gaspedal durch, die Tachonadel streifte lässig die Zweihundertermarke und bewegte sich weiter im Uhrzeigersinn. Dabei gab der Motor kaum Geräusche von sich. Er hatte auf der Dienststelle einen Spind mit Ersatzklamotten, man konnte nie wissen, was einem bei der Arbeit so alles passierte. Dass er einem Suizid beiwohnen würde, hatte er allerdings nicht erwartet. Kappler erinnerte sich an die leeren Augen des Professors und daran, wie im nächsten Moment eine Blutfontäne aus seinem Hals gespritzt war. Hatte der Brief seines Sohnes ihn dazu inspiriert, oder war der Selbstmord von langer Hand geplant gewesen? *Erkenntnis ohne Handeln bedeutet keine ausreichende Erkenntnis.* Hinter diesem Satz verbarg sich eine Menge Wahrheit, egal, von wem er stammte. Zargert hatte sich nicht vor Gericht seiner Verantwortung stellen wollen und deshalb gehandelt. Er wäre aber auch nicht allein in seiner Zelle abgetreten. Der Professor wollte als Letztes in die Augen des Mannes blicken, der sein Geheimnis aufgedeckt und sein Ansehen ruiniert hatte.

Kappler fuhr in einem Wagen der Fahrbereitschaft. Ein schwarzer VW Passat mit getönten Scheiben, hochmotorisiert und mit Blaulicht auf dem Dach. Er musste so schnell wie möglich nach Köln. Er konnte Hannah nicht erreichen, weder sie noch ihre Schwester, die er persönlich nicht kannte, deren Nummer er aber hatte. Kappler konnte nur hoffen, dass jemand die Nachricht auf dem Anrufbeantworter abhörte.

Dass Hannah nicht erreichbar war, bereitete ihm große Sorgen. Als Kriminalkommissar, spezialisiert auf Entführungen und Geiselnahmen, wusste er um die technischen Möglichkeiten, die man heutzutage hatte, um das Handy eines Verdächtigen vom Netz zu trennen. Die Methode hieß in der Fachsprache: IMSI-Catchen. Dazu brauchte es ein Gerät, das eine sehr starke Funkzelle vorgaukelte. Der sogenannte Catcher musste sich in Hannahs Nähe befinden. Alle Handys im Umkreis loggten sich dann bei dem Catcher ein, der wiederum mit einem ordentlichen Funkmast verbunden war. Nun ließen sich alle anderen Handys an den Funkmast weiterleiten, damit niemand etwas merkte. Übrig blieb das eine Handy, das von nun an isoliert war. Man konnte noch ganz andere Dinge damit machen, zum Beispiel die Sendeleistung des Handys heraufsetzen und Apps im Hintergrund öffnen, um den Akku leerzusaugen. Der Catcher hielt die Verbindung zu dem Handy aufrecht und ließ den Besitzer sogar glauben, er habe guten Empfang. Nachrichten konnte man über den Catcher ebenfalls senden und ihnen jede beliebige Nummer zuteilen. Wer in der Lage war, eine Stadt wie Köln ins Chaos zu stürzen, würde auch so etwas mit Leichtigkeit schaffen.

Die Autofahrer vor ihm wichen nach rechts auf die mittlere Spur aus. Kappler hatte sich keine Genehmigung für die Sonderrechte einholen müssen, seine Mission rechtfertigte eigenmächtiges Handeln. Die Tachonadel überschritt inzwischen die Zweihundertvierzig, manchmal musste er kurz vom Gas gehen, einmal sogar bremsen, weil der Fahrer vor ihm zu träge reagierte.

Gleich nach Verlassen der JVA hatte Kappler sofort mit dem leitenden Polizeidirektor Manfred Wehner in Köln telefoniert. Der Kollege wies jedoch nur darauf hin, dass die Kölner Polizei im Moment »genug andere Probleme« habe, als auf einen vagen Verdacht hin nach einem Serienmörder zu fahnden. Außerdem, so schien es Kappler, fehlte dem Polizeidirektor schlichtweg die Fantasie, sich vorzustellen, dass das Chaos in Köln mit den Vorfällen auf der Marienburg nahe Hannover zu tun haben könnte. Kappler hatte das Gespräch daraufhin beendet.

Kappler kam an Bielefeld vorbei. Bei diesem Tempo könnte er es in einer Stunde schaffen. Was auch davon abhing, wie groß das Verkehrschaos rund um Köln sein würde. Das Blaulicht verschaffte ihm Sonderrechte, aber es räumte keine stehenden Autos zur Seite.

Da kam ein Anruf herein, Kappler sah auf das Display der Freisprecheinrichtung, wo der Name Valerie Uhlenbrock erschien. Endlich!

»Kappler«, sprach er in das Mikro. »Frau Uhlenbrock. Ist Hannah bei Ihnen?«

»Nein«, kam als Antwort. Die Verbindung war schlecht. »Ich habe Ihre Nachricht auf dem Anrufbeantworter abgehört. Was ist denn los?«

»Sind Sie zu Hause?«

»Nein. In der Stadt, ich kann das auch von unterwegs abhören. Sagen Sie mir endlich, was los ist.« Ihre Stimme klang besorgt.

»Ich bin Hauptkommissar Bernd Kappler. Ein Freund von Hannah.«

»Ja, das weiß ich längst«, sagte sie. »Hannah hat viel von Ihnen erzählt.«

»Wo ist sie?«

»Sie müsste jeden Moment hier sein, wir sind verabredet. In der Stadt.«

»Was heißt, Sie sind verabredet? Sie ist doch bei Ihnen zu Besuch, oder?«

»Ja, wir haben uns für ein Stündchen getrennt, wir wollten in unterschiedliche Geschäfte. Ich bin jetzt am Treffpunkt, sie ist aber erst zehn Minuten über der Zeit. Soll ich ihr sagen, dass sie Sie zurückrufen soll?«

»Nein. Bleiben Sie dran. Wo ist der Treffpunkt?«

Kappler betätigte aggressiv das Fernlicht und hupte, weil ein Auto mit Fahrradanhänger die linke Spur blockierte. Wahrscheinlich hatte der vor ihm das Blaulicht nicht gesehen. Endlich zog er nach rechts. Die Bahn war wieder frei.

»Am Brunnen vor Galeria Kaufhof, auf der Schildergasse. Wieso?«

»Schildergasse, Galeria Kaufhof. Okay, bleiben Sie dort. Ich bin auf dem Weg nach Köln. Und ich muss Sie treffen, Sie beide.«

Für einen kurzen Moment trat Stille ein. Die Verbindung war unterbrochen.

»Hallo? Sind Sie noch dran?«

»Hallo? Hören Sie mich?«, drang es verzerrt aus den Boxen.

»Ja, ich bin noch dran.« Kappler musste sich beeilen, bevor die Verbindung endgültig abbrach. Er konnte von Glück reden, dass Valeries Handy funktionierte.

»Hören Sie mir gut zu. Sehen Sie in Ihrer Nähe einen Streifenwagen oder einen Polizisten?«

»Da ist einer auf einem Motorrad. Wieso?«

»Gehen Sie zu ihm und geben Sie ihm das Handy, ich will mit ihm reden.«

»Der startet gerade den Motor und will losfahren.«

»Halten Sie ihn auf, schnell.«

»Was ist denn los? Was soll ich ihm sagen?« Ihre Stimme überschlug sich fast. Wie unter Stress.

»Reichen Sie ihm das Handy«, blaffte er ins Mikrofon. »Jetzt gleich.«

Es dauerte einen Moment, bis sie wieder was sagte. »Ich bin jetzt bei ihm. Er ist stehen geblieben. Augenblick.«

Einen Moment hörte Kappler nichts, dann ertönte eine Männerstimme. »Polizeikommissar Schmitt. Was ist los?«

»Hauptkommissar Bernd Kappler, LKA Niedersachsen. Hören Sie mir zu. Die Frau neben Ihnen heißt Valerie Uhlenbrock, und sie ist eine sehr wichtige Zeugin – in einem Mordfall. Können Sie auf sie achtgeben, bis ich bei Ihnen bin?«

»Nein, ausgeschlossen. Hier herrscht das pure Chaos. Jeder verfügbare Mann wird gebraucht.«

»Das glaube ich Ihnen, aber: In Ihrer Stadt hält sich ein Massenmörder auf. Er könnte für das alles verantwortlich sein.«

»Wie bitte? Was reden Sie denn da?« Der Streifenpolizist schien Kappler kein Wort zu glauben. »Hören Sie, da wurde ein Einbruch bei einem Juwelier gemeldet, ich muss los.«

»Wie ist Ihr Name?«

»Schmitt. Vorname: Bernd, genau wie Sie.«

Kappler hörte, wie das Motorrad aufheulte, dann ertönte Valeries Stimme. »Was ist denn los?«

»Hannah ist noch nicht aufgekreuzt, oder?«

»Nein.«

»Bleiben Sie dort, wo Sie jetzt sind. Senden Sie mir den Standort, okay? Sie warten, bis ich da bin. Sollte Hannah auftauchen, gehen Sie zusammen zur nächsten Polizeiwache und warten dort auf mich. Haben Sie verstanden?«

»Ja«, sagte sie und wiederholte. »Warten, und wenn Hannah kommt, zur nächsten Polizeiwache. Die ist in der Stolkgasse.«

»Okay. Und Sie sind im Moment am Brunnen vor Galeria Kaufhof, Schildergasse?«

»Ja, richtig.«

»Bis gleich. Ich beeile mich, aber es kann was dauern.«

Er beendete das Gespräch. Das Telefonat bedeutete, dass nicht das gesamte Telefonnetz in Köln gestört war, nur Hannahs Handy funktionierte nicht. Das war fast ein Beweis für Kapplers Vermutungen. Hannah lag inzwischen eine Viertelstunde über der Zeit. Kappler gab sich nicht der Illusion hin, dass sie plötzlich auftauchen würde. Hannah war immer pünktlich. Die Prophezeiung hatte sich bewahrheitet. Janus war wieder da.

Bilder von dem grauenvollen Massaker kamen Kappler in den Sinn. Bis zum 9. Januar dieses Jahres war so eine Tat für den erfahrenen Kommissar unvorstellbar gewesen.

Wie viele Leichen würden sie diesmal zählen? Und was geschah in diesem Moment mit Hannah?

Er musste sie finden. Rechtzeitig.

KAPITEL 11

Hannah sah auf ihr Handy. Hatte es schon über der Erde nicht funktioniert, zeigte das Display hier unten erst recht null Balken an. Sie steckte es in ihre Flexbag zurück und machte den Reißverschluss zu.

Sie atmete schwer. Die Angst war wie ein Korsett, das sich von selbst immer enger zuschnürte. Mit jedem Schritt, den sie sich durch den schmalen Tunnel bewegte. Das Gewölbe aus roten Backsteinen war etwa zwei Meter hoch und verlief nicht schnurgerade. Lang gezogene Biegungen machten es unmöglich, zu sehen, wohin sie der Tunnel letztendlich führen würde. Hannah hatte Mühe, das Zittern ihrer rechten Hand zu unterdrücken, in der sie den Revolver hielt. So fest, dass ihre Faust verkrampfte und beinahe wehtat. Wenn plötzlich hinter der Biegung eine Bedrohung auftauchen würde, musste sie bereit sein. Licht gab es ausreichend, an den Decken hingen kleine Baulampen. Hannah sah nach oben, irgendwo mussten die Stromkabel, die die Lampen miteinander verbanden, doch hinführen. Vielleicht waren sie so etwas wie der Faden der Ariadne, der sie aus diesem Labyrinth hinausführte.

Fest stand, dass sie sich tief unter der Erde befand. Das Parkhaus hatte vier Untergeschosse gehabt, diese Treppe führte sie mindestens noch einmal zwei Etagen abwärts.

Vielleicht auch drei. Hannah nahm an, dass dieser Tunnel zur Kanalisation gehörte, als Versorgungsschacht oder etwas Ähnliches. Der Boden war halbwegs trocken, nur Kondenswasser tropfte von den Backsteinen an der Decke.

Da! Es bewegte sich etwas vor ihr. Hannah hörte ein Geräusch, ein hohes Quieken. Sie blieb abrupt stehen.

Ratten, kam es ihr in den Sinn. Sie hatte mal gelesen, dass Millionen von diesen Tieren in Köln lebten, sogar mehr als Menschen. Wenn nicht hier, wo sonst sollten sie sich aufhalten? Hannah wusste zum Glück, dass Ratten für gewöhnlich scheue Tiere waren und sich verkrochen, wenn jemand kam. Bald würde sie wissen, ob das auch stimmte.

Sie verharrte an Ort und Stelle, hörte kein Quieken mehr, sah nichts. Die Ratte hatte sich hoffentlich verzogen. In diesem Versorgungstunnel gab es nichts zu fressen. Ratten hielten sich eher in der Nähe des Buffets auf, dort, wo die Abfälle vorbeischwammen.

Sie hörte wieder etwas. Diesmal war es kein Tiergeräusch. Stimmen. Eindeutig. Zwei Stimmen. Sie wurden lauter, näherten sich. Hannah hörte auch Schritte, konnte aber noch nichts sehen, weil der Tunnel vor ihr wieder eine Biegung machte. Jetzt waren sie deutlich zu hören, Hannah verstand jedes Wort.

»Wo führt dieser Tunnel denn hin?« Eine Frauenstimme.

»Was weiß ich?«, antwortete ein Mann, und im selben Moment traten die beiden in Hannahs Sichtfeld. Sie hatte den Revolver bereits gehoben und unterstützte die rechte Hand mit der linken, so wie sie es auf dem Schießstand gelernt hatte.

»Stopp«, schrie sie den beiden entgegen.

Die beiden erstarrten. Hannah zielte zum ersten Mal auf Menschen, gleich auf zwei.

»Hey, hey, hey«, sagte der Mann in einem demütigen Tonfall. »Langsam.«

»Fuck«, entwich es der Frau.

Für einen Moment kehrte Stille ein. Sie sahen einander in die Augen.

»Wer seid ihr?«, fragte Hannah mit zittriger Stimme.

»Das geht dich einen Scheiß an, Bullenschlampe«, zischte die Frau. Hannah schätzte die Frau auf Mitte zwanzig. Sie trug in etwa die gleichen Klamotten wie der Mann. Schwarze Cargohose, schwarze Stiefel, schwarze Jacke, schwarze Wollmütze und ein rotes Halstuch, das man sich leicht über den Mund ziehen konnte. Um sich zu maskieren. Hannah kannte das Outfit, es wurde oft von Demonstranten bevorzugt. Von solchen, die Krawall machten. Vom »Schwarzen Block«.

Hannah kam das Gespräch mit den beiden Männern am Neumarkt in den Sinn. Die hatten gesagt, dass Umweltaktivisten für das Chaos in der Stadt verantwortlich wären. Wahrscheinlich hatten die Medien recht, es waren Aktivisten. Und die standen ihr jetzt gegenüber. Die verfilzten Haare der Frau wirkten genauso ungepflegt wie ihr Gesicht. Sie sah ungewaschen aus, hatte Piercings in Nase, Unterlippe und Ohren stecken.

Mit jeder Sekunde, die sie sich anstarrten, gewann Hannah den Eindruck, als ob die beiden nicht zum ersten Mal in die Mündung eines Revolvers blickten. Sie blieben cool, beide, aber vor allem der Mann, der langsam und beschwichtigend die Hände hob.

»Wir sind unbewaffnet«, sagte er in ruhigem Tonfall

und mit einer sonoren, angenehmen Stimme. »Es besteht kein Grund, uns mit einer Knarre zu bedrohen. Würdest du sie bitte runternehmen?«

Hannah ließ den Revolver sinken, hielt ihn neben ihren Oberschenkel, den Lauf auf den Boden gerichtet. Ihre Stimme vibrierte leicht, sie fühlte sich alles andere als selbstsicher. »Wer seid ihr, und was macht ihr hier?«

»Sag uns zuerst, ob du 'n Bulle bist«, fauchte die Frau. »Wenn ja, müssen wir –«

»Nein«, schnitt Hannah ihr das Wort ab.

»Wieso trägst du dann eine Waffe?«, fragte der Mann. Er war etwa einen Meter achtzig groß. Hannah schätzte ihn auf Ende zwanzig, höchstens Anfang dreißig. Er sah gut aus, hatte sanfte Gesichtszüge und lange blonde Haare, die ihm bis zu den Schultern gingen. Ein Stirnband verhinderte, dass sie ihm ins Gesicht fielen. Er hätte auch ein Rockstar sein können, Gitarre oder Schlagzeug. Wahrscheinlich spielte er keins dieser Instrumente und musste sich deshalb auf andere Weise Publikum verschaffen. Seine Haut wies keine Narben auf, nicht von Akne oder Prügeleien. Womöglich stand er immer in der zweiten Reihe, wenn es zur Sache ging.

»Ich bin gefährdet«, antwortete Hannah. »Ein Typ stalkt mich, deshalb darf ich den Revolver tragen.«

Der Mann machte große Augen. Hannah wusste nicht, ob er ihr glaubte. »Wir haben Schreie gehört. Warst du das?«

Hannah nickte.

Er fragte weiter. »Dieser Typ, der dich stalkt, ist der hier?«

»Nein, aber er hat mich eingesperrt. Der Ausgang hinter mir ist verbarrikadiert.«

Der Mann nickte, schien ihr zu glauben.

»Wie heißt ihr?«, fragte Hannah.

»Nico«, sagte er.

»Gina«, antwortete die Frau. »Und du?«

Hannah zögerte. »Hannah.«

Vielleicht irrte sie sich, aber Nico verzog kurz die Augenbrauen, als ob er mit ihrem Namen irgendwas verband.

»Ihr seid Aktivisten, richtig?« Hannah fragte weiter. »Habt ihr das Chaos da oben angerichtet?«

Die beiden grinsten stolz.

»Das war erst der Anfang«, sagte Gina und kassierte prompt einen Ellenbogencheck von Nico. Es folgte ein strafender Blick. Offenbar redete Gina, wenn sie mal was sagte, dann gleich zu viel.

»Ich bin nicht euretwegen hier«, sagte Hannah. »Was ihr so treibt, ist mir egal. Ehrlich. Ich wurde eingesperrt, und wenn ihr mir einen anderen Ausgang zeigt, bin ich schneller weg, als ihr bis zehn zählen könnt.«

»Vergiss es«, sagte Gina. »Netter Versuch, aber wenn wir dich gehen lassen, verpfeifst du uns an die Bullen.«

Hannah sah ihr in die Augen. »Und ihr habt noch was Großes vor?«

Gina verstummte, sie hatte dazugelernt und hielt die Klappe.

Nico ergriff das Wort. »Du wurdest eingesperrt, von dem Typen, der dich stalkt?«

»Ja. Seinetwegen habe ich den Revolver.« Sie tat ihn nicht zurück in die Umhängetasche, sondern sicherte die Waffe und steckte sie hinten in den Hosenbund, um sie jederzeit griffbereit zu haben. Die beiden machten aber nicht den Eindruck, als ginge von ihnen eine akute Gefahr aus.

»Wie sieht der Typ aus?«, wollte Nico wissen.

Die Frage erschien Hannah ungewöhnlich, es sei denn … Hannah hatte eine dunkle Vorahnung. Nico schien irgendwas zu wissen.

»Er ist sehr korpulent, hat ein richtiges Doppelkinn«, antwortete sie. »Und sein rechter Zeigefinger fehlt. Um das zu kaschieren, könnte er allerdings Handschuhe tragen oder einen Verband haben. Wieso fragst du?«

Nicos Gesichtsausdruck verriet, dass er anscheinend jemanden kannte, auf den diese Beschreibung passte. Die Begegnung hier unten schien kein Zufall zu sein, das Zusammentreffen war arrangiert. Von Janus.

»Und du heißt Hannah?«, fragte Nico.

Hannah reagierte barsch. »Rück endlich raus mit der Sprache, wenn du etwas weißt. Ja, ich heiße Hannah.«

»Du wurdest uns angekündigt«, sagte Nico.

Gina war baff. »Wie jetzt?«

»Halt die Schnauze«, blaffte er seine Partnerin an.

Hannah zog vorsorglich den Revolver aus dem Hosenbund, hielt ihn wieder in der Hand, den Lauf zum Boden gerichtet. Plötzlich ergab alles einen Sinn. Nico war ein Komplize von Janus, freiwillig oder unfreiwillig. Ob er wusste, dass er es mit einem gefährlichen Psychopathen zu tun hatte, konnte Hannah noch nicht beurteilen. Sie wusste aber, dass Janus Handlanger benutzte. Nützliche Idioten, für die das Abenteuer meistens tödlich endete. Hannah musste herausfinden, wie weit Nico eingeweiht war, welche Rolle jeder von ihnen in diesem Spiel einnahm.

»Wir haben also einen gemeinsamen Bekannten«, setzte Hannah das Gespräch fort. »Was hat er über mich erzählt?«

»Deinen Namen, mehr nicht«, sagte Nico. »Dass du bewaffnet bist, hat er nicht gesagt. Auch nicht, dass du eine Uhr von *Patek Philippe* trägst.«

Hannah hob verwundert den linken Arm. Nico kannte sich also mit Luxusartikeln aus.

»So einer Kapitalistenfotze traue ich keinen Millimeter über den Weg«, fauchte Gina. Obwohl sie eindeutig jünger als Nico zu sein schien, wirkte sie verlebter. Die Piercings sollten wahrscheinlich von den tiefen Rändern unter ihren Augen ablenken.

Hannah ignorierte die Verbalattacke, schaute zu Nico. »Du kennst dich also gut mit Uhren aus.«

»Die ist nicht zu übersehen. Außerdem passt sie nicht zu einer wie dir.«

»Einer wie mir?«

Er nickte, ohne weiter darauf einzugehen.

»Janus hat dir also meinen Namen gesagt?«

Nico sah sie verdutzt an. »Janus?«

»Wie hast du ihn denn genannt?«

»Mike«, antwortete Nico, und im selben Moment schloss sich der Kreis.

»Und was hat er gesagt, warum ich zu euch stoße?«

»Du bist Journalistin, oder?«

Hannah schüttelte den Kopf. »Ich studiere Psychologie in Hannover und bin bei meiner Schwester zu Besuch.«

Nico geriet ins Straucheln, das verriet sein Blick. Er hatte jemand anderen erwartet.

»Weiter! Was hat Janus erzählt?« Hannah steckte den Revolver wieder hinten in den Hosenbund.

»Du sollst uns sagen, wie es da oben aussieht und an welcher Stelle wir wieder ins Freie kommen dürfen.«

Hannah überlegte kurz. »Wie viele seid ihr?«

Nico räusperte sich. »Sieben.«

Sieben! Genau wie beim letzten Mal, dachte Hannah. Das Spiel wiederholte sich. »Wo sind die anderen? Wir müssen zu ihnen. Sofort!«

»Komm mit.« Nico wendete sich ab und ging voraus. Gina holte zu ihm auf, Hannah folgte den beiden in einigem Abstand.

Sie überlegte, was am besten zu tun war. Auf jeden Fall musste sie die Gruppe schleunigst davon überzeugen, dass jeder Einzelne von ihnen in akuter Lebensgefahr schwebte.

KAPITEL 12

Bernd Schmitt bahnte sich mit seinem Motorrad einen Weg durch die Fußgängerzone, hatte das Blaulicht und die Sirene eingeschaltet. Er ging fest davon aus, nicht der Erste am Tatort zu sein, denn seitdem der Überfall gemeldet worden war, waren bereits zehn Minuten vergangen. Er näherte sich dem Juweliergeschäft. Über der Tür zuckte das rote Licht der Alarmanlage wie ein Stroboskop. Eine Gruppe junger Leute hatte sich auf der Straße versammelt, als würden sie eine Party feiern. Sie drifteten auseinander, als Schmitt näher kam, aber keiner lief weg.

Er stoppte das Motorrad, stieg ab und zog seine Dienstwaffe, wie er es gelernt hatte. Die jungen Leute vor dem Laden wirkten nicht wie die Täter. Über Funk hatte es geheißen, dass drei schwer bewaffnete, maskierte Männer an dem Raubüberfall beteiligt waren. Schmitt näherte sich mit vorgehaltener Pistole der Tür, als zwei junge Männer, die sich mit ihren Schals vermummt hatten, herauskamen. Der eine trug eine schwarze Baseballkappe mit einem weißen X auf der Stirnseite. Sie hoben die Hände, als sie in die Mündung der Pistole sahen.

»Wir haben die Polizei gerufen«, schrie der eine mit einem schwarzen Schal vor dem Mund und ohne Kappe. Er hatte dunkelblondes gelocktes Haar.

»Und wieso habt ihr einen Schal im Gesicht?« Schmitt bemerkte, dass der andere mit der Kappe zwei Uhren am Handgelenk hatte.

Hinter ihnen kam eine schlanke Frau um die vierzig aus dem Geschäft, sie trug ein modisches Businesskostüm, und ihr Gesicht war blutverschmiert. Grund dafür war eine Platzwunde über dem rechten Auge, und ihr fehlten zwei Schneidezähne.

Sie lispelte. »Kommen Sie schnell, wir brauchen Hilfe!«

Schmitt war einen Moment ratlos. Sollte er sich um die vermeintlichen Täter kümmern oder um die Frau? Wo verdammt blieben die Kollegen?

»Los, zurück in den Laden.« Er zielte nach wie vor auf die Männer. Hinter ihm bildete sich eine Traube von Passanten, die eben noch nicht da gewesen waren. Die Männer gingen mit erhobenen Händen rückwärts in den Laden zurück. Schmitt blieb in sicherem Abstand zu ihnen.

»Geben Sie die Uhren zurück«, keifte die Frau den Mann mit der Kappe an. Er aber behielt seine Hände oben. Schmitt sah sich um. Der Teppichboden war übersät mit Glasscherben, die Vitrinen waren zertrümmert. Vor einer saß ein älterer Herr im dunklen Anzug, er schnappte nach Luft. Sein Gesicht war blutverschmiert und das Bein seltsam verdreht. Er hatte Schmerzen, blickte den Polizisten mit apathischen Augen an.

»Das waren wir nicht«, sagte der mit dem schwarzen Schal. »Das waren wir wirklich nicht. Wir wollten nur helfen.«

»Und wo sind die Täter?« Schmitt verstand immer noch nicht, was sich hier genau abgespielt hatte.

»Geben Sie die Uhren zurück«, schrie die blutverschmierte Frau. »Die haben die Uhren gestohlen, nachdem die Täter weg waren.«

Der Mann mit der Kappe behielt die Hände hinter dem Kopf und löste die Uhren von seinem Handgelenk.

»Es waren drei Männer«, sagte der mit dem schwarzen Schal. »Maskiert. Die hatten richtige Waffen und einen Vorschlaghammer.«

»Die haben den Laden kurz und klein geschlagen«, sagte der mit der Kappe und legte die Uhren in die kaputte Vitrine, woher er sie wahrscheinlich genommen hatte.

Schmitt verstand. »Und weil die Polizei nicht kam, habt ihr euch mal eben selbst bedient?«

»Helfen Sie meinem Mann«, schluchzte die Frau. »Bitte. Tun Sie doch was.«

Er sah zu den Dieben. »Leert eure Taschen, sofort. Lasst alles hier, was ihr klauen wolltet.«

Sie folgten der Aufforderung.

Schmitt sprach in sein Funkgerät. »Arnold elf-eins von elf-fünfundsiebzig, kommen.«

»Arnold elf-eins hört«, ertönte es aus dem Funkgerät.

Schmitt sprach ins Mikro. »Zwei Verletzte nach Raubüberfall. Erbitte dringend zwei RTW in die Mittelstraße.«

Der Mann mit dem Schal schüttelte verächtlich den Kopf. »Den haben wir schon vor einer Viertelstunde gerufen. Die kommen nicht.«

Inzwischen hatten die beiden ihre Taschen vollständig ausgeleert und alles in die zerstörte Vitrine gelegt.

Das Funkgerät ertönte wieder: »Arnold elf-fünfundsiebzig. RTW steckt fest. Wie alle anderen auch.«

Schmitt behielt die Waffe in der Hand, während er sich in die Hocke begab, um nach dem verletzten Juwelier zu schauen. Die Männer nutzten die Unaufmerksamkeit und rannten los. Nach draußen.

Schmitt sah keinen Grund, ihnen nachzulaufen. Sie waren Trittbrettfahrer. *Was war nur los in dieser Stadt?*

Der Juwelier saß auf dem Boden und starrte ihn mit großen Augen an. »Wo waren Sie so lange?«

»Ja, wo waren Sie?«, schrie die Frau hysterisch. Sie heulte, blutiger Schleim lief ihr aus Mund und Nase.

Da ertönte eine Stimme aus seinem Funkgerät: »Arnold elf-eins meldet stummen Alarm aus einem Juweliergeschäft in der Brabanter Straße.«

KAPITEL 13

Der schmale Tunnel, durch den Hannah den beiden folgte, endete in einem großen hohen Raum, natürlich ohne Fenster. Es erschien Hannah im ersten Moment unglaublich, aber die einzige Lichtquelle war ein an der Decke hängender Kronleuchter, an dem sich sechs Glühbirnen in Kerzenform befanden. Ein Kronleuchter in einer Kanalisation, das wirkte einfach nur skurril. Hinter einer etwa einen Meter hohen Steinmauer verlief ein mäßig gefüllter Abwasserkanal. Das Wasser schien bereits geklärt zu sein. Es roch modrig in dem hohen Raum, wie in einem feuchten, schlecht gelüfteten Keller, aber nicht nach Fäkalien.

Vier Männer und eine weitere Frau starrten Hannah an, als sie zu der Gruppe stieß. Sie schienen ungefähr zwischen zwanzig und vierzig Jahre alt zu sein. Alle waren sichtlich irritiert, dass Nico und Gina einen Gast mitbrachten. Hannah machte sich einen simplen Reim darauf: Nico hatte als Einziger die Information erhalten, dass noch jemand dazustoßen würde. Wahrscheinlich hatte er überhaupt als Einziger Kontakt zu Janus.

Hannah kombinierte weiter. Nico war der Anführer der Truppe, aber auch nur eine Marionette des Psychopathen, das wusste Hannah aus Erfahrung. Wie sollte sie das ihren neuen, äußerst wortkargen Mitspielern beibringen?

Hannah sah hinauf zu dem Kronleuchter.

»Das ist der Kronleuchtersaal«, erklärte Nico. »Kaiser Wilhelm dem Zweiten gewidmet. Aber ich glaube, dieses Arschloch hat sich hier noch nicht mal blicken lassen.«

»Stell dir vor«, sagte Gina. »Es gibt reiche Knacker, die sich hier unten Konzerte reinziehen. Zum Kloputzen sind sie sich zu fein, aber Musik hören bei dem Gestank, das geht.«

Die anderen lachten, nickten zustimmend, waren sich einig.

An einer Wand hing ein altes Telefon aus dem vorletzten Jahrhundert. Mit Wählscheibe. Hannah hatte so ein Teil mal in einem Bergbaumuseum gesehen. Sie ging hin, griff nach dem Hörer, hob ihn ab. Es ertönte kein Geräusch.

»Vergiss es«, sagte einer der Männer. »Das Ding ist tot.«

Ein anderer schaute fragend zu Nico. »Wer ist die Tussi? Was macht sie hier?«

»Ich dachte, dass sie uns sagen könnte, wo wir wieder an die frische Luft kommen«, antwortete Nico.

Hannah deutete zu einer Metalltreppe, die nach oben führte. »Da oben ist eine Tür, oder?«

»Die ist zugeschweißt«, sagte die andere Frau, deren Namen Hannah noch nicht kannte, die aber höchstens zwanzig Jahre alt war. Eindeutig das Küken in dieser Truppe.

»Ich bin übrigens keine Tussi«, sagte Hannah zu dem Mann, der sie so genannt hatte. »Ich heiße Hannah – und ihr?«

Den anderen erschien es auch sinnvoll, sich vorzustellen. Da die Männer und Frauen alle das gleiche Outfit trugen, wie Soldaten im Krieg, war es schwer, sie auseinanderzuhalten. Um sich ihre Namen besser einprägen zu können, bediente sich Hannah der Loci-Methode, die sie im Studium gelernt hatte und die auch von Gedächtniskünstlern angewendet wird. Sie dachte sich zu jeder Person eine kurze Geschichte aus, die eine Assoziation ermöglichte.

Luis hatte einen Vollbart und wuschelige dunkle Haare. Hannah schätzte ihn ungefähr so alt wie Nico, Ende zwanzig, Anfang dreißig. Er war ein kerniger, südländischer Typ, der sie ein wenig an Reinhold Messner erinnerte. Sie gab ihm den Spitznamen *Luis Trenker*.

Moritz hatte eine krumme Nase, die wahrscheinlich schon mehrmals gebrochen war. Obwohl er nicht sehr muskulös wirkte, stufte Hannah ihn in die Kategorie Krawallmacher ein: *Moritz, der Hooligan*.

Sven fiel durch seine kurz geschnittenen, grauen Haare auf – und das, obwohl Hannah ihn jünger schätzte als die anderen Männer, Anfang, höchstens Mitte zwanzig. Die Geschichte, die sich in ihrem Kopf zusammensetzte, war, dass Sven sich irgendwann mal sehr erschrocken hatte, weshalb seine Haare schlagartig ergrauten, er bekam den Spitznamen: *der schreckhafte Sven*.

Frederick war muskulös, sportlich und der Älteste unter ihnen, Mitte bis Ende dreißig. Er trug eine Brille mit sehr starken Gläsern, die so groß waren wie Zweieuromünzen. Hannah gab ihm den Spitznamen *Fischauge*, da seine Pupillen durch die Linsen stark vergrößert waren. *Frederick Fischauge*, das passte.

Und zuletzt war da noch Chiara, die andere Frau neben Gina. Sie wirkte wie aus reichem Hause, ihre Haut war gepflegt, die Hände ebenfalls. Vermutlich ein verwöhntes

Einzelkind, das gegen seine Eltern rebellierte. Hannah baute die Eselsbrücke zu Che Guevara: *Che Chiara*.

Am Ende der Vorstellungsrunde stand immer noch die Frage im Raum, wer Hannah war und was sie hier wollte.

»Ich bin hergelockt und eingesperrt worden von eurem Boss«, sagte sie.

Alle Augenpaare bewegten sich in Richtung Nico.

»Ich meine den wahren Boss«, fügte Hannah hinzu.

»Unser Boss? Wer soll 'n das sein«, fragte Luis.

Hannah wich seinem fragenden Blick aus und schaute ebenfalls zu Nico, dem ihre Anwesenheit schon jetzt gehörig gegen den Strich zu gehen schien.

»Ich habe euch doch gesagt, dass die Organisation ein Experte übernommen hat«, rechtfertigte er sich. »Wer von uns hätte gewusst, welche Weichen wir stilllegen müssten, um das maximale Chaos zu erzeugen?«

»Aber es war nie die Rede von einem Boss«, warf der *schreckhafte* Sven mit den grauen Haaren ein. »Ich dachte, wir handeln autonom. Wer ist das, dieser Boss?«

»Ein Psychopath«, sagte Hannah. »Er benutzt euch nur für seine Zwecke!«

Jetzt sahen alle zu Hannah. Sie spürte, dass sie Nico den Tag verderben würde, der eigentlich sein größter Triumph werden sollte. Darauf konnte sie keine Rücksicht nehmen. »Es handelt sich um Janus, so nennt er sich. Sein richtiger Name ist Aurel Zargert.«

»Janus?!«, entfuhr es Chiara. »Den Namen habe ich schon mal gehört. War das nicht damals dieser Typ in diesem Schloss in …«

»Schloss Marienburg, bei Hannover«, fiel Hannah ihr

ins Wort. »Genau diesen Janus meine ich. Er hat nachweislich neun Menschen auf dem Gewissen, bei fünf Morden war ich live dabei.«

»Du?«, fragte Moritz, *der Hooligan.* »Du bist eine der Überlebenden?«

Hannah nickte.

»Und wieso haben wir noch nie dein Bild in der Zeitung gesehen oder im Fernsehen?«, blaffte Gina sie an.

»Weil vielleicht nicht jeder so mediengeil ist wie du?«, konterte Hannah und erntete spontan zwei Lacher von Luis und Chiara.

»Du verarschst uns doch«, sagte Frederick und starrte sie mit seinen großen Fischaugen an.

»Leider nicht«, konterte Hannah. »Ihr könnt mir glauben oder es lassen. Je länger ihr dafür braucht, desto mehr von euch werden sterben. Wir sitzen von nun an im selben Boot. Und je schneller wir ein Team bilden, desto besser für uns alle.«

»Und wer steuert das Boot?«, fragte Nico.

»Meinetwegen du«, sagte Hannah. »Aber ich sage euch, wo es langgeht.«

»Vergiss es!« Gina schrie sie an. »Von dir lasse ich mir gar nichts sagen, du kannst eine Menge behaupten. Ich glaube dir kein Wort.«

»Sie hat einen Revolver«, sagte Nico zu den anderen.

»Was?! Wieso?« Moritz, *der Hooligan*, war hellwach.

Hannah zog den Revolver hinten aus dem Hosenbund. »Ich habe nicht vor, einem von euch etwas anzutun. Der Revolver könnte uns aber noch sehr nützlich sein.«

»Und wieso hast du überhaupt einen?«, wollte Frederick, das *Fischauge*, wissen.

Die Loci-Methode funktionierte ganz gut, Hannah hatte sich die Namen bereits eingeprägt.

»Wegen Janus. Er hasst mich.«

»Der Typ wird mir immer sympathischer«, grätschte Gina dazwischen und hoffte auf Zustimmung. Aber keiner der anderen reagierte.

Hannah ging über die Bemerkung hinweg. »Janus hat noch eine Rechnung mit mir offen. Ich war es, die …«, sie zögerte.

»Die was?!« Luis platzte vor Ungeduld und zupfte an seinem Vollbart.

»Ich habe ihm den rechten Zeigefinger abgeschnitten«, sagte Hannah in die Runde.

Das saß. Ihre Worte an sich waren nicht so schockierend wie die Lässigkeit, mit der sie sie ausgesprochen hatte.

Luis zupfte weiter an seinem Bart. »Er will sich also an dir rächen. Und was haben wir damit zu tun?«

Hannah sah in die Runde und stellte sich vor, wie sie selbst reagieren würde, wenn eine dahergelaufene Fremde ihr so eine Story aufgetischt hätte. Natürlich hätte auch sie kein Wort geglaubt. Sie musste sich eine neue Taktik einfallen lassen, um die Gruppe für sich zu gewinnen. Die ungeschminkte Wahrheit erschien ihr nicht als probates Mittel.

»Seine Motivation vor zehn Monaten war, seinen Vater zu bestrafen. Ihn, seine Existenz, sein Ansehen zu vernichten. Wieso Janus deshalb neun Menschen getötet hat, bleibt sein Geheimnis. Verborgen in den Gehirnwindungen eines Irren. Eines Psychopathen. Ich habe es bis heute nicht verstanden. Es ist, wie es ist. Psychopathen handeln nie ohne Grund, aber wir Normalsterblichen werden ihre Motive nie begreifen.«

In fünf von sieben Augenpaaren sah sie, dass ihre Worte Wirkung zeigten. Nur Nico und Gina blieben kritisch.

»Was schlägst du vor?« Chiaras Stimme klang zittrig. Das Küken der Gruppe schien sich in diesem Moment nichts sehnlicher zu wünschen, als zu Hause vor dem Fernseher zu sitzen. *Die Rebellion ist abgesagt*, dachte Hannah. Zumindest interpretierte sie Chiaras Gesichtsausdruck so.

»Wir sollten aufhören, über Motive und Gründe zu diskutieren«, fuhr Hannah fort. »Wir müssen sehen, wie wir hier rauskommen. Und zwar schnell.«

»Ja«, sagte Luis, und sein Blick ging zu Nico. »Mir stinkt es hier gewaltig. In was für eine Scheiße hast du uns da reingeritten?«

»Reg dich ab!«, brüllte Nico. »Woher wisst ihr, dass das stimmt, was sie erzählt?«

»Genau«, warf Gina ein und sah zu Hannah. *Wenn Blicke töten könnten.*

»Dann sag du mir, was ich hier mache«, erwiderte Hannah in Richtung Nico, der seine Rolle als Anführer nicht kampflos aufgeben wollte. »Welchen *fucking* Grund sollte ich haben, hier bei euch zu sein? Sehe ich aus wie eine Revoluzzerin?«

Hannah steckte den Revolver in den Hosenbund zurück. Der *schreckhafte* Sven mit den grauen Haaren trat zwischen sie und Nico. »Gib uns einen Beweis, dass das stimmt mit dir und Janus, dass er dich hergelockt hat?«

»Soll ich jetzt anfangen, euch die ganze Geschichte zu erzählen? Könnte etwas dauern.«

»Nein«, sagte Nico. »Das kannst du auch alles über die Medien erfahren haben. Es wurde ja lange und ausgiebig darüber berichtet.«

Hannah hatte Zweifel gesät, die Gruppe geteilt, aber noch hatte sie nicht die Stellung, die sie bräuchte, um alle mitzuziehen.

»Den Beweis wird Janus euch bald liefern«, sagte sie. »Dann nämlich, wenn der Erste von euch stirbt. Und das werde nicht ich sein.«

»Warum nicht?« Moritz schien interessiert und etwas intelligenter zu sein als manch anderer. Wenn er ein Hooligan war, dann eher der Typ, der sich nicht planlos in eine Schlacht stürzte.

Hannah sah ihm tief in die Augen. »Mich quält er bis zum Schluss. Und auch wenn ich euch nicht kenne«, sie sah zu Gina, »und dich sogar ziemlich nervtötend finde«, sie blickte wieder in die Runde und hob die Stimme, »will ich keinen von euch sterben sehen. Keinen Einzigen.«

Es trat Stille ein.

Die Möglichkeit, dass es bei dieser Aktion um Leben und Tod gehen könnte, beschäftigte alle. Keiner von ihnen war heute Morgen aus dem Bett aufgestanden und hätte sich so ein Szenario im Entferntesten vorstellen können. Da war Hannah sich sicher.

»Eine Frage noch«, warf sie ein und sah zu Nico. »Wir sind hier in der Kanalisation, richtig?«

Er nickte.

»Zwei Mitarbeiter der Stadtentwässerungsbetriebe sind verschwunden, vor ein paar Tagen. Wisst ihr was darüber?«

Die anderen sahen sich verdutzt an.

»Nein«, sagte Nico. »Was sollten wir denn wissen?«

»Ich glaube nicht an einen Zufall. Die Männer sind nicht mehr aufgetaucht, wahrscheinlich sind sie tot.«

Hannah trat nah an Nico heran, und alle Augenpaare waren jetzt auf ihn gerichtet.

»Was hat Janus dir erzählt? Wie sieht sein Plan aus? Jedes Detail könnte wichtig sein.«

»Jetzt fang endlich an zu reden, du Arschloch«, schrie Moritz ihn an. Hannah schien ihn auf ihre Seite gebracht zu haben.

Nico sah in die Runde. Und fing an zu berichten.

KAPITEL 14

Ludger war ein genügsamer Mensch. Er brauchte morgens seine Tasse schwarzen Tee, kochend heiß aufgebrüht, eine halbe Stunde Zeit, um in den Tag zu starten, einen reservierten Parkplatz für seinen Dacia Dokker und vor allem: geregelte Arbeitszeiten. Der Schichtdienst machte ihm nichts aus, solange er es planen konnte. Überraschungen mochte Ludger gar nicht. Sein Freizeitprogramm war überschaubar. Einmal die Woche spielte er Doppelkopf mit Freunden, alle zwei Wochen gab es einen Besuch in der Claudius-Therme. Ansonsten vertrieb er sich die Abende mit Computerspielen und Netflix. Ein Buch las er eher selten, und wenn, dann nur Science-Fiction.

Ludger war froh, einen krisensicheren Job bis zur Rente zu haben, der ihm obendrein noch Spaß machte. Was wollte er mehr? Gut, eine Freundin vielleicht, irgendwann auch mal Familie, aber das hatte noch Zeit, er war schließlich erst einunddreißig. In Internetportalen hatte er schon mehrfach Ausschau gehalten, aber nie die passende Frau gefunden. Angeblich verliebte sich alle elf Minuten jemand, aber für ihn waren das bisher die längsten elf Minuten seines Lebens. Ludger hatte Mathematik studiert und dann ein Aufbaustudium in Informatik gemacht. Verschlüsselungssoftware war sein Thema. Da machte ihm so leicht keiner was vor. So leicht nicht, aber Ludger wusste, dass da draußen gefährliche Gegner lauerten. Es mit ihnen aufzunehmen, war wie ein Computerspiel, allerdings auf einem viel höheren Niveau.

Die Branche, für die er arbeitete, war systemrelevant. Die Sicherheit der Stadtentwässerung lag unter anderem in seinen Händen. Von den Haushalten über die Kanalisation, das Klärwerk bis in den Rhein. Der Fluss zerteilte die Stadt in links- und rechtsrheinisch. Ludger wohnte auf der »schäl Sick«, wie es in Köln hieß: auf der falschen Seite. Damit war rechtsrheinisch gemeint, noch vor dreißig Jahren gehörte diese Seite nicht zu den besten Wohnlagen. Das hatte sich geändert, und Ludger war schlau genug gewesen, sich rechtzeitig eine Eigentumswohnung zu kaufen, die jedes Jahr im Wert um gut fünf Prozent stieg. Er hatte alles richtig gemacht.

Jetzt wanderte sein Blick zu einem der zehn Monitore an der Wand. Dort blinkte etwas, ein Kürzel aus drei Buchstaben und einer Dienstnummer. Es blinkte tiefrot. Ein Mitarbeiter hatte sich eingeloggt, das Kürzel lautete DME. Ludger wusste, warum es rot blinkte. Er selbst hatte es so eingerichtet, falls sich der besagte Mitarbeiter erneut einloggen würde.

Das rote Blinken der drei Buchstaben war genau eine dieser Überraschungen, die Ludger ums Verrecken nicht ausstehen konnte. Das Kürzel stand für: Dirk Meier. Er und sein Kollege Jens Radke galten seit drei Tagen als vermisst. Sie waren von einer Exkursion im Kanalsystem nicht mehr zurückgekehrt.

Was hatte das blinkende Kürzel auf dem Monitor zu suchen?

Ludger zog die Tastatur heran und fing an zu tippen. Der Tee neben ihm wurde allmählich kalt. Es verging eine Viertelstunde, bis Ludger sich absolut sicher sein konnte, dass kein Fehler vorlag. Der Mitarbeiter hatte sich eingeloggt und war durch einen Tunnel gekommen, einen digitalen Tunnel: VPN. Meier, wenn er am anderen Ende der Leitung saß, wäre also nicht im Gebäude.

Ludger sperrte sicherheitshalber den Zugriff, was im Normalfall auch Konsequenzen für andere VPN-Teilnehmer hatte. Aber nichts geschah. Gar nichts. Keine Reaktion. Die Verbindung blieb bestehen.

»Verdammt!«, fluchte Ludger und fragte sich, wie das möglich war. Es hatte sich jemand Zugang von außen verschafft. Aber das ging nicht, nicht so leicht zumindest, nicht so leicht, dass es Ludger nicht längst hätte merken müssen. Oder war da jemand gerissener als er? Hatte er es mit einem Gegner zu tun, der ihn zu einem Duell herausforderte?

Ludger griff hektisch zum Telefonhörer. Er musste seinen Chef informieren. Niemand von außen durfte unerlaubt die Abläufe der Stadtentwässerung beeinflussen. Es gab große mechanische Tore, die sich im Notfall bei Überschwemmungen oder Unwetter öffnen oder schließen ließen. Wenn dies ohne triftigen Grund geschah, könnten enorme Mengen ungeklärte Abwässer durch die Kanalisation in den Rhein gelangen. Eine Umweltkatastrophe – oder aber noch schlimmer: Die Abwässer würden es gar nicht bis in den Rhein schaffen, weil das Kanalsystem diese Mengen nicht verkraftete. Dann würde der Dreck schon vorher an die Oberfläche gelangen und die Stadt überfluten. Köln wäre ins Mittelalter zurückversetzt, als die Bürger ihren

Unrat noch vor die Tür kippten. Dies könnte neben dem unangenehmen Geruch zu Krankheiten führen, denn was sich in den Behältern der Kläranlage befand, war reines Gift. Genau aus diesem Grund war die Stadtentwässerung systemrelevant, vergleichbar mit dem Betrieb eines Kraftwerks oder der Flugsicherung.

Ludger kam in den Sinn, was er gerade erst in den Nachrichten gehört hatte. In der Stadt herrschte ein großes Verkehrschaos aufgrund sabotierter Weichen.

Endlich nahm sein Chef den Anruf entgegen. Er arbeitete nicht am Wochenende und hielt sich wahrscheinlich auf dem Golfplatz auf.

»Hier ist Emmerich, Ludger Emmerich«, sprach er in den Hörer.

»Herr Emmerich, was gibt's?«, ertönte die Stimme von Dr. Harald Nait, dem Direktor der Stadtentwässerungsbetriebe. Ein Betriebswirt, er hatte keine Ahnung von Computern.

»Wie soll ich sagen …«, stammelte Ludger.

»Sagen Sie es einfach. Gibt es ein Problem?« Der Chef wirkte gut gelaunt.

Nicht mehr lange, dachte Ludger. »Dirk Meier ist wieder aufgetaucht.«

»Was?!« Seine Stimme klang auf einmal anders. »Er ist wieder da?«

»Nein, nicht er persönlich. Nicht der Mensch, aber: Es hat sich jemand von außen in unser System gehackt, mit seinem Namen und seinem Account.«

Nun war die Katze aus dem Sack. Einen Moment lang blieb es still am anderen Ende der Leitung.

»Können Sie die Verbindung kappen?«

Ludger schüttelte den Kopf, auch wenn sein Chef das nicht sehen konnte. »Ich habe es versucht, nein.«

Dr. Harald Nait verfiel schlagartig in Panikmodus, wie es Ludger noch nie bei seinem Chef erlebt hatte. »Tun Sie was! Tun Sie alles, was Sie können! Ich bin in einer halben Stunde bei Ihnen.«

»Das werden Sie nicht schaffen«, sagte Ludger. »Die Stadt ist dicht, das totale Verkehrschaos.«

»Dann komme ich mit dem Fahrrad. Tun Sie was bis dahin«, wiederholte er den Befehl, bevor er das Gespräch beendete.

Ludger starrte auf den Monitor, und ihm wurde beinahe übel bei dem, was er da sah.

KAPITEL 15

Hannah und ihre Mitstreiter hatten Nico aufmerksam zugehört, und er war noch nicht fertig. Offenbar war ihm inzwischen klar geworden, dass womöglich ihrer aller Leben in ernsthafter Gefahr war.

Angefangen hatte alles im Darknet. In diesem vom normalen World Wide Web abgeschotteten Netzwerk tummelten sich Kriminelle, Kinderpornografen und andere Perverse, um ihren Neigungen oder illegalen Geschäften nachzugehen. Egal ob Waffen, Drogen, Menschenhandel, verbotene Sexfantasien, es gab fast nichts, was im Darknet nicht zu finden wäre. Auch ein Tummelplatz für Aktivisten weltweit, die sich unter dem Radar der Polizei zu Demonstrationen oder Sabotageakten verabredeten. Hannah hatte mal vom Darknet gehört, wusste aber nicht, wie es funktionierte, geschweige denn, dass sie es je ausprobiert hätte.

Nico hatte in diesem Netzwerk Kontakt zu einem Mann aufgenommen, der sich »FREElancer« nannte. Nach einem kurzen digitalen Geplänkel und Abklopfen gemeinsamer Interessen hatten sie sich kurze Zeit später im realen Leben getroffen. Die Beschreibung des Unbekannten deckte sich nicht mit dem Janus, den Hannah auf Schloss Marienburg kennengelernt hatte. FREElancer war übergewichtig, hatte ein rundes Gesicht und eine kleine Nase, so beschrieb Nico ihn. Dazu strubbelige Haare. Das Aussehen passte zu Mike, dem Mitarbeiter aus dem Kaufhaus, dem Hannah gefolgt war. Da FREElancer Handschuhe getragen hatte, konnte Nico nicht sagen, ob dem Mann der Zeigefinger fehlte. Sonst hätte er sofort Verdacht geschöpft, denn dieses Merkmal des Psychopathen war auch durch die Presse gegangen.

Zu Beginn hatte Nico sich äußerst vorsichtig verhalten, denn auch verdeckte Ermittler waren im Darknet unterwegs, um Gegner auszuspionieren. Aber spätestens ab dem Moment, als Janus seine Insiderkenntnisse offenbart und einen Plan vorgelegt hatte, der genial erschien, hatte Nico alle Zweifel über Bord geworfen und seine Leute zusammengetrommelt, die bisher eher bei Demonstrationen oder kleineren Aktionen mitgemacht hatten.

Eine Stadt an einem Samstag wie heute lahmzulegen, sollte Konsumrausch und Dekadenz anprangern sowie gleichzeitig die Verletzlichkeit unserer modernen Welt aufzeigen. Das erschien Nico mehr als verlockend.

»Das ist alles?« Hannah konnte es kaum fassen.

»Natürlich nicht«, erwiderte Nico. »Die erste Aktion soll Aufmerksamkeit erregen, um die Medien dahin zu bugsieren, wo sie im richtigen Moment stehen sollen.«

»Und wo wäre das?« Frederick und die anderen waren anscheinend auch nicht in die Details eingeweiht. Nur Gina wirkte auffallend still. Sie wusste wohl ein wenig mehr und war davon ausgegangen, dass all die Ideen dem genialen Hirn ihres Freundes entstammten.

Moritz ging zu Nico hin und packte ihn am Kragen. »Raus mit der Sprache. Wie und wo geht es weiter?«

Nico riss die Hand seines Freundes vom Kragen. »Wo,

weiß ich nicht. Das konnte er mir ja nicht sagen, weil er auch nicht wusste, wo die Presse sich versammeln würde. Er meinte, dass eine Journalistin, die er an der Hand hat, uns informiert und dahin bringt, wo es weitergeht. Ihr Name wäre Hannah.«

Alle schauten zu ihr. Hannah schüttelte den Kopf. »Ich bin keine Journalistin. Definitiv nicht.«

Luis ergriff das Wort, sah wieder zu Nico. »Was sollten wir denn als Nächstes machen, da, wo die Presse ist?«

»Ein Statement abgeben und wieder abtauchen«, sagte Nico.

»Was für ein Statement?« Der erschrockene Sven mit den grauen kurzen Haaren wollte es genau wissen. »Wer hat das Statement verfasst? Du?«

»Ja, natürlich ich«, sagte Nico.

Alle außer Gina sahen ihn an, sie senkte den Blick zu Boden. Hannah hatte das Gefühl, dass keiner dem Anführer mehr Glauben schenkte.

Luis zupfte wieder an seinem Vollbart und schüttelte verächtlich den Kopf. »Du lässt dich von irgend so einem Arschloch instrumentalisieren und ziehst uns da mit rein?«

»Ohne was zu sagen?«, fügte Chiara hinzu.

»Was wolltest du denn in die Kamera quatschen?« Frederick redete nicht viel, aber wenn er etwas sagte, schienen seine Worte Gewicht zu haben. Seine Fischaugen starrten Nico an.

»Also, sinngemäß«, Nico versuchte, euphorisch und mitreißend zu klingen. »Die Dekadenz und der Konsum machen uns blind. Nur fünf defekte Weichen, und eine ganze Stadt versinkt im Chaos. Ihr unterwerft euch dem Konsum, dem Fortschritt. Wacht auf.«

Mit diesem Statement waren die meisten offenbar einverstanden. Gina erhob wieder den Kopf, lediglich Chiara schien zu zweifeln.

»Und das soll das große Statement dieser Aktion sein?«, fragte Hannah.

Nico schaute sie erbost an. Es war ihm anzumerken, dass er ihnen etwas verschwiegen hatte.

»Raus mit der Sprache!«, blaffte Moritz ihn an und hob drohend die geballte rechte Faust. Er schien kurz davor zu sein, seinem Freund die Nase zu brechen.

Nico blieb keine Wahl. »Ich sollte zum Schluss noch etwas sagen, wie: *Die Stadt gehört uns … Bedient euch.*«

Hannah begriff sofort, was gemeint war. Es entsprach genau der Logik von Janus. Er wollte das große Chaos inszenieren. Er würde die Menschen aufwiegeln, zumindest diejenigen, die in dem Chaos eine Chance für sich sahen. Wahrscheinlich war das schon längst geschehen.

Hannah wendete sich den anderen zu. »Wenn die Polizei mit den Einsatzkräften nicht mehr durchkommt außer zu Fuß, mit dem Fahrrad oder dem Motorrad, und wenn die Leute merken, dass sie für Straftaten nicht mehr belangt werden, weil ihnen nichts passiert, bricht Anarchie aus.«

Sven begriff. »Plünderungen?«

Chiara reagierte entsetzt, sah zu Nico. »Ist das wahr? Ich dachte, wir kämpfen hier für die Umwelt, für eine gute Sache: gegen die Gier und den Konsum. Und jetzt sind wir zu Handlangern eines Kriminellen geworden?«

Nico erwiderte den Blick. »*Was ist schlimmer – eine Bank auszurauben oder eine Bank zu gründen*, häh?« Er ging sie hart an. »Das war doch mal dein Slogan, oder?«

»Das war ja wohl nicht wörtlich gemeint.«

»Ach nein? Was bist du für eine verlogene Tussi, willst du nur deinem Vater eins reinwürgen, oder hast du auch eine eigene Meinung?«

Hannah lag mit ihrer Einschätzung über Chiara anscheinend richtig. Das Küken gehörte nicht hierher. Bei den anderen wusste Hannah nicht so genau, ob und wie sehr ihnen der Plan zusagte.

Lediglich Gina schien ihrem Anführer den Rücken stärken zu wollen. »Ganz ruhig, Freunde. Die Aktion mit den Weichen war doch genial, oder? Daran lässt sich nicht rütteln, und ihr habt alle mitgemacht.«

»Weil wir dachten, dass Nico weiß, was er tut«, erwiderte Frederick. Er nahm die Brille ab, wischte sich übers Gesicht. Hannah sah in seine blauen Augen, wie sie wirklich waren. Nicht vergrößert, ganz normal. »Und jetzt sitzen wir hier unten und wissen nicht, wie es weitergeht. Richtig?«

Nico nickte. »Lasst uns dahin zurückgehen, wo wir eingestiegen sind.«

»Wie weit ist das?«, fragte Hannah.

»Siebenhundert Meter etwa.«

Nico griff in seine Beintasche und zog etwas heraus. Eine in Plastik eingeschweißte Karte, etwa so groß wie ein normaler Briefumschlag. Er reichte Hannah den Plan, auf dem die Kanalisation als eine Art Strichmuster abgebildet war.

»Hast du die Karte von Janus?«

Er nickte stumm.

Hannah nahm die Karte und betrachtete sie näher. Die Abbildung sah aus wie ein Spinnennetz. Jeder Kanal hatte wie bei einem Verkehrsnetzplan ein Kürzel aus Ziffern und Buchstaben. Darüber hinaus waren die Himmelsrichtungen verzeichnet. An einer Stelle entdeckte Hannah einen roten Punkt, von dem ein Pfeil abging. Folgte man der Richtung des Pfeils, führte die Linie zum Kronleuchtersaal, wo sie sich momentan befanden.

Hannah sah zu Nico. »Dort, wo der Punkt ist, seid ihr eingestiegen?«

Er nickte.

Da vernahmen sie ein Geräusch. Es war nicht eindeutig auszumachen, von wo es kam. Irgendwo aus den Tiefen der Kanalisation. Es klang bedrohlich.

»Was war das?« Chiara war aufgeschreckt.

Alle schwiegen, hörten genau hin. Es klang, wie wenn sich etwas Schweres in Bewegung setzte und die Erde erzittern ließ. Hannah hatte eine dunkle Vorahnung: ein schweres Tor? Sie sah zu dem Kanal, der durch den Kronleuchtersaal verlief. Auf der Wasseroberfläche bildeten sich kleine Wellen.

»Es tut sich was«, sagte Hannah. »Die Schleusen öffnen sich.«

Nico hatte eingangs etwas über die Kölner Kanalisation erzählt. Das Kanalnetz war zweitausendvierhundert Kilometer lang, etwa fünfhundertsechzig Kilometer waren begehbar. Die Dimension der Kanäle reichte von dreißig Zentimetern im Durchmesser bis zu mehreren Metern.

»Die Schleusen?«, sagte Luis und sah Hannah beunruhigt an.

»Dann steigt das Wasser«, sagte sie.

»Der Kronleuchtersaal diente ursprünglich dazu, große Regenmengen kurzzeitig aufzufangen und durch einen

Tunnel in den Rhein abzuleiten«, erklärte Nico. Direkt vor ihnen lag der breite Tunnel mit mindestens drei Metern Deckenhöhe. Er sah eher aus wie ein Gewölbe. Viel größer als der Stollen, durch den Hannah gekommen war.

»Die Verbindung zum Rhein wird durch große Stahltore reguliert«, sagte Nico. »Wenn es Hochwasser gibt, darf der Rhein nicht die Kanalisation überfluten. Umgekehrt ist es bei einer Überlastung durch Starkregen möglich, die Abwässer ungeklärt abzuleiten.«

»Ungeklärt?«, hakte Sven nach.

»Ja«, antwortete Nico. »Es kommt dann nicht zu einer Umweltkatastrophe, weil die großen Regenmengen das Abwasser sehr stark verdünnen.«

Hannah vermutete, dass er all die Informationen von Janus erhalten hatte, genauso wie die Karte. Sie warf einen Blick über die Steinmauer, hinter der das geklärte Abwasser vorbeifloss. Dann schaute sie zu Nico. »Wenn die Klärwerke ihre Schleusen öffnen, würde der Kanal hier überlaufen und das Wasser durch das große Gewölbe abfließen, richtig?«

»Ich denke, ja.«

Hannah sah auf das Wasser. »Ich glaube, der Pegel steigt. Er steigt rapide.«

Alle dachten in diesem Moment dasselbe, aber keiner sagte etwas.

Hannah brach das Schweigen. »Kommt, gehen wir dahin, wo ihr reingekommen seid?«

Sven setzte sich ohne einen weiteren Kommentar in Bewegung. Die anderen folgten ihm – hinein in den großen, breiten Entlastungstunnel, durch den das Abwasser geleitet werden würde.

Hannah wusste, dass ihnen nicht viel Zeit blieb. Es war garantiert Janus, der die Schleusen geöffnet hatte.

Sein Spiel hatte begonnen.

KAPITEL 16

Kappler hatte es mit dem Auto bis in die Innenstadt geschafft. Er kam nur deshalb noch voran, weil er nicht die Straße benutzte, sondern über den breiten Bürgersteig entlang des Rheinufers fuhr. Allerdings mit Schrittgeschwindigkeit.

Die Fahrbahn zu seiner linken Seite war hoffnungslos versperrt. Allerlei Fahrzeuge hatten sich ineinander verkeilt bei dem Versuch, eine Rettungsgasse zu bilden. Ein Krankenwagen und ein Polizeifahrzeug steckten fest, da halfen auch Sirenen und Blaulicht nicht. Kappler näherte sich langsam dem Breslauer Platz, der Hinterseite des Hauptbahnhofs. Direkt vor ihm wurde die Straße abschüssig und führte in den Rheinufertunnel, in dem sich ein Meer aus roten Bremslichtern gebildet hatte. Die Autos standen, alles war dicht. Kein Weiterkommen.

Auf dem Bürgersteig traten die Passanten zur Seite, um Kappler Platz zu machen, aber leider nicht alle. Im Zeitalter von Airpods waren einige zu sehr auf die Musik in ihren Ohren konzentriert, als dass sie ihre Umgebung wahrgenommen hätten.

Kappler hupte mehrmals. Nach und nach bildete sich eine Gasse vor ihm. Der Treffpunkt, an dem er mit Valerie verabredet war, lag laut Navi noch etwa einen Kilometer entfernt, allerdings müsste Kappler so oder so die letzten dreihundert Meter zu Fuß gehen.

Da vernahm er ein Rumpeln unter seinen Füßen, als wäre er über ein Hindernis gefahren. Er konnte sich beim besten Willen nicht erinnern, dass vor ihm auf dem Bürgersteig etwas gelegen hatte. Kappler sah in den Rückspiegel und traute seinen Augen nicht. Ein Kanaldeckel hinter ihm war aus seiner Fassung gesprungen und hatte das Rumpeln verursacht. Eine dunkle Brühe ergoss sich über den Bürgersteig. Die Passanten schrien, wichen auseinander, um der Kloake, die sich über den Bürgersteig und die Straße ausbreitete, zu entkommen.

Kappler sah vor sich, wie ein weiterer Kanaldeckel aus der Fassung sprang, beinahe einen Meter in die Luft flog, bevor er polternd auf den Boden zurückfiel. Eine Fontäne aus braunem Schlamm ergoss sich über die Windschutzscheibe. Augenblicklich erhob sich ein fürchterlicher Gestank nach Fäkalien.

Kappler betätigte den Scheibenwischer, der den Dreck aber nicht wegbekam, sondern nur verteilte. Auf der Motorhaube vor ihm bewegte sich etwas in dem braunen Schlamm. Eine Ratte. Auch die war aus ihrer sicheren Behausung, der Kanalisation, fortgespült worden. Die Schreie und das Gekreische um ihn herum wurden immer lauter. Autofahrer, die eben noch ihre Fahrzeuge verlassen hatten, stiegen schnell wieder ein. Jetzt gab es für Kappler gar kein Vorwärtskommen mehr, die Passanten rannten kreuz und quer vor ihm her, auf der Flucht vor dem Gestank und den Ratten.

Er machte den Motor aus. Die Fontäne vor ihm hatte nachgelassen, das stinkende Abwasser ergoss sich aber immer noch über die abschüssige Straße in den Tunnel hinein. Die Autofahrer, die begriffen hatten, was geschah, ließen ihre Fahrzeuge einfach stehen und ergriffen die Flucht. Brachten sich in Sicherheit. Der Tunnel könnte volllaufen.

Kappler würde nichts dagegen tun können, er hatte eine andere Mission, hielt sich die Nase zu, bevor er die Fahrertür aufstieß und den Wagen verließ. Er folgte den Passanten, die eine Anhöhe in Richtung Bahnhof hinaufliefen. Nach etwa hundert Metern hatte er es geschafft, die Kloake hinter sich zu lassen. Kappler blieb stehen, drehte sich um. Was er sah, erinnerte an apokalyptische Zustände. Hunderte Fahrzeuge, die feststeckten. Menschen auf der Flucht, die durch den dreckigen Schlamm wateten. Neben ihm weinte ein Kind, die Mutter hielt das Mädchen auf dem Arm und versuchte, es irgendwie zu trösten. Der ekelerregende Gestank war inzwischen überall. Kappler hatte durchaus schon mal erlebt, dass bei extremen Wetterlagen Kanaldeckel vom Druck des Wassers angehoben wurden. Aber heute schien die Sonne, es hatte seit Tagen nicht mehr geregnet. Das alles konnte kein Zufall oder menschliches Versagen mehr sein. Hier war ein krankes Hirn am Werk, das diese Stadt im Chaos versinken lassen wollte.

Kappler riss sich los von dem Anblick, sah auf sein Handy, wo er den Zielort eingegeben hatte. Er schaltete die Routenplanung von *Auto* auf *Fußgänger* um. Sieben Minuten zeigte das Gerät an, er ging schneller, fing an zu joggen. Kappler durchquerte den Hauptbahnhof, wo der Gestank zum Glück nachließ. Er trat auf der anderen Seite aus dem Gebäude, lief die Stufen zur Domplatte hinauf. Hier war von dem, was sich am Rhein abspielte, wenig zu merken.

Nur den Geruch konnte Kappler noch wahrnehmen, obwohl er nicht wusste, ob der Wind ihn herüberwehte oder er von seinen total verdreckten Schuhen kam. Kappler lief weiter, durch die Fußgängerzone, in der sich Passanten tummelten – auf der Flucht vor dem Gestank am Rheinufer. Er rannte durch die Einkaufsmeile und erreichte schließlich das Ende der Hohen Straße. Drei Fußgängerzonen trafen hier zusammen, und Kappler sah den Brunnen, den Valerie am Telefon beschrieben hatte. Der Treffpunkt, an dem Hannah hätte erscheinen sollen. Kappler ging darauf zu, da entdeckte er eine Frau, die verloren herumstand und sich umschaute.

»Frau Uhlenbrock«, rief Kappler laut.

Valerie drehte sich in seine Richtung und kam ihm dann entgegen.

Kappler reichte ihr die Hand. »Bernd Kappler, wir sollten der Einfachheit halber gleich zum Du übergehen.«

»Valerie.« Sie rümpfte die Nase, schien den Gestank wahrzunehmen, den Kappler mitgebracht hatte. »Was ist mit Ihnen? Sind Sie durch den Rhein gewatet?«

»So was in der Art. Die Kanalisation läuft über.« Kappler war außer Atem, er verschnaufte einen Moment, dann sagte er: »Hannah ist nicht aufgetaucht?«

Valerie schüttelte den Kopf. »Nein. Sagen Sie mir bitte, was los ist. Wieso kommen Sie extra aus Hannover hierher?«

»Janus ist in der Stadt.«

Ihre Augen weiteten sich. Sie hatte sofort begriffen.

»Ich gehe davon aus, dass er für das Chaos verantwortlich ist«, fügte Kappler hinzu, immer noch etwas außer Atem.

»Janus?« Valeries Stimme bebte. »Hat er Hannah entführt?«

»Womöglich. Nein, sogar wahrscheinlich. Aber das Gute ist: Ich bin mir sicher, dass sie noch lebt.«

»Warum sind Sie sich da sicher?«

»Janus spielt ein Spiel. Rache allein wäre ihm zu simpel, das befriedigt nicht seine Bedürfnisse.«

»Was will er?«

»Wenn ich das wüsste«, seufzte Kappler.

Da hörte er hinter sich Motorengeräusche und drehte sich um. Ein uniformierter Polizist auf einem Motorrad näherte sich ihnen. Das Blaulicht flackerte, die Sirene war ausgeschaltet. Das Motorrad wurde langsamer, blieb neben ihnen stehen. Der Beamte klappte das Visier hoch und sah zu Valerie.

»Sie sind immer noch hier?«

Valerie nickte. »Meine Schwester ist verschwunden, sie wurde wahrscheinlich entführt.«

In dem Moment wusste Kappler, wen er vor sich hatte. »Haben wir gerade telefoniert?«

»Wenn Sie Bernd Kappler vom LKA sind, ja.« Er zog den rechten Handschuh aus. »Bernd Schmitt. Polizeikommissar, Köln.«

Sie gaben sich die Hand.

Schmitt fuhr fort. »Ich habe mich über Sie erkundigt. Sie haben mit Polizeidirektor Wehner telefoniert?«

Kappler nickte. »War leider nicht sehr ergiebig.«

»Ich habe gerade zwei Einsätze gehabt. Unvorstellbar, die Stadt steht Kopf«, erklärte Schmitt. »Beide Male kam ich zu spät. Wir verlieren die Kontrolle. – Was passiert hier?«

»Genau weiß ich das auch nicht. Aber wenn wir mehr herausfinden wollen, müssen Sie mir helfen.«

»Sagen Sie mir nur, wie!«

»Ich suche eine Person: Hannah Preuss. Eine Überlebende des Escape-Rooms auf Schloss Marienburg. Sie ist verschwunden, und ich glaube, dass Janus dahintersteckt.«

Auch Schmitt verstand schnell. »Janus? *Der* Janus? – Sie haben den Fall damals gelöst?«

»Beinahe«, sagte Kappler. »Der Täter ist uns entkommen, und ich habe Hinweise, dass er hinter alldem hier steckt. Auch wenn der Polizeidirektor mir nicht geglaubt hat.«

Schmitt zögerte einen Moment. »Wehner ist nicht der Kreativste und im Moment etwas überfordert«, sagte er dann. »Wie wir alle.«

»Es war auch nicht als Vorwurf gemeint«, erwiderte Kappler sofort. Als Beamter aus Niedersachsen hatte er in Nordrhein-Westfalen keine Befugnisse, er brauchte einen Verbündeten, und Schmitt schien genau der Richtige zu sein.

Kappler deutete auf seine dreckigen Schuhe. »Können Sie herausfinden, was es mit der Störung in der Kanalisation auf sich hat? Die läuft gerade über.«

Schmitt betätigte das Funkgerät und fing an, sich zu erkundigen.

Kappler wendete sich Valerie zu, die dem Austausch stumm beigewohnt hatte.

»Ich brauche jetzt deine Hilfe. Hannah hat dir sicher einiges über Janus erzählt.«

Sie nickte. »Alles. Jedes Detail. Ich weiß, was damals abgelaufen ist.«

»Gab es irgendwelche Vorfälle in letzter Zeit? Seitdem Hannah hier ist oder auch weiter zurückliegend.«

»Was meinst du mit Vorfällen?«

»Hast du mit irgendwem über deine Schwester gesprochen?«

»Mit vielen, ja. Freunde, Bekannte. Ich musste das ja auch irgendwie verarbeiten.«

»War irgendwer dabei, der sich besonders für Hannah interessiert hat?«

»Alle. Wirklich jeder hat Fragen gestellt. Sie war so etwas wie ein Star. Das Thema ging ja wochenlang durch die Medien. Und Hannah war nie zu sehen im Fernsehen, da wollte jeder wissen, was wirklich passiert ist. Warum fragst du danach?«

Kappler zögerte kurz, überlegte, wie viel er ihr zumuten konnte. »Janus überlässt nichts dem Zufall. Er hatte beim letzten Mal einen ausgeklügelten Plan, den Hannah zum Glück durchkreuzt hat. Warum habt ihr euch voneinander getrennt?«

»Ich wollte noch zu einem Juwelier, und sie hatte die Schnauze voll von solchen Läden. Da haben wir gesagt, wir treffen uns in einer Stunde wieder.«

»Welcher Juwelier?«

Valerie zögerte. Einen Moment zu lang. Kappler konnte die Lüge förmlich riechen und fragte in strengem Ton: »Willst du, dass deine Schwester am Leben bleibt?«

»Natürlich!«, erwiderte sie empört.

»Sie stirbt vielleicht, wenn du nicht die Wahrheit sagst. Also, warum seid ihr in Wahrheit getrennte Wege gegangen?«

Valerie schluckte. Es schien ihr peinlich zu sein, das zu

sagen. Oder waren es Schuldgefühle, weil sie Hannah allein gelassen hatte?

»Eine Whatsapp-Nachricht«, sagte sie kleinlaut. »Von einem Freund. Er wollte mich treffen.«

Kappler überlegte kurz. »Dein Handy hatte also Empfang?«

Sie nickte.

»Wieso bist du nicht ans Telefon gegangen, als ich versucht habe, dich zu erreichen?«

»Es hat nicht geklingelt. Ich habe nie einen Anruf von dir erhalten.«

Er verstand. Janus benutzte genau die Technik, die Kappler vermutet hatte. Einen IMSI-Catcher, mit dem er Handys in unmittelbarer Nähe manipulieren konnte.

»Welches Hotel?« Er übersprang drei Stufen der Befragung, ahnte bereits, um was für eine Art Freund es sich handelte.

Valerie antwortete ohne Zögern. »Das Dorint, nicht weit von hier.«

Kappler wendete sich Bernd Schmitt zu, der immer noch mit der Einsatzzentrale kommunizierte. »Kommen Sie bitte mit. Wir müssen zum Dorint.«

»Okay«, sagte Schmitt. »Das Überlaufen der Kanalisation scheint kein Betriebsfehler gewesen zu sein.«

»Sondern?«

»Anscheinend ein Hackerangriff.«

Kappler wusste, sie steckten mitten in einem Spiel, das nur einer beherrschte. Er packte Valerie unsanft am Arm und zog sie mit sich. Schmitt folgte ihnen mit dem Motorrad im Schritttempo.

KAPITEL 17

Eine schwere vergitterte Tür hinderte sie daran, in den kleinen Stollen zu gelangen, in dem eine Metallleiter nach oben führte. Von dort waren die Aktivisten am Morgen in die Kanalisation hinabgestiegen. Die Metallleiter befand sich zehn Meter hinter der Gittertür, unerreichbar weit weg. Hannah blickte hinunter auf ihre Füße. Sie und die anderen standen bis zu den Knöcheln in einer braunen stinkenden Brühe. Zum Glück war dieser Tunnel breit und hoch. In dem Stollen, wo Hannah mit Nico und Gina zusammengetroffen war, hätte ihnen das Wasser jetzt schon bis zum Hals gestanden.

»Das war genau hier«, schrie Moritz, und seine Stimme hallte von den Wänden wider. Er schlug mit der flachen Hand gegen die Gittertür, die keinen Millimeter nachgab. »Verdammte Scheiße! Die Tür war eben noch offen.«

Zusätzlich zu dem Schloss hatte jemand eine dicke Eisenkette um die Gitterstäbe gelegt und mit einem massiven Vorhängeschloss gesichert.

»Der Revolver«, sagte Nico. »Kannst du das Schloss aufschießen?«

Hannah schüttelte den Kopf. »Das ist nur Kaliber .22, das klappt nicht.«

»Versuch es doch wenigstens, verdammt!« Moritz verlor allmählich die Fassung. Hannah hätte ihm, den sie für einen Hooligan hielt, etwas mehr Coolness zugetraut. Aber vielleicht lag sie mit ihrer ersten Einschätzung ja falsch.

»Man merkt, dass du keine Ahnung hast«, sagte sie. »Mit einem Kleinkaliber kann man kein solches Schloss zerschießen.«

Luis erschien neben Hannah. »Bitte. Es kann doch sein, dass es ausnahmsweise funktioniert. Probier es wenigstens.«

Hannah nahm den Revolver aus dem Hosenbund und ging erst zwei, dann noch zwei weitere Schritte zurück. »Verzieht euch. Ihr solltet möglichst weit weg sein. Das kann einen Querschläger geben.«

Alle entfernten sich, hielten die Ohren zu. Hannah zögerte. Ein Querschläger könnte auch sie treffen. Sie veränderte ihre Position, schoss nicht frontal auf das Schloss, sondern positionierte sich leicht seitlich, in der Hoffnung, dass ein Querschläger von ihr wegfliegen würde. Die Gittertür und das Schloss waren aus massivem Stahl. Und dann war da noch die Kette.

Hannah spannte den Hahn des Revolvers. Sie zielte auf das Schloss, Kimme und Korn, dann bewegte sie den Zeigefinger. Auf den lauten Knall folgte unmittelbar ein metallisches Geräusch, und dicht neben Hannah bröckelte ein Stück Stein aus der Wand. Der Querschläger hatte sie nur knapp verfehlt. Sie machte einen Schritt auf die Tür zu, sah an der Verformung des Metalls, dass die Kugel da eingeschlagen war, wo Hannah hingezielt hatte. Aber abgesehen von etwas abgesplittertem Rost schien das Schloss nahezu unbeschädigt zu sein. Sie rüttelte an der Gittertür, die bewegte sich nicht mehr als vorher.

Moritz kam zu ihr. »Versuch es noch mal.«

»Nein. Vergiss es, das bringt nichts. Und ich habe keine Lust, doch noch eine Kugel abzukriegen.«

»Dann gib her, ich mach.«

Hannah schüttelte den Kopf. Sie hatte noch genau fünf Schuss in der Trommel, keine Patrone mehr. Und wer weiß, vielleicht bräuchte sie die Munition für eine andere Aufgabe, die ihnen noch bevorstand.

Da vernahm Hannah einen lauten Schrei.

Chiara, die sich aus Angst vor dem Querschläger am weitesten von allen entfernt hatte. Sie kam kreischend zu den anderen zurückgelaufen.

Hannah war aufgeschreckt. »Was ist los?«

Chiara fiel ihr um den Hals, weinte bitterlich. Nico und der grauhaarige Sven machten sich sofort auf den Weg in die Richtung, aus der sie gekommen war. Hannah löste sich aus Chiaras Umklammerung, sah sie an.

»Was ist passiert?«

Chiara bekam keinen Ton heraus, schnappte nach Luft. Sie musste irgendetwas Schlimmes entdeckt haben.

Hannah folgte den Männern, um nachzusehen. Etwa zwanzig Meter entfernt waren Nico und Sven stehen geblieben. Hannah sah, wie Nico herumfuhr und sich spontan übergeben musste. Auch Sven wendete den Blick ab. Was immer da lag, es konnte nichts Gutes sein. Nico spuckte vor sich in die Brühe, als er Hannah entgegenkam.

Sie wurde schneller, noch schneller. Der Gestank in dem Tunnel hatte gefühlt nachgelassen, weil ihre Geruchsnerven allmählich betäubt waren. Es wäre nur noch eine Frage der Zeit, bis der oder die Erste von ihnen ohnmächtig werden würde. Noch schien genug Sauerstoff in dem Gewölbe zu sein. Noch.

Hannah erreichte die Stelle. Dort lag etwas, umspült von brauner Kloake. Zwei menschliche Körper. Die eine Leiche war bereits in einem fortgeschrittenen Verwesungszustand, weiße Knochen schauten aus der Brühe hervor. Bei der anderen Leiche handelte es sich um eine männliche Person, die mit weit aufgerissenen Augen Hannah anstarrte. Der Körper war aufgebläht, weshalb die Leiche obenauf schwamm. Hannah sah genau hin. Der junge Mann hatte eine Schussverletzung in der Brust, die Kugel hatte ins Herz oder die Lunge getroffen.

»Verdammte Scheiße«, hörte sie Sven hinter sich brüllen. »Scheiße. Was läuft hier?!« Er verlor die Fassung, ging auf Nico los. »Du Arsch, du hast uns hierhergebracht.«

Hannah sah, dass Luis und Moritz zur Stelle waren und dazwischengingen. Das Letzte, was sie jetzt bräuchten, war eine Meuterei. Es wurde gebrüllt und geschrien. Hannah sah in das Gesicht des Toten und war sich sicher, dass es einer der beiden Männer von der Werbetafel am Bahnhof war. Von den vermissten Arbeitern der Stadtentwässerungsbetriebe. Bei der anderen Leiche konnte es sich aber unmöglich um die zweite Person handeln. Verwesung ließ sich nicht beschleunigen. Oder doch? Hannah wusste es nicht genau. Biologie war noch nie ihre Stärke gewesen. Sie schaute zu den anderen, die sich etwas beruhigt hatten, und sagte: »Wir müssen weiter.«

»Wohin?«

»Wir müssen uns für eine Richtung entscheiden und hoffen, dass es dort noch einen anderen Ausgang gibt als den hier.«

»Und wenn nicht?« Luis klang fast panisch.

»Hast du eine bessere Idee?« Hannah kam sich allmählich vor, als wäre sie als Einzige noch bei klarem Verstand. Okay, sie hatte so etwas in der Art schon mal durchgemacht.

Sie wendete sich Nico zu. »Gib mir noch mal die Karte.«

Er holte sie aus der Beintasche und reichte sie Hannah.

Das Tunnelsystem war zwar abgebildet, aber beinahe unleserlich klein. Sie befanden sich an der Stelle, wo der rote Punkt war.

Hannah schaute auf, warf einen Blick in die Runde. »Will irgendwer zurück zum Kronleuchtersaal?«

Kopfschütteln. Ratlosigkeit.

»Ich vertraue dir«, sagte Chiara mit kräftiger Stimme. Sie hatte wieder etwas an Fassung zurückgewonnen, wendete sich den anderen zu. »Hannah kennt diesen Mistkerl besser als wir alle.«

Das monotone Rauschen hinter ihnen, das sie schon die ganze Zeit begleitete, wurde lauter. Hannah sah, dass eine der beiden Leichen bereits in der Brühe verschwunden war. Der Pegel stieg. Unaufhörlich.

Hannah schaute wieder auf die Karte. Das Spinnennetz hatte einen äußeren Rand, wo der Entlastungstunnel hinführte und anscheinend alle Kanäle endeten.

Hannah hielt Nico die Karte vor die Nase. »Wo führt dieser Tunnel hin?«

»Zum Rhein«, antwortete Nico. »Der Entlastungstunnel leitet das Wasser zum Rhein. Aber da muss ein Tor sein, sonst würde bei Hochwasser der Tunnel überflutet.«

»Wir müssen dem Strom folgen«, sagte Hannah laut.

»Und wenn das Tor geschlossen ist?« Sven konnte seine Angst nicht verbergen. »Dann werden wir alle ersaufen wie die Ratten.«

Hannah sah in den Tunnel, durch den die Kloake ablief, und der Pegel stieg weiter. Immer größere Mengen flossen in die Kanalisation.

»Nein«, sagte sie entschlossen. »Er will uns nicht ertränken. Ich wette, er hat etwas Besseres vor. Zumindest, was er darunter versteht.«

Hannah setzte sich in Bewegung, fing an zu laufen, dem Strom folgend.

KAPITEL 18

Er stand am Fenster, blickte mit einem Fernglas über den Rhein hinweg. Die Linsen projizierten ein gestochen scharfes Bild auf seine Netzhaut, man konnte jedes einzelne der braunen Blätter erkennen, die noch an den Ästen der Bäume hingen. Eine scheinbar unendliche Kette roter Bremslichter säumte die Rheinuferstraße, Stoßstange an Stoßstange standen die Fahrzeuge dicht hintereinander.

Der denkmalgeschützte Messeturm bot Janus eine perfekte Aussicht. In dem Restaurant »Die Bastei« auf der gegenüberliegenden Rheinseite sah er durch das Fernglas Personen, die hinter den abgeschrägten Fenstern standen. Sie hatten dort anscheinend Zuflucht gefunden, denn das Restaurant an sich war seit Jahren geschlossen. Die Autos stauten sich auf der gesamten Rheinuferstraße, während die Bürgersteige beinahe gänzlich von Passanten befreit waren. Verständlich. Die dreckige Brühe, die sich über den Bürgersteig ergossen hatte und in der sich Ratten tummelten, rundete das Bild einer Stadt im Ausnahmezustand ab.

Sein Handy piepte ein Mal. Janus nahm das Fernglas von den Augen, ließ es sinken und schaute nach, wer ihm eine Nachricht gesendet hatte. Es waren Bilder eingegangen, die Janus Freude bereiteten. Viel Blut und eine entstellte Leiche. Darunter stand ein kurzer Text: »Die Botschaft wurde hinterlassen.«

Nun musste der Empfänger der Nachricht sie nur noch bekommen und richtig deuten, aber Janus war sich sicher, dass dies bald geschehen würde. Der neue Mitarbeiter im Team schien eine gute Wahl gewesen zu sein. Skrupellos und technisch versiert, diese Kombination gab es selten. Leider würde Janus sich auch von ihm bald trennen müssen.

Neben dem Laptop auf dem Tisch stand ein Funkempfänger, der die Frequenzen der Polizei scannte. Die Ordnungskräfte verloren mehr und mehr die Kontrolle über die Stadt. Raubüberfälle, Diebstähle, Körperverletzung. Der Mob tobte sich anscheinend aus. Die Polizei befand sich am Limit, kapitulierte scheinbar vor der Übermacht.

Janus blickte zu dem Laptop auf dem Tisch. Über einen VPN-Tunnel war er in den Hauptserver der Stadtentwässerung eingedrungen und konnte auf dem Bildschirm beobachten, wie die Experten versuchten, Gegenmaßnahmen zu ergreifen. Die Tore der Klärwerke waren nur zum Teil geöffnet. Janus kontrollierte den Zustrom. Er schaltete und waltete, es lag in seinem Ermessen, welchen Weg das Abwasser nehmen würde, ob durch den Kanal oder über der Erde. Janus sah auf sein Handy. Die Bilder der Überwachungskameras waren gestochen scharf: Hannah schritt vorneweg durch den Entlastungstunnel. Wahrscheinlich stank es dort erbärmlich. Janus tippte einen Kurzbefehl auf seinem Laptop ein. Er musste den Zustrom so regulieren, dass weiterhin Todesangst herrschte, aber seinen Spielfiguren noch eine Chance zur Flucht blieb. Er schloss die Tore des Klärwerks um etwa fünfzehn Grad und tat das nicht nur für die Aktivisten und Hannah. Auch die Experten der Stadtentwässerung sollten ein kleines Erfolgserlebnis haben. Es war, wie wenn man mit einem kleinen Jungen Fußball spielte. Von Zeit zu Zeit musste man ihn auch mal ein Tor schießen lassen, damit er nicht die Lust an dem Spiel verlor.

Die Kölner Verkehrsbetriebe waren schlechter aufgestellt als die Stadtentwässerung und noch weit von einer Lösung ihrer Probleme entfernt. Um die tonnenschweren Waggons von den Gleisen wegzubekommen, bräuchte man mehrere Autokräne, die nicht durch die verstopften Straßen kamen und dadurch auch noch die letzten Zufahrten verstopften. *Das eben ist der Fluch der bösen Tat,* dachte Janus, *dass sie, fortzeugend, immer Böses muss gebären.* Der alte Friedrich Schiller war schon zu dieser Erkenntnis gelangt. Die Gegner befanden sich in einer Abwärtsspirale, je mehr sie unternahmen, desto tiefer drehte sich die Schraube hinein.

Janus musste wirklich den Kopf schütteln. Wie absurd leicht es doch war, eine Großstadt lahmzulegen. Er genoss in stillen Zügen, was er angerichtet hatte. Das Chaos nahm Gestalt an, eigentlich ein Widerspruch. Chaos bedeutete Unordnung, aber auch die Unordnung folgte einem Prinzip. Die Natur strebte nach Unordnung, lediglich der Mensch versuchte immer und immer wieder, daran etwas zu ändern – und scheiterte kläglich.

Der abgrundtiefe Hass gegen die Menschheit, den Janus seit so vielen Jahren verspürte, hatte sich in den letzten Monaten noch mehr verstärkt. Der Mensch war dumm, das hatte auch Albert Einstein erkannt und mit seinem berühmten Zitat auf den Punkt gebracht: »Zwei

Dinge sind unendlich, das Universum und die Dummheit der Menschen. Obwohl …«, fügte das Genie dann noch hinzu, und es folgte eine kleine Zäsur: »Beim Universum bin ich mir nicht so sicher.«

Seine Relativitätstheorie, die sich erst viele Jahre später beweisen ließ, hatte Einstein berühmt gemacht. Das Genie hatte seine Chance bekommen, und er hatte sie genutzt. Reinhard dagegen war nie eine Chance gewährt worden, obwohl er nicht minder intelligent gewesen sein dürfte als der Physiker vom Berner Patentamt. Dumme Menschen hatten Reinhard dahingerafft. Diejenigen, die daran die Schuld trugen und die eigentliche Bestrafung verdient hätten, würden aber sogar zu dumm sein, die Folgen ihres eigenen Handelns zu erkennen. Sie zu töten, sich an ihnen zu rächen, würde ihm keine Befriedigung verschaffen. Genauso wenig, wie es beim letzten Mal eine Befriedigung gewesen wäre, seinem Vater qualvoll die Fingernägel herauszureißen und ihm am Ende die Kehle aufzuschlitzen.

Janus wusste, dass man in dieser Welt der Dekadenz nur noch wahrgenommen wurde, wenn man spektakuläre Dinge unternahm. Das Spektakel, wie im antiken Rom einst die Gladiatorenkämpfe, trat an die Stelle der Vernunft und des logischen Denkens.

Die Medien hatten ihn unter anderem mit dem norwegischen Massenmörder Anders Behring Breivik verglichen, der es als sinnvoll erachtet hatte, unschuldige Jugendliche auf einer Insel zu jagen und zu töten. Janus hätte über die Dummheit der Journalisten lachen können, aber diese Leute waren nicht von selbst auf diesen Vergleich gekommen. Er stammte aus dem Mund der einzigen Person, die er so sehr respektiert hatte: Hannah. Er musste ihr eine

Lektion erteilen, eine Lektion, die ihr gesamtes weiteres Leben bestimmen würde.

»Das hättest du nicht tun dürfen«, murmelte er vor sich hin, während er seine rechte Hand betrachtete. Die Stelle, wo ihm der Zeigefinger fehlte.

Janus erinnerte sich, wie er nach seiner ersten kosmetischen Operation aus der Vollnarkose erwacht war und ruhig daliegen musste, damit die Narben nicht sofort wieder aufrissen. Beim Anstarren der Decke und unter den Nachwirkungen der Narkose kamen Gefühle in ihm auf, die er lange verdrängt hatte. Der Hang zur Verdrängung war eine Schwäche des Menschen. Unabhängig von Intelligenz, Herkunft, Erziehung. Auch oder gerade sehr intelligente Menschen verdrängten die Wahrheit aus ihrem Kopf, weil es sich mit der Lüge viel geschmeidiger lebte. Janus musste zugeben, dass es ihm leichter fiele, eine brennende Zigarre auf seiner Handfläche auszudrücken, als sich das eine Gefühl einzugestehen, das er genau jetzt in diesem Moment empfand, während er seine rechte Hand anstarrte.

Er schaute auf die Uhr an der Wand. Es war an der Zeit, die Zelte abzubrechen. Er vergewisserte sich, dass der Laptop nicht länger passwortgeschützt war, und klappte ihn zu. Janus spielte gerne mit offenen Karten, was seinen Gegnern nicht viel nutzen würde.

Er wendete sich vom Fenster ab und ging zu der Pritsche, wo Dirk Meier friedlich und ruhig schlief. Ein Herzmonitor zeigte seine Vitalfunktionen an, daneben stand eine Spritzenpumpe, die kontinuierlich die *Milch* in seine Adern strömen ließ. Propofol, ein Wundermittel. Richtig angewendet, konnte man einen Menschen damit in einen tiefen Schlaf versetzen. Stoppte man den Zufluss, schaltete sich das Gehirn wie auf Knopfdruck wieder ein, der Patient war ansprechbar, nur dass er sich an nichts mehr erinnern würde, was in dieser Aufwachphase geschah. Temporäre Amnesie. Diese konnte man nutzen. In Kombination mit einem anderen Medikament hatte Janus alles von seinem Patienten erfahren, was er wissen musste. Dirk Meier war ein feiner Kerl. Aber das allein hatte ihm nicht das Leben gerettet. Meier würde ihm noch weiterhin nützlich sein.

»Glück gehabt«, sagte Janus mit leiser Stimme in Meiers Richtung. »Du hast großes Glück gehabt.«

Er schaltete die Spritzenpumpe aus, nun würde kein Propofol mehr durch die Kanüle in die Vene fließen. Ein letzter Blick auf den Herzmonitor, Meiers Puls war stabil. Es würde noch ein paar Minuten dauern, bis seine Lebensgeister erwachten. Bis die Erinnerung wieder da wäre, würde noch mehr Zeit vergehen.

Janus schulterte den kleinen Rucksack, der neben der Tür stand. Sie hatte von innen nur einen Knauf. Er nahm den Bund aus der linken Hosentasche, machte einen der Schlüssel ab und öffnete damit die Tür. Dann warf er den Schlüssel ziellos hinter sich in den Raum, hörte, wie er auf den Boden fiel.

Janus trat durch die Tür, die hinter ihm ins Schloss fiel.

KAPITEL 19

Beim LKA war Kappler ein Experte für Entführungen und Geiselnahmen. Solche Verbrechen geschahen so gut wie nie spontan, sondern waren meist von langer Hand geplant. Zahlreiche Entführungen hatte Kappler im Keim ersticken können. Der Grund? Aufmerksame Zeugen, Nachbarn – oder dem Sicherheitspersonal waren kleine Fehler aufgefallen, die ein Täter während seiner Vorbereitung nun mal machte. Nicht selten war der Schlüssel zur Lösung eines Falls ein Angehöriger oder eine andere nahestehende Person des Opfers, die – freiwillig oder unfreiwillig – zum Komplizen des Täters wurde.

Kappler und Valerie schritten auf die Drehtür des Hotels zu. »Zeig mir die Nachricht.«

Schmitt fuhr im Schritttempo hinter ihnen.

Valerie nahm ihr Handy aus der Handtasche und reichte es ihm eher widerwillig. Was er las, klang ziemlich intim: »Du kleines Miststück. Dies ist deine letzte Chance, mich noch mal zu sehen, bevor ich für lange Zeit verreise. Und finde erst mal jemanden, der DAS so gut kann wie ich. Ich gebe dir zehn Minuten, um hier zu sein! – Zimmer 256.«

Kappler steckte das Handy in seine Jackentasche. Valerie legte keinen Protest ein.

»Wie lange geht die Affäre schon?«

»Seit zwei Monaten, immer wenn er mal in der Stadt ist.«

»Kennengelernt?«

»Datingseite.«

»Sein Name?«

»Marcel.« Sie zögerte. »Zumindest nannte er sich so auf dem Portal.«

Auf der Hauptstraße vor dem Hotel reihten sich die Autos Stoßstange an Stoßstange aneinander.

Bevor sie die Lobby betraten, wischte Kappler sich seine dreckigen Schuhe an einer Fußmatte ab. Er und Valerie gingen zügig auf die Fahrstühle zu, während Schmitt einen Hotelangestellten von der Rezeption auftrieb, um das Zimmer in der zweiten Etage aufschließen zu lassen. Valerie und Kappler schwiegen, während sie auf den Fahrstuhl warteten. Er könnte sie später zu weiteren Details ausquetschen, zuerst musste er wissen, was sie dort oben vorfinden würden.

Sie traten aus dem Fahrstuhl heraus und gingen nach rechts. Das betreffende Zimmer lag hinter der dritten Tür auf der linken Seite des Korridors. Der Mitarbeiter des Hotels erschien kurz nach ihnen in Begleitung von Bernd Schmitt, öffnete die Tür mit einer Karte und trat zur Seite. Die Beamten zogen ihre Dienstwaffen. Schmitt ging vorneweg, Kappler blieb direkt hinter ihm.

»Polizei«, rief Schmitt mit lauter Stimme. Kappler kontrollierte das Bad auf der rechten Seite, leer.

»Kommen Sie – schnell!« Schmitts Stimme klang entsetzt.

Kappler kam aus dem Bad ins Zimmer. Das Bettlaken war zerwühlt und blutrot. Die Mordwaffe lag demonstrativ auf dem Kopfkissen, ein Messer mit einer etwa zwanzig Zentimeter langen, blutverschmierten Klinge. Die Tapete an der Wand war von Blutspritzern gesprenkelt. Kappler wusste, was das bedeutete, der Mörder hatte eines der großen Blutgefäße zerschnitten, wahrscheinlich die Hauptschlagader.

Aber wo war die Leiche?

Schmitt schien den Anblick größerer Mengen Blut nicht gewohnt zu sein. Seine Gesichtsfarbe wechselte ins Weiße, er atmete tief ein und wieder aus.

»Gehen Sie ruhig raus«, sagte Kappler. »Ich mache das.«

»Sicher?«

»Ja. Verständigen Sie die Kollegen.«

Schmitt verschwand auf den Gang.

Kappler sah zum Fenster. Wie in vielen neueren Hotels ließ es sich nicht öffnen, aber der schwere Vorhang war ganz zur Seite gezogen. Beim Blick nach unten sah Kappler, dass der Teppich zwar eine beträchtliche Menge Blut aufgesogen hatte, aber trotzdem immer noch eine klebrige rote Pfütze da war. Hatte der Mörder sein Opfer ausbluten lassen wie ein abgestochenes Schwein? Und den Körper dann auf irgendeine Weise aus dem Zimmer geschafft? Warum? Wieso sollte Janus sich solche Mühe machen?

Kappler hatte keine Handschuhe bei sich. Vorsichtig, mit Daumen und Zeigefinger, fasste er den dicken Stoff an, zog daran, bis er sah, was sich dahinter befand.

Der Liebhaber hing an einer Kordel, die um seinen Hals gebunden war. Er war splitternackt. Seine Zunge hing weit aus dem Mund heraus, als ob er erdrosselt worden wäre, aber das schien nicht die Todesursache gewesen zu sein. Kappler lag mit seiner Vermutung richtig. Unterhalb des linken Kieferknochens befand sich eine Einstichstelle, die Hauptschlagader war verletzt worden.

Kappler schossen die Bilder vom Morgen in den Sinn. Wie Zargert sich den halb abgebrochenen Löffel in den Hals gerammt hatte und das Blut herausgespritzt war. War das ein Zufall? Wäre Janus in der Lage gewesen, den Suizid zu inszenieren? War das abgesprochen gewesen? Dann hätte Zargert noch Kontakt zu seinem Sohn haben müssen. Unmöglich.

Kappler sah an dem Mann nach unten, und erst jetzt entdeckte er die Papierrolle, die über den Penis gestülpt war. Kappler nahm sie vorsichtig weg, rollte das Papier aus. Er las den Text: »Erkenntnis ohne Handeln bedeutet keine ausreichende Erkenntnis. – Ich grüße Sie. Wir haben uns letztes Mal leider verpasst. Ich liefere Ihnen einen Mord, einen offiziellen Fall, in dem Sie von nun an ermitteln können. Lassen Sie sich die Sache nicht aus der Hand nehmen, wäre doch schade. Um Hannah.«

Janus hinterließ eine blutrote Spur, genau wie beim letzten Mal. Noch skrupelloser, brutaler, ohne Rücksicht auf Verluste. Was immer diesen armen Mann bewogen hatte, zu seinem Komplizen zu werden, er dürfte noch nicht mal die Zeit gehabt haben, dies zu bereuen.

KAPITEL 20

Das Wasser stieg immer höher, der Pegel erreichte bereits ihre Knie. Sie waren an mehreren Zuläufen vorbeigekommen, aus denen Abwasser in den Entlastungstunnel floss. Keiner dieser Kanäle wäre begehbar gewesen.

Die Strömung nahm merklich zu, Hannah musste achtgeben, dass sie nicht stolperte und hinfiel. Die braune Kloake, auf der sich immer wieder Schaumkronen bildeten, stank beinahe unerträglich, zum Glück waren ihre Geruchsnerven schon leicht betäubt.

Hannah ging an der Spitze, die anderen folgten ihr, das nahm sie zumindest an, denn sie würde sich nicht umdrehen und riskieren, deshalb zu stolpern. Sie mussten schleunigst einen Ausgang aus diesem Tunnel finden, oder sie wären verloren.

Da hörte Hannah ein Platschen hinter sich. Sie blieb stehen, jetzt drehte sie sich doch um. Sven war gestolpert und mit dem Kopf in die Brühe eingetaucht. Er kam sofort wieder auf die Beine, von seinen grauen Haaren war nichts mehr zu erkennen. Mit beiden Händen rieb er sich die Kloake aus dem Gesicht und schrie. »Baaaah. Ekelhaft.«

»Weiter«, blaffte Hannah ihn an. »Sonst werden wir gleich alle ein Bad nehmen.«

Sie watete durch den Strom aus Fäkalien. Die Situation erinnerte sie an eine Szene aus einem Gefängnisfilm: »Die Verurteilten«. Die Hauptfigur wollte durch einen Abwasserkanal aus dem Gefängnis ausbrechen. Es war die schlimmste Szene des ganzen Films, Hannah hatte richtig mitgelitten. Der Filmheld, gespielt von Tim Robbins, musste sich in einem engen Abflussrohr durch die Fäkalien seiner Mitinsassen kämpfen. Die Belohnung für diese Tortur war die Freiheit. Für den Rest seines Lebens.

Hannah wollte auch frei sein, diesen Albtraum hinter sich lassen. Für immer. Zum Glück war der Tunnel breiter und höher als das Abflussrohr in dem Film. Die Kloake stand ihnen noch nicht bis zum Hals, aber das könnte sich bald ändern. Und wie sich das anfühlte, die Erfahrung hatte Sven gerade gemacht. Wie viel Zeit blieb ihnen noch, wie lange würde es noch dauern, bis sie schwimmen müssten?

Einen kurzen Moment traute sie ihren Augen nicht. Hannah sah das sprichwörtliche Licht am Ende des Tunnels. Ein Scheinwerfer an der Decke des Gewölbes strahlte ein massives graues Stahltor an. Eine Schleuse, so sah es zumindest aus. Etwa hundert Meter entfernt. Das Tor schien einen Spalt weit geöffnet zu sein, das Wasser staute sich davor, aber es floss ab. Auf dem Tor befand sich ein weißes Feld mit schwarzer Umrandung, auf dem ebenfalls in Schwarz drei Ziffern geschrieben waren: 6 8 7. Hannah erinnerte sich, wo sie solche schwarz umrandeten Ziffern schon mal gesehen hatte. Am gesamten Rheinufer entlang waren Markierungen für die Schifffahrt angebracht, damit die Flusskapitäne wussten, wo sie sich befanden. Das bedeutete, sie waren auf Höhe von Flusskilometer 687. Hinter dem massiven Schleusentor befand sich der Rhein. Und wenn der Spalt breit genug wäre, könnten sie denselben Weg wie das Abwasser nehmen. Das wäre die Rettung. Zu schön, um wahr zu sein. Plötzlich ertönte ein lautes Quietschen, wie wenn Metall gegen Metall rieb. Das schwere Stahltor setzte sich in Bewegung. Der Spalt schloss sich, bis das Quietschen schließlich aufhörte.

Der Fluchtweg war versperrt. Was nun? Das Wasser floss nicht mehr ab. Hannah sah nach unten. Der Pegel ging ihr bis zu den Knien. Wie lange noch?

Die anderen schlossen zu Hannah auf.

»Wir sind am Ende«, keuchte Nico mit Blick auf das geschlossene Tor.

»Gib mir die Karte.«

Nico reichte sie ihr. Am Ende des Striches, der ihren Tunnel anzeigte, stand die Ziffernfolge 687. Hannah sah, dass dort noch ein weiteres Symbol verzeichnet war.

»Was bedeutet dieses Symbol neben der Zahl?«

Luis kam dazu, auch er warf ein Blick auf den Plan. Keiner sagte etwas, nur das Rauschen des Wassers war zu hören, der Pegel stieg unaufhörlich.

»Eine Brücke«, sagte Luis. »Auf Stadtplänen wird eine Brücke so abgebildet.«

Hannahs Blick schweifte umher, da entdeckte sie ein kleines Schild an der Wand. Hannah watete darauf zu. Da der Tunnel abschüssig war, stieg der Pegel mit jedem Schritt, den sie in Richtung des Stahltors machte. Das Wasser umspülte ihre Oberschenkel.

Hannah traute ihren Augen nicht. Unter dem Schild, auf dem das Symbol für Brücke stand, befand sich eine Metalltür, eher ein Schott, wie man es von Schiffen her kannte. Es lag bereits halb unter Wasser und war nicht sehr hoch. Selbst Hannah müsste sich ducken, um hindurchzugelangen.

Aber – würde die Tür aufgehen? Hannah wagte kaum, es auszuprobieren. Sie sah nur einen Hebel, oberhalb der Wasserlinie, betätigte ihn. Er ließ sich tatsächlich drehen, aber die Tür öffnete sich nicht. Ein weiterer Hebel befand sich unterhalb der Wasserlinie. Hannah holte tief Luft und ging in die Hocke, tastete nach dem Hebel, fand ihn. Es fühlte sich an wie ein göttliches Wunder, als auch dieser Hebel sich mühelos drehen ließ und das Schott mit einem Quietschen nach außen aufging. Sofort strömte das Wasser in den Raum dahinter.

»Geschafft!«, schrie Hannah. »Hier ist ein Durchgang.«

Es blieb keinem von ihnen erspart, in die Hocke zu gehen und tief in die Kloake einzutauchen, um durch die Öffnung zu kommen. Für einen kurzen Moment stand Hannah das stinkende Abwasser bis zum Hals. Sie hielt die Luft an und gelangte in den Raum dahinter. Der war schmal und hoch, weit oben befand sich eine Lampe, die spärlich für Licht sorgte. Das Schönste an diesem Raum war aber die schmale Leiter, die aus dem Wasser ragte und senkrecht nach oben führte.

Hannah zögerte keine Sekunde länger, nahm die erste Sprosse. Chiara war ebenfalls in das Abwasser eingetaucht und hatte die Tür durchschritten. Die anderen folgten. Hannah stieg höher und ließ die Kloake hinter sich. Die teils verrosteten Sprossen waren in dem fahlen Licht kaum zu erkennen. Hannah griff intuitiv nach der nächsten und übernächsten Sprosse, ohne nach unten zu sehen.

Sie zählte laut mit, um ein Gefühl dafür zu bekommen, wie viel sie schon geschafft hatte.

»Acht, neun, zehn …«

Hannah wurde schneller, fand den richtigen Tritt und das Vertrauen. Dann warf sie einen Blick nach unten, die anderen folgten ihr, aber noch nicht jeder hatte es bis auf die Leiter geschafft.

Den Blick wieder nach oben gerichtet, entdeckte Hannah ein schwaches grünes Licht in der Dunkelheit. Im Näherkommen sah sie, dass es von einer Leuchtdiode herrührte, die wiederum zu einer Webcam gehörte. Janus war bei ihnen. Er beobachtete sie.

Hannah hielt kurz inne, um die rechte Hand von der Leiter zu lösen. Sie zeigte ihm den Finger, nicht den mittleren wie sonst üblich, sie streckte ihren Zeigefinger in Richtung der Linse und grinste dabei.

Als hätte sie mit dieser Geste auf einen Knopf gedrückt, ging eine Lichterkette über ihr an, die sich parallel zu der Leiter nach oben schlängelte und den Schacht beleuchtete. Hannah blickte nach unten, sah nur vier ihrer Mitstreiter auf der Leiter, das Rauschen des Wassers wurde lauter. Direkt unter ihr stand Chiara, als Nächste folgte Gina. Dann Nico. Ausgerechnet er, dachte Hannah, der Anführer, der seinen Kameraden das alles eingebrockt hatte. Auf der Titanic wäre Nico sicher als einer der Ersten in einem der Rettungsboote gewesen.

»Beeil dich, verdammt«, schrie er zu Hannah hinauf.

Moritz, der unter Nico auf einer Sprosse stand, geriet in Panik. »Das Wasser steigt immer schneller. Verdammt, macht voran da oben.«

Hannah stieg weiter, dachte an nichts anderes mehr als an die nächste Sprosse, die nächste, die nächste. Ihr Blick war nach oben gerichtet, sie folgte der Lichterkette, die die

Dunkelheit zerschnitt. Hannah zählte weiter, hatte die dreißigste Sprosse hinter sich gelassen.

»Dreißig, einunddreißig …«

Als sie bei neununddreißig angelangt war, erreichte sie wieder eine verrostete Metalltür, die sich rechts neben der Leiter befand. Wieder ein Metallschott, wie jenes, durch das sie in den Schacht gelangt waren. Auf dem roten Warnschild an der Tür standen einige Ziffern und Buchstaben. Abkürzungen, die Hannah nichts sagten. Sie griff nach einem der zwei Verschlusshebel. Er ließ sich keinen Millimeter bewegen. Erst jetzt bemerkte Hannah die Schweißnähte, beide Hebel waren für immer fixiert worden.

»Was ist los da oben?«, schallte die Stimme von Nico durch den Schacht.

»Halt die Klappe!«, schrie Hannah zurück und sah nach unten. Es waren mittlerweile alle auf der Leiter, aber das Wasser unter ihnen stieg weiter. Sie waren noch nicht aus der Gefahrenzone heraus.

»Schneller«, brüllte Luis, der das Schlusslicht bildete und anscheinend immer noch in der Kloake stand.

Hannah erklomm weiter eine Sprosse nach der nächsten.

»Vierundvierzig, fünfundvierzig, sechsundvierzig.«

Das Rauschen unter ihr wurde immer lauter. Schneller, feuerte Hannah sich selbst an. *Schneller, du musst an Höhe gewinnen.*

Dann ließ das Rauschen nach. Keine Einbildung, es wurde leiser. Hannah blickte noch mal kurz nach unten. »Sind alle in Sicherheit?«

Luis antwortete laut: »Ja, das Wasser steigt nicht mehr. Wir sind hoch genug.«

Hannah atmete auf. Geschafft. Das bedeutete, das Wasser, wenn es noch gestaut wurde, suchte sich einen anderen Weg. Sie hatten also die Kanalisation hinter sich gelassen. Womöglich lief das Wasser auf dieser Höhe bereits durch die Kanaldeckel auf die Straße.

Hannah stieg weiter die Leiter hinauf. Den Blick nur nach oben gerichtet. Die nächste Metalltür kam näher, direkt vor ihr, rechts der Leiter. Sie sah wieder aus wie ein Schott. Massiv, leicht angerostet, zwei Hebel.

Hannah konnte ihr Glück kaum fassen, als sie den Lichtstrahl sah, der durch einen Spalt in den Schacht fiel. Ein weiteres Schott befand sich über ihnen, die Tür war nur angelehnt. Hannah vernahm Geräusche, die mit jeder weiteren Sprosse, die sie erklomm, lauter wurden. Ein Rumpeln, das sich arhythmisch wiederholte, mal schneller, mal langsamer.

Was hatte das zu bedeuten? Wo waren sie?

Hannah erreichte das Schott, stieß es mit der Hand auf. Vor ihr lag ein abgedunkelter Raum, der von schwachen Lampen erhellt wurde. Hannah löste sich von der Leiter und trat als Erste durch die Tür.

KAPITEL 21

Die Beamten der Spurensicherung hatten es immer noch nicht durch die verstopften Straßen geschafft. Der Rechtsmediziner dagegen war klugerweise direkt mit dem Fahrrad gekommen. Er hatte aber auch nicht so viel Equipment dabei wie die Kollegen der Spurensicherung. Der Mediziner untersuchte den Leichnam, der immer noch an der Kordel des Vorhangs hing. Kappler stand im Türrahmen und sah ihm bei der Arbeit zu. Die leblosen Beine des Opfers waren eingeknickt, und die Kordel hatte sich tief in die Haut am Hals eingeschnitten. Auf Pietät nahmen Rechtsmediziner keine Rücksicht, für Ermittler galt dasselbe, andernfalls bestand die Gefahr, dass wichtige Spuren vernichtet wurden.

»Der arme Kerl dürfte von der Kordel um den Hals nichts mehr gespürt haben«, sagte der Rechtsmediziner und ging davon aus, dass das Opfer verblutet war, bevor der Mörder es hinter dem Vorhang aufgehängt hatte.

Kappler kam das Ereignis vom Morgen in den Sinn, wie Professor Zargert sich den halb abgebrochenen Esslöffel in den Hals gerammt hatte. Es lag in der Natur der Menschen, dass sie nicht gut Blut sehen konnten und schon geringe Mengen bei manchen einen Schock auslösten. Wenn ein Körper richtig ausblutete, sah es aus wie auf einem Schlachtfeld.

Hatte Janus dieses Werk eigenhändig vollbracht? Die Frage stellte sich Kappler immer wieder. Es war eigentlich nicht sein Stil, beim letzten Mal hatte er Handlanger für die Drecksarbeit gehabt. Abgesehen von einer Person, die er eigenhändig erschossen hatte, beging Janus alle Morde auf Distanz. Kappler fragte sich, wie viele Komplizen dort draußen noch herumlaufen mochten.

Der Tote, der sich auf der Datingplattform Marcel genannt hatte, hieß laut seiner Kreditkarte René Schneider. Die Ausweispapiere hatte der Mörder mitgenommen, daher ließ sich die Identität noch nicht eindeutig feststellen. René Schneider war weder vorbestraft noch jemals erkennungsdienstlich behandelt worden. Ein Niemand, dachte Kappler, in Janus' Augen ein nützlicher Idiot. Die Leiche war käseweiß und blutverschmiert. Hätte er die Arme ausgebreitet und eine Dornenkrone auf dem Kopf gehabt, wäre der Anblick mit Jesus am Kreuz vergleichbar gewesen.

Der Rechtsmediziner sah sich den erschlafften Penis an und gelangte zu der Einschätzung, dass der Mann kurz vor seinem Tod noch eine Ejakulation gehabt hatte. Das wusste Kappler bereits. Die an ihn adressierte Nachricht, die um den Penis gewickelt war, hatte Kappler vorsorglich in seiner Jackentasche verschwinden lassen. Er war nicht in offizieller Funktion hier, und seine persönliche Involvierung in den Fall könnte man als Anlass nehmen, ihn zum Zuschauer zu degradieren. Kappler verspürte das Gefühl, auf der Stelle zu treten, während wertvolle Zeit verstrich. Um Hannah zu helfen, musste er an Informationen gelangen.

Er ließ den Rechtsmediziner seine Arbeit machen, ging auf den Korridor und ins Nachbarzimmer. Dort saß Valerie auf dem Bett und starrte fassungslos vor sich an die Wand. Kappler vermutete, dass sie immer noch unter Schock stand, aber darauf konnte er keine Rücksicht nehmen. Ihre Augen waren verheult, das Make-up löste sich in die farbigen Bestandteile auf und lief über ihre Wangen.

»Wir müssen reden«, sagte Kappler und riss sie aus ihrer Lethargie heraus. Er nahm in einem Sessel Platz, und Valerie schaute auf ihn herab, weil sie etwas höher saß.

Als die beiden zum Hotel gegangen waren, hatte Valerie ihm bereits erzählt, woher sie den Mann kannte, der jetzt stranguliert an einer Vorhangstange hing. Der besondere Reiz an einem Datingportal bestand unter anderem in der Spontaneität und dem Kitzel des Fremdgehens. Keine Verpflichtungen, nur Sex mit einem Gleichgesinnten. Und man musste nicht mehr von sich preisgeben als den eigenen nackten Körper. Gefühle wurden zur Nebensache.

Kappler hatte kein Interesse daran, über Moral und Treue zu reden, ihn interessierte etwas anderes. Er nahm Valeries Handy aus der Tasche, las noch mal die Nachricht, die sie erhalten hatte.

»Er schreibt hier: ›Und finde erst mal jemanden, der DAS so gut kann wie ich‹«, las Kappler vor. »DAS ist großgeschrieben. Was meinte er damit?«

Valerie sah ihn nicht an, ihr Blick ging verschämt zu Boden. »Da… Darüber möchte ich nicht reden.«

»Wie bitte?!«, blaffte er sie an.

Valerie zuckte zusammen. Kappler erhob sich aus seinem Sessel. Er würde keine Rücksicht auf irgendwelche Befindlichkeiten nehmen. »Deine Schwester schwebt in Lebensgefahr, und dieser Typ, mit dem du eben noch rumgevögelt hast, hat etwas mit Hannahs Entführung zu tun.«

Valerie brach nicht nur in Tränen aus, sie erlitt einen Heulkrampf. Während sie ihr Gesicht in den Händen versenkte, bebte ihr ganzer Körper.

Kappler hatte überreagiert, es war die falsche Taktik gewesen, aber auch seine Nerven lagen blank. Valeries Schuldgefühle übermannten sie, ihr war längst bewusst geworden, dass sie eine Mitschuld an Hannahs Schicksal trug.

Kappler ließ ihr eine Minute Zeit, bevor er in ruhigem Tonfall weiterredete. »Es tut mir leid, was ich gesagt habe. Wie ich es gesagt habe.«

»Nein«, schluchzte sie. »Du hast ja vollkommen recht.«

»Also noch mal: Was bedeutet *DAS*?«

Valerie hatte sich so weit beruhigt, dass sie sprechen konnte, wenn sie auch eher vor sich hin stammelte. »Ich … ich habe … ich habe einen Fetisch. Mein Mann … versteht das nicht, er würde es nicht verstehen, glaube ich.«

Anonymität förderte die Hemmungslosigkeit. Ein Grund, weshalb Männer und Frauen Affären hatten, wenn zu Hause die Sehnsüchte nicht befriedigt wurden. Mit einem Fremden war es leichter, einen persönlichen Fetisch auszuleben, den man mit einem festen Partner nicht teilen konnte – oder wollte.

»Was für einen Fetisch?« Kappler war sehr wohl bewusst, dass es Valerie schwerfiel, über ihre sexuellen Neigungen zu reden. Er musste ihr etwas Freiraum lassen.

»Lustschmerz«, sagte sie leise.

»Er hat dich geschlagen?«

Sie schüttelte den Kopf.

»Was dann?«

Valeries Gesichtsausdruck verriet, dass sie sich schämte.

Es schien etwas wirklich Ungewöhnliches zu sein, denn über Fesselspiele und Flagellation wurde seit »Fifty Shades of Grey« so offen geredet, als würde so was in jedem deutschen Schlafzimmer stattfinden.

Kappler durfte nicht lockerlassen. Valeries Fetisch war womöglich die Eintrittskarte gewesen, mit der Janus an sie herangekommen war. »Was hat er gemacht?«

Valerie wischte sich die Tränen aus dem Gesicht und sah in ihre Handfläche, die bunt verfärbt war. »Ist das wirklich so wichtig?«

»Ja«, erwiderte Kappler, diesmal mit etwas mehr Feingefühl. »Wie wichtig, kann ich erst hinterher sagen.«

Valerie gab sich einen Ruck. »Er hat mich gebissen. Im Intimbereich. Die Brustwarzen … und noch woanders.«

Kappler verzog keine Miene, um es ihr leichter zu machen. Er fragte weiter. »Stand das auch in deinem Profil so drin?«

»Nein«, sagte sie. »Nicht so deutlich.«

»Der Partner sollte das herausfinden?«

Valerie nickte. »Das macht ja gerade den Reiz aus. Das traut sich nicht jeder, zuzubeißen, vor allem nicht beim ersten Date.«

»Du hast Marcel, wie er sich nannte, also vorher schon mal getroffen?«

Sie nickte. »Ja, aber er hat es auch schon beim ersten Mal gemacht.«

»Habt ihr vorher darüber geredet?«

Sie schüttelte den Kopf. »Nein. Er hat es einfach getan, und ich dachte –« Sie verstummte.

»Was dachtest du?«

»Wow. Der geht aber ran. Der weiß, wie es geht.«

Kappler erstarrte innerlich, versuchte aber, sich nichts anmerken zu lassen. Seine Stimme blieb gefasst. »Er wusste also Bescheid über deine Neigung. Woher hätte er davon wissen können?«

Valerie antwortete sofort. »Er war nicht meine erste Datingbekanntschaft. Keine Ahnung, ob er vielleicht jemanden kannte, mit dem ich vorher schon was hatte.«

Das war eine Möglichkeit, dachte Kappler. Er versuchte, sich vorzustellen, wie sich Männer in Foren austauschten und von ihren Abenteuern berichteten. Aber es könnte auch ganz anders abgelaufen sein.

»Fanden deine Treffen immer im Hotel statt?«

Valerie schüttelte den Kopf.

»Wo noch?«

»Wenn mir einer gefiel und wir uns nicht zum ersten Mal trafen, dann auch bei mir zu Hause.«

Das war die Antwort, die Kappler hören wollte.

Sie fuhr fort. »Natürlich nur, wenn mein Mann auf Geschäftsreise war.«

»Versuch, dich zu erinnern«, sagte er. »Hattest du mal einen Lover, der in deinem Haus war und dem du gesagt hast, was er machen soll?«

Valerie starrte Kappler entsetzt an, bevor sie nickte. Sie schien zu ahnen, worauf er hinauswollte.

Kappler fragte weiter. »Hast du eine Alexa?«

Sie schüttelte den Kopf. »Nein, Tobias will keine. Er sagt, die wär nicht sicher, und er führt zu Hause auch Telefonate, die vertraulich sind.«

»Hast du denn mit irgendwem – deinem Lover – über deine Neigung geredet?«

Sie nickte. »Er hieß Sebastian. Ich habe ihm das gesagt,

aber er traute sich nicht, nicht so richtig. Wir haben uns danach nicht wieder getroffen.«

Für Kappler war es kein Neuland, das er betrat. Wie so oft bei Entführungen bestand eine Verbindung zwischen dem Täter und mindestens einer Person aus dem Umfeld des Opfers. Valerie war die undichte Stelle, das trojanische Pferd, durch das Janus wieder in Hannahs Leben eingedrungen war.

Es klopfte an der Tür.

»Ja?«, sagte Kappler.

Bernd Schmitt betrat das Zimmer. »Die Kollegen von der Spurensicherung haben es endlich hierhergeschafft und fangen jetzt an.«

Kappler nahm es mit einem Kopfnicken zur Kenntnis, sah wieder zu Valerie. »Wo wohnst du?«

»In Rodenkirchen.«

Er sah zu Schmitt. »Wie weit ist es bis Rodenkirchen?«

»Mit dem Auto? Heute eine Tagesreise«, sagte er und grinste. »Aber ich kann uns ein Boot besorgen, dann sind wir flussaufwärts in einer Viertelstunde da.«

»Ich wohne direkt am Rheinufer«, fügte Valerie noch hinzu.

»Perfekt. Also, los«, sagte Kappler. Er fasste sie am Arm, Valerie erhob sich vom Bett, und die drei verließen das Hotelzimmer.

KAPITEL 22

Hannahs Blick schweifte durch den Raum, in dem sie sich befanden. Er war etwa drei Meter hoch. Auf der einen Seite gab es eine massive Stahltür, auf der anderen blickte Hannah in einen dunklen, schier endlos langen Korridor aus Stahl. An der Decke schlängelte sich ein Kabel entlang, im Abstand von etwa zehn Metern reihte sich eine schwache Baulampe an die nächste.

Hannahs Mitstreiter waren ihr gefolgt. Nico versuchte, die Stahltür zu öffnen, hämmerte mit der Faust dagegen, sie war verschlossen.

Wo waren sie hier? Die Frage schien allen durch den Kopf zu gehen. Die Wände und der Boden bestanden aus großen, miteinander verschweißten Metallplatten. Der Raum war ebenso hoch wie breit und mit dunkelroter Farbe gestrichen, die das schwache Licht der Baulampen schluckte. Es war düster und unheimlich. Über ihnen ertönte zudem ein permanentes Rumpeln.

»Wir sind unter einer Fahrbahn«, sagte Nico.

»Ja, das glaub ich auch.« Luis nickte. »Ich würde sagen, das hier ist eine Rheinbrücke. Das Rumpeln über uns ist der Straßenverkehr.«

»Wie das?« Hannah sah die beiden an. »Ich meine, ihr habt doch den Verkehr in der Stadt lahmgelegt.«

»Linksrheinisch«, erwiderte Nico. »Und auch nicht in der Südstadt. Wenn wir tatsächlich bei Flusskilometer 687 sind, ist das hier die Severinsbrücke. Und wir sind im Brückenkasten direkt unter der Fahrbahn.«

»Kommt hin«, sagte Sven. »Da geht es rüber zur anderen Rheinseite.« Er zeigte in den scheinbar endlos langen Tunnel, der in der Dunkelheit verschwand.

»Leute. Wisst ihr, was das heißt?« Gina klang euphorisch. »Unter uns ist der Rhein. Wenn wir eine Klappe oder so was finden, sind wir gerettet.«

»Ein Bad im Rhein würde uns allen guttun«, sagte Chiara.

Der Gestank, der in ihren Klamotten steckte, breitete sich aus. Es roch, als wären sie immer noch in der Kanalisation. Jeder von ihnen war komplett in die Kloake eingetaucht, um durch das Schott zu gelangen.

Hannahs gefüttertes Sweatshirt hatte sich vollgesogen und fühlte sich schwer an. Sie öffnete ihre Flexbag und stellte fest, dass die Umhängetasche tatsächlich wasserdicht war, wie es die Werbung versprochen hatte. Sie holte ihr Handy heraus. Es war trocken, funktionierte noch. Im Gegensatz zu den Geräten der anderen, ihre Telefone waren alle vom Wasser zerstört worden. Hannahs Display zeigte an, dass sie keinen Empfang hatte.

»Mist«, sagte sie. »Das wäre ja auch zu schön gewesen.«

»Na, immerhin können wir dein Handy als Taschenlampe gebrauchen«, sagte Nico.

»Aber nicht mehr lange«, erwiderte sie mit Blick auf den Ladezustand ihres Akkus. Sie suchte ihre Powerbank in der Flexbag, verband sie und das Handy miteinander.

Moritz sah sie fragend an. »Hast du vergessen, aufzuladen?«

»Nein«, sagte sie. »Mein Akku zieht seit heute Morgen so viel Strom wie noch nie. Keine Ahnung, warum.«

»Wirst du vielleicht abgehört?« Frederick meldete sich ausnahmsweise mal zu Wort. Er redete nicht viel, das war Hannah bereits aufgefallen.

»Mein Handy wird überwacht, ja. Aber deshalb ist noch nie mein Akku in die Knie gegangen.«

Frederick hakte nach. »Wer überwacht dich denn?«

»Das LKA.«

»Du bist also doch ein Bulle«, keifte Gina.

»Nein, verdammt noch mal. Ich bin eine gefährdete Person. Es bestand die Möglichkeit, dass Janus versucht, mit mir Kontakt aufzunehmen.«

»Also bist du ein Köder?«, fragte Frederick.

»So würde ich es nicht nennen, nein. Es wurden nur Vorsichtsmaßnahmen ergriffen, weshalb ich auch einen Waffenschein und einen Revolver habe.«

Moritz grinste frech. »Scheint ja echt viel genützt zu haben. Fragt sich nur, was wir mit dieser Scheiße zu tun haben?«

»Das fragt mal lieber euren Anführer«, sagte Hannah.

Darauf gab es keine Erwiderung. Einen Moment lang trat eine wohltuende Stille ein. Nur das Rumpeln über ihnen erfüllte den schlauchartigen Raum.

Hannah sah zu Frederick. »Was meintest du damit, ob ich abgehört werde?«

»Die Bullen haben technisch so einiges drauf. Die können dein Telefon aus Tausenden anderen Handys herausfischen und dir den Saft abdrehen, dich abhören, dir Nachrichten schicken, alles Mögliche. Die können das Telefon als Mikrofon benutzen, als Kamera, und die können die Sendeleistung erhöhen, Apps aufmachen und auf diese Weise auch deinen Akku leerziehen.«

Hannah begriff. Genau so war es. Sie hatte am Morgen um neun Uhr das Telefon aus der Steckdose gezogen. Jetzt hatten sie Mittag, ein Uhr. Obwohl Hannah die meiste Zeit keinen Empfang gehabt hatte, war die Nachricht von Janus bei ihr eingegangen.

Hannah sah zu Frederick. »Wie funktioniert das? Braucht man dazu nicht jede Menge technische Geräte?«

Er schüttelte den Kopf. »Die passen in einen kleinen Rucksack. Ich schaue bei Demonstrationen immer, dass keiner mit so einem voll bepackten Rucksack neben mir steht.«

»Und wenn ich das Handy ausschalte?«

»Dann haben wir keine Taschenlampe mehr«, sagte Nico.

Bisher hatte Frederick noch nie so viel geredet wie jetzt. Hannah sah ihn fragend an. »Woher weißt du das alles?«

Er blickte sie mit seinen Fischaugen an. »Man sollte den Feind kennen, um ihn zu besiegen.«

»Welchen Feind?« Hannah wollte es genau wissen.

»Die Bullen. Scheißnazis und alles, was rechts ist.«

»Rechts der Mitte?«, hakte Hannah nach.

Gina blaffte sie an. »Was willst du? Uns aushorchen?«

»Komm mal runter«, erwiderte Hannah. »Das hier ist Janus' Spiel, und wir sind in einem Escape-Room gefangen. Das Wichtigste in so einem Spiel ist Teamplay und Kommunikation.«

»Red keinen Quatsch«, sagte Gina. »Was bringt es, wenn du über unsere Ziele Bescheid weißt?«

Hannah stöhnte kurz auf, dann versuchte sie eine Erklärung. »Beim letzten Mal war jeder Raum auf eine Person abgestimmt. Wenn es diesmal genauso ist, wäre es gut, wenn ich etwas mehr über euch weiß.«

Gina öffnete den Mund, aber Frederick schnitt ihr das Wort ab, bevor sie etwas erwidern konnte. »Wir kämpfen gegen jeden, der meint, die Welt zerstören zu müssen. Wir kämpfen für unsere Zukunft, auch wenn du das vielleicht albern findest. Ich sage dir, du kapierst es einfach nicht.«

Nico fasste Hannah am Arm. »Leute, die so eine Uhr tragen, kapieren es grundsätzlich nicht.«

Die anderen gaben verbal ihre Zustimmung.

Gina klatschte sogar Beifall. »Eine Tussi wie du wird das niemals checken.« Gina sah zu Frederick. »Es lohnt nicht die Mühe, ihr das zu erklären. Da kannst du eher mit einem Blinden über Farben diskutieren.«

Hannah riss ihren Arm aus Nicos Umklammerung.

Da entdeckte sie etwas, das ihr bisher nicht aufgefallen war. Über dem Schott, durch das sie den Raum betreten hatten, befand sich eine Neonlampe, keine normale Leuchtstoffröhre, sondern eine mit Schwarzlicht.

»Warum gibt es in einem Brückenkasten Schwarzlicht?« Hannah ging auf die Neonröhre zu. Die Männer folgten ihr. Je näher sie dem Schwarzlicht kamen, desto mehr wurden natürliche Hautunreinheiten sichtbar. Außer bei Sven, der als Einziger auch kurz mit dem Gesicht in die Kloake eingetaucht war.

Hannah hatte eine Idee, sie sah zu Nico. »Gib mal die Karte.«

Er holte sie aus der Beintasche seiner Hose und gab sie ihr. Ein Kreuz, das vorher nicht da gewesen war, wurde im Schwarzlicht auf der Karte sichtbar. Vermutlich genau an der Stelle, an der sie sich gerade befanden. Ein Pfeil ging über die weiße Fläche hinweg, wo das *Spinnennetz* endete und kein Abwasserkanal mehr verzeichnet war. Eindeutig, dachte Hannah, sie sollten den Fluss überqueren. Aber auf diese Idee wären sie wohl von selbst gekommen, es gab nur die eine Richtung.

Die anderen blickten Hannah über die Schulter. Sie drehte die Karte um. Dort war ein Ausschnitt eines antiken Freskos abgebildet, das eine Person mit einer seltsamen Harfe in der Hand zeigte.

»Das ist Apollo«, entfuhr es Luis. »Ein Gott der römischen Mythologie.«

»So wie Janus. Janus ist auch der Name eines Gottes.« Hannah sah fragend zu Luis. »Kennst du dich mit Mythologie aus?«

»Ein bisschen.«

»Wofür steht Apollo?«, wollte Nico wissen.

Luis zeigte auf die Abbildung. »Er hat eine Kithara, ein antikes Saiteninstrument. Demnach ist er wohl der Gott der Musik, der Künste. So genau weiß ich es auch nicht. Ich kenne Apollo nur als den, der im Trojanischen Krieg die Griechen mit Pfeilen beschossen hat und ihnen so die Pest brachte.«

»Die Pest«, entfuhr es Hannah. »Die blüht uns auch, wenn wir in diesen stinkenden Klamotten bleiben.«

»Hey, kommt mal her«, ertönte Chiaras Stimme aus der Dunkelheit des Raumes. Sie war ein paar Meter in den Brückenkasten gegangen und schien etwas entdeckt zu haben. Die anderen kamen zu ihr.

Chiara stand vor einer großen Aluminiumkiste, an der ein Vorhängeschloss hing. Auf der Kiste lag ein Stapel flauschig weißer Badetücher wie in einer Sauna. Acht Stück. Leider war es in dem Brückenkasten nicht so warm wie in einer Sauna. Draußen hatte es in der Mittagssonne um die zwölf Grad gehabt.

»Janus«, sagte Hannah laut. »Er will, dass wir uns ausziehen.«

Luis zögerte nicht lange. Er fing an, sich seiner stinkenden Klamotten zu entledigen. Sven folgte dem Beispiel, zog seine Schuhe aus, dann den schwarzen Kapuzenpulli, darunter trug er Skiunterwäsche, deren er sich ebenfalls entledigte. Er hatte eine gute Figur, fand Hannah. Athletisch muskulös mit Waschbrettbauch. Ein breites Kreuz. Auf seiner linken Brust war der Kopf einer Krähe tätowiert. Völlig ungeniert stand er nackt vor ihr und rubbelte sich mit einem Handtuch ab, das die Farbe von Weiß nach Braun wechselte. Die anderen machten es Sven und Luis nach, zogen sich auch aus. Nur Hannah zögerte.

»Was ist?« Sven sah sie an. »Willst du in deinen stinkenden Klamotten bleiben?«

»Und du? Willst du bei den Temperaturen nackt rumrennen?«

Hannah begab sich in die Hocke und sah sich die Metallkiste genauer an, auf der nur noch ein Handtuch lag, das für Hannah. Ihre Mitstreiter waren bereits nackt und rubbelten sich sauber.

Hannah begutachtete das Vorhängeschloss, sie benötigten vier Ziffern in der richtigen Reihenfolge, um es zu öffnen. In einem Escape-Room war das Auffinden einer Zahlenkombination eine gängige Spielart. Hannahs Blick schweifte umher, hier war nichts, was man als Hinweis erkennen konnte. Nur das Schloss, die Kiste, die Handtücher und acht Personen. Von denen mittlerweile sieben nackt waren.

Frederick band sich das verunreinigte Handtuch um die Hüften. Eine gute Idee, dachte Hannah. Auch sie verspürte den Drang, sich von ihren Klamotten zu befreien. Sie nahm das letzte Handtuch von der Kiste. Darunter kam der Deckel der Kiste zum Vorschein und die Ziffernkombination 678 darauf.

»Hey, schaut mal«, rief Hannah die anderen zu sich.

Frederick fiel der Fehler als Erstes auf: »678? Da ist ein Zahlendreher drin, wir sind bei Flusskilometer 687.«

»Lasst es uns ausprobieren«, sagte Sven und ging in die Hocke, um an dem Zahlenschloss zu drehen.

Hannah überließ den Männern das Spielfeld, trat etwas zurück und suchte sich einen Platz, um sich auszuziehen. Zuallererst nahm sie den Revolver aus dem Hosenbund, steckte ihn in die Flexbag zu ihrem Handy. Hannah hörte, wie die Männer über die richtige Zahlenkombination diskutierten. Währenddessen zog sie ihre Schuhe, den Schal und das Sweatshirt aus, es folgte ihr T-Shirt. Sie warf alles auf einen Haufen, dann legte sie den BH ab. Jeans, Slip und Socken streifte sie mit einem Schwung über die Beine und stand splitternackt da, abgesehen von der Uhr an ihrem Handgelenk. Es schämte sich keiner vor den anderen – sie hatten im Moment andere Sorgen.

Nico wendete sich von der Kiste ab und schaute zu Hannah herüber. Er schien ihren Körper zu mustern, während er selbst ebenfalls splitternackt dastand. Wenigstens bekommt er keine Erektion, dachte Hannah und rubbelte sich mit dem Handtuch sauber. Der Frotteestoff war leicht durchtränkt mit einer duftenden Reinigungsflüssigkeit, die den Dreck förmlich aufsog. Hannah fühlte sich beinahe wie frisch geduscht.

Gina schien längst gemerkt zu haben, dass Nico ein Auge auf Hannah geworfen hatte, und ihr Blick, mit dem sie Hannah fixierte, sprach Bände: *Wage nicht, ihn anzumachen.* Auch sie hatte sich vom Dreck befreit, machte aber keine Anstalten, sich zu bedecken. Das braun gefärbte Handtuch ließ sie neben ihre Füße auf den Boden fallen.

Hannah entdeckte einige Narben an Ginas Armen und Oberkörper, Schnittwunden und kleine Brandmale, die womöglich von Zigaretten herrührten. Gehörte Gina zu denen, die sich selbst Schmerzen zufügten, um einen anderen, viel tieferen Schmerz zu betäuben? Etwas unterhalb des Bauchnabels entdeckte Hannah eine waagerecht verlaufende Operationsnarbe.

Gina postierte sich breitbeinig und selbstbewusst vor Hannah. »Was glotzt du so? Na los, schau sie dir an, die Narbe!«

»Was ist passiert?« Hannahs Interesse war aufrichtig.

»Mein beschissener Stiefvater hat mich brutal verprügelt, das hat mir eine Bauch-OP eingebracht, die mussten mir sogar ein Stück Darm entfernen. Er wollte mich vergewaltigen, als ich sechzehn war. Und als er mir sein Ding in den Mund gesteckt hat, da habe ich –« Gina ließ ihre Vorderzähne aufeinanderschlagen und lachte dabei herzhaft.

Die anderen stiegen mit ein, sie kannten ihre Geschichte bereits.

»Da ist er ausgerastet«, fuhr Gina fort. »Dafür ist er in den Knast gegangen, und dort lernte er ein paar Typen kennen, die hatten auch Töchter, und die haben ihm ordentlich Manieren beigebracht. Er hat beide Eier verloren und damit die Lust, noch mal ein Mädchen anzufassen.«

Hannah fragte nicht weiter, weil sie davon ausging, dass jede Form von Mitleid genau das war, was Gina auf den Tod nicht ausstehen konnte. Hannah band sich das Handtuch um, sonst würde sie bald anfangen zu frieren. Anschließend ging sie zu den Männern, die den Zahlencode noch immer nicht geknackt hatten.

»Das funktioniert so nicht«, maulte Frederick. »Wir haben drei Ziffern, und eine fehlt. Wir wissen nicht, ob die fehlende Ziffer am Anfang steht oder am Ende. Daraus ergeben sich etliche Kombinationen.«

»Hast du eine bessere Idee«, keifte Gina. »Mir wird langsam kalt.«

Das brachte Hannah auf eine Idee. Sie verstand Janus' Logik besser als die anderen. Seine Rätsel bauten aufeinander auf. Zuerst war da Apollo als Hinweis auf die Kiste, um nicht an der Pest zu erkranken. Jetzt wurde ihnen kalt, sie bräuchten Kleidung. Ihnen würde aber noch kälter werden, wenn sie keine Handtücher umhatten.

»Kommt mal alle mit«, sagte Hannah. »Alle.«

Hannah ging zurück zu dem Schott, wo die Leuchtstoffröhre hing. Als sie davorstand, nahm sie das Handtuch vom Körper und betrachtete es im Schwarzlicht. Der Dreck überlagerte alles. Verdammt. Sie hätten vor dem Benutzen der Handtücher überprüfen sollen, ob auf dem Frottee weitere Hinweise standen. Die anderen machten es Hannah nach und kontrollierten ihre Handtücher im Schwarzlicht.

Luis entdeckte etwas. »Schaut mal.« Am Rand seines Handtuches waren Striche zu erkennen.

»Auf meinem ist auch was«, sagte Chiara.

Hannah sah es sich genauer an. Tatsächlich, jeweils am Längsrand der beiden Handtücher gab es vereinzelte Striche und seltsame Hieroglyphen.

Nico sah zu den anderen. »Kann da irgendwer was draus lesen?«

»Haltet die Handtücher mal aneinander«, sagte Hannah. »Wie die zwei Hälften eines zerrissenen Papiers.«

Luis und Chiara folgten dem Vorschlag, und mit einem Mal wurden aus den Strichen und Hieroglyphen vier Ziffern: 2-3-4-5.

»Wow«, entfuhr es Gina, ihr Blick ging zu Hannah. »Wusstest du das, oder hast du geraten?«

»So funktionieren Rätsel im Escape-Room nun mal.«

»Ich weiß, warum ich noch nie in einem war«, sagte Frederick. »Ich hasse solche Spielchen.« Er band sich das Handtuch wieder um und ging zu der Kiste zurück, die anderen folgten ihm. Er probierte die Zahlenkombination sofort aus, stellte die letzte Ziffer ein, die große Enttäuschung folgte. Das Schloss ließ sich noch immer nicht öffnen.

Chiara hatte bereits eine Gänsehaut. »Was bringen uns diese Scheißzahlen? Jetzt haben wir sieben davon, aus denen wir die vier richtigen herausfinden sollen, oder was?«

Hannah dachte nach. Auf den Handtüchern stand die Ziffernfolge: 2-3-4-5, auf der Kiste: 6-7-8. Es fehlten die Eins, die Neun und die Null.

Es trat Stille ein, alle dachten nach. Nur die Vibrationen der Brücke erzeugten ein Rumpeln.

In dem Moment kam es Hannah in den Sinn. Es ging um genau die Ziffern, die fehlten.

Hannah begab sich in die Hocke. Sie glaubte zu wissen, in welcher Kombination die Eins, die Null und die Neun stehen mussten. Sie nahm das Schloss in die Hand und drehte die Rädchen auf die Zahlenkombination 0901. Es sprang sofort auf, Hannah entfernte es, und die Metallkiste ließ sich aufklappen. Darin waren Anziehsachen, in Plastikfolie eingeschweißt, wie frisch von der Reinigung. Auf jeder Folie stand ein Name. Hannah nahm ihr Paket und machte einen Schritt zur Seite.

Sven sah in die Kiste. »Hey, wie hast du das denn jetzt so schnell geschafft?«

»Intuition«, sagte Hannah. »Der neunte Januar ist der Jahrestag des römischen Gottes Janus. Und seit dem neunten Januar ist Janus verschwunden.«

»Du wusstest die Kombination von Anfang an«, sagte Gina mit einem bösartigen Unterton. »Woher?«

Hannah ignorierte sie und riss die Folie ihres Plastiksacks auf. Auch die anderen nahmen ihre Pakete heraus und begannen, sich anzuziehen.

In der Verpackung fand Hannah schwarze Turnschuhe mit Klettverschluss in Größe neununddreißig. Skiunterwäsche, Slip und BH, einen gefütterten Overall in Schwarz. Dazu noch eine schwarze Mütze. Und da war noch etwas, Hannah konnte es kaum glauben. Ein Schulterholster genau in der passenden Größe für einen Revolver, Kaliber .22.

Hannah hielt das Teil hoch. »Habt ihr so was auch in euren Sachen?«

Kopfschütteln. Luis grinste. »Nein, das hast nur du. Wir sind schließlich nicht bewaffnet.«

Janus' Botschaft war eindeutig: *Ich weiß Bescheid.* Er war im Bilde über Hannah, hatte sie ausspioniert. Er wusste, was in den letzten Monaten so passiert war.

Hannah spürte, wie sich erneut eine Gänsehaut auf ihrem Körper ausbreitete, und zog sich schnell die bereitgelegten Klamotten an. Dann sah sie noch einmal zu Gina.

»Wie kommst du darauf, dass ich die Kombination von Anfang an wusste?«

»So schlau kann keiner sein«, erwiderte Gina.

»Ich habe meine Erfahrungen mit Janus gemacht. Und ja, ich bin so schlau.«

Gina kochte vor Wut. Hannah schien in ihren Augen eine einzige Provokation zu sein. War es die Eifersucht wegen Nico? Nein, in diesem Fall nicht, glaubte Hannah, sie hatte eine andere Vermutung. Viele, die ein Trauma aus der Kindheit nicht überwunden hatten, lebten ein Dasein wie Sisyphos aus der griechischen Mythologie. Gina rollte den schweren Stein, den Ballast ihres Lebens, vor sich her einen Hügel hinauf, und jedes Mal, wenn sie die Spitze fast erklommen hatte, ging ihr die Kraft aus, oder sie war einen Moment lang unachtsam, und der Stein rollte den Abhang wieder herunter. Dann ging alles von vorne los. Der Frust darüber drückte sich in Ginas Verhalten aus.

Hannah hakte das Thema für sich ab. Aber sie würde auf Gina achtgeben müssen, ihr war einfach nicht zu trauen. Diese Einschätzung beruhte wohl auf Gegenseitigkeit. Von den anderen hatte Hannah noch nicht genügend Eindrücke gesammelt, um sich ein Urteil bilden zu können. Sie nahm den Revolver wieder aus der Tasche und steckte ihn in das Schulterholster. Die Waffe war von nun an ein Teil des Spiels geworden. Eine Patrone hatte sie vergeudet, fünf steckten noch in der Trommel. Janus würde sich Hannah erst in den Weg stellen, wenn sie keine Munition mehr hätte. Er wusste, dass sie ohne Zögern das Feuer auf ihn eröffnen würde.

Nico blickte in die Runde. »So, seid ihr fertig?«

Sie trugen alle die gleichen schwarzen Overalls in der passenden Größe, dazu Turnschuhe und Mützen. Die anderen hatten schon vorher eine Uniform getragen, nur Hannah nicht. Jetzt war sie zu einem Teil der Gruppe geworden.

»Dann lasst uns losgehen auf die andere Rheinseite«, sagte Nico in einem Befehlston, der nicht gut ankam. Luis, Moritz, Chiara und Sven wichen demonstrativ dem Blick ihres vermeintlichen Anführers aus und schauten zu Hannah.

»Was schlägst du vor?«, fragte Moritz.

»Hey«, blaffte Nico ihn an. »Ich verstehe ja, dass euer Vertrauen in mich etwas gelitten hat.«

»Etwas?« Sven schüttelte den Kopf. Seine Haare waren wieder grau und vom Dreck befreit.

Nico wurde laut. »Aber wieso traust du ihr, hä?«

»Genau«, unterstützte Gina ihren Freund.

»Woher wollt ihr wissen, dass sie nicht Janus' Komplizin ist?«, blaffte Nico die anderen an. »Sie hat uns hergeführt. Sie hat die Kombination vom Vorhängeschloss plötzlich gewusst. Sie hat als Einzige einen Revolver. Denkt doch mal nach.«

Seine Worte verhallten nicht ungehört. Auf einigen Gesichtern – bei Sven, Luis und auch Frederick – zeichnete sich ab, dass sie zumindest darüber nachdachten. Jeder für sich, ohne etwas zu erwidern.

Chiara sah zu Nico. »Was meinst du damit?«

»Wir dürfen niemandem trauen. Niemandem außer unserer Truppe«, sagte Nico. »Ihr kennt mich schon lange, ich kenne euch. Wir haben schon einiges zusammen durchgemacht.« Er holte tief Luft, bevor er zum nächsten Redeschwall ansetzte. »Okay, ich habe mich falsch verhalten, mich auf einen Typen eingelassen, der falschspielt. Mag sein, ich gebe es zu. Ich habe euch alles über diesen Typen erzählt, was ich weiß. Alles! Jetzt müssen wir das Beste aus dieser Scheißsituation machen.«

Luis ergriff das Wort. »Das Beste wäre trotzdem, uns mal anzuhören, was Hannah zu sagen hat. Danach können wir ja immer noch entscheiden.«

»Finde ich auch«, sagte Frederick, der seine Brillengläser mit dem Ärmel seines Overalls säuberte.

»Ich habe keine Lust, euch alles über Janus zu erzählen«, sagte Hannah. »Das würde auch viel zu lange dauern. Warum wir hier sind? Ich weiß es nicht. Aber was ich weiß: Janus verfolgt ein abstraktes Ziel.«

»Was heißt das?« Chiara hatte von allen am meisten Angst, das verriet ihre Stimme.

»Er ist ein Psychopath. Er handelt rational und logisch, aber wir können seine Logik nicht nachvollziehen. Noch nicht. Genau das müssen wir aber, wenn wir bei diesem Spiel, bei *seinem* Spiel, überleben wollen.«

Hannah sah in die Runde, keiner erwiderte etwas.

Moritz nickte zustimmend. »Okay, und weiter?«

»Es muss einen Grund geben, wieso Janus ausgerechnet euch ausgewählt hat. Er überlässt nichts dem Zufall. Janus bedient sich seiner Komplizen, die er anschließend wegwirft wie ein gebrauchtes Taschentuch. Aber ich glaube, dass ihr keine Komplizen seid, sondern Opfer. Er will etwas zelebrieren.«

»Was denn?«, zeterte Gina. »Hör auf, rumzulabern, und werd endlich mal konkret.«

Hannah erinnerte sich an einen Satz, der ihr im Laufe der letzten Monate immer wieder durch den Kopf gegangen war. Janus hatte ihn als Erklärung für seine Taten herangezogen.

»Zu der Zeit, als Janus von den Römern als Gott verehrt wurde, starben viele Unschuldige, weil der Pöbel sich daran erfreute«, sagte sie. »So hat er sich mir gegenüber ausgedrückt. Janus hasst den Pöbel, er hasst euch, er will der ganzen Welt eine Ohrfeige verpassen. Er ist größenwahnsinnig. Ihr dürft nicht auf seine Gnade hoffen.«

»Wie meinst du das?« Nico wirkte ein wenig unsicher.

Hannah sah zuerst ihn an, dann schweifte ihr Blick durch die Runde. »Es geht von jetzt an ums nackte Überleben. Wenn Janus gewollt hätte, dass wir ersaufen, wären wir jetzt tot, wir alle.« Sie machte eine rhetorische Pause, ließ die Worte einen Moment lang wirken, bevor sie fortfuhr. »Ich muss das jetzt sagen, euch alle fragen.«

»Was denn?«, blaffte Frederick sie an. »Komm zur Sache.«

»Sollte einer von euch ein Komplize sein, sollte Janus einem von euch etwas versprochen haben, geht davon aus, dass er sich nicht daran hält und ihr am Ende sterben werdet.«

Moritz begriff sofort. »Du willst damit sagen, einer von uns könnte ein Verräter sein?«

Hannah schwieg einen Moment. Einen Moment zu lang.

»Ich weiß auch, wer.« Moritz stürmte auf Nico zu, und bevor der sichs versah, hatte er schon die Faust im Gesicht. Nico stolperte, fiel auf den Boden, und ein Schwall Blut schoss aus seiner Nase. Es schien höllisch wehzutun, Nico schnappte nach Luft, atmete durch den Mund, ohne zu schreien. Womöglich war die Nase gebrochen.

Frederick war sofort zur Stelle und verhinderte, dass Moritz noch einen Faustschlag landen konnte. Es brach Tumult aus, die Männer schrien sich gegenseitig an, Chiara brach in Tränen aus. »Hört auf, hört auf damit, bitte.«

Das Geschrei übertönte alle anderen Geräusche.

Hannah spürte, dass sie mit ihren Worten das Gegenteil von dem erreicht hatte, was sie eigentlich erreichen wollte. Nun herrschte Zwietracht. Hannah dachte, dass vielleicht noch jemand außer Nico Kontakt zu Janus gehabt hatte, und hoffte, dass der- oder diejenige dies jetzt unter diesen Bedingungen zugab.

Gina kümmerte sich um ihren Freund. Das Blut tropfte nur noch aus dem rechten Nasenloch; da sie kein Verbandsmaterial hatten, nahm Nico sein verdrecktes Handtuch, suchte eine saubere Stelle und drückte den Stoff unter die Nase.

»Können wir uns jetzt wieder einkriegen?«, schrie Hannah. Sie merkte, dass ihre Hand anfing zu zittern. Ihr Blick wanderte zu Moritz. »Was soll die Scheiße? Glaubst du, dass wir so weiterkommen?«

Moritz hatte sich ein wenig beruhigt. »Ich glaube nicht, dass er uns alles erzählt hat.«

»Doch! Habe ich«, brüllte Nico ihn an und nahm das Handtuch weg, sprach mit einseitig verstopfter Nase. »Ausnahmslos. Und entschuldigt hab ich mich auch.«

Das Bluten hörte auf. Nico tastete vorsichtig seine Nase ab. »Scheint nicht gebrochen zu sein.« Er sah zu Moritz. »Du Arsch.«

»Halt's Maul«, zischte der. »Oder ich hole das noch nach.«

»Sagt mal, Leute, merkt ihr noch was?« Ginas Stimme überschlug sich fast, und sie zeigte auf Hannah. »Sie ist diejenige, die Zwietracht sät. Sie ist seine Komplizin.«

Gina hatte nur Nicos Behauptung wiederholt, aber Hannah spürte, dass die Stimmung kippte und einige über Ginas Worte nachdachten.

Sie setzte noch einen drauf. »Der klassische Verräter lenkt von sich selbst ab, indem er andere als Verräter bezichtigt.«

Hannah hielt dagegen. »Und wieso sollte ich das tun?«

»Weil du genauso krank bist wie dieser Typ.« Gina wendete sich an die anderen. »Helsinki-Syndrom, schon mal gehört, Leute?«

»Stockholm-Syndrom«, warf Frederick ein.

»Dann eben Stockholm oder Oslo, ist mir doch egal«, schrie Gina und sah in die Runde. »Es gibt Geiseln, die haben sich in ihren Geiselnehmer verliebt, ihn sogar geheiratet. Bestimmt lässt sich die Reichenschlampe von dem Typen ficken, und zwischendrin, wenn die beiden Langeweile haben, denken die sich so was wie das hier aus. Schon mal darüber nachgedacht?«

Hannah schluckte. Der Worst Case war eingetreten, und sie hatte ihn selbst verursacht. Vor kaum fünf Minuten hatte sich die Mehrheit der Gruppe von ihrem Anführer entfremdet und hinter Hannah geschart. Jetzt stand Nico da, mit geschwollener Nase, wie ein Opfer, und alle schienen sich wieder ihm zuzuwenden.

Moritz ging auf ihn zu, reichte ihm die Hand. »Hey, tut mir leid, Kumpel. Ich bin manchmal etwas aufbrausend, das weißt du, oder? War nicht wirklich böse gemeint.«

Nico schlug ein, damit war das Thema gegessen.

Hannah wusste nur eins. Sie durfte dieses Spiel nicht Amateuren überlassen. Von ihnen würde jeder ins offene Messer rennen, und am Ende wäre sie die Letzte. Das durfte nicht geschehen.

Chiara löste sich von der Gruppe, um sich demonstrativ hinter Hannah zu stellen. »Ich glaube ihr.«

Chiara sah zu ihr hoch, Hannah war einen Kopf größer. »Ich vertraue dir.«

»Danke«, sagte sie und schaute zu den anderen.

Von ihnen bewegte sich niemand in ihre Richtung.

KAPITEL 23

Nico führte die Gruppe wieder an. Er ging vorneweg durch den dunklen, quaderförmigen Metallschlauch. Man konnte zwar aufrecht gehen, musste aber trotzdem auf den Kopf achtgeben, weil von Zeit zu Zeit Stahlträger oder andere Hindernisse im Weg waren.

Hannah bildete das Schlusslicht. Sie sahen aus wie ein Trupp Arbeiter in ihren einheitlichen Klamotten. Hannahs Overall roch angenehm, war von innen gefüttert und hielt warm. Die von Kloake durchtränkte Kleidung hatten sie zurückgelassen. Nur die Flexbag hing über Hannahs Schulter, darin war ihr Handy wasserdicht verpackt, und der Akku steckte an der Powerbank. Den Revolver spürte sie an ihrem linken Rippenbogen. Sie hatte das Schulterholster noch nicht mal anpassen müssen, Janus kannte ihre Konfektionsgröße. Was noch? Wie viel mochte er noch über sie wissen? Hannah vermutete, dass er sie die ganzen letzten Monate über ausspioniert hatte. Warum hatte sie nichts davon gemerkt? Kappler hatte einige Maßnahmen ergriffen, beispielsweise dafür gesorgt, dass ihr Telefon »getrackt« wurde, wie es in der Fachsprache hieß. Trotzdem schien es Janus gelungen zu sein, alle zu überlisten. Hannah überlegte, ob es in letzter Zeit erkennbare Zeichen gegeben hatte. Ihr fiel nichts ein. Und sie war wachsam gewesen.

Die größte Veränderung in ihrem Leben bestand darin, dass der Kontakt zu ihrer Schwester sich verbessert hatte. Valerie – wo war sie jetzt? Was hatte sie unternommen, seitdem Hannah verschwunden war? Hoffnung keimte auf.

Sie alle mussten auf ihre Schritte achten. Die Neonbeleuchtung reichte gerade aus, um sehen zu können, wo man hintrat. Die Wände des Brückenkastens waren mit dunkelroter Rostschutzfarbe gestrichen, was den Raum zusätzlich abdunkelte. Hannah erinnerte sich, dass die Severinsbrücke von außen einen anderen Anstrich hatte, sie leuchtete für gewöhnlich hellgrün in der Sonne. Es war eine Hängekonstruktion mit nur einem Pfeiler, der sich aber nicht genau in der Mitte befand. Die Jungs, die vorneweg gingen und sich in Köln besser auskannten, hatten die Hoffnung, dass man den Pfeiler erklimmen oder an ihm hinabklettern könnte.

Hin und wieder lagen Gegenstände auf dem Boden, die bei Wartungsarbeiten zurückgelassen worden waren. Abgebrannte Schweißstäbe, Schrauben, Muttern, Zigarettenkippen und anderer Müll. Eine Papiertüte mit dem Aufdruck von McDonald's sowie die Überreste des dazugehörigen Festmahls.

Der Brückenkasten vibrierte immer wieder. Hannah konnte spüren, wann ein Lkw oder ein Kleinwagen über sie hinwegfuhr. Es gab einen akustischen Kontakt zur Außenwelt, leider nicht mehr, das einzig noch funktionierende Handy hatte keinen Empfang und würde auch keinen bekommen, es sei denn, Janus wollte es so.

Chiara hatte vor ein paar Minuten die grandiose Idee geäußert, Klopfzeichen zu geben: S-O-S. Das hatte sie mal in einem U-Boot-Film gesehen. Niemand war auf ihren dusseligen Vorschlag eingegangen, weil alle wussten, dass solche Klopfzeichen im allgemeinen Verkehrslärm untergehen würden.

Hannah war mulmig zumute. Sie hatte nicht mehr das Sagen. Luis, Sven und Moritz schien sie für kurze Zeit auf ihrer Seite gehabt zu haben, aber nachdem Nico sein Plädoyer beendet hatte, waren sie wieder auf Distanz zu ihr gegangen. Lediglich Chiara, die ängstliche Freizeit-Revoluzzerin, die von allen Aktivisten am wenigsten hierhergehörte, hielt immer noch zu ihr. Es schien zumindest so, sicher war Hannah sich auch bei ihr nicht.

Sie musste sich eingestehen, dass sie etwas zu schnell vorgeprescht war. Sie hätte nicht von einem potenziellen Verräter in der Gruppe reden sollen, ohne einen konkreten Verdacht zu haben. Hannah ging fest davon aus, dass Janus sie nicht nur mit Kameras beobachtete, sondern einen Spion hatte. Sie hatte nicht Nico in Verdacht, er wirkte in ihren Augen lediglich wie ein nützlicher Idiot. Fallobst, das Janus irgendwann entsorgen würde.

Aber ich darf nicht aufgeben, dachte Hannah. Sie musste sich Gehör verschaffen, da sie Janus kannte und wusste, zu welchen Taten er fähig wäre. Die Ereignisse vor zehn Monaten waren wieder so präsent in ihren Erinnerungen, als wäre es gestern erst passiert. Janus hatte ihr zum Abschied tief in die Augen geblickt und ihr dabei seine Weltsicht erklärt, weshalb Hannah gezwungen gewesen war, sich seinem Wahnsinn unmittelbar auszusetzen. Es hatte sich angefühlt, als grapsche er in ihre Seele hinein. Janus hatte behauptet, Hannah zu seinem »Racheengel« auserkoren zu haben. Er wolle den »Staffelstab« an sie weiterreichen.

Die Bedeutung dieser Worte war Hannah erst später klar geworden. Sie sollte über Janus berichten – über seine Taten, den Medien alles mitteilen, was passiert war. Von Anfang an war Hannah Teil seines Plans gewesen, weshalb er sie am Leben gelassen hatte. Was würde diesmal geschehen, was war diesmal seine Intention?

Hannah hatte den Staffelstab sprichwörtlich fallen lassen. Ausschließlich Hauptkommissar Bernd Kappler, der ihr ein väterlicher Freund geworden war, hatte jedes Detail des Gespräches erfahren. Da er die Medien genauso wenig mochte wie Hannah, war so gut wie nichts nach außen gedrungen.

Hannah besann sich wieder auf die Gegenwart. Welche Rolle spielten die Aktivisten? Warum hatte Janus ausgerechnet sie in dieses Spiel integriert? Es gab einen Plan, so viel stand fest. Psychopathen galten als sehr strukturiert, nur war es für einen Normalsterblichen kaum möglich, deren Logik nachzuvollziehen. Waren die Aktivisten nur Lämmer, die zur Schlachtbank geführt wurden wie damals die Mitspieler in dem Escape-Room? Oder gab es einen tieferen Sinn, wollte Janus eine Message unters Volk bringen, nachdem ihm das beim letzten Mal nicht gelungen war?

Hannah blieb stehen und drehte sich um. Sie hatten geschätzt zweihundert Meter zurückgelegt und waren jetzt etwa über der Mitte des Rheins. Die Severinsbrücke befand sich zwischen Flusskilometer 686 und 687, hatten die gesagt, die sich in Köln auskannten. Es war also nicht mehr weit bis zu dem einen Pfeiler, der im Rhein fundamentiert war.

Während Hannah weiter als Schlusslicht den anderen

folgte, erinnerte sie sich vage daran, was ihre Schwester erzählt hatte. Ein Kölner Aktionskünstler namens H. A. Schult hatte die Brücke berühmt gemacht, weil eines seiner Werke, das Modell einer Weltkugel, auf dem einzigen Pfeiler platziert worden war. Aus irgendeinem Grund, den sie nicht kannte, hatte das Kunstwerk wieder entfernt werden müssen und stand nun auf dem Dach irgendeines Bürogebäudes am Rhein.

Plötzlich blieb Nico stehen. Die anderen rückten nach. Auf der linken Wandseite befand sich eine verschlossene Metalltür. Keiner schien davon auszugehen, dass sie sich öffnen ließe. Nico versuchte es trotzdem. Begleitet von einem metallischen Quietschen bewegte sich die Metalltür ein paar Zentimeter. Nico riss an dem Griff, und sie ging ganz auf.

Dahinter kam erneut ein dunkler Schacht zum Vorschein, wie der, durch den sie in den Brückenkasten gelangt waren.

»Sven! Dein Feuerzeug.« Nico hatte sich von dem Faustschlag erholt, nur seine Stimme klang noch etwas komisch, das linke Nasenloch war zu. Sven holte sein Zippo heraus, betätigte den Zündstein. Das Feuerzeug war noch nicht trocken und sprühte nur ein paar Funken. Keine Flamme.

Hannah holte ihr Handy aus der Tasche. Sie hatte zwar keinen Empfang, aber die Taschenlampe funktionierte. Sie drängte sich an den anderen vorbei und leuchtete in den Schacht. Eine Metallleiter war zu erkennen, die nur nach oben führte. Nach unten war der Schacht durch eine Metallplatte verschlossen. Hannah vernahm einen seltsamen Geruch nach Moder und feuchtem Gras. Der Lichtschein kam nicht sehr weit, die Sprossen der Leiter verloren sich in der Dunkelheit.

»Was ist da?«, fragte Nico ungeduldig. Es schien ihn zu stören, dass Hannah die Taschenlampe hatte und nicht er.

Sie trat einen Schritt zurück, reichte ihm das Handy. »Sieh es dir selbst an. Aber verbrauch nicht mehr Strom als nötig.«

Hannah ging von der Tür weg. Chiara und Moritz blickten sie fragend an.

»Ein Schacht mit einer Leiter, die nach oben führt«, sagte sie.

Moritz blickte dahin zurück, wo sie hergekommen waren, und nickte. »Ja. Wir müssten uns auf Höhe des Brückenpfeilers befinden. Die Leiter führt nach oben auf den Pfeiler.«

»Das könnte unsere Rettung sein.« Chiara klang beinahe euphorisch. »Wir steigen da hoch und machen uns irgendwie bemerkbar.«

Hannah schwieg. Sie wusste, dass beinahe alles möglich schien, nur nicht, dass Janus es ihnen so leicht machte. Mittlerweile hatten alle außer Moritz und Chiara einen Blick in den Schacht geworfen. Nico gab Hannah das Handy zurück, sie schaltete die Taschenlampe aus.

»Einer von uns sollte da hoch und die Lage erkunden«, schlug Nico vor und ließ den Blick durch die Runde schweifen. Offensichtlich hatte er nicht das Bedürfnis, selbst derjenige zu sein. Nico spielt zwar gerne den Anführer, dachte Hannah, aber er ist kein Märtyrer. Eher ein Weichei. Obwohl kaum noch etwas zu sehen war, fasste er sich immer wieder an die Nase, um daran zu erinnern, dass Moritz ihn geschlagen hatte.

»Derjenige wird niemals dort oben ankommen«, sagte Hannah.

Frederick starrte sie mit seinen Fischaugen an. »Hast du einen besseren Vorschlag?«

»Wir sind noch nicht am Ende des Tunnels«, erwiderte sie. »Vielleicht sollten wir erst mal weitergehen. Ich glaube, das ist eine Falle.«

»Dann geh doch«, fauchte Gina sie an.

Hannah ließ sich das nicht zweimal sagen und stapfte los.

»Ich schau mir das auch an. Ich gehe mit«, hörte sie Moritz zu Nico sagen.

»Ja, gib Bescheid. Wir warten hier.«

Die Helligkeit in den Tiefen des Brückenkastens ließ mehr und mehr nach, weil einige Deckenleuchten kaputt waren. Hannah musste ihre Taschenlampe anschalten, auch wenn es Strom kostete. Sie leuchtete vor sich auf den Boden. Da vernahm sie Schritte hinter sich, drehte sich um. Moritz holte auf.

»Schön, dass du mich begleitest«, sagte sie.

Er schwieg einen Moment, dann antwortete er: »Deshalb bin ich noch nicht auf deiner Seite.«

»Und warum nicht? Vertraust du deinem guten Kumpel Nico, dem du eben noch die Nase gebrochen hast?«

»So etwas kann mal passieren. Kein Ding.« Er fasste Hannah an der Schulter, damit sie stehen blieb. Moritz deutete auf die Stelle, wo sie den Revolver trug. »Eine Waffe kriegen nur Leute, die sie wirklich brauchen.«

»Du denkst also immer noch, dass ich Bulle bin?«

»Das ist leichter zu glauben als diese Geschichte mit Janus.«

»Weil du es glauben willst. Weil es so viel einfacher wäre«, entgegnete Hannah.

»Warum tut dieser Typ so was?«

»Warum legt ihr eine ganze Stadt lahm?«, konterte sie. »Nur um den Leuten den Samstag zu verderben?«

»Das kann man doch nicht vergleichen.«

»Wieso nicht?«

»Weil wir ein Zeichen setzen wollen.«

»Genau das will Janus auch. Ein Zeichen setzen. Nur hat er eine etwas bizarre Fantasie im Vergleich zu euch.«

»Was für ein Zeichen denn?«

»Das musst du ihn selber fragen, wenn du ihn triffst. Willst du ihm irgendwann mal begegnen?«

Moritz ballte die Faust und schlug in seine andere Hand. »Nichts lieber als das.«

Hannah lächelte, hielt die Taschenlampe so, dass sie einander besser sehen konnten, und suchte den Blickkontakt. »Dann vertraue mir. Nico wird dich und die anderen ins Verderben reißen, das garantiere ich dir. Er hat euch die ganze Scheiße hier eingebrockt.«

Moritz nickte. Womöglich war er nun doch wieder auf ihrer Seite. Hannah drehte die Taschenlampe, leuchtete in die Dunkelheit hinein, folgte dem Lichtkegel.

Moritz ging neben ihr und erzählte ein wenig über sich. Er gab bereitwillig zu, dass er eher auf Krawall gebürstet war, als dass er eine politische Botschaft verkünden wollte. Besondere Krisen, wie der Klimawandel, erforderten in seinen Augen besondere Maßnahmen, deshalb brauchte man auch Leute wie ihn.

Hannah hakte sofort nach. »Du bist also gar nicht politisch?«

»Doch, schon. Aber nicht so wie Frederick, Nico und Luis.«

»Und Gina?«

Moritz lächelte. »Sie kommt nicht von Nico los. Sie macht das, was er will. Eine traurige Gestalt in meinen Augen, sie tut mir leid.«

»Wäre da noch Chiara«, sagte Hannah. »Sie kommt aus reichem Elternhaus, oder?«

»Ja, hat sie dir das erzählt?«

»Nein, ist irgendwie nicht zu übersehen«, sagte Hannah. »Und dich habe ich als Hooligan eingeschätzt.«

»Nicht ganz falsch«, sagte Moritz. »Fußball interessiert mich nicht, aber ich gehe auch keiner Schlägerei aus dem Weg.«

»Sieht man deiner Nase an.«

Hannah blieb plötzlich stehen. Da war irgendwas, das den Schein der Taschenlampe reflektierte. Ein weißes Schild an der Wand. Darauf standen in schwarzer Schrift technische Angaben, die Hannah nicht verstand.

»Leuchte mal nach oben«, sagte Moritz.

Der Lichtschein streifte an der dunkelroten Wand entlang.

»Stopp«, sagte Moritz.

Über ihnen an der Decke hing etwas aus rotem Plastik. Es hatte die Größe eines Rauchmelders, sah aber leicht anders aus.

»Was ist das?«, fragte Hannah.

»Ein Brandmelder. Der reagiert nicht auf Rauch, sondern auf Hitze.«

»Und dann?«

»Gib mir mal das Handy.«

Hannah reichte es ihm. Von dem Brandmelder gingen zwei Kabel ab, die an der Wand entlangführten.

Hannah und Moritz gingen ein paar Schritte weiter, als plötzlich eine Buchstabenfolge in weißer Schrift auf grünem Hintergrund aufleuchtete: »NOTAUSGANG«.

Hannah und Moritz sahen sich an. Das Notausgangsschild befand sich an einer Tür. Einer Stahltür, die wieder verschlossen war wie die meisten und die nur einen Knauf anstatt einer Klinke hatte.

»Der Hitzemelder ist mit der Tür verbunden«, sagte Moritz. »Ich war mal bei der Freiwilligen Feuerwehr. Er öffnet die Tür – jede Wette.«

»Können wir den Kontakt kurzschließen?«

Moritz schüttelte den Kopf. »Ich weiß nicht, wie das geht. Und wenn es nicht gelingt, ist der Hitzemelder im Arsch. Wir müssten Hitze erzeugen, um ihn auszulösen.«

»Leuchte mal auf den Boden«, sagte Hannah. »Vielleicht liegt hier irgendwas rum, womit wir Feuer machen können.«

Moritz ließ den Lichtkegel über den Boden schweifen.

»Da!« Hannah hatte etwas entdeckt. Ein gelber Schein in der Dunkelheit. Moritz leuchtete ihr mit der Taschenlampe.

»Das ist eine Schwimmweste«, stellte Hannah fest. Sie lag vor ihnen auf dem Boden. Hannah hob die ziemlich verdreckte Weste auf, tastete sie ab, befühlte den eingearbeiteten Kunststoff, der im Wasser für den nötigen Auftrieb sorgte. »Leider nass, die kriegen wir niemals zum Brennen.«

»Egal.« Moritz nahm sie an sich, schulterte die Weste und sah wieder hinauf zu dem Brandmelder. »Sven hat ein

Zippo, vielleicht ist es wieder trocken, und wir können damit den Brandmelder aktivieren.«

Hannah nahm ihr Handy entgegen und ging voran. Moritz folgte ihr.

»Ich habe da noch eine Frage«, brach er das Schweigen nach ein paar Metern.

»Was denn?«

»Wieso hat Janus dich damals am Leben gelassen?«

»Damit ich von den Vorfällen berichten kann.«

»Wird es diesmal genauso laufen?«

Hannah blieb stehen, drehte sich zu ihm um. »Nein. Ich glaube, dass er sich an mir rächen will, und ihr seid nur Mittel zum Zweck.«

»Das verstehe ich nicht. Wieso? Was haben wir mit eurer Fehde zu tun?«

»Ich kann nur raten«, sagte sie und ging weiter.

»Dann rate. Sag, was du denkst.«

Hannah überlegte einen Moment, bevor sie antwortete. »Wenn du jemanden tötest, erlöst du ihn von allen Qualen. Janus tötet Menschen, aber nur die, die ihm nichts bedeuten. Bei den anderen denkt er sich etwas Besseres aus, etwas, das ihm mehr Befriedigung verschafft.«

»Und was soll das sein?« Moritz wurde immer ungeduldiger.

»Nichts ist schlimmer, als andere sterben zu sehen«, antwortete Hannah.

Moritz schwieg. Er schien sich seinen Teil zu denken.

Hannah überlegte, ob sie ihn noch weiter an ihren Gedanken teilhaben lassen sollte. »Noch schlimmer ist es allerdings, wenn du das Gefühl hast, die Menschen, die sterben –« Sie verstummte.

»Die Menschen, die sterben … Und weiter?«

»Wenn du Schuld oder eine Mitschuld an ihrem Tod hast. Janus will, dass ich euch beim Sterben zusehe und nichts dagegen tun kann.« Sie schwieg einen Moment, bevor sie weiterredete. »Wie gesagt, das ist nur eine Vermutung. Aber das wäre ein Spiel, das zu ihm passen würde.«

Moritz stellte keine weitere Frage mehr.

Hannah war noch nicht fertig mit ihren Ausführungen. »Damit es nicht so weit kommt, musst du zu mir halten und deine Freunde dazu bringen, dass sie mir auch glauben.«

»Okay«, sagte er.

Jetzt war Hannah sich sicher, ihn endgültig auf ihrer Seite zu haben.

Fortan musste sie achtgeben, sein Vertrauen nicht wieder zu verlieren.

KAPITEL 24

Kappler stand in der Mitte des Wohnzimmers. Valeries Haus erinnerte ihn an das von Professor Zargert. Wenn reiche Leute bauten, legten sie anscheinend Wert auf gerade weiße Wände und rechte Winkel, sowie eine große Fensterfront. Alles viel zu modern, fand Kappler. Der Blick auf den Rhein war ein Kontrapunkt zu der sterilen Atmosphäre im Haus. Die Sonne wurde durch eine Reihe von Bäumen gedämpft, die allmählich ihre Blätter verloren. Der Rasen war voll mit Laub, und es war kaum noch Grün zu sehen.

Kappler hatte eine Vorstellung davon, was so ein Haus in dieser Lage wert war. Valeries Mann verdiente gutes Geld in der Pharmaindustrie, seine Frau musste nicht arbeiten. Galerist durfte sich jeder nennen, man brauchte nur einen Raum, in dem man Bilder ausstellte, und genug Geld, sich so einen Job leisten zu können.

An den hohen Wänden hing moderne Kunst auf Leinwänden, eins fünfzig mal zwei Meter groß. Außer schrillen Farben konnte Kappler nichts darauf erkennen. Ein paar Plastiken aus Bronze standen im Raum verteilt. Kappler sah sich die Kunstwerke genau an. Nicht weil er von ihnen beeindruckt war, er suchte nach versteckten Kameras und Mikrofonen. Bernd Schmitt war derweil in der ersten Etage und hielt dort Ausschau.

Da sah Kappler sie. In der Leinwand eines abstrakten Kunstwerks war ein kleines Loch, die Endoskoplinse fügte sich perfekt in das Gemälde ein. Kappler fasste die Leinwand am Rahmen und nahm sie von der Wand.

Valerie trat näher heran. »Was ist damit?«

Kappler drehte das Bild herum. Die Kameralinse war so klein wie ein Stecknadelkopf. Die Bilder wurden durch ein Kabel zu einer Funkeinheit geleitet, die an dem Holzrahmen befestigt war. In etwa so groß wie eine Streichholzschachtel. Direkt daneben befand sich auch ein kleines Mikrofon.

Valerie war entsetzt, starrte auf den Keilrahmen. Kappler ahnte, was in ihrem Kopf vorging. Die Kamera war auf die Couch im Wohnzimmer gerichtet. Wie lange hatte man sie schon ausspioniert? Was hatte Janus in dieser Zeit alles mitgekriegt – gehört, gesehen?

Da kam Bernd Schmitt die Stufen von oben herunter und zeigte Kappler, was er gefunden hatte: eine Kamera ähnlich der hinter dem Keilrahmen. »Die war im Gästezimmer. Und es gibt Neuigkeiten.«

»Die da wären?«

»Die Ursache für das Überlaufen der Abwasserkanäle war ein Hackerangriff auf die Stadtentwässerungsbetriebe. Seit mehreren Tagen sind zwei Mitarbeiter verschwunden, den einen haben sie gerade gefunden.«

»Tot?«

Bernd Schmitt schüttelte den Kopf. »Nein, ihm geht es den Umständen entsprechend gut. Er wurde im Messeturm gefangen gehalten.«

»Wie weit ist das?«

»Stromabwärts etwa zehn Minuten.«

Kappler verlor keine Zeit. Sie verließen das Haus über die Terrasse. Kappler drehte sich um und bemerkte, dass Valerie ihnen nicht folgte.

»Bleibst du hier?«

Valerie nickte stumm. Sie wirkte völlig verstört.

»Wir schicken jemand vorbei. Experten, die das Haus durchsuchen. Wenn es etwas gibt und mein Telefon nicht funktioniert, erreichst du uns notfalls über Funk. Ruf in der Einsatzzentrale an, die werden dich durchstellen oder uns informieren.«

»Viel Glück«, sagte sie mit leiser Stimme. »Und finde Hannah. Bitte.«

Kappler nickte.

Schmitt war bereits vorgerannt und wartete am Rheinufer. Als Kappler eintraf, stiegen er und Schmitt in das Zodiac. Hubert Stapel, ein Kollege von der Wasserschutzpolizei, startete den Motor. Schmitt hatte ihm bereits mitgeteilt, wo es hingehen sollte. Kappler setzte sich auf die Bank, hielt sich an den Seilen fest. Der Motor heulte auf, die dreihundert Pferdestärken beschleunigten das Boot, das mit der Strömung schnell an Fahrt gewann. Auf dem Weg zum Messeturm unterquerten sie zuerst die Rodenkirchener Brücke. Über ihnen verlief eine Autobahn, dort war der Verkehr nicht von dem Chaos in der Stadt beeinträchtigt.

Hubert Stapel musste vorsorglich einem entgegenkommenden Lastkahn ausweichen und driftete nach Steuerbord. Es folgte eine Eisenbahnbrücke, unter der sie durchfuhren. Vor ihnen war ein weiteres Binnenschiff, schwer beladen, es hielt Kurs nahe am Pfeiler der Severinsbrücke, die vor ihnen in der Sonne leuchtete. Stapel driftete nach Backbord, um das Frachtschiff zu überholen. Als das Zodiac unter der Severinsbrücke hindurchfuhr, wurde das Rauschen von der Konstruktion über ihnen reflektiert. Kappler sah nach oben, die Brücke hatte zwei Hohlkästen unter der Fahrbahn, rechts und links. Als Kappler den Blick wieder nach vorne richtete, konnte er bereits den Messeturm erkennen.

KAPITEL 25

Hannah und Moritz trauten ihren Augen nicht, als sie zu den anderen zurückkehrten. Dort, wo die Gruppe wartete, drang Tageslicht durch den Boden des Brückenkastens. Die Geräusche von außen waren lauter als vorher. Hannah hörte den Motor eines Binnenschiffs, das unter ihnen entlangfuhr. Kurz darauf vernahm sie den Geruch der Dieselabgase, die in den Brückenkasten stiegen.

Alle standen um das Loch im Boden herum und blickten in die Tiefe. Nico sah zu Hannah und Moritz, lächelte. »Wir haben eine Klappe im Boden entdeckt. Unter einer Gummimatte.«

Hannah und Moritz schauten in das Loch, das etwa einen Quadratmeter groß war. Groß genug, dass ein Mensch hindurchpasste. Leider befand sich nicht das fließende Wasser direkt unter ihnen, sondern das Fundament des Betonpfeilers. Zwischen ihnen und der Betonplattform lagen etwa fünfzehn Meter. Zu tief, um springen zu können. Das Wasser des Rheins floss mit hoher Geschwindigkeit an dem Fundament vorbei, die Strömung erzeugte Strudel.

»Was hast du da?« Gina sah zu Moritz und deutete auf die Schwimmweste, die er geschultert hatte.

Er zeigte sie den anderen. »Eine Schwimmweste. Und

wir haben noch eine Tür entdeckt, einen Notausgang, der an einen Brandmelder gekoppelt ist.« Er sah zu Sven. »Tut es dein Feuerzeug inzwischen wieder?«

Sven holte es hervor. »Ist immer noch nass.« Er betätigte es mehrmals, der Zündstein erzeugte Funken, die aber nicht in der Lage waren, den nassen Docht zum Brennen zu bringen. »Was wollt ihr damit?«

»Wir wollen den Hitzemelder aktivieren und hoffen, dass dann die Tür aufgeht«, sagte Hannah.

»Und was ist hinter der Tür?« Gina war mal wieder auf Kontra eingestellt. »Geht es da wieder in die Kanalisation zurück?«

»Das weiß ich nicht«, erwiderte Hannah. »Was schlägst du vor? Willst du auf das Fundament des Pfeilers springen? Das überlebt keiner von uns.«

»Nein«, sagte Sven und nahm Moritz die Schwimmweste ab. »Unter der Brücke verläuft ein Kabel, an dem ich mich entlanghangeln werde. So weit, bis ich Wasser unter den Füßen habe.«

»Und einen Sprung aus fünfzehn Meter ins Wasser überlebt man«, giftete Gina in Richtung Hannah.

»Schaut es euch an«, sagte Luis.

Die anderen machten Platz für die beiden. Moritz und Hannah begaben sich zuerst auf die Knie, legten sich dann auf den Bauch und steckten die Köpfe durch das Loch. Unter dem Brückenkasten verlief tatsächlich ein Kabel, das man mit den Händen umfassen könnte.

Hannah kam wieder auf die Knie, schaute zu Sven, der sich die Schwimmweste bereits angezogen hatte und sie vor dem Bauch festzurrte. Sie war besorgt. »Du glaubst, du schaffst das?«

Sven nickte. »Ich war mal Rettungsschwimmer.«

Hannah wirkte ungläubig.

Nico schien das zu bemerken. »Was? Was gibt es diesmal auszusetzen?«

»Die Schwimmweste hat uns Janus dagelassen«, sagte Hannah. »Absichtlich. Wir sollen genau das tun.«

Chiara sah sie fragend an. »Du meinst, das kann nichts Gutes bedeuten?«

Einen Moment lang herrschte Schweigen. Sven zog die Schwimmweste wieder aus, sah sie sich genau an, tastete sie ab.

»Wir haben drei Optionen«, sagte Hannah. »Die Leiter, die nach oben führt, die Luke im Boden und die Notausgangstür mit dem Brandmelder. Für die Tür brauchen wir das Feuerzeug, für die Luke eine Schwimmweste, und für die Leiter …« Hannah zögerte, bevor sie den Satz zu Ende brachte. »… für die Leiter brauchen wir nur einen Freiwilligen.«

Alle sahen die jeweils anderen an.

Sven betrachtete immer noch die Weste, ihm fiel nichts Schlechtes auf. »Woher weißt du, dass nicht irgendein Arbeiter diese Weste vergessen hat?«

»Na, so ein Zufall«, sagte Hannah. »Glaubst du daran?«

»Ja«, mischte sich Luis ein. Er riss Sven die Weste aus der Hand und fixierte Hannah. »Mehr als an deine Geschichten von diesem Janus. Vielleicht ist er doch nicht so schlau, wie du denkst.«

Luis zog sich die Schwimmweste über die Schultern. »Ich mach's.«

»Bist du dir sicher?« Jetzt war Moritz besorgt.

Luis zurrte die Schwimmweste fest. »Ich bin schon mal

von einer Klippe gesprungen. Fünfzehn Meter bis zum Wasser: kein Problem. Vielleicht breche ich mir was, aber ich hole euch hier raus, Freunde. Ihr müsst nur auf Hilfe warten.«

Die Männer wollen sich gegenseitig dabei überbieten, den Helden zu spielen, dachte Hannah.

Luis setzte sich an den Rand der Luke. »Ich brauche eure Hilfe. Einer muss mich festhalten, damit ich an das Kabel drankomme.«

Frederick war als Erster zur Stelle, kniete sich neben ihn. Luis rutschte mit dem Hintern noch näher an den Rand heran und sah in die Runde. »Ihr wartet einfach, bis die Bullen kommen. Macht euch keine Sorgen.«

»Und wenn das Kabel nicht hält?«, intervenierte Hannah.

»Dann reißt es ab, und ich werde langsam immer tiefer sinken. Das Kabel selbst kann nicht reißen, das ist viel zu dick.«

Hannah begab sich neben Frederick in die Hocke, um besser sehen zu können. Chiara und Gina wendeten sich ab, konnten nicht hinschauen. Nico setzte sich gegenüber von Luis an den Rand der Luke.

»Stopp«, sagte Sven.

Luis sah ihn an. »Was denn noch?«

»Ich mache es«, sagte Sven entschlossen. »Ich bin der bessere Schwimmer von uns beiden.«

Luis zögerte. Sollte er das Angebot annehmen? »Quatsch nicht, ich kriege das hin.«

»Wir haben nur einen Versuch«, sagte Sven. »Du musst bei der Strömung richtig gut schwimmen können, um über Wasser zu bleiben. Trotz der Weste. Vielleicht hast du auch nur noch die Arme zur Verfügung, wenn du dir beim Aufprall aufs Wasser die Beine brichst.«

Luis zögerte, dachte darüber nach.

»Es bringt nichts, wenn du den Helden spielst und scheiterst«, sagte Sven. »Ich war immerhin mal Rettungsschwimmer.«

Luis stand auf und zog die Schwimmweste wieder aus.

Hannah schaute zu Sven. »Wenn du so gut schwimmen kannst, geht das auch ohne die Weste?«

»Nein«, sagte Sven fest entschlossen. »Luis hat recht, aus dieser Höhe kann man sich ein Bein brechen, und dann schaffe ich es nicht ohne Weste. Aber beruhige dich, ich habe sie kontrolliert, sie ist okay.«

Hannah vertraute ihm. »Kannst du uns für alle Fälle dein Feuerzeug hierlassen?«

Sven nahm es aus seiner Tasche, reichte es ihr. Hannah versuchte es noch mal, betätigte den Zündstein. Der gab wieder nur einen schwachen Funken von sich, mehr nicht.

Sven hatte die Schwimmweste festgezurrt, setzte sich an den Rand der Luke. Er konzentrierte sich, rutschte noch weiter an die Kante heran, streckte den rechten Arm aus, um nach dem Kabel zu fassen, den linken Arm reichte er Frederick, der ihn halten sollte, für den Fall, dass er das Kabel verfehlte.

Alle hielten den Atem an. Sven gab sich einen Ruck und rutschte durch das Loch. Hannah sah, wie seine rechte Hand das Kabel zu fassen bekam. Frederick ließ im selben Moment Svens Arm los, damit dieser nachfassen konnte.

Jetzt baumelte Sven über dem Abgrund.

Das Betonfundament war direkt unter ihm, etwa fünfzehn Meter tief, bis zur Wasseroberfläche waren es noch einige mehr. Wenn er jetzt abstürzte, würde sein Körper zerschmettern. Aber er ließ nicht los. Sven war sportlich. Es kostete ihn anscheinend nicht viel Kraft, sich an dem Kabel entlangzuhangeln. Anders als Hannah es erwartet hätte, bewegte er sich Richtung Flussmitte und damit vom Ufer weg, um links vom Pfeiler abzuspringen.

»Was macht er da? Ist das nicht die falsche Richtung?«, fragte Hannah.

»Nein, sei still«, blaffte Nico sie an.

Luis erklärte es ihr. »Das Wasser ist am Ufer nicht tief genug, und die Strudel sind umso stärker. Er muss dort eintauchen, wo es tief genug ist, und sich dann von der Strömung mitreißen lassen.«

Hannah schwieg. Sven schien zu wissen, was er tat. In ihr keimte die Hoffnung auf, dass er es tatsächlich schaffte und der Albtraum bald ein Ende haben würde. Was, wenn die Weste tatsächlich von einem Arbeiter vergessen worden war und es sich um einen Zufall handelte, dass Hannah sie gefunden hatte? Janus konnte auch nicht alles berechnen, egal wie gut sein Plan war.

Sven hangelte sich weiter, das Betonfundament war nicht mehr unter ihm, er baumelte über dem Wasser. Aber das reichte ihm noch nicht, er hangelte sich noch weiter, um mehr Abstand zum Fundament zu gewinnen. Die Strömung war stark, sie könnte ihn sonst gegen die Betonwand drücken.

Hannah hielt lange Zeit den Atem an. Sven war ihrer Meinung nach an einem Punkt angelangt, wo er loslassen sollte, aber er zögerte noch immer, sah nach unten.

Erst jetzt erblickte Hannah das näherkommende Schiff,

das stromabwärts fuhr und sich mit relativ hoher Geschwindigkeit näherte. Sven durfte jetzt nicht loslassen, noch nicht, einen Aufprall auf das Deck würde er ebenfalls nicht überleben. Er musste das Schiff unter sich vorbeiziehen lassen. Es war ein Stückgutfrachter, dessen Frachträume offen standen und voller Metallschrott waren.

In dem Moment bemerkte Hannah, dass etwas nicht stimmte. Sven fing an zu zappeln wie eine Marionette. Er hielt sich immer noch krampfhaft an dem Kabel fest, doch das Zappeln wurde immer schlimmer.

»Oh Gott«, stieß Hannah aus.

»Was hat er?«, schrie Luis.

Joop van de Meert stand auf der Brücke seines Schiffes und behielt das Radar im Blick. Es herrschte gut Verkehr auf dem Rhein, allerdings mehr stromaufwärts, die anderen Schiffe kamen ihm entgegen, er musste nur selten überholen. Da er flussabwärts fuhr, hatte er die Motorleistung gedrosselt. Bei offenem Fenster konnte er das Blöken der Schafe hören, eine riesige Herde bevölkerte die Rheinuferwiesen. Ein idyllischer Anblick, wie der Schäferhund die Herde zusammentrieb.

Der Stückgutfrachter war so lang wie ein Fußballfeld und voll beladen mit tausenddreihundert Tonnen Metallschrott, der nach Duisburg sollte, um dort eingeschmolzen zu werden. Die Ladung ragte über den Rand des Frachtraums hinaus, weshalb man ihn nicht schließen konnte. Das Schiff lag so tief im Wasser, dass die Bordkante von den Wellen entgegenkommender Schiffe überspült wurde. Was völlig normal war.

Joop sah auf die Uhr. Nach jetzigem Ermessen würde

er am frühen Abend sein Ziel erreichen. Wenn nicht irgendwas dazwischenkäme, aber was sollte das sein?

Er konnte den Braten schon riechen, den seine Frau in der Kajüte zubereitete. Dazu würde es selbst gemachte Knödel geben. Joop sah den Kölner Dom vor sich in der Sonne strahlen. Plötzlich huschte ein Schatten vor seinem Auge vorbei. Beinahe im selben Moment vernahm Joop etwas, das nicht wie das Blöken der Schafe klang. Eher wie ein Aufschrei. Er sah instinktiv nach oben. War der Ruf von der Brücke gekommen, die sein Schiff gerade unterquerte?

Joop schaute wieder nach vorne. Zuerst bemerkte er nichts Auffälliges – aber dann, er war sich nicht sicher. Etwas Grelles leuchtete in der Sonne, direkt vor ihm im Frachtraum. Hatte da jemand etwas von der Brücke geworfen? Der Binnenschiffer konnte nicht genau erkennen, was es war. Ein gelber Müllsack? Hatte etwa jemand seinen Müll von der Brücke entsorgt?

»John«, rief er in die Kajüte hinunter.

Kurz darauf kam sein Sohn die steile Treppe hinauf, sah ihn fragend an. »Ja, was gibt's?«

»Übernimm mal kurz das Ruder«, sagte Joop. »Ich glaube, da hat jemand was von der Rheinbrücke geworfen.«

Er verließ die Brücke des Schiffs. Es wäre nicht das erste Mal, dass so etwas passierte. Einmal war sogar sein Auto beschädigt worden, das hinter der Brücke auf Deck parkte. Weil jemand eine Bierflasche hatte fallen lassen.

Joop nahm die Treppe, zwei Stufen auf einmal. Mit seinen wasserdichten Schuhen ging er über das überspülte Deck. Da sah er es. Joop blieb stehen. Spitze und scharfkantige Metallteile ragten aus dem Frachtraum heraus. Und an einem dieser Teile befand sich eine Schwimmweste. Aber nicht nur eine Weste. Da war noch was. Es sah aus wie eine Schaufensterpuppe. Ohne Kopf?

Der Binnenschiffer trat näher heran, sah genau hin. In der Weste steckte ein Körper, ein halber Mensch. Der Unterkörper war abgerissen, und da, wo sich der Kopf mal befunden hatte, sah Joop nur noch ein rotes Etwas.

KAPITEL 26

Kappler und Schmitt betraten die oberste Etage des Messeturms, wo es von Polizisten nur so wimmelte. Auf dem Weg hierher hatte Kappler dem jungen Kollegen das Du angeboten. Schmitt erklärte ihm, dass früher im Messeturm ein Restaurant gewesen war, das schon lange geschlossen hatte. In dem Backsteingebäude darunter, das unter Denkmalschutz stand, befand sich Europas größter Privatsender. Die Journalisten hatten es also nicht weit, um über den Fall zu berichten.

Schmitt kannte viele der Kollegen, begrüßte einige mit Handschlag. Kappler hielt es nicht für nötig, sich vorzustellen, er musste mit dem leitenden Beamten sprechen, Polizeidirektor Manfred Wehner, der angeblich auch hier sein sollte. Kappler konnte nur hoffen, dass der jetzt ein offenes Ohr für ihn hatte und möglichst auch Kapazitäten, sich mit der Janus-Theorie zu beschäftigen.

Tatsächlich stand Wehner in Uniform vor einem Tisch an der Fensterfront und redete mit zwei Zivilisten. Sie brüteten über einem aufgeklappten Laptop.

Kappler schaute nach rechts. Auf einem Feldbett saß ein älterer Mann in Arbeiterkleidung und wurde von einem Sanitäter und einem Arzt behandelt. Das Logo der Stadtentwässerungsbetriebe prangte auf seiner Arbeitskleidung.

Kappler ging davon aus, dass es sich bei dem Mann um Dirk Meier handelte, den Vermissten, der auch die Polizei verständigt hatte.

Kappler ging auf Wehner zu. »Bernd Kappler, LKA Niedersachsen.«

»Ach«, sagte der Polizeidirektor verwundert und gab ihm eher widerwillig die Hand. »Ich wusste nicht, dass Sie in Köln sind. Ich dachte, Sie hätten aus Hannover angerufen.«

»Ich war auf dem Weg hierher, als wir telefoniert haben.«

»Und wieso?« Wehner wirkte ziemlich kurz angebunden, als ob ihn Kapplers Anwesenheit störte.

»Von dem Mord im Dorint-Hotel haben Sie gehört?« Kappler nahm den Zettel aus der Tasche, den Janus ihm geschrieben hatte, und reichte ihn Wehner. »Dieser Zettel war um den Penis des Opfers gewickelt.«

Wehner erstarrte kurz und las, was draufstand. Dann schweifte sein Blick suchend umher.

»Schmitt«, rief er im Befehlston durch den Raum.

Bernd Schmitt kam augenblicklich zu ihnen.

Wehner reichte ihm den Zettel. »Wussten Sie von diesem Zettel, der ein Beweisstück in einem Mordfall ist?«

»Nein, wusste er nicht«, kam Kappler seinem Kollegen zuvor. »Ich habe eigenmächtig gehandelt.«

Wehner lief rot an. »Ich muss Ihnen wohl nicht erklären, dass Sie laut Polizeigesetz in Nordrhein-Westfalen keine Befugnisse haben. Was fällt Ihnen ein, in einem Mordfall Beweisstücke zu entwenden?«

»Ich will Menschenleben retten«, konterte Kappler kurz und knapp. »Verhindern, dass wir heute noch weitere Tote zu beklagen haben.«

»Ja, vielen, vielen Dank, dass wir Hilfe aus Hannover bekommen. Sonst schaffen wir das nämlich nicht.«

»Ich bin nicht hier, um Ihnen zu helfen. Eine Freundin von mir schwebt in Lebensgefahr. Ich muss sie retten.«

Wehner schluckte, sah auf den Zettel, dann wieder zu Kappler. »Janus. Ist das der, der Ihnen vor neun Monaten entwischt ist?«

»Genau der! Und der Zettel beweist, dass Janus hinter dem Mord und hinter allem anderen steckt.«

Wehner war noch nicht überzeugt. »Woher weiß ich, dass die Nachricht echt ist?«

»Weil sich noch Sperma vom Mordopfer an dem Zettel befindet.«

Wehner schien ein wenig angewidert zu sein, reichte Schmitt den Zettel. »Eine Beweismitteltüte und dann ab zur KTU damit. Auch wenn das jetzt wahrscheinlich nicht mehr viel bringt.«

Schmitt folgte dem Befehl, ging zu einem Kollegen in Uniform.

Kappler fuhr fort. »Wir können warten, bis die KTU das Ergebnis hat, oder Sie glauben mir einfach.«

»Herr Polizeidirektor«, sagte einer der Zivilisten.

Wehner drehte sich zu ihm um.

»Mein Mitarbeiter, Ludger Emmerich, hat etwas gefunden«, sagte der andere Zivilist. Er schaute zu Kappler, reichte ihm die Hand. »Dr. Harald Nait, Direktor der Stadtentwässerungsbetriebe.«

Kappler verstand. Emmerich nickte kurz zu Wehner und Kappler, zeigte auf den Laptop und legte los. »Es ist so, wie wir bereits vermutet haben. Der Täter hat sich die Infrastruktur des Fernsehsenders zunutze gemacht und sich von hier durch einen VPN-Tunnel bei uns eingeloggt, um die Schleusen der Abwasserkanäle zu öffnen. So kam es zu dem Zusammenbruch des Kanalnetzes.«

Wehner hob die Hand, er wollte sich auf das Wesentliche konzentrieren. »Haben wir das Problem behoben?«

»Der Täter hat es behoben, nicht wir. Muss ich leider zugeben.«

Kappler schaltete sich ein. »Wie ist das möglich? Warum lässt sich Ihr Server so leicht hacken?«

Emmerich wirkte ein wenig erbost über die Frage und deutete zu dem Mann, der auf der Pritsche saß. »Der Täter hat einen unserer Mitarbeiter entführt, unter Drogen gesetzt, und mit seinem Account ist er bei uns eingedrungen. Zugegeben, das ist eine Sicherheitslücke, aber wer rechnet mit so was – mit einer Entführung?«

»Es sollte kein Vorwurf sein«, sagte Kappler moderat. »Ich wollte es nur verstehen.«

Wehner grätschte dazwischen. »Oh, das ist aber nett von Ihnen, dass Sie uns keine Vorwürfe machen. Der Kollege des Mitarbeiters wurde übrigens ermordet. Und bevor das passierte, hatten die beiden noch eine weitere Leiche entdeckt.« Wehner sah zu dem Computerspezialisten von den Entwässerungsbetrieben. »Wann können meine Leute in die Kanalisation?«

»Die Tore sind wieder geschlossen, das Wasser läuft ab oder wird abgepumpt. Es kann nicht mehr lange dauern.«

Wehner winkte einem uniformierten Beamten zu und gab ihm den Befehl, zum Einstieg des Kronleuchtersaals zu fahren. Von dort würden sie zu dem Ort gelangen, wo Dirk Meier und sein verstorbener Kollege die Leiche gefunden hatten.

Emmerich, der an dem Laptop saß, hob wie ein Schuljunge den Zeigefinger, weil er noch etwas dazu sagen wollte.

»Ja«, blaffte Wehner ihn an.

»Es ist unwahrscheinlich, dass Sie dort etwas finden«, sagte er. »Bei den Wassermassen, die da durchgerauscht sind, wurde die Leiche weggespült.«

»Wohin?«, wollte Kappler wissen.

»In den Rhein natürlich. Sie sollten das Ufer linksrheinisch ab Kilometer 687 in Strömungsrichtung absuchen.«

Wehner sah zu dem Kollegen. »Haben Sie gehört? Suchen Sie mit Booten das Flussufer ab.«

Der Beamte verschwand. Wehner wendete sich Kappler zu. »Und nun zu uns. Sie haben hier keine offiziellen Befugnisse.«

»Ich nicht, aber der Kollege, Kommissar Schmitt. Was halten Sie davon, wenn er auf mich aufpasst?«

Wehner nickte. Kappler sah an dem Polizeidirektor vorbei durchs Fenster des Messeturms. Dort unten, mitten auf dem Rhein, war ein großes Binnenschiff zum Stillstand gekommen, obwohl es stromabwärts fuhr. Ein Boot der Wasserschutzpolizei und eins der Feuerwehr legten rechts und links an dem Frachtschiff an.

Der Laderaum stand offen, das sah Kappler. »Was ist da unten los?«

Wehner drehte sich zum Fenster, runzelte die Stirn. Dann schaute er sich nach einem seiner Mitarbeiter um. »Uwe. Was ist da passiert?«

Eine Stimme aus dem Getümmel ertönte. »Ich kläre das.«

Kappler wollte nicht warten. Er folgte lieber seinem Instinkt und ging zu Schmitt.

»Wir müssen dahin. Sofort.«

KAPITEL 27

Sie saßen auf dem Boden des Brückenkastens. Die Luke stand offen, und noch immer lag der Geruch von Dieselabgasen in der Luft. Hannah hatte gesehen, wie Svens Körper sich im Fallen gedreht hatte und in einen Berg aus Schrott fiel. Die Spitzen und scharfen Kanten der Metallteile hatten seinen Körper regelrecht zerstückelt. Die Fontäne aus Blut, die beim Aufschlag in die Luft gespritzt war, würde sich zu den anderen traumatischen Erlebnissen in ihrem Leben gesellen, die Hannah niemals vergessen würde. An diese Bilder konnte man sich nicht gewöhnen, die Zeit heilte eben nicht alle Wunden. Der Schrecken blieb.

Hannah war tief in Gedanken versunken. Hatte Sven die Kraft verlassen? Ein Muskelkrampf? Wieso hatte er plötzlich gezuckt, als wäre er einem Stromschlag ausgesetzt gewesen? Ein Stromschlag. Hatte das Kabel, an dem er sich festhielt, unter Strom gestanden?

Auch ihre Mitstreiter mussten dieses Ereignis erst einmal verarbeiten. Jeder auf seine Weise. Chiara schluchzte, sie schämte sich ihrer Tränen nicht. Gina summte leise einen Song von Janis Joplin, den Hannah ausnahmsweise kannte: *»Oh Lord, won't you buy me …«*

Moritz schlug stumm mit der Faust in seine Handfläche. Luis konnte nicht mehr sitzen, brauchte Bewegung, ging nervös hin und her. Frederick putzte stoisch seine Brillengläser, immer und immer wieder.

Hannah holte Svens Zippo hervor, schnippte an dem Feuerstein, in der Hoffnung, dass der Docht endlich anfing zu brennen. Manchmal glimmte er kurz, eine Flamme aber entstand nicht.

Nico, der ins Leere starrte, brach schließlich das Schweigen. »Der Schiffskapitän wird die Polizei verständigen. Und die findet uns dann.«

»Die halten Sven für einen Selbstmörder und glauben, dass er von der Brücke gesprungen ist«, hielt Hannah dagegen.

Gina sah fragend zu Nico. »Warum ist er abgestürzt? Gab es dafür einen Grund?«

Frederick schüttelte den Kopf. »Sah nicht so aus, als ob ihn die Kraft verlassen hätte. Sven wirkte topfit und hat darauf gewartet, dass das Schiff unter ihm durch ist.«

»Was dann?« Chiara hatte auch nicht zugesehen und forderte flehend eine Antwort.

Frederick hörte auf, seine Brille zu putzen, setzte sie wieder auf. »Sven hat plötzlich angefangen zu zappeln, ohne erkennbaren Grund. Als wär er unter Strom gesetzt.« Frederick schaute zu Hannah. »Oder?«

Sie nickte.

Chiara war entsetzt. »Du meinst, das Kabel stand unter Strom?«

»Keine Ahnung, Bitch«, sagte Frederick genervt.

Chiara verstummte.

Hannah hatte schon länger das Gefühl, dass die beiden sich nicht leiden konnten. Frederick nahm sie nicht ernst.

In seinen Augen schien sie ein Püppchen zu sein, das aus Dekadenz und Langeweile hier mitmachte.

Luis schaltete sich ein. »Ist es bei einem Stromschlag nicht eher so, dass man eben nicht mehr loslassen kann?«

»Normalerweise ja«, sagte Nico – wieder mit fast normaler Stimme, die Schwellung der Nase war zurückgegangen. »Es heißt zumindest so. Aber wo sollte der Stromschlag sonst hergekommen sein?«

»Die Schwimmweste«, sagte Gina und starrte Hannah an. »Die Schwimmweste, die du angeblich gefunden hast.«

»Sie hat sie gefunden«, sagte Moritz. »Ich war dabei.«

»Ach ja. Vielleicht wusste sie ja genau, wo sie suchen muss.« Gina ließ nicht locker. »Sven war ein guter Schwimmer, er hätte keine Weste gebraucht. Erst als Hannah damit ankam …«

Moritz schnitt ihr das Wort ab. »Das bringt doch jetzt nichts, hier rumzusitzen, zu warten. Sich gegenseitig zu beschuldigen.« Er kam wieder auf die Beine, schien ein schlechtes Gewissen zu haben, weil auch er die Weste mit ins Spiel gebracht hatte. »Wenn es noch einen Märtyrer braucht: okay!« Moritz wirkte entschlossen. »Ich steige jetzt die Leiter hinauf und sehe nach, was in dem Pfeiler ist. Sollte dort oben kein Durchgang sein, werde ich von innen gegen den Pfeiler schlagen. Die Bullen kreuzen auf jeden Fall hier auf, und wenn sie da sind, könnten die mich hören.«

Er zögerte nicht länger, ging auf die schmale Tür zu und betrat das Innere des Pfeilers.

Hannah hatte das Gefühl, dass alle sie anstarrten. Was, wenn Gina recht hatte: wenn tatsächlich etwas mit der Schwimmweste nicht gestimmt hatte? Dann trüge Hannah eine Mitschuld an Svens Tod. Ohne die Weste würde er vielleicht noch leben, vielleicht. Er hätte sich noch länger halten können, bis das Schiff unter ihm vorbeigefahren wäre, und dann … einen Sturz aus fünfzehn Metern oder mehr in den Rhein hätte er auch überstanden, und schwimmen konnte er gut.

Hannah hielt diesen Gedanken nicht mehr aus. Sie stand auf, wollte weggehen von den anderen, allein sein, da nahm sie einen seltsamen Geruch wahr.

War das Gas?

Hannah hielt das Zippo in der Hand, hütete sich aber, es zu betätigen. Sie sah in die Runde. »Riecht ihr das auch?«

»Jetzt lenk nicht vom Thema ab«, blaffte Gina sie an.

»Ich rieche es auch.« Nico stand erschrocken auf.

Alle schienen es wahrzunehmen, jetzt auch Gina. Es roch eindeutig nach Gas, ein wenig Fäulnisgeruch war auch dabei.

Hannah ging sofort zum Brückenpfeiler, wo Moritz auf der Leiter schon ein ganzes Stück nach oben gestiegen war. »Hey, komm sofort wieder runter.«

»Wieso?«, kam als Antwort. Der Schall hallte durch den Metallpfeiler.

»Es riecht hier nach Gas«, rief Hannah hinauf. »Gas steigt nach oben, du sitzt in einer Falle.«

»Nein«, schrie Moritz zurück. »Ich sehe, dass da oben was ist, eine Öffnung oder so was, da scheint etwas Licht durch.«

»Sollen wir raufkommen?«

»Nein, noch nicht. Die Leiter ist nicht sehr stabil, wir dürfen nicht alle da drauf. Bringt euch in Sicherheit.«

»Wie denn?«, schrie Hannah.

»Die Tür«, vernahm sie als Antwort.

»Welche Tür?«

Es kam keine Antwort.

»Moritz«, rief sie. »Bist du noch da?«

»Der Notausgang«, ertönte es von oben. »Und wenn da unten Gas ist, dann schließ die Tür zum Pfeiler, damit es nicht so schnell aufsteigt.«

Hannah sah auf das Zippo in ihrer Hand. »Moritz! Was passiert, wenn ich das Feuerzeug betätige?«

Er hatte gesagt, dass er mal bei der Feuerwehr gewesen war.

»Ihr müsst euch beeilen«, hörte sie ihn rufen, seine Stimme klang in dem Metallkörper undeutlich. »Verschwindet, bevor der Gasgeruch schlimmer wird. Ihr habt nicht viel Zeit. Gas entzündet sich erst bei der richtigen Mischung aus Gas und Sauerstoff.«

Hatte sie ihn richtig verstanden? Es entzündete sich nur bei der richtigen Mischung?

In diesem Moment durchschaute Hannah Janus' Logik. Der Brandmelder war immer noch eine Option, aber nur, solange nicht der gesamte Raum mit Gas geflutet war. Ihnen rannte die Zeit davon. Gas konnte sich erst entzünden, wenn die richtige Mischung vorhanden war, ja, das hatte Moritz gesagt.

Hannah schrie nach oben. »Viel Glück.« Sie trat einen Schritt zurück und schloss die Tür zwischen Brückenkasten und Pfeiler.

Der Gasgeruch wurde intensiver. Alle hielten sich die Nase zu.

Luis sah sie fragend an. »Was nun?«

»Moritz sagt, wir sollen zum Notausgang gehen, von

dem ich euch erzählt habe, etwa hundert Meter da lang.« Hannah zeigte in die entsprechende Richtung. »Passt auf, wo ihr hintretet, da ist es dunkel.«

»Und du?« Nico wusste nicht, was er davon halten sollte.

»Ich muss noch was holen. Vertraut mir. Bitte.«

Hannah ging in die Richtung, aus der sie gekommen waren.

KAPITEL 28

Hubert Stapel manövrierte das Zodiac zur Backbordseite des Stückgutfrachters und legte an der Bordwand an. Der Kapitän des Frachters war dabei, gegen die Strömung am Kai anzulegen. Kappler konnte nicht bis zum Ende des Manövers warten. Es war nur ein großer Schritt nötig, um vom Zodiac an Bord des Binnenschiffes zu gelangen. Der Frachter war so schwer beladen, dass der Bugrand sich nur knapp über der Wasserlinie befand. Kappler war etwas unsicher und froh, als er es geschafft hatte. Schmitt wagte den Sprung, ohne zu zögern. Hubert Stapel blieb auf dem Zodiac, vertäute es am Schiff.

Feuerwehrleute und Kollegen von der Wasserschutzpolizei standen am Rand des Frachtraums, keiner machte Anstalten, sich den Überresten der Leiche zu nähern.

Schmitt kannte einen von ihnen. »Hey, Oliver. Das ist Bernd Kappler vom LKA Niedersachsen«, stellte er ihm den Kollegen vor. »Wir müssen uns das dringend ansehen.«

»Das geht nicht, da braucht ihr Spezialschuhe, da ist überall spitzes, rostiges Metall«, sagte er. »Sieht nach einem Selbstmord aus. Er ist von der Severinsbrücke gesprungen.«

»Welche Brücke ist das?«, fragte Kappler.

Schmitt zeigte stromaufwärts. »Die Eisenbrücke hier

vorne ist die Hohenzollern –, dann kommt die Deutzer Brücke, und die dahinter in Hellgrün mit nur einem Pfeiler, das ist die Severinsbrücke.«

»Das Schiff hat einen langen Bremsweg bei der Strömung«, fügte Oliver von der Wasserschutzpolizei hinzu.

Kappler sah ihn an. »Selbstmord, glauben Sie?«

»Ja. Was denn sonst?«

Kappler sah in den Frachtraum, der gefüllt war mit Metallschrott. Die blutverschmierte Schwimmweste schimmerte in der Sonne, ein halber Mensch ohne Kopf ragte heraus.

»Wenn es Selbstmord war, wieso hatte der Kerl dann eine Schwimmweste an?«

»Gute Frage«, sagte der Kollege. »Hat ihm auf jeden Fall nichts genutzt.«

Kappler konnte weder über den Witz lachen noch länger ausharren, er stieg in den Frachtraum, balancierte auf einem Stahlträger.

»Seien Sie vorsichtig«, rief der Kollege. »Das ist doch Wahnsinn, was Sie da machen.«

Schmitt folgte Kappler. Der Weg zu den Überresten der Leiche war nicht weit.

»Nach was suchst du?«, fragte Schmitt.

Kappler wollte sich Gewissheit verschaffen. Als er nah genug an der kopflosen Leiche war, konnte er sehen, dass der Mann einen schwarzen Overall trug. In dem Frachtraum neben den Metallteilen lag ein abgetrenntes Bein. Am Fuß war ein schwarzer Turnschuh.

»Es sollen Umweltaktivisten für das Chaos in der Stadt verantwortlich sein, richtig?«

Schmitt nickte.

»Die tragen oft solche Klamotten. Die Schwimmweste widerlegt die Selbstmordthese.«

Kappler näherte sich der Leiche noch ein Stück und bekam die Weste zu fassen. Er löste den Verschluss und zog sie vom Oberkörper des Toten.

Kappler hielt die Schwimmweste in der Hand, tastete sie ab und betrachtete die Innenseite, strich darüber.

»Was ist?«

»Lass uns zurückgehen«, sagte Kappler.

Sie balancierten über Stahlträger und anderen Metallschrott zum Rand des Frachtraums und kamen wieder an Deck. Kappler sah zu einem jungen Mann, der offensichtlich zur Schiffsbesatzung gehörte. »Wir brauchen ein scharfes Messer, schnell.«

Der junge Mann zog eins aus seinem Gürtel, das er anscheinend immer bei sich trug, reichte es ihm. Kappler nahm es und fing an, die Innenseite der Schwimmweste aufzuschneiden. Nach kurzer Zeit hatte Kappler gefunden, wonach er suchte.

»Sieh dir das an«, er zeigte es Schmitt. »Metallnadeln.«

Schmitt sah es auch. »Was ist das?«

Kappler riss den Stoff mit einem Ruck ab, und darunter kam noch mehr zum Vorschein. In der Schwimmweste steckte ein umgebauter Taser, wie ihn die Polizei neuerdings benutzte, um Angreifer unschädlich zu machen. Ein Taser verschoss Metallnadeln, die durch die Kleidung des Angreifers bis in die Haut eindrangen, und dann wurde ein Stromstoß ausgelöst. Dem Angreifer versagten dadurch die Muskeln, er hatte keine Kontrolle mehr über seinen Körper und war kampfunfähig. Die Nadeln in der Schwimmweste waren über Kabel mit dem Taser verbunden. Und der Taser?

Er war durch ein weiteres Kabel mit einem kleinen Funkempfänger verbunden, eine Leuchtdiode blinkte grün.

»Das war kein Suizid«, sagte Kappler.

Schmitt nickte. »Definitiv nicht.«

KAPITEL 29

Hannah folgte dem Lichtschein ihrer Handylampe. Die anderen hatten sich um die Notausgangstür versammelt, saßen auf dem Boden und hielten sich die Nase zu. Das Gas sammelte sich offensichtlich oben unter der Decke, genau dort, wo auch der Brandmelder war. Hannah reichte Nico das Handy.

Er nahm es, sah sie fragend an. »Wo warst du?«

Hannah zog die Papiertüte von McDonald's aus der Tasche und positionierte sich direkt unter dem Brandmelder. Dann nahm sie das Zippo aus der Tasche.

»Stopp«, intervenierte Frederick, der sofort begriff, was sie vorhatte. »Was, wenn du das Gas damit entzündest?«

»Ich weiß nicht, was passieren wird, aber ich bin mir ziemlich sicher, dass wir alle ersticken werden, wenn wir nur hier rumsitzen.«

Keiner sagte etwas. Hannah hatte sich noch ein weiteres Argument auf dem Weg hierher zurechtgelegt. »Außerdem: Das Gas steigt nach oben. Im Stehen riecht man es mehr als im Sitzen, oder?«

Die anderen nickten.

»Das bedeutet, wenn sich das Gas entzünden sollte, ihr aber unten bleibt, dann zieht die Feuerwalze über euch hinweg. Ich habe das mal in einer Dokumentation über Feuerwehrleute gesehen.«

»Und in ›Backdraft‹«, sagte Luis. »Dem Film. Da passiert das ständig. Lasst sie machen. Wie eine Selbstmörderin sieht Hannah nicht aus.«

»Und was ist mit Moritz?«, brüllte Gina. »Wenn das Gas nach oben steigt? Er ist ganz weit oben. Willst du ihn grillen? Möchtest du ihn auch umbringen – wie Sven?«

»Er hat gesagt, dass ich es machen soll. Außerdem ist die Tür zum Brückenpfeiler geschlossen.«

»Gas dringt aber auch durch Spalten und Ritzen«, sagte Frederick.

»Wollen wir ersticken?«, brüllte Nico in die Runde. »Entweder wir riskieren es, oder wir gehen sowieso alle drauf.«

Hannah nickte zustimmend, obwohl sie selbst unsicher war. Sie sah zu Nico, der das Handy in der Hand hielt und ihr leuchtete.

Er nickte. »Mach schon.«

Es legte niemand mehr Protest ein. Hannah drehte sich noch mal um, in Richtung des Pfeilers, und schrie, so laut sie konnte: »Moritz! Bist du da? Dann komm her, schnell!!«

Es kam keine Antwort.

Hannah verzweifelte. Die Zeit rannte ihr davon. Damit es zu einer Explosion käme, müssten Gas und Sauerstoff im richtigen Verhältnis gemischt sein, hatte Moritz gesagt. Hannah konnte nur das Beste hoffen. Was blieb ihr anderes übrig? Janus hatte bestimmt nicht vor, die Brücke zu sprengen. Und war er in der Lage, den Gaszufluss so exakt zu steuern? Ja, das war er.

Hannah musste eine Entscheidung fällen. Intuitiv, ohne

Netz und doppelten Boden. In diesem Spiel war Intuition das Wichtigste. Hannah erinnerte sich an einen Satz, den sie bei ihrer ersten und einzigen Pokerpartie vor neun Monaten gelernt hatte, bei der es um Leben und Tod gegangen war. Der Satz stammte aus einem Film: »Manchmal muss man das Falsche tun, aber im richtigen Augenblick.«

Hannah ging in die Hocke, duckte sich und betätigte das Feuerzeug, ein Funken sprühte. Hannah schnippte noch mal an dem Zippo, und diesmal fing der Docht Feuer. Sie hielt die schwache Flamme an die Papiertüte von McDonald's. Kurz glomm das Papier auf, aber die Tüte war zu feucht, die Flamme erlosch wieder. Es war zum Verzweifeln. Hannah probierte es erneut. Der Funke entzündete den Docht, der Docht das Papier, und es erlosch wieder.

Die anderen sahen sie an, keiner gab einen Mucks von sich.

Hannah nahm allen Mut zusammen, stand auf, stellte sich auf die Zehenspitzen und streckte die Hand mit dem Feuerzeug in die Höhe, hielt das Zippo so nah wie möglich direkt unter den Hitzemelder. Dann betätigte sie den Zündstein. Der Docht fing Feuer. Würde das reichen?

Es reichte, um das Naturschauspiel in Gang zu setzen. Hannah spürte zuerst die Hitze an der Hand, in der sie das Feuerzeug hielt, dann sah sie, wie sich ein Flammenmeer unter der Decke des Hohlkastens bildete und immer weiter ausbreitete. Es schien bizarr. Für einen Moment war Hannah eingehüllt in Feuer. Augenblicklich ging sie in die Hocke, aber ihre Haare waren schon angesengt, das verriet der Geruch. Im selben Moment machte es klack, und die Notausgangstür sprang einen Spaltbreit auf.

Nico schrie: »Die Tür ist auf.« Er riss an dem Knauf, und der Fluchtweg stand offen. Mit der Handylampe leuchtete er in den Raum dahinter, wo eine Metalltreppe nach unten führte.

Über ihren Köpfen loderte es immer noch, mal schien dem Feuer das Gas auszugehen, dann entflammte es plötzlich wieder. Die Feuerwalze breitete sich den Gesetzen der Natur folgend durch den Hohlkasten in Richtung Pfeiler aus.

Hannah blieb keine Zeit, sich um das Schicksal von Moritz Gedanken zu machen, sie musste hier weg, sofort. Ihre Gesichtshaut brannte. Da spürte sie eine Hand, die sie an der Schulter packte und mitzerrte. Frederick war neben ihr, geleitete sie zur Tür. Die anderen waren bereits durch den Notausgang geflüchtet. Die Hitze war kaum mehr auszuhalten.

Hannah hatte die Metalltreppe erreicht, drehte sich noch einmal um. Sie sah, dass die Feuerwalze ihnen wie ein Ungetüm folgte, von der Decke herabstürzte wie ein Wasserfall, wie ein Krake, der nach ihnen greifen wollte. Ihnen blieb nur ein Ausweg, sie mussten hier raus. Ganz egal, was sie hinter der nächsten Tür erwarten würde.

KAPITEL 30

Kappler saß neben dem Motor des Zodiacs und hielt sich an einem Seil fest. Er traute seinen Augen nicht bei dem, was er in etwa einen Kilometer Luftlinie entfernt sah. Aus der Spitze des Brückenpfeilers schoss ein gewaltiger Feuerball empor. Erst einige Sekunden später hörten sie den dumpfen Knall der Explosion. Wie bei einem Großfeuerwerk kam der Schall zeitversetzt aufgrund der Entfernung. Schwarzer Rauch bahnte sich den Weg nach oben, der Pfeiler sah aus wie ein Fabrikschornstein.

Kappler sah zu Hubert Stapel, der das Zodiac steuerte. »Wie kommen wir am schnellsten zu dem Brückenpfeiler und von dort aus nach ganz oben?«

»Halten Sie sich fest«, befahl der Steuermann, bevor er den Gashebel umlegte und der Bug sich aufbäumte.

»Ich bringe Sie ans Ufer«, schrie Stapel gegen den Lärm der Motoren an und drehte am Steuerrad. Das Zodiac driftete nach links ab, und Gischt schoss ins Boot. Kappler wurde nass, aber das war ihm egal. Er sah zu der Brücke. Der schwarze Rauch, der aus der Spitze des Pfeilers kam, verzog sich allmählich. Das Feuer war anscheinend erloschen.

»Ich setze Sie am Ufer ab, Sie müssen zum Parkplatz unter der Brücke gehen.« Er sah zu Schmitt. »Du weißt, wo?«

Schmitt nickte.

»Dort ist das Fundament der Brücke, und da endet auch der Hohlkasten. In dem Fundament ist eine Treppe, durch die man nach oben auf die Brücke kommt. Die Feuerwehr wird gleich dort eintreffen, und die können die Tür öffnen. Von da führt eine Treppe in den Brückenkasten und zu dem Pfeiler.«

Der Steuermann betätigte den Gashebel, das Zodiac wurde langsamer, und sie erreichten eine Anlegestelle. Kappler ließ das Seil los und ging von Bord, Schmitt folgte ihm.

Kappler bedankte sich zum Abschied.

»Gern geschehen«, sagte Stapel ernst. »Und viel Erfolg.«

Kappler und Schmitt liefen zu dem Parkplatz, von dem der Steuermann gesprochen hatte, er lag etwa hundert Meter entfernt. Mittlerweile hatten sich auch Schaulustige eingefunden. Spaziergänger, die alle zu dem rußgeschwärzten Brückenpfeiler hinaufstarrten.

Die Sirenen der Feuerwehrwagen wurden lauter, kamen näher, ein roter VW-Bus mit Blaulicht auf dem Dach und dem Schriftzug »Einsatzleitung« bildete die Vorhut. Die Passanten wichen zur Seite. Der Wagen hielt direkt bei ihnen, zwei Feuerwehrleute stiegen aus. Der Beifahrer hatte bereits die Gasflasche für schweren Atemschutz auf dem Rücken und die Maske vor dem Gesicht.

»Polizeikommissar Schmitt«, eröffnete der Kölner Kollege das Gespräch und zeigte auf Kappler. »Hauptkommissar Kappler, LKA Niedersachsen. Sie müssen uns die Tür aufschließen. Schnell.«

Der Feuerwehrmann, der den Wagen gefahren hatte und noch keine Maske trug, ging zielstrebig zu der Tür, durch die man Stapel zufolge nach oben auf die Brücke gelangen konnte. »Sie können da nicht rein. Wir müssen erst löschen und sehen, was los ist.«

»Schon klar«, sagte Kappler. »Bitte beeilen Sie sich, es könnten Personen in dem Brückenkasten sein.«

»Was?! Wie das denn?« Der Feuerwehrmann schüttelte den Kopf. »Nein, ausgeschlossen! Das wüssten wir. Es dürfen keine Arbeiten dort stattfinden, ohne dass wir dabei sind.«

Als der Feuerwehrmann mit dem schweren Atemschutz die Tür aufriss, schoss ihm eine Rauchwolke entgegen, hüllte ihn ein. Er schaltete eine Taschenlampe am Helm an und verschwand in der Dunkelheit.

Der Einsatzleiter wendete sich ab, um die eintreffenden Fahrzeuge zu koordinieren. Streifenwagen brausten heran, und eintreffende Polizisten sperrten den Parkplatz ab, drängten die Passanten zurück.

Kappler seufzte. »Jetzt heißt es warten.«

Da trat ein junges Pärchen, das Händchen hielt, an Kappler und Schmitt heran.

»Entschuldigung«, sagte Schmitt mit höflichem Tonfall. »Zu Ihrer eigenen Sicherheit, treten Sie bitte zurück.«

Schmitt winkte einen Kollegen zu sich, der mit einer Rolle Absperrband näher kam.

»Was ist hier los?«, fragte die junge Frau. »Drehen Sie hier einen Film?«

»Nein, kein Film«, sagte Kappler und bemühte sich, weiterhin freundlich zu sein. »Das ist leider alles real. Deshalb müssen Sie jetzt zurückgehen, hinter die Absperrungen.«

»Komm, wir gehen«, sagte der Mann zu seiner Freundin und zog an ihrer Hand.

Sie zögerte. Kappler wurde etwas ungehalten. »Ihr Freund hat recht, gehen Sie. Zu Ihrer eigenen Sicherheit.«

Da näherte sich der Kollege mit dem Absperrband, das eine Ende hatte er bereits an einem Pfosten befestigt, und rollte es ab.

»Treten Sie zurück«, blaffte der uniformierte Kollege die Frau an.

Endlich ließ sie sich erweichen. Kappler schenkte ihr zum Abschied ein Lächeln.

»Und was war mit diesem Lkw?«, fragte sie ihren Freund.

Kappler lächelte nicht mehr. »Moment!«, rief er den beiden hinterher. »Was sagten Sie gerade?«

Die beiden blieben stehen, drehten sich um. Kappler stellte sich dem Kollegen mit dem Absperrband demonstrativ in den Weg. Der hielt inne. Schmitt kam auch einen Schritt näher.

»Da war ein Lkw«, sagte die Frau zu Kappler. »Er hat genau vor der Tür gestanden.«

»Vor welcher Tür?«, hakte Kappler nach. »Die, welche die Feuerwehrleute gerade aufgemacht haben?«

Die beiden nickten.

Kappler blieb ganz ruhig. »Wie sah der Lkw aus? Haben Sie das Kennzeichen?«

Der Mann schüttelte den Kopf. »Der hatte kein Kennzeichen.«

»Doch«, sagte die Frau. »Aber das war total verdreckt und auch nicht aus Deutschland, glaube ich.«

»Und der Lkw?«

»Der hatte einen Container geladen. So einen wie auf den Schiffen auf dem Rhein«, sagte der Mann.

»Nein«, die Frau schüttelte den Kopf. »Der war kleiner, nur so ein halber Container. Die Miniversion.«

»Farbe?«, hakte Kappler nach.

»Dunkelgrau, ziemlich verbeult und angerostet.«

»Nicht neu«, fügte der Mann hinzu. »So halt, wie die Dinger nach ein paar Jahren aussehen.«

Kappler wendete sich dem Kollegen mit dem Absperrband zu, nahm ihm die Rolle aus der Hand. »Das mach ich. Sie werden die Personalien der Herrschaften aufnehmen und eine Fahndung rausgeben nach diesem Lkw.«

Schmitt nickte seinem Kollegen in Uniform zu, und der schritt sofort zur Tat.

Kappler hatte das Absperrband an einem Pfosten befestigt, als der Einsatzleiter der Feuerwehr auf sie zukam. »Gute Nachrichten, es gibt einen Verletzten, aber ansonsten keine Personen im Brückenkasten.«

»Wo ist der Überlebende?«

Der Einsatzleiter zeigte zu der Spitze des Pfeilers. »Dort oben. Wir müssen ihn mit einem Hubschrauber da runterholen. Er hat Verbrennungen.«

»Können wir rein?«, fragte Kappler.

Der Einsatzleiter überlegte.

»Es ist verdammt wichtig«, sagte Kappler und sah ihn flehend an. »Die ganze Sache hier hat mit dem Verkehrschaos und der Überschwemmung zu tun. Ein Psychopath terrorisiert die Stadt, und wir …«, er zeigte auf Schmitt und sich selbst, »wir müssen ihn stoppen.«

Der Einsatzleiter nickte. »Kommen Sie mit, Sie kriegen Gasmasken.«

Kappler wollte dem Feuerwehrmann zum Einsatzfahrzeug folgen, doch Schmitt hielt ihn am Arm fest.

»Sei mir nicht böse«, sagte er leise. »Aber da musst du allein reingehen. Ich krieg die Krise in engen Räumen.«

»Kein Problem. Gib mir ein Funkgerät, damit wir in Kontakt bleiben.«

KAPITEL 31

Hannah nahm den Geruch nach verbrannten Haaren wahr. Ihr Gesicht war puterrot wie nach einem mittleren Sonnenbrand. Das waren Verbrennungen ersten Grades, schätzte sie.

Ich sehe überhaupt fürchterlich aus, fand sie beim Blick auf das Handydisplay, das sie als Spiegel benutzte. Die Haare waren ungleichmäßig versengt. Sollte sie diesen Tag überleben, wäre entweder eine Totalrasur fällig, oder sie benötigte einen Da Vinci unter den Friseuren. Hannah musste an Paco denken, einen Spanier, bei dem Valerie fast wöchentlich einen Termin hatte und der auch Promis frisierte. Das war ihrer Schwester wichtig. Hannah gehörte mittlerweile auch zu seinen Kundinnen, und das nicht nur, weil Paco gut mit der Schere umgehen konnte. Er hatte im Gegensatz zu manch anderem die richtigen Worte gefunden, als es Hannah richtig mies gegangen war. Seltsam, dass Außenstehende ihr mitunter mehr helfen konnten als enge Vertraute.

Der Container ruckelte. Sie waren erneut in einem Metallkörper gefangen, nur diesmal fuhren sie anscheinend auf einem Lkw. Von innen sah der Container nicht viel anders aus als der Brückenkasten, nur enger.

Hannah hatte immer noch keinen Empfang und rechnete nicht damit, dass sich daran etwas ändern würde, bevor sie tot oder frei war.

»Wieso hast du keinen Empfang?«, wollte Chiara wissen. »Ich versteh das nicht.«

»Frederick hat es doch eben erklärt.« Hannah war des Themas überdrüssig. Es brachte nichts, auf Hilfe von außen zu hoffen.

Keiner von ihnen hatte die Wahl gehabt, nicht in den Container zu steigen. Sie waren von einer Feuerwalze verfolgt worden, mussten fliehen. Kaum war Hannah als Letzte in dem Container gewesen, rasselte hinter ihnen ein Metallrollo herunter und hielt das Feuer zurück. Im selben Moment hatte sich der Lkw auch schon in Bewegung gesetzt.

Sie saßen auf dem Boden und starrten vor sich ins Leere. Nur Gina nicht, ihr Blick durchbohrte Hannah. »Du hast Moritz auf dem Gewissen. Und Sven. Wer von uns ist als Nächstes dran?«

Hannah wuschelte mit der Hand durch ihre Haare, und es regnete Asche auf ihre Kleidung. »Bist du so blöd? Glaubst du, dass ich mich selbst abfackeln würde? Oder dass man Feuer so genau kontrollieren kann? Ich habe nicht gewusst, was passieren wird!«

Gina stand plötzlich auf den Beinen, ging auf Hannah los, wollte zutreten. Luis konnte sie im letzten Moment davon abhalten. Er hielt Gina mit beiden Armen fest und zerrte sie von Hannah weg ans andere Ende des Containers.

»Dieses Miststück«, schrie Gina. Ihre Stimme überschlug sich beinahe, sie kreischte. »Sie ist an allem schuld. Wann begreift ihr das endlich?«

Hannah zitterte. Ihr Körper bebte, und sie spürte ihren Puls, der die maximale Frequenz erreichte, sodass ihr Herz beinahe aus dem Takt geriet. Eine Panikattacke, ausgelöst durch Ginas Angriff. Hannah hatte Todesangst, wie vor sieben Monaten. Ihr wurde speiübel, im nächsten Moment kam es aus ihr heraus. Der Magen rebellierte, sie hatte kaum etwas gegessen, aber das wenige ergoss sich auf den Boden des Containers. Sie spuckte vor allem Galle.

»Oh Scheiße«, sagte Nico und blaffte Gina an, die sich wieder etwas eingekriegt hatte. »Sieh dir das an.«

»Alles Show«, fauchte sie. »Hannah macht euch nur was vor. Diese Kapitalistenfotze! Sie steckt hinter allem, sie will uns umbringen.«

Kapitalistenfotze! – Das Wort hallte in Hannahs Kopf nach, während sie sich mit der Hand den Mund abwischte und ihre Atmung zu beruhigen versuchte. So hatte sie noch nie jemand genannt. Sie sah auf die Uhr an ihrem Handgelenk. Wegen dieser Uhr hatte Gina sie so genannt. Auf einmal fühlte sich genau das an wie eine Eingebung. Das war es! Vielleicht eine Chance. Zumindest der Hauch einer Chance. Hannah erinnerte sich an Kapplers Worte aus der Vergangenheit. Er hatte ihr viel erzählt im letzten halben Jahr, während gemeinsamer Abende bei einer Flasche Wein. Über seinen Job, seine Fälle. Kappler war Spezialist für Entführungen.

Hannahs Blick ging zu den zwei kleinen runden Öffnungen, durch die Luft in den Container drang. Sie kam wieder auf die Beine, ihre Übelkeit hatte nachgelassen, und sie kniete sich vor die Öffnung. Man konnte nicht hindurchsehen, dahinter war eine Klappe, die nach unten zeigte, damit kein Regenwasser eindrang.

Hannah nahm ihren Revolver aus dem Holster und versuchte, den Lauf hindurchzuschieben, damit sie nach unten schießen könnte. In den Asphalt. Der Knall wäre laut genug, dass ihn vielleicht jemand hörte. Aber es klappte nicht, der Lauf war zu groß, sie könnte nur durch das Blech schießen, aber dann wüsste sie nicht, wo die Kugel hinflöge. Das konnte sie unmöglich riskieren. Die Vorstellung, einen Passanten zu verletzen, vielleicht sogar ein Kind, ließ das nicht zu. Doch Hannah gab noch nicht auf. Sie steckte den Revolver wieder in das Holster.

»Was machst du?« Nico war neben sie getreten, schaute auf sie herab, während er sich festhielt, denn der Container schaukelte stark.

Hannah öffnete das Armband ihrer Uhr, nahm sie ab. Sie schob das eine Ende des Armbands durch den Lüftungsschlitz, der breit genug war, dass auch das Gehäuse hindurchpasste. Dann ließ sie das andere Ende des Armbands los.

Die Uhr huschte durch den Schlitz.

Nico sah sie verdattert an. »Was soll das denn jetzt?«

Hannah sah zu Gina. »Die Kapitalistenfotze hat gerade ihre Uhr weggeschmissen. Sechstausend Euro.«

Nico verstand es noch nicht, das verriet sein Blick.

Hannah setzte sich wieder, lehnte mit dem Rücken an der Wand des Containers. »Ich möchte euch keine falschen Hoffnungen machen, sonst bin ich nachher wieder die Doofe.«

»Bitte erkläre es mir«, wimmerte Chiara.

Hannah sah zu Gina. »Nur wenn du dich entschuldigst.«

Alle sahen zu Hannahs Widersacherin. Jetzt war Gina die Außenseiterin.

»Du kannst mich mal.«

Nico sah seine Freundin scharf an. »Entschuldige dich. Sofort!«

Gina kochte innerlich, aber ihr blieb keine Wahl. »Okay, ich entschuldige mich für die ›Kapitalistenfotze‹.«

Hannah lächelte. »Aber ich danke dir dafür, du hast mich dadurch auf die Idee gebracht.«

Nun wollten alle wissen, was das sollte.

»Wir können nur hoffen, dass jemand die Uhr findet und etwas mit der Marke anzufangen weiß.« Hannah sah zu Nico. »So wie du.«

Nico verstand noch immer nicht. »Wer sollte etwas damit anfangen können?«

»Also. Meine Schwester hat mir die Uhr geschenkt. Und ich bin mir sicher, dass sie nach mir suchen lässt und einen Freund von mir verständigt hat. Der bei der Polizei ist, Bernd Kappler, er hatte mal so einen Fall. Er ist Experte für Entführungen und Geiselnahmen.«

»Ja und?« Chiara platzte vor Neugier. Die anderen auch. Es wurde still, abgesehen von den Geräuschen, die der Container machte. Alle klebten förmlich an Hannahs Lippen.

»Es gab mal einen Entführungsfall. Das Opfer war eingesperrt in einem Keller, hatte viel Zeit und Langeweile. Darum bat er seine Entführer, ihm etwas zu lesen zu besorgen. Er hat ihnen eine Liste mit Büchern gegeben, und die haben ihm die Bücher besorgt. Nicht irgendwelche Bücher, ganz spezielle Titel: Sachbücher, von denen im ganzen Jahr vielleicht drei Exemplare in ganz Deutschland verkauft wurden. Nachdem das Lösegeld bezahlt war und das Opfer wieder freikam, haben die Ermittler den Buchladen ausfindig gemacht, wo die Titel bestellt wurden. Dadurch bekam einer der Entführer ein Gesicht. Denn an einen Kunden, der ein so seltenes Buch bestellt, an den erinnert man sich. Die Täter wurden geschnappt.«

Luis begriff. »Ganz so selten ist die Uhr aber nicht. Du musst dir also was anderes dabei gedacht haben.«

»Bernd Kappler vom LKA ist wie gesagt Experte für Entführungen. Er würde sofort reagieren, wenn die Uhr meiner Schwester auftaucht. Anhand der Seriennummer kann man die Uhr zuordnen.«

»Und wenn irgendjemand die Uhr einfach einsackt?«, fragte Gina. »Was dann?«

Hannah grinste schief. »Dann habe ich eben sechstausend Euro aus dem Fenster geschmissen. Oder eher aus dem Container.«

»Die Hoffnung stirbt zuletzt«, sagte Nico.

In dem Moment bremste der Lkw und bog so scharf ab, dass sie alle gegen die linke Wand gedrückt wurden.

KAPITEL 32

Kappler erreichte das Ende der Metallleiter und spürte die frische Brise, die ihn erfasste. Oben auf der Spitze des Pfeilers wehte ein kräftiger Wind. Zwei Feuerwehrleute der Höhenrettung, die angeseilt waren, versorgten einen jungen Mann, der auf dem Rücken lag. Seine Hände waren bandagiert, wie es bei einem Verbrennungsopfer üblich war.

Der eine Feuerwehrmann kam zu Kappler, half ihm von der Leiter auf die oberste Plattform und legte ihm einen Sicherungsgurt an, der wie eine Schwimmweste unter den Armen griff.

Kappler sah nach unten, was er besser nicht getan hätte. Seine Knie wurden butterweich. Bernd Schmitt hatte es vorgezogen, erst gar nicht mit heraufzukommen, aber Kappler brauchte Gewissheit. Er musste mit dem Überlebenden reden, bevor ein Anästhesist ihn ausknocken würde.

Kappler trat an den jungen Mann heran, dem es augenscheinlich nicht so schlecht ging, wenn man von den Schmerzen absah, die Brandverletzungen verursachten.

»Ich heiße Kappler, LKA Niedersachsen«, stellte er sich vor und ging neben dem jungen Mann in die Hocke.

»Moritz«, sagte der Mann mit schmerzverzerrter Stimme. »Sie sind der Freund von Hannah?«

Kappler lächelte erfreut. Er war auf der richtigen Spur. »Lebt sie noch?«

»Keine Ahnung«, sagte Moritz. »Wenn Sie keine Leichen in dem Hohlkasten gefunden haben, dann ja. Es gab eine Explosion und einen Feuerball. Ich hab es gerade noch rechtzeitig rausgeschafft.«

»Das müssen Sie mir später genauer erzählen«, schrie Kappler gegen den Lärm eines herannahenden Rettungshubschraubers an. »Was ich aber jetzt sofort wissen muss: Hat Hannah Ihnen Details erzählt über Janus? Ist sie ihm begegnet?«

Moritz nickte. »Sie ist von ihm entführt worden. Wie beim letzten Mal, hat sie gesagt. Sie hat eine Waffe dabei, einen Revolver.«

Kappler blieb nicht viel Zeit, der Hubschrauber schwebte direkt über ihnen. Es wurde unerträglich laut.

Er schrie. »Sind Sie Janus begegnet?«

Moritz schüttelte den Kopf, schrie zurück. »Ich nicht. Aber ein anderer von uns, Nico Reichling. Die Idee mit der Straßenbahn kam von ihm.«

»Von diesem Nico?«

Moritz schüttelte den Kopf. »Nein. Wir dachten, es wäre seine Idee gewesen. Aber er hat sie von Janus. Janus steckt hinter allem, nicht wir. Wir hatten keine Ahnung, das müssen Sie mir glauben.«

Kappler nickte zum Zeichen, dass er verstanden hatte. Es entsprach genau Janus' Stil, sich nützliche Idioten zu suchen, um diese dann grausam zu ermorden. Nur warum er so etwas tat, blieb nach wie vor sein Geheimnis. Kappler hoffte darauf, diese Frage dem Psychopathen irgendwann persönlich stellen zu können.

Der über ihnen schwebende Hubschrauber machte jedes weitere Gespräch unmöglich. Kappler sah, dass es ein moderner Helikopter der Bundeswehr war, mit der Aufschrift »SAR« – *Search And Rescue*, Suche und Rettung.

Der Feuerwehrmann, der Kappler angeseilt hatte, schrie ihm ins Ohr. »Wollen Sie mitfliegen?«, er zeigte zu dem Hubschrauber über ihnen, der eine Seilwinde herabließ.

Kappler nickte, hob den Daumen, auch wenn ihm nicht ganz wohl dabei war. Er musste Moritz so viele Informationen wie möglich entlocken, bevor die Ärzte ihn unter ihre Fittiche nahmen.

Kappler bereute ein paar Minuten später, dass er genickt hatte. Die Rotoren erzeugten neben dem Wahnsinnslärm einen so starken Wind, dass Kappler ohne das Seil von der Brücke geweht worden wäre. Moritz kam mithilfe der Feuerwehrleute auf die Beine, während vom Helikopter ein Sanitäter an einem Seil herabgelassen wurde. Der Patient und Kappler wurden neben dem Sanitäter in das Seil eingehakt.

Der Sanitäter, der zur Hubschrauberbesatzung gehörte, zählte von drei an rückwärts, gab dann das Kommando. Kappler spürte, wie sein Körper immer leichter wurde, bis er den Boden unter den Füßen verlor. Der Brückenpfeiler, auf dem sie gerade noch gestanden hatten, entfernte sich, wurde immer kleiner. Die Feuerwehrleute blieben auf der Spitze des Pfeilers zurück. Der gewaltige Hubschrauber über ihnen kam immer näher. Zuerst wurde Moritz an Bord genommen und auf eine Trage gelegt. Dann folgte Kappler, für ihn gab es einen Sitz, an dem er sich festschnallte. Der Sanitäter schloss die Tür und nahm neben dem Patienten Platz. Der Hubschrauber drehte sich in der Luft und beschleunigte. Jetzt war es wieder so still, dass man reden konnte. Aber erst mal musste Kappler tief Luft holen und seinen Puls entschleunigen.

»Moritz«, sagte Kappler dann. »Wie ging es Hannah, als du sie das letzte Mal gesehen hast?«

Der Verletzte zögerte. »Nach außen wirkt sie tough.«

»Aber?«

»Ich bin mir nicht sicher. Wir waren zu zweit in dem Brückenkasten unterwegs. Da haben wir geredet. Sie hat etwas gesagt, das ... Wie soll ich sagen?«

»Sag es einfach«, forderte Kappler ihn auf.

»Sie hätte noch fünf Patronen in dem Revolver, hat sie gesagt. Und die letzte wäre entweder für Janus bestimmt oder für sie selbst.«

Kappler schluckte.

Moritz fügte noch etwas hinzu. »Mit diesem Albtraum weiterleben würde sie nicht, hat sie gesagt. Das hat mir Angst gemacht. Vielleicht habe ich deshalb so viel riskiert und bin in den Pfeiler gestiegen.«

Kappler sah aus dem Fenster, wie die Stadt unter ihm vorbeizog. Er musste Hannah finden. Um jeden Preis. Wenn es sein müsste, würde er dafür auch Regeln brechen.

KAPITEL 33

Sie saßen alle auf dem Boden des Containers, um nicht hinzufallen. Auf den letzten Metern war das Geschaukel noch stärker gewesen als vorher, offenbar waren sie über sehr unebenes Gelände gefahren. Jetzt stand der Lkw. Schon seit einer ganzen Weile. Nichts tat sich.

Alle warteten gebannt darauf, was als Nächstes passieren würde. Das Gefühl der Angst war allgegenwärtig. Nico wippte nervös mit dem Fuß. Frederick hatte sein Gesicht in den Händen vergraben. Einzig und allein Gina wirkte auffällig cool. Besonders schlimm erging es Chiara, die zusammengekauert auf dem Boden saß, die Beine angewinkelt, und am ganzen Körper zitterte. Hannah glaubte zu hören, wie Chiaras Zähne klapperten.

Keiner redete. Die Stille war umso beklemmender.

Hannah verspürte keine Angst. Nicht in diesem Moment. Aber Wut, eine unglaubliche Wut. Allmählich begriff sie, dass der Psychopath sie in Situationen manövrierte, in denen sie Entscheidungen über das Schicksal anderer treffen musste. Ihre Gedanken waren bei Moritz. Hatte sie ihn auf dem Gewissen? War Sven ihretwegen abgestürzt, weil sie die Schwimmweste gefunden hatte? Wollte Janus sie verantwortlich machen für den Tod von sieben weiteren unschuldigen Menschen? Genau das glaubte Hannah, denn es würde zu Janus passen. Um das öffentliche Ansehen seines Vaters komplett zu ruinieren, seine gesamte Persönlichkeit infrage zu stellen, hatte Aurel, wie er mit bürgerlichem Namen hieß, in einem Escape-Room fünf Unschuldige getötet und die Schuld an diesem Massenmord auf seinen Vater projiziert. Da Janus verschollen und nicht greifbar war, hatten die Medien ihre Salven auf Professor Zargert abgeschossen. Die Einzige, die sich diesem Plan verweigert hatte, war Hannah. Sie hatte keine Interviews gegeben, alle Fernsehauftritte abgesagt. Wollte Janus sich deshalb jetzt an ihr rächen? Hatte er etwas Ähnliches mit ihr vor? Würde sie am Ende als die Täterin dastehen? Hannah sah zu Gina, die solche Geschichten bestimmt verbreiten würde, wenn sie überlebte. War sie Janus' Komplizin?

Da vernahm Hannah ein metallisches Geräusch hinter dem Rolltor des Containers, wie wenn ein Riegel geöffnet wurde. Sie erhob sich sofort vom Boden, die anderen taten es ihr nach. Hannah fasste mit der Hand an den Griff des Rolltors, zog daran. Mit einem lauten Rasseln ließ es sich nach oben befördern.

Der Raum, in dem der Lkw stand, war sehr schwach beleuchtet. Nackte graue Betonwände ragten vor ihnen in die Höhe. Von irgendwoher kam etwas diffuses Tageslicht. Hannah sprang von der Ladekante herunter, die anderen taten es ihr gleich. Sie waren auf einer Baustelle, in einem Rohbau aus Stahlbeton. Der Boden war staubig und verdreckt. Hannah sah ein massives Metalltor vor sich, durch das der Lkw offensichtlich hereingefahren war. Es war verschlossen und ließe sich garantiert nicht öffnen.

Hannah blickte nach oben. Sie befanden sich offensichtlich in einem Fahrstuhlschacht. Groß genug, dass dort mindestens drei Lifte nebeneinander Platz fanden, der Lkw passte exakt hier rein wie in eine Garage. Das Ende des Schachtes verlor sich irgendwo in der Dunkelheit. Als wären sie im Innern eines Monolithen.

»Wo sind wir?«, fragte Gina unsicher.

»Auf einer Baustelle«, sagte Hannah. »Seid vorsichtig, wo ihr hintretet. Hier ragen überall Moniereisen aus dem Boden.«

»Eltern haften für ihre Kinder«, fügte Luis noch hinzu.

Hannah ging durch eine der drei Öffnungen, wo später einmal die Fahrstuhltüren sein würden, und gelangte in das angrenzende Atrium. Ein Treppenhaus, das zwar etwas heller als der Schacht war, aber immer noch düster und unheimlich wirkte. Nun konnte Hannah die Dimensionen ermessen. Das Treppenhaus erstreckte sich über zehn Stockwerke. Hannah sah sofort, dass auf der vorletzten Etage eine Brandschutztür offen stand. Aus dem Durchgang auf die vorletzte Etage schimmerte ein schwaches rotes Licht. Es hatte den Anschein, als ob da oben ein Nachtklub wäre, das Licht wirkte wie eine Einladung: *Kommt rauf, hier oben ist Party!* – Im Dach des Treppenhausturms befand sich ein viereckiges Loch, das mit einer weißen Plane bedeckt war. Das dämmrige Tageslicht, das es durch die Plane schaffte, erhellte das Treppenhaus nur mäßig. Und ohnehin nicht mehr lange. Es war bereits Nachmittag, und die Sonne ging um diese Jahreszeit früh unter. Der Betonturm ragte gut und gerne dreißig Meter in die Höhe, schätzte Hannah. Die Wandseite gegenüber den Fahrstuhltüren war etwa fünfzehn Meter breit. Rechts und links davon befanden sich Treppensegmente aus Beton, die sich direkt an der Wand nach oben schlängelten. Die Stufen führten auf den Quergang der ersten Etage. Die dortige Brandschutztür zierte eine große Eins. Ab der ersten Etage waren die Treppenabschnitte geteilt. Hannah zählte zehn Stufen, die auf eine Zwischenebene führten, und nach dem Quergang führten weitere zehn Stufen auf die nächste Etage. So schlängelte sich die Treppe hinauf bis zur zehnten Etage. Leider hatten weder die Treppensegmente noch der Quergang ein Geländer oder irgendeine andere Sicherung.

Als Hannah ein paar Schritte auf die Treppe zuging, fiel ihr auf, dass die Fahrstühle nur im Erdgeschoss einen Zugang zum Treppenhaus hatten, auf allen weiteren Etagen waren keine Öffnungen zu sehen. Hannah legte sich eine Erklärung dafür zurecht. Das Treppenhaus würde wahrscheinlich nur als Fluchtweg genutzt werden. Die Fahrstuhltüren lagen auf der anderen Seite.

In dem Moment nahm Hannah eine Bewegung wahr, irgendwo über ihr. Sie sah einen Mann in einem schwarzen Overall, genau wie sie alle einen trugen, aber er hatte zusätzlich eine schwarze Maske über dem Kopf. Im Halbdunkel war er kaum zu erkennen. Der Mann ging in ruhigem Tempo den Quergang auf der dritten Etage entlang und nahm die nächste Treppe nach oben.

»Hey!«, schrie Hannah, und das Echo ihrer Stimme hallte nach. Der Mann reagierte nicht auf Zuruf, schritt unbeirrt weiter die Treppe nach oben. Die anderen kamen zu Hannah, sahen den Mann auch.

»Ist das Janus?« Chiaras Angst war deutlich in ihrer Stimme zu vernehmen.

»Nein. Der Lkw-Fahrer«, antwortete Hannah.

»Hey, bleib stehen, du Arsch«, schrie Gina zu ihm hinauf. Der Mann hatte gerade wieder einen Quergang hinter sich gelassen, nahm die nächste Treppe. Diesmal allerdings etwas schneller als zuvor. In dem Moment passierte es. Der Mann schien plötzlich danebenzutreten, eine Stufe zu verfehlen, er hatte Mühe, sein Gleichgewicht wiederzufinden, wedelte Halt suchend mit den Armen. Doch links neben ihm war nur eine kahle Wand und rechts nur der Abgrund. Nichts, woran er sich hätte festhalten können.

Dann trat sein Fuß ins Leere. Der Mann stürzte ab, kam im freien Fall auf sie zugeschossen und stieß einen gellenden Schrei aus. Hannah und die anderen wichen auseinander, den Blick nach oben gerichtet, um nicht dort zu stehen, wo der Körper aufschlagen würde.

Hannah drehte den Kopf weg. Sie hörte nur den wuchtigen Aufprall ganz in ihrer Nähe. Dann war es still, einen kurzen Moment lang, bevor Chiara aus voller Kehle losbrüllte.

Hannah wagte einen Blick. Der Mann lag auf dem Bauch. Ein Moniereisen, das aus dem Boden ragte, hatte sich durch seinen Rumpf gebohrt. Gesplitterte Knochen der Wirbelsäule waren zu sehen, ebenso Gedärme, die an dem Moniereisen herunterhingen. Blut quoll unter der schwarzen Maske hervor. Hannah fiel auf, dass er auch das gleiche Schuhwerk trug wie sie alle.

Chiaras hysterische Schreiattacke wurde immer lauter, sie kreischte aus voller Kehle. Der Schall wurde von den kahlen Wänden zurückgeworfen. Frederick hielt es nicht mehr aus. Er ging zu ihr hin und schlug Chiara mit der flachen Hand ins Gesicht. Einmal reichte nicht, noch einmal, dann erst gab sie Ruhe. Ein wenig zumindest. Chiara wimmerte noch und ließ sich auf den Boden sinken, lag da wie ein Häufchen Elend.

Hannah sah, wie ein Stück Papier von oben herabsegelte und neben ihr auf dem Boden landete. Der Mann hatte es offenbar vor dem Sturz in der Hand gehabt. Sie hob den Zettel auf und las.

Fünf Zahlen standen untereinander: 84, 105, 122, 123, 140.

Nico erschien neben Hannah, blickte ihr über die Schulter. »Was steht da?«

»Die Lottozahlen für heute«, sagte Hannah.

»Sehr witzig«, er riss ihr den Zettel aus der Hand, auch die anderen wollten ihn sehen.

Hannah blickte nach oben zu der Stelle, wo der Mann abgestürzt war.

»Was sollen diese Zahlen bedeuten?«, fragte Luis.

»Wie hoch ist eine Treppenstufe?«, fragte Hannah zurück.

Nicos Antwort kam prompt: »Zwischen sechzehn und achtzehn Zentimeter, wieso?«

»Wie lautet die erste Zahl auf dem Zettel?«

»Vierundachtzig«, sagte Gina.

Alle sahen nach oben. Hannah rechnete für sich im Kopf. Der Mann hatte die dritte Etage passiert gehabt und war auf dem Weg in die vierte gewesen. Das entsprach einer Fallhöhe von mindestens zehn Metern.

»Die Zahlen markieren Stufen«, sagte Hannah. »Womöglich Stufen, die präpariert sind, auf die man nicht treten sollte.«

»Hat er sich verzählt?« Nico mutmaßte.

»Ja«, sagte Gina. »Weil ich ihn aus dem Konzept gebracht habe.«

Chiara hatte sich inzwischen wieder beruhigt, sah hinauf zu der offen stehenden Tür. »Ich gehe da auf keinen Fall rauf. Auch wenn ich weiß, auf welche Stufe ich nicht treten darf.«

Frederick sah sie an. »Willst du hier überwintern?«

»Chiara hat recht«, intervenierte Gina. »Warum sollten wir da raufgehen? Was ist da oben?« Sie sah zu Hannah. »Oder kannst du uns das sagen?« In ihrer Stimme schwang wieder dieser Unterton mit, der Hannah unterstellte, als Janus' Komplizin alles zu wissen.

»Ich weiß es nicht. Aber wir sind in einem Exit Game. Stillstand ist tödlich.«

Hannah ging neben dem Leichnam in die Hocke. Sie überwand ihren Ekel, griff nach seiner Maske, um sie ihm übers Gesicht zu ziehen. Zwei leblose blaue Augen starrten sie an. Hannah beschlich das Gefühl, dieses Gesicht schon mal irgendwo gesehen zu haben. Blut quoll zwischen seinen leicht geöffneten Lippen hervor. Es gab wahrscheinlich keinen Schädelknochen, der nicht gebrochen war. Plötzlich erinnerte sie sich. Der Mann hatte etwas anders ausgesehen, als sie im Kaufhaus zu ihm gegangen war, um ihn um Hilfe zu bitten. Er war der Detektiv. Janus hatte überall seine Komplizen. Wahrscheinlich auch hier – in dieser Runde.

»Kann mir einer helfen?« Hannah sah zu den anderen, die ihr nicht gefolgt waren.

Luis kam näher. »Was hast du vor?«

»Ihn rumdrehen. Wir müssen seine Taschen durchsuchen.« Neben Luis folgte auch noch Nico der Aufforderung. Zu dritt hoben sie den Körper hoch, bis das Moniereisen ganz aus seinem Körper herausgezogen war. Ein Schwall Blut, begleitet von Innereien, platschte auf den Boden. Sie drehten den leblosen Körper um, legten ihn auf den Rücken. Hannah tastete den Brustkorb ab, der sich weich wie Brei anfühlte. Jede Rippe schien durch den Aufprall pulverisiert worden zu sein. Der Overall war tatsächlich der gleiche, den sie alle trugen. Er hatte zwei Brusttaschen. Die erste, in die Hannah griff, war leer. In der zweiten Brusttasche – *heureka* – fühlte sie den Autoschlüssel. Sie zog ihn heraus.

»Wow!«, schrie Luis und lockte damit die anderen an, näher zu kommen.

In Hannah erwachte die Hoffnung, dass Janus womöglich einen Fehler gemacht hatte. Was, wenn der Fahrer gar nicht sterben sollte und aus Versehen auf die falsche Stufe getreten war? Vielleicht hatte er sich tatsächlich nur verzählt oder nicht aufgepasst. Geeignetes Personal zu finden, war auch für einen Psychopathen nicht leicht.

Jetzt waren sie im Besitz des Autoschlüssels. Mit dem Lkw würden sie das geschlossene Tor vielleicht durchbrechen können. Zielstrebig marschierte Hannah in den angrenzenden Fahrstuhlschacht zurück, wo der Lkw wie in einer Garage parkte. Die Fahrerkabine war abgeschlossen, aber der Schlüssel passte. Hannah drehte ihn um und öffnete die Fahrertür. Gleichzeitig ging im Innenraum des Fahrzeugs das Licht an. Hannah nahm auf dem komfortablen Sitz mit pneumatischer Federung Platz. Frederick klopfte an die Beifahrertür, sie machte ihm auf, und er stieg ein. Nico erschien neben Hannah auf dem Tritt der Fahrertür.

Er war ungeduldig. »Nun mach schon.«

Hannah steckte erwartungsvoll den Schlüssel ins Zündschloss, sie zögerte.

»Was ist?!«, fragte Nico.

»Nichts«, sagte Hannah, schloss die Augen und drehte den Schlüssel herum.

Es hätte alles passieren können, dachte Hannah, deshalb hatte sie einen Moment gezögert. Aber es geschah nichts, außer dass die Lämpchen im Armaturenbrett aufleuchteten. Der Motor gab keinen Mucks von sich.

Hannah schossen Tränen in die Augen. Sie holte tief Luft und spürte, wie ihr Herz anfing zu rasen. Hatte sie tatsächlich geglaubt, der Motor würde anspringen? Ernsthaft? Janus machte keine Fehler. Der Fahrer war nicht aus Versehen abgestürzt.

»Fuck!«, schrie Frederick und schlug mit der Hand gegen das Armaturenbrett.

Hannah beruhigte sich etwas, atmete tief ein und wieder aus. Sie musste sich zusammenreißen, durfte in ihrer Konzentration nicht nachlassen. Nico stand noch immer auf dem Tritt neben dem Führerhaus. Auch ihm war die Enttäuschung anzumerken. Zahlreiche Lämpchen leuchteten im Display, unter anderem wurde eine Störung der Bremsanlage angezeigt. Und noch etwas. Auf der Digitalanzeige in der Mitte des Tachos zählte eine Uhr rückwärts. Sie hatte bei 25:00 angefangen und zeigte bereits 24:31 … 24:30 … 24:29 …

Hannah wusste intuitiv, dass der Countdown nur Unheil bedeuten konnte. Sie schaute zu Frederick, der hatte einen schwarzen Rucksack neben dem Beifahrersitz gefunden und machte ihn auf.

Hannah sah ihn erwartungsvoll an. »Was ist da drin?«

Frederick griff in den Rucksack und holte ein technisches Gerät heraus, an dem allerlei Kabel und Antennen hingen.

»Was ist das?«, fragte Nico.

Frederick sah zu Hannah. »Ein IMSI-Catcher.«

»Was?«

»Mit so einem Gerät kann man dein Handy einfangen und isolieren. Jetzt ist der Catcher ausgeschaltet.«

Hannah öffnete sofort ihre Flexbag und holte ihr Telefon heraus. Die Enttäuschung war wieder groß, sie hatte gar keinen Empfang. Zero.

»Mist«, schrie sie. Allmählich wurde ihr einiges klar. »Der Tote war auch im Kaufhaus, wo ich Janus begegnet bin. Als Detektiv verkleidet.«

»Er hat dich wahrscheinlich die ganze Zeit verfolgt und so Zugriff auf dein Handy gehabt.«

»Okay, Leute, schön, dass wir das geklärt haben«, mischte Nico sich ein. »Was bedeutet der Countdown im Display?«

»Bestimmt nichts Gutes«, sagte Hannah.

Die Uhr zeigte an: 23:30 … 23:29 … Sie hatten bereits anderthalb Minuten verquatscht.

Frederick öffnete das Handschuhfach, das fast leer war. Nur ein kleines Notizbuch lag darin. Er nahm es raus, blätterte darin. Alle Seiten waren weiß, das sah Hannah. Doch dann fiel ihr Blick auf eine nicht leere Seite mittendrin.

»Was steht da?«

Frederick hielt das Notizbuch so, dass Hannah und Nico es auch sehen konnten. Auf einer Seite war mit der Hand ein elektrischer Schaltkreis gezeichnet. Symbole, wie man sie aus der Elektrotechnik kannte: Schalter, Kabel, Relais. Darüber stand in Druckschrift: »RUHESTROMSCHALTUNG«.

»Ruhestromschaltung?«, fragte Nico. »Was soll das sein?«

Frederick schien eine Ahnung zu haben, das verrieten seine Augen.

»Weißt du es?«, fragte Hannah.

»Ja, schon mal gehört«, sagte Frederick, wollte aber noch nicht so recht mit seinem Wissen herausrücken.

»Sprich es aus, Mann!« Nico platzte vor Ungeduld.

»Wie soll ich sagen, also … Es gibt elektrische Anlagen, in denen immer ein sogenannter Ruhestrom fließt. Zum Beispiel in einem Feuermelder, also so ein Ding, wo man die Scheibe einschlägt und dann den Knopf drückt.«

»Der steht immer unter Strom, warum?«, wollte Hannah wissen.

»Wenn der Feuermelder defekt sein sollte, ein Kabel abgeht oder so, dann löst der Brandmelder automatisch Alarm aus. Weil der Ruhestrom unterbrochen wird. Das ist wie bei einer Lkw-Bremse: Wenn die Bremsleitung kaputt ist, bremst der Lkw und bleibt stehen.«

»Sehr interessant«, sagte Nico mit unüberhörbarem Sarkasmus. »Seit wann bist du Elektroexperte und weißt so was?«

»Ich war mal im Darknet unterwegs«, sagte Frederick. »Dort habe ich was über eine Ruhestromschaltung gelesen, allerdings …« Er zögerte wieder.

Nico schrie ihn an. »Allerdings was?!«

»Im Zusammenhang mit dem Bau einer Bombe«, platzte es aus Frederick heraus.

»Bombe?« Hannah starrte auf das Display im Tacho, wo der Timer unaufhörlich rückwärts zählte.

Nico war entsetzt. »Du wolltest eine Bombe bauen?«

»Nein«, dementierte er sofort. »Ich habe es nur durchgelesen, nie wirklich vorgehabt, eine zu bauen. Aber daher kenne ich diesen Begriff.«

Hannah verstand noch nicht. »Wie wirkt eine Ruhestromschaltung bei einer Bombe?«

»Nimm das Beispiel Feuermelder. Wenn der Strom unterbrochen wird, löst er Alarm aus. Wenn ein Sprengsatz mit so einer Schaltung versehen ist und der Ruhestrom bricht zusammen, macht es *BUMM*.«

Hannah zählte eins und eins zusammen. »Bedeutet, wenn man die Bombe entschärfen will und das falsche Kabel durchschneidet …«

»Bricht der Ruhestrom zusammen«, beendete Frederick den Satz. Er zeigte ihnen den Schaltkreis in dem Notizbuch. »Der Schaltkreis sagt Folgendes: Da fließt ein Ruhestrom, der ein Relais geschlossen hält. Das Relais sorgt dafür, dass der Hauptstromkreis, an dem der Zünder hängt, unterbrochen wird. Wenn der Ruhestrom abbricht, schaltet das Relais den anderen Stromkreis.«

Hannah sah auf das Display im Armaturenbrett. »Wir haben noch fast zweiundzwanzig Minuten Zeit, bis das passiert. Los, raus hier.«

Sie gab Nico einen Stoß vor die Brust, er sprang von dem Tritt herunter. Hannah folgte ihm, nur raus aus dem Fahrerhaus.

»Wo soll denn hier eine Bombe sein?« Nico wollte es immer noch nicht wahrhaben. »Vielleicht ist es ja nur ein Fake.«

»Eine Bombe?« Gina hatte es gehört. Sie, Chiara und Luis waren ebenfalls in den Fahrstuhlschacht getreten. Hier war es wesentlich dunkler als im Treppenhaus. Hannah nahm ihr Handy aus der Flexbag, schaltete die Taschenlampe an und ging gebückt um den Lkw herum. Sie leuchtete das Fahrgestell ab, die Reifen, die Achsen, und dann sah sie etwas Grelles im Schein ihrer Taschenlampe. Ein Päckchen von der Form und Größe eines Pfunds Kaffee. Nur in einer anderen Farbe, orangerot. Auf dem Päckchen stand in schwarzen Lettern: »SEMTEX-H – Explosive Plastic«. Von dem Päckchen gingen mehrere weiße Kabel ab und verschwanden in dem Gewirr aus Hydraulikleitungen.

»Hier«, rief Hannah die anderen herbei.

Luis war der Erste, der es auch sah. »Semtex?«

»Militärischer Sprengstoff«, sagte Frederick.

»Können wir das Ding entschärfen?«, fragte Luis.

»Nein, vergiss es«, sagte Frederick. »Unmöglich. Lass die Finger davon.«

Hannah begriff. »Janus zwingt uns, die Treppe raufzugehen.«

»Und dann?«, fragte Luis.

»Sind wir weit genug von der Bombe weg«, sagte Frederick. »Sie befindet sich außerdem im Fahrstuhlschacht. Wenn wir oben durch die Tür sind, müsste es reichen, dass wir von der Explosion nicht mehr viel abkriegen.«

»Vergiss es!« Chiara schrie. »Ich gehe da nicht rauf, ich hab Höhenangst.«

Sie lief zu dem massiven Stahltor, das verschlossen war, und hämmerte mit den Fäusten dagegen. Außer dass sie viel Lärm machte, geschah nichts.

Hannah ging um das Fahrerhaus herum, stieg noch einmal den Tritt hinauf. Wertvolle Zeit war vergangen. Das Display zeigte: 20:07 ... 20:06 ... Hannah startete den Timer ihres Handys in dem Moment, als die 20:00 erreicht war. Nun lief ihre Uhr synchron mit dem Timer der Bombe, und sie wusste, wie viel Zeit ihnen noch blieb.

Hannah kam zurück zu den anderen. »Wir müssen die Treppe hoch, schnell.« Sie ging durch die Fahrstuhlöffnung ins Treppenhaus zurück, die anderen folgten ihr.

»Moment!«, schrie Gina. »Es gibt noch eine Möglichkeit. Wir gehen in Deckung, und die Bombe sprengt uns das Tor auf. Schon mal darüber nachgedacht?«

Hannah nickte. »Ich bin keine Sprengstoffexpertin, aber ich habe im Geschichtsunterricht aufgepasst. Weißt du, warum das Stauffenberg-Attentat auf Hitler schiefgegangen ist?«

»Dafür gab es viele Gründe«, sagte Luis.

»Ja, aber einer war, dass die Besprechung, bei der Hitler in die Luft fliegen sollte, kurzfristig verlegt worden war.«

Luis nickte. »Ja, das stimmt. Von einem Bunker in eine Holzbaracke. Hitler hat dies als Vorsehung betrachtet, denn in einem Bunker hätte der Explosionsdruck alle Anwesenden getötet, ausnahmslos.«

Hannah nickte. »Aber in der Holzbaracke, die Fenster hatte, konnte der Explosionsdruck nach außen entweichen.« Hannah machte eine rhetorische Pause. »Schaut euch um. Sieht das hier aus wie eine Holzbaracke oder wie ein Bunker? Egal, wo ihr euch versteckt, die Druckwelle wird euch das Trommelfell und das Innenohr zerfetzen.«

Hannah hatte keine Lust, noch mehr wertvolle Zeit zu vergeuden. Die Uhr tickte, und wenn die Bombe keine Attrappe aus Knetmasse war, würde sich in weniger als zwanzig Minuten dieses Gemäuer in einen Druckkessel verwandeln.

Chiara zeigte auf den Leichnam, aus dem das Blut

quoll, und ihre Stimme klang weinerlich. »Ich will aber nicht enden wie der da.«

»Wirst du nicht«, beruhigte Hannah sie und hielt den Zettel hoch. »Das ist unsere einzige Chance.« Sie sah aufs Display ihres Handys. »Wer hierbleibt, ist in exakt neunzehn Minuten tot.«

»Wer abstürzt, ebenfalls«, wimmerte Chiara. »Ich geh da nicht hoch, ich hab Höhenangst.«

Nico schaltete sich ein. »Hannah hat recht. Jede Wette, dass die Zahlen für die präparierten Stufen stehen, auf die wir nicht treten dürfen.«

»Und wo fängst du an zu zählen?«, fragte Luis. »Am Treppenabsatz oder ab der ersten Stufe?«

Hannah sah auf den Zettel. »Das sehen wir, wenn wir die dreiundachtzigste oder die vierundachtzigste Stufe erreicht haben.«

»Nein!« Chiara wurde hysterisch. »Geht ohne mich. Ich bleibe hier.«

Nico redete auf sie ein. »Wenn die Bombe echt ist, hast du keine Chance. Dann bist du tot.«

»Und wenn sie nicht echt ist?«, fragte Frederick.

»Dann würden wir umsonst unser Leben riskieren«, antwortete Hannah, »aber denkt doch mal nach, was bis jetzt passiert ist. Janus verlangt, dass wir da hinaufgehen – und er wird seinen Willen durchsetzen. Er geht über Leichen.«

Die anderen schienen überzeugt, nur Chiara noch immer nicht. Es war die Angst, die sie von einer rationalen Entscheidung abhielt. Sie bibberte, sagte nichts mehr. Sie schien sich mit ihrem Schicksal abgefunden zu haben, hatte jeden Lebensmut verloren, den Glauben daran, hier lebend herauszukommen.

Luis machte einen Vorschlag. »Wir bilden eine Seilschaft, halten uns gegenseitig fest.« Er fasste Chiara am Arm. Sie riss sich sofort los, ging wieder in den Fahrstuhlschacht zu dem Stahltor, hämmerte mit beiden Fäusten dagegen. Außer Lärm, der durch den Schacht hallte, bewirkte sie wieder mal nichts damit.

Nico ging zu ihr, redete auf sie ein, gerade so laut, dass Hannah ihn auch hören konnte. »Wir lassen dich nicht zurück. Wir schaffen das. Gemeinsam. Du gehst in der Mitte, zwischen Luis und mir, wir halten dich.« Seine sanfte Stimme schien diesmal Wirkung zu zeigen.

Hannah sah auf den Timer ihres Handys, der die siebzehn Minuten unterschritten hatte. Die Zeit rannte davon, während sie sinnlos diskutierten. Aber Hannah war auch bewusst, dass sie Chiara nicht einfach ihrem Schicksal überlassen konnten. Es gab ein Leben nach diesem Spiel, und sie mussten dafür sorgen, dass sie, wenn sie es schafften, noch in den Spiegel gucken mochten.

Nico redete weiter auf Chiara ein. Mit ruhiger Stimme. Hannah bewunderte ihn für so viel Geduld.

»Wenn es sein muss, trage ich dich da hoch, aber das wäre gefährlicher, als wenn du selbst gehst. Und je länger wir hier quatschen, desto mehr müssen wir uns beeilen.«

Chiara nickte. Nico fasste sie sanft am Arm, zog sie mit sich. Der Widerstand war gebrochen.

Endlich!, dachte Hannah. Es konnte losgehen. Sie schritt voran und hörte, wie die anderen über die Reihenfolge diskutierten, in der sie antreten sollten.

Hannah war es egal, solange sie es war, die vorneweg ging.

KAPITEL 34

Hannah zählte ab der ersten Stufe. Zu ihrer linken Seite war die Wand, zu der rechten der Abgrund. Es folgten die ersten zwanzig Stufen, die auf Ebene eins führten. Die Stufen entsprachen von der Höhe her der Norm, das bedeutete etwa sechzehn Zentimeter, wie Nico gesagt hatte. In der Tiefe waren sie etwas größer, Hannah schätzte, über dreißig Zentimeter. Das bedeutete, nach zehn Stufen erreichten sie eine Höhe von einem Meter sechzig und hatten eine Entfernung von mindestens drei Metern zurückgelegt, zuzüglich des Quergangs, der über einen Meter breit war. Die Stufen waren leider schmaler als der Quergang, vom Abgrund trennte sie höchstens ein halber Meter.

Nach zwanzig Stufen betrat Hannah den ersten Quergang. In der Mitte befand sich die geschlossene Brandschutztür zu Ebene eins. Die Tür ging logischerweise nach innen auf, sonst würde die geöffnete Tür den Fluchtweg versperren. Hannah blieb stehen, die Tür hatte keine Klinke und ließ sich nicht öffnen. Es trotzdem zu versuchen, wäre reine Zeitverschwendung.

Hannah ging weiter zur von den Fahrstühlen aus betrachtet rechten Wandseite, wo das nächste halbe Treppensegment mit zehn Stufen begann. Hannah zählte im Kopf mit, obwohl sie einfach nach jedem Quergang nur zehn hätte hinzuaddieren müssen. Endlich auf der zweiten Etage angekommen blieb sie stehen, drehte sich zu den anderen um. Nico war direkt hinter ihr, dann folgte Chiara, die sich an seinem Arm festhielt und starr nach vorne auf seinen Rücken schaute. Hinter ihr ging Luis, der seine Hand auf Chiaras Schulter hatte. Es folgte Gina, die sich an Luis festhielt, und Frederick bildete in dieser Seilschaft den Schluss.

An Hannah wollte sich anscheinend niemand festhalten. Dass sie abstürzte, war nach den Grundgesetzen der Logik am wahrscheinlichsten, weil sie vorausging. Aber mit Logik hatte dieses mörderische Spiel nicht viel zu tun, das wusste Hannah. Sie warf einen kurzen Blick auf ihren Timer, es blieben noch vierzehn Minuten Zeit, um aus diesem Treppenhaus herauszukommen. Die Diskussion mit Chiara hatte viel zu viel Zeit gekostet.

Hannah ging weiter. Mit jedem Treppensegment von zehn Stufen vergrößerte sich der Abstand zum Boden um einen Meter sechzig. Als Hannah den Quergang auf der dritten Etage erreichte, hatte sie sechzig Stufen geschafft. Sie blieb stehen, drehte sich um. Die anderen waren noch ein Treppensegment weiter zurück, weil Chiara die Seilschaft bremste. Hannah sah besorgt auf den Timer, dreizehn Minuten. Dann blickte sie vorsichtig über die Kante hinweg, dort ging es etwa zehn Meter in die Tiefe. Von oben sah es gut und gerne doppelt so hoch aus. Einen Absturz würde man schon jetzt nicht mehr überleben. Der Gedanke daran machte ihr zu schaffen. Normalerweise hatte Hannah keine Höhenangst. Wenn da nur ein Geländer wäre. Sie musste aufpassen, dass ihr nicht schwindelig wurde, sonst wäre der Absturz vorprogrammiert. Die Erinnerung an den Fahrer und die Wucht des Aufpralls machten es nicht leichter, sich bei jeder Stufe zu überwinden.

»Ich gehe voraus bis zur Vierundachtzig«, rief Hannah den anderen zu und wartete die Antwort nicht ab. Sie schritt weiter voran, die Stufen nach oben, der nächste Quergang. Sie wollte gerade die nächste Treppe nehmen, da erstarrte sie. Direkt vor ihr, auf der vierten Stufe des Treppensegments, befand sich eine tiefe Ausbuchtung, wo der Mörtel herausgebrochen war. Hatte Hannah sich verzählt? Nein. Es war nicht die Stufe vierundachtzig, sondern die Vierundsiebzig. Hannah sah auf den Zettel in ihrer Hand. Da gab es keine 74. Natürlich nicht. Hannah rechnete im Kopf nach. Das Treppensegment, das im Erdgeschoss begann, hatte zwanzig Stufen, die auf den Quergang in der ersten Etage führten. Von da an waren es jeweils neun Stufen pro Treppensegment, die zehnte Stufe war der Quergang. Von Stockwerk zu Stockwerk musste man also zwanzig Stufen erklimmen, und der Lkw-Fahrer hatte die vierte Etage nicht mehr erreicht.

Hannah näherte sich ein Stück der Kante, um in die Tiefe zu schauen. Der Fahrer lag in seiner Blutlache direkt unter ihr. Er war hier abgestürzt, genau hier, nicht auf der Stufe vierundachtzig. Er hatte sich nicht verzählt, sondern war ahnungslos auf eine präparierte Stufe getreten, die nicht auf dem Zettel stand.

»Was ist?«, fragte Nico, der plötzlich hinter ihr erschien. Die anderen hatten aufgeholt, befanden sich nun auch alle auf dem Quergang. Chiara hatte sich etwas beruhigt und zeigte Nervenstärke.

Hannah hielt den Zettel verdeckt, damit Nico ihn nicht sehen konnte. Sollte sie ihnen die Wahrheit sagen? Dass die Zahlen nicht stimmten oder unvollständig waren. Nein!

»Der Fahrer hat eine Zahl auf dem Zettel übersehen, das wurde ihm zum Verhängnis«, log Hannah und sah zu Chiara. »Wir machen diesen Fehler nicht, hörst du? Ich passe auf dich auf.«

Chiara nickte und rang sich ein Lächeln ab.

Hannah sah auf den Timer. Nur noch etwas über zehn Minuten bis zur Detonation. Wenn der Plastiksprengstoff kein Fake war. Aber das glaubte Hannah nicht. Ihr war mulmig zumute. Was, wenn noch weitere Stufen präpariert waren? Dann wäre sie diejenige, die es erwischte. Das wiederum beruhigte sie ein wenig, denn Hannah ging davon aus, dass Janus noch etwas mit ihr vorhatte. Ein simpler Absturz, der nur ein paar Sekunden dauern würde, wäre nicht der ersehnte Genuss. Hannah musste deshalb umso mehr aufpassen – auf die anderen. Sie wagte noch einen letzten Blick über die Kante hinweg. Es sah erschreckend hoch aus.

Hannah ging weiter. Die Stufe vierundsiebzig war eine Falle gewesen und hatte einzig und allein dazu gedient, den Lkw-Fahrer zu töten. Da war Hannah sich sicher. Nützliche Idioten wurden beseitigt, genau wie beim letzten Mal. Janus blieb seinen Prinzipien treu.

Der nächste Quergang, die nächste Treppe, und schließlich erreichten sie die Stufe Nummer vierundachtzig, die auf dem Zettel verzeichnet war. Hannah blieb stehen, ging in die Hocke und nahm ihren Revolver aus dem Holster. Sie fasste ihn am Lauf an, um den Griff als Hammer zu benutzen. Ein einziger, gar nicht mal fester Schlag reichte aus, und ein Teil der Stufe zerbröselte. Mörtel rieselte in die Tiefe, es dauerte fast zwei Sekunden, bis das Prasseln der Steine an ihre Ohren drang. Der Beton war mit einem Presslufthammer gelöst und durch nicht trittfestes Material ersetzt worden. Gips oder etwas Ähnliches, vermutete Hannah.

»Die Zahlen auf dem Zettel stimmen«, sagte sie zu allen anderen und mit einem Lächeln zu Chiara. »Wir wissen also, auf welche Stufen wir nicht treten dürfen.«

Chiara lächelte auch. Sie war das schwächste Glied in der Kette. Einen hysterischen Anfall sollte sie sich hier oben nicht leisten. Hannah machte einen großen Schritt über die präparierte Stufe hinweg. *Geschafft!* Sie ging weiter, die anderen machten es ihr nach. Bald erreichten sie den nächsten Quergang. Hannah sah nach oben, der Durchgang, wo die Tür offen stand, lag noch vier Etagen weit entfernt. Sie blickte wieder auf den Zettel. Erst jetzt fiel ihr auf, dass zwei Zahlen aufeinander folgten, die Hundertzweiundzwanzig und Hundertdreiundzwanzig. In fast zwanzig Metern Höhe. Eine Stufe zu überspringen, war kein großes Problem gewesen, aber zwei? Mehr als sechzig Zentimeter nach vorn plus dreißig Zentimeter Höhe. Mit einem Geländer an der Seite ließ sich auch diese Strecke ohne Weiteres überwinden. Aber ohne? Würden Chiaras Nerven da mitspielen?

Hannah hatte gelernt, immer ein Problem nach dem anderen zu lösen. Die hundertfünfte Stufe war genauso brüchig wie die vierundachtzigste. Auch sie ließ sich leicht überwinden. Es wurde kaum noch gesprochen, abgesehen von einzelnen Wörtern und Kommandos. Die Angst lähmte ihre Zungen, und je höher sie kamen, desto mulmiger wurde es jedem.

»Wie lange noch?«, fragte Nico.

Hannah sah aufs Display. »Sechseinhalb Minuten. Wir haben es fast geschafft.«

Hannah erreichte die Stufe hunderteinundzwanzig. Die beiden nächsten durften nicht betreten werden. Hannah hatte eine Idee, wie sie das Hindernis meistern könnte. Sie kniete sich auf die stabile Stufe. Mit ihren Händen erreichte sie die Hundertvierundzwanzig. Sie verlagerte ihr Gewicht auf die Arme, dann robbte sie langsam über die beiden Stufen unter ihr hinweg. Dabei gab die Mischung aus Gips und Mörtel etwas nach. Steine fielen hinab, erst Sekunden später hörte man sie unten aufkommen. Kaum spürte Hannah unter ihren Knien wieder festen Untergrund, kam sie auf die Beine.

»Frauen und Kinder zuerst«, sagte Nico und ließ Chiara diesmal den Vortritt. Sie zitterte, legte sich auf den Bauch und streckte ihren Arm zu Hannah aus, dann robbte sie über die porösen Stufen hinweg. Gina machte es ihr nach, dann folgten Nico, Luis und als Letzter Frederick. Die Reihenfolge hatte sich geändert, die Frauen gingen voran, die Männer hinterher. Auch dieses Hindernis war gemeistert, aber es hatte wieder etwas Zeit gekostet, ihnen blieben nur noch drei Minuten.

Es lagen noch vier Treppensegmente vor ihnen und nur noch eine präparierte Stufe. Der Abgrund erstreckte sich mittlerweile zwanzig Meter in die Tiefe. Hannah wagte nicht mehr, nach unten zu sehen. Als sie ihren Fuß auf den Quergang in der siebten Etage setzte, zweiundzwanzig Meter über dem Boden, erstarrte Hannah. Ihr wurde schlagartig bewusst, dass sie die Stufe hundertvierzig betrat. Hannah sah auf den Zettel: Die 140 war die letzte präparierte Stufe, der Quergang! Fünfzehn Meter lagen vor ihr.

Hannah hatte ein Déjà-vu, fing augenblicklich an zu zittern. Jetzt nicht in Panik geraten, das könnte eine Kettenreaktion auslösen. Wenn Chiara merkte, was los war, würde sie ausrasten.

Nico sprach Hannah an. »Was ist los?«

»Nichts«, sagte sie leise.

Die Erinnerungen holten Hannah ein. Daran, wie sie im letzten Escape-Room vor neun Monaten einen Freund verloren hatte. Auch er war abgestürzt, weil sie alle einen Denkfehler gemacht hatten. Das Rätsel war zu schwierig gewesen. Gab es eine kaputte Stelle in dem Quergang? Durch die man hindurchbrechen könnte? Wenn ja, sah Hannah sie nicht. Es war nichts zu erkennen, kein Riss, kein brüchiger Beton. Hannah schaute aufs Display, nur noch zwei Minuten.

Eine Lose-lose-Situation. Sie mussten es rechtzeitig aus dem Wirkungsbereich der Bombe schaffen, aber womöglich hatte der Quergang ein Stück, das sie überspringen mussten, ohne zu wissen, welches.

Sie schaute zu Nico. »Wartet, bis ich drüben bin.«

Er nickte, schien verstanden zu haben. Hatten die beiden sich vor Kurzem noch gestritten, wer der Anführer sein sollte, schien das endgültig zwischen ihnen geklärt zu sein.

Hannah blieb keine Wahl. Sie starrte vor sich auf den Betonboden, machte jeden Schritt mit Bedacht, testete mit dem Fuß, ob der Boden unter ihr nachgab. Es funktionierte, sie machte kleine Schritte, und nichts passierte. Sie ging an der Brandschutztür vorbei und weiter. Nur noch wenige Meter.

Noch einen Schritt.

Noch einen.

Dann hatte Hannah es geschafft. Sie erreichte die Betonstufe und betrat das rettende Treppensegment.

Nico folgte ihr als Nächstes, weil Chiara und Gina zögerten. Hinter ihm ging Chiara, dann gab Gina sich einen Ruck, gefolgt von Luis und Frederick.

»Wie viel Zeit noch?« Luis' Stimme klang besorgt.

»Anderthalb Minuten«, sagte Hannah. »Einfach weitergehen.«

Alle waren nur auf den Boden vor sich konzentriert, ob sich da etwas tat. Hannah stand auf der dritten Stufe des nächsten Treppensegments. Als auch Nico es erreicht hatte, ging sie noch zwei Stufen höher, um Platz zu machen. Chiara folgte Nico, dann Gina. Luis fehlte noch ein Meter, Frederick ging gerade an der Tür zur Etage vorbei.

Da bemerkte Hannah es. Die Tür! Sie sah anders aus als die anderen. Der Rahmen, er war … ein Fake. Diese Tür schien nicht nach innen aufzugehen wie die anderen, sondern ließ sich zum Treppenhaus hin öffnen. Hannah war die ganze Zeit zu sehr auf den Boden konzentriert gewesen, als dass sie dieses kleine Detail bemerkt hätte. Ihr Atem stockte, als sie das Problem erkannte. Sie wollte Frederick warnen. Da geschah es. Die Brandschutztür schnellte mit Wucht auf und arretierte in der Neunzig-Grad-Position.

Frederick war nicht mehr zu sehen. Sein gellender Schrei hallte durch den Turm, wurde leiser. Hannah hielt sich die Ohren zu, wollte den Aufprall nicht hören, nicht noch einmal. Der Schrei verstummte schlagartig. Hannah nahm die Hände von den Ohren. Die Neugier trieb sie dazu, einen Blick in den Abgrund zu wagen. Das hätte sie besser lassen sollen. Frederick war mit dem Kopf zuerst aufgeschlagen. Sein Körper war nur noch halb so groß wie vorher. Um ihn herum jede Menge Blut.

Hannah gewann ihre Fassung zurück, so gut es ging, sah auf das Display ihres Handys. »Keine ganze Minute mehr.«

Es blieb keine Zeit für auch nur einen einzigen anderen Gedanken. Bei allen, auch bei Chiara, hatte der Überlebensinstinkt eingesetzt. Sie rannten die Stufen nach oben, Hannah zählte im Kopf mit, obwohl auf dem Zettel keine Stufe mehr stand.

Der Durchgang zur neunten Etage. Die Tür stand offen, dahinter befand sich ein Korridor, von rotem Licht erhellt. Sie mussten nur noch alle durch die Tür kommen und diese am besten schließen, bevor die Detonation erfolgte. Hannah war die Erste. Nico, Chiara, Gina. Es fehlte nur noch Luis, als Hannah auf den Timer blickte:

00:00

Im selben Moment folgte eine gewaltige Detonation, die sich wie ein Schlag in die Magengrube anfühlte. Das Gegenteil von einem grollenden Donner und nicht zu vergleichen mit einem herkömmlichen Chinaböller. Die unglaublich zerstörerische Kraft war spürbar, das Echo erzeugte einen Schmerz im Innenohr. Die Wucht der Explosion ließ den Turm erbeben. Luis, der es nicht ganz bis in den Durchgang geschafft hatte, wurde von der Druckwelle erfasst und mit Wucht gegen den Türrahmen geschleudert. Er taumelte, fiel hin. Eine Wolke aus Dreck und Schutt bahnte sich den Weg in den Korridor. Alle hielten sich Mund und Nase zu, sahen einen Moment die Hand vor Augen nicht. Hannah verlor kurz die Orientierung, dann entdeckte sie Luis, der wie ein Käfer auf dem Rücken lag und aufzustehen versuchte. Der Nebel aus Staub und Dreck lichtete sich etwas, die schweren Teilchen sanken zu Boden. Luis hatte es nur zur Hälfte durch die Tür geschafft, seine Unterschenkel baumelten über dem Abgrund. Hannah traute ihren Augen kaum, der Quergang war weg, zerstört, in die Tiefe gerissen. Luis wollte aufstehen. Hatte er noch nicht begriffen, wie nah er am Rande des Abgrunds lag?

»Bleib liegen«, schrie sie und ging auf ihn zu. Sie packte seine Hände und zerrte ihn mit aller Kraft in den Durchgang. Sein Gesicht war blutüberströmt, über dem Auge befand sich eine große Platzwunde. Wahrscheinlich konnte er gar nicht mehr richtig sehen.

»Gleich hast du's geschafft«, sagte Hannah. Er sah sie an, schien sie aber nicht zu verstehen. Er wirkte orientierungslos. Auch bei Hannah hatte die Detonation ein deutliches Piepen im Ohr hinterlassen. Womöglich war Luis das Trommelfell geplatzt, er hatte noch auf der anderen Seite der Tür gestanden, als die Bombe explodiert war.

Hannah sah Nico, der aus dem Staubnebel hervortrat und mithalf, Luis ganz in den Durchgang zu befördern. Sie knallten die Brandschutztür hinter sich zu, die aber nicht mehr ins Schloss fiel, weil der Rahmen verzogen war. Luis schaffte es zunächst aus eigener Kraft auf die Beine, um jedoch gleich danach wieder hinzufallen. Ohne die Stütze seiner Freunde schien er nicht in der Lage, sich aufrecht zu halten. Das konnte nichts Gutes bedeuten. Hatte die Druckwelle sein Innenohr zerstört?

Nico und Hannah stützten Luis und brachten ihn zu Gina, die zusammen mit Chiara auf dem Boden saß. Der rot beleuchtete Korridor erstreckte sich etwa zehn Meter weit bis zur nächsten Brandschutztür. Chiara schien in Apathie verfallen zu sein, Gina atmete schwer, wischte sich Schweiß von der Stirn und verteilte ihn mit dem Staub auf der Haut. Sie sah aus wie eine Soldatin im Kampfeinsatz, mit grauer Tarnfarbe im Gesicht. Luis ging es nicht gut, in seinem Gesicht vermischten sich Dreck und Blut.

»Mir ist schlecht«, sagte er, als sie ihn auf dem Boden absetzten. »Es dreht sich alles. Wie in 'ner Achterbahn.« Kaum hatte Luis den Satz ausgesprochen, musste er sich übergeben. Wie vorhin bei Hannah leerte sich der ganze Magen, bis Luis nur noch Galle spuckte.

Hannah hatte eine Ahnung, was das bedeutete. Luis konnte nicht mehr gehen, nicht mal mehr stehen, sie würden ihn von nun an tragen müssen.

Nico setzte sich neben ihn, auf die Seite, wo Luis nicht erbrochen hatte. Er klopfte seinem Freund auf die Schulter. »Das wird wieder. Das wird schon wieder.«

Hannahs Einstellung zu Nico hatte sich geändert, sie empfand ihn mittlerweile als angenehm, denn er war ein echter Kamerad. Zwar auch ein nützlicher Idiot, der sich auf Janus eingelassen hatte, aber wenn man ihn als Freund hatte, dann hatte man einen echten Freund, da war Hannah sich mittlerweile sicher. Nico würde keinen seiner Mitstreiter zurücklassen, und diese Fürsorge speiste sich nicht nur aus Schuldgefühlen. Hannah glaubte, dass es seinem Naturell entsprach.

Stille kehrte ein. Jeder musste die Geschehnisse erst verarbeiten. Ganz für sich. Sie hatten wieder einen Freund verloren, Frederick. Davor Sven – und das Schicksal von Moritz blieb ungewiss.

Hannah schaute zu der Brandschutztür, durch die sie gekommen waren. Sie ging hin, öffnete sie noch einmal mit Vorsicht. Sie stand direkt am Abgrund. Vor ihren Füßen ging es fast dreißig Meter in die Tiefe. Der Quergang, auf dem sie eben noch gestanden hatten, existierte nicht mehr. Auch von den Treppensegmenten war nichts übrig geblieben. Der Beton hatte die Leichen unter sich begraben. Sie sah nach oben. Die Plane, die das Loch in der Decke verschloss, war zerfetzt.

Hannah dachte über die Möglichkeit nach, dass jemand die Explosion gehört haben könnte. Der Knall war sehr heftig gewesen, aber auch nur von extrem kurzer Dauer. Waren die Erschütterungen außerhalb des Turms zu spüren gewesen? Wie mochte die Detonation wohl draußen geklungen haben? Selbst wenn es jemand gehört hätte, würde derjenige die Polizei rufen?

Hannah sah erneut nach oben, als vom Himmel ein Dröhnen zu vernehmen war. Kurz darauf sah sie eine dunkelgrüne Militärmaschine, die wie in Zeitlupe am blauen Himmel vorbeiflog. Wer sich in einer Einflugschneise aufhielt, würde nicht auf jedes Geräusch achten. Nein. Hannah durfte nicht auf ein Wunder hoffen. Genau wie beim letzten Mal würde sie ihr Leben selbst retten müssen.

KAPITEL 35

Bernd Kappler war auf dem Weg ins Polizeipräsidium zu einer Lagebesprechung. Polizeidirektor Manfred Wehner hatte ausdrücklich auf seiner Anwesenheit bestanden. Die beiden hatten kurz miteinander telefoniert, als Kappler das Krankenhaus im Stadtteil Merheim verließ. Jetzt saß er auf der Beifahrerseite des VW-Busses, und sie fuhren mit Blaulicht. Die Strecke zum Präsidium war frei, das Chaos spielte sich ausschließlich auf der linken Rheinseite ab. Feuerwehr, THW und die Stadtreinigung würden wahrscheinlich noch das ganze Wochenende brauchen, um annähernd so etwas wie einen Normalzustand herzustellen.

Auf dem Weg in die Klinik hatte Moritz Schröder Kappler so viele Informationen wie möglich geliefert, bevor der Anästhesist ihn von seinen Schmerzen erlöste. Anschließend hatte Kappler die Namen aller Aktivisten per Telefon durchgegeben. Nico Reichling galt als der Anführer der Aktivisten, der als Einziger Kontakt zu Janus gehabt hatte. Der Tote auf dem Frachtschiff hieß Sven Marschalek, zu seinen Mitstreitern gehörten Frederick Bestgen, Luis Vidal sowie zwei Frauen: Gina Homburg und Chiara Voeltz. Bis auf Chiara Voeltz waren alle schon mal erkennungsdienstlich behandelt worden und manche auch schon einschlägig vorbestraft wegen Landfriedensbruch und Widerstand gegen die Staatsgewalt. Genau die Sorte Straftaten, die Umweltaktivisten nun mal begingen.

Der Polizist, der Kappler ins Präsidium fuhr, klärte ihn darüber auf, dass Dietmar Voeltz, der Vater von Chiara, als bekannter Herrenausstatter mit eigener Modelinie eine lokale Größe in Köln sei. Anzüge von Voeltz lagen in der gleichen Preiskategorie wie Boss oder Armani. Eine groß angelegte Ringfahndung nach dem Container-Lkw, der an der Severinsbrücke gesehen worden war, verlief bislang leider ergebnislos.

Der VW-Bus hielt vor dem Präsidium. Kappler bedankte sich für das schnelle Taxi, stieg aus und lief auf den Eingang des Gebäudes zu. Nicht weil er so schnell wie möglich an der Konferenz teilnehmen wollte, sondern um sich eine kurze Auszeit auf der Toilette zu gönnen.

Zwei Handvoll Wasser klatschten in sein Gesicht. Kappler sah im Spiegel, wie die Tropfen abperlten. Ein Blick auf seine Armbanduhr, zwölf Minuten nach vier. Seit gerade mal sieben Stunden war er in den Fall involviert, und was war alles geschehen in dieser kurzen Zeit? Janus legte ein irres Tempo vor. Schneller als beim letzten Mal. Aber so etwas wie ein Ziel, geschweige denn ein Licht am Ende des Tunnels, war noch nicht zu erkennen. Genau das schien das Wesen dieses Psychopathen zu sein: dass er die Gegner verwirrte. Nur wer den gordischen Knoten zerschlug, hatte eine Chance, zu siegen.

Ein wenig wie in einem Escape-Room! – Kappler erinnerte sich an die Gespräche mit Hannah, die ihm erklärt hatte, worauf es in einem Escape-Room ankam. Bei diesem Spiel, wenn es denn ein Spiel war, wurde man mit vielen Details und Hinweisen konfrontiert. Meist waren die

Räume – die ja der Unterhaltung dienten – mit sehr viel Liebe zum Detail gestaltet. Die Kunst, die Tür in einem Escape-Room zu öffnen, bestand darin, Wichtiges von Unwichtigem zu trennen. Um das Rätsel zu lösen, brauchte es Teamwork. Wie sehr waren die einzelnen Köpfe in der Lage, ein Netzwerk zu bilden?

Ein Escape-Room ähnelte durchaus den Ermittlungen in einem Kriminalfall. Zusammenarbeit, die Vernetzung der einzelnen Abteilungen, Ergebnisse abgleichen, Wichtiges von Unwichtigem unterscheiden. Wenn man von den Fällen absah, die allein durch Spuren und Sachbeweise gelöst wurden, bestand Detektivarbeit im Wesentlichen genau darin, durch den Nebel, der einem die Sicht nahm, hindurchzuschauen.

Kappler betrachtete immer noch sein Gesicht im Spiegel. Vielleicht hatte er sich noch nicht genug auf Janus' Spiel eingelassen. Vielleicht war er bisher zu betriebsblind gewesen, folgte zu sehr kriminalistischen Regeln anstatt denen eines Psychopathen. Kappler glaubte schon lange nicht mehr, dass Janus mit klassischen Methoden und lähmender Bürokratie zu fassen wäre. Dies hatte beim letzten Mal auch nicht funktioniert. Alle wichtigen und unwichtigen Details hatte Janus damals selbst ins Spiel eingebracht.

Kappler rupfte das Einmalhandtuch aus dem Spender, trocknete sein Gesicht ab und verließ die Toilette.

Polizeidirektor Wehner saß am Kopfende eines großen ovalen Tisches und schaute auf, als Kappler den Konferenzraum betrat. Die Blicke der beiden trafen sich. Es waren etwa zwanzig Beamte anwesend, die meisten von ihnen trugen Uniform, wie auch Bernd Schmitt, der an der Längsseite des Tisches gegenüber vom Fenster saß. Die Jalousien waren zur Hälfte heruntergelassen, draußen zeigte sich der Oktober von seiner schönsten Seite. Die Sonne tauchte die gegenüberliegenden Gebäude in goldenes Licht. Neben Bernd Schmitt, Kapplers einzigem Verbündeten, war ein Stuhl frei. Er setzte sich.

Manfred Wehner lauschte gerade aufmerksam einem Lagebericht des Dienststellenleiters Innenstadt. Was sie alle zu hören bekamen, ließ die Laune des Polizeidirektors nicht besser werden. Hinter Wehner war eine Leinwand heruntergezogen, auf der die Bilder der Aktivisten zu sehen waren. Über Chiaras Namen war ein Foto von ihrem Personalausweis zu sehen, weil sie noch nie erkennungsdienstlich behandelt worden war.

Die Mundwinkel des Polizeidirektors wanderten tiefer und tiefer, während der Dienststellenleiter seinen Rapport machte. Die Anzahl der Überfälle auf Einrichtungen und Personen in der Innenstadt war sprunghaft gestiegen. An diesem Samstag hatten so viele Ladendiebstähle, Raubüberfälle und sexuelle Übergriffe stattgefunden wie in den letzten fünf Monaten zusammen. Die Polizei war längst nicht mehr Herr der Lage, das musste der Dienststellenleiter eingestehen, weil die Beamten mit ihren Fahrzeugen nicht zu den Tatorten durchkamen.

Eigentlich gehörte der Kollege Bernd Schmitt mit seinem Motorrad auf die Straße, dachte Kappler, anstatt hier in einem Konferenzraum zu sitzen. Polizisten auf Zweirädern und Fußstreifen waren die einzig effektiven Einsatzkräfte. Aber da mussten halt seine Kollegen ran, Schmitt wurde hier gebraucht. Er hatte bereits einen ausführlichen Bericht über die letzten Stunden an der Seite des LKA-Kollegen aus Hannover abgeliefert.

Wehner sah auf ein Blatt vor sich und sagte zerknirscht: »Die Kriminellen waren offenbar vorab informiert über das, was in der Stadt geschehen würde.«

»Wie das?«, warf ein Kollege mit einem goldenen Stern auf der Schulter ein.

Der Polizeidirektor hielt ein Blatt hoch, eine Nachricht vom LKA Düsseldorf. Zahlreiche Handys von Verdächtigen aus unterschiedlichen Bereichen wurden derzeit abgehört. Um kurz nach neun, als die Verkehrsbetriebe in der Innenstadt die Störung gemeldet hatten, waren die Telefone im Milieu heißgelaufen. Etwa eine Stunde später begann die Serie von Überfällen, und die Situation geriet gänzlich außer Kontrolle.

Ein anderer Kollege wirkte entsetzt. »Wie ist das denn möglich?«

»Janus hat sie informiert«, antwortete Kappler, bevor Wehner etwas sagen konnte. »Er musste sich nur die Nummern der abgehörten Telefone besorgen.«

»Und wie soll er das gemacht haben?«, ertönte es aus einer anderen Ecke des Raums.

»Korrupte Kollegen. Oder ein Justizangestellter, der die Anträge auf Telefonüberwachung bearbeitet. Janus hatte neun Monate Zeit, diese Aktion zu planen.«

Der Dienststellenleiter Innenstadt wendete sich an Kappler. »Steckt Janus mit dem kriminellen Milieu also unter einer Decke?«

»Nein. So etwas Profanes wie ein Raubüberfall interessiert Janus nicht. Er will, dass wir beschäftigt sind.«

Der Dienststellenleiter hakte nach. »Warum? Was ist sein Plan dahinter?«

Kappler seufzte. Wie sollte er es seinen Kollegen in der

Kürze der Zeit erklären? Aber zwanzig Augenpaare ruhten auf ihm, er musste es versuchen.

»Selbst wenn ich seine Motive kennen würde, bringt uns das nicht weiter. Ich versuche seit neun Monaten, zu verstehen, wieso Janus das Massaker auf Schloss Marienburg angerichtet hat.«

»Ich dachte, dass es damals um seinen Vater ging«, hakte Wehner nach.

Kappler nickte. »Und heute geht es um Hannah Preuss, die Überlebende von damals. Sie ist verschollen. Wenn wir Hannah finden, finden wir Janus. Wozu er das Chaos in der Stadt braucht, kann ich Ihnen nicht sagen. Vielleicht …« Kappler zögerte.

»Vielleicht was?!« Wehner sagte es mindestens so ungeduldig, wie Kappler sich fühlte.

»Vielleicht aus purer Boshaftigkeit«, fuhr Kappler fort. »Auch das wäre ihm zuzutrauen. Vielleicht hat er sich auch deshalb Umweltaktivisten als Mitspieler ausgesucht.«

»Mitspieler?« Der Kollege mit dem goldenen Stern verstand noch immer nicht. »Er betrachtet das alles nur als ein Spiel? Was gibt es denn zu gewinnen?«

»Das Leben«, erwiderte Kappler. »Umweltaktivisten sind entweder Chaoten, die es auf Krawall abgesehen haben, oder Idealisten, die wirklich aus tiefster Überzeugung handeln und fest an eine Sache glauben. Mit diesem Glauben und ihren Idealen rechtfertigen sie ihr Handeln. Beide Parteien, die Chaoten wie die Idealisten, verachtet Janus gleichermaßen.«

»Woher wissen Sie das so genau?«, fragte eine Frau Anfang vierzig, die auf der gegenüberliegenden Seite des Tisches saß und zivile Kleidung trug. Sie war blond, hatte schulterlange Haare und tiefblaue Augen. Trotz ihrer Attraktivität war sie Kappler nicht aufgefallen.

»Nun, wir haben damals ein Persönlichkeitsprofil von Janus alias Aurel Zargert angelegt.«

»Ich weiß«, sagte sie und richtete ihren Oberkörper auf. Sie trug einen beigen Hosenanzug. »Ich habe den Fall damals verfolgt. Was in so einem Profil steht, ist das eine, mich würde Ihre persönliche Meinung interessieren.«

»Verena Schuhmacher«, stellte Wehner die Frau vor. »Psychologin im Polizeidienst.« Dann sah er zu ihr. »Können wir solche Theorien und die Frage nach dem Motiv bitte auf einen späteren Zeitpunkt verlegen?«

Kappler nickte ihr zu, die Psychologin lächelte.

Wehner fuhr fort. »Zu den Fakten. Der Mitarbeiter der Stadtentwässerungsbetriebe Dirk Meier hat ausgesagt, dass sein Kollege Jens Radke von einem Unbekannten, den wir als Janus identifiziert haben, erschossen wurde. Kaltblütig, ohne erkennbaren Grund. Kurz vorher hatten Radke und Meier in einem Entlastungstunnel eine verstümmelte Leiche in fortgeschrittenem Verwesungszustand entdeckt. Beide Leichen waren noch vor Ort, als unsere Einsatzkräfte dort ankamen.«

»Konnte der andere Tote identifiziert werden?«, fragte Kappler nach.

»Ja«, sagte Wehner und machte eine Pause, um seinen folgenden Worten mehr Bedeutung zu verleihen. »Gernot Kirsch – das hat ein DNA-Schnelltest ergeben.«

Kappler spürte, wie sein Herzschlag kurz aussetzte und gleich danach eine Extrasystole folgte. Wehner sah ihm tief in die Augen. Kappler war verstört – Gernot Kirsch passte nicht hierher. Gar nicht. Nicht zu diesem Fall.

Wehner richtete sich an alle Kollegen, als er fortfuhr. »Kirsch, Gernot, zweiundvierzig Jahre alt. Angeklagt wegen Kindesentführung, Geiselnahme, Kindesmissbrauch. Wegen nachgewiesener Schuldunfähigkeit wurde er nicht zu einer Haftstrafe verurteilt, sondern in die forensische Psychiatrie eingewiesen. Vor zwei Monaten ist ihm bei einem Freigang mit einem Betreuer die Flucht gelungen.«

Kappler drehte den Kopf, sah zum Fenster hinaus. Es wurde alles immer schlimmer. Heute Morgen war die Welt noch in Ordnung gewesen, er hatte mit seinem Enkel in den Zoo gehen wollen – und jetzt das!

Wehner fixierte Kappler. »Sie haben Kirsch damals festgenommen. Und Sie waren nicht einverstanden mit dem Urteil, richtig?«

Kappler nickte. »Gernot Kirsch hatte ein siebenjähriges Mädchen zwei Wochen lang in seiner Gewalt. Ich habe ihm seine vorgebliche Schuldunfähigkeit nie abgenommen, aber ich bin kein Psychiater.«

Kappler schaute zu Frau Schuhmacher.

»Ich bin keine Psychiaterin«, erwiderte sie. »Aber ich frage mich, ob Janus Ihnen mit der Leiche einen Gefallen tun wollte.«

Kappler nickte. »Aus seiner Sicht, ja. Definitiv. Ich betone ausdrücklich, dass ich das nicht als Gefallen empfinde.«

»Das unterstellt Ihnen auch niemand«, erwiderte Wehner sofort. »Es geht nur um die Fakten. Gernot Kirsch wurde laut erstem Obduktionsergebnis gefoltert. Jede einzelne Verletzung für sich genommen war nicht tödlich, aber die Vielzahl. Er dürfte langsam verblutet sein, oder ihn haben die Kräfte verlassen. Post mortem wurde ihm ein Moniereisen durch den Rücken gerammt, um seine Leiche auf dem Boden zu fixieren, sodass er nicht weggeschwemmt wurde. Wir sollten ihn also genau dort finden.«

Kappler vergrub das Gesicht in seinen Händen. Die Flucht aus der Psychiatrie hatte Janus organisiert, weil er die Leiche brauchte. Als Spielfigur. Genau so fühlte sich Kappler in diesem Moment, wie eine Spielfigur. Sosehr er Gernot Kirsch wegen seiner grausamen Taten verachtete, so wenig hätte Kappler gewollt, dass ihm so etwas widerfuhr. Kappler war ein entschiedener Gegner von Selbstjustiz und der Todesstrafe. Janus schien das zu wissen. Es ging nicht mehr allein um Hannah, es ging genauso um ihn. Kappler fühlte sich erschöpft. Zudem fingen die dauernd auf ihn gerichteten Blicke der anderen an, auf ihm zu lasten.

Wehner blätterte in dem vorläufigen Obduktionsbericht, schaute auf, sah zu Kappler. »Was vielleicht noch zu erwähnen wäre: Dem Opfer Gernot Kirsch fehlte der rechte Zeigefinger. Er wurde abgetrennt und war nicht bei der Leiche. Es kann natürlich sein, dass er fortgeschwemmt wurde.«

Kappler schüttelte den Kopf. »Nein, das glaube ich nicht. Damit spielt Janus darauf an, dass auch ihm der rechte Zeigefinger fehlt.«

Die sachliche Stimme der Psychologin ertönte. »Weil Hannah Preuss ihm diesen Finger abgeschnitten hat, richtig?«

»In Notwehr«, sagte Kappler.

»Janus' Finger ist auch nicht mehr aufgetaucht, oder?«

»Nein. Er hat ihn mitgenommen. Vielleicht hat er gehofft, ihn wieder annähen lassen zu können. Fakt ist, dass ich Teil seines Spiels geworden bin. Das beweist wohl die Leiche von Gernot Kirsch.«

Die Psychologin nickte zustimmend und konterte sofort mit der nächsten Frage. »Sie haben ein enges persönliches Verhältnis zu Hannah Preuss aufgebaut. Ist das richtig?«

»Ja«, antwortete Kappler und blickte in die Runde. »Aber nicht so persönlich, wie mancher von Ihnen jetzt vielleicht denkt.«

Schuhmacher hakte weiter nach. »Ist Janus eifersüchtig auf Ihre Beziehung zu Hannah?«

»Gut möglich«, erwiderte Kappler. »Es ist alles möglich. Aber bringt uns das irgendwie weiter? Ich meine, jetzt?«

Wehner ergriff das Wort, schaute dabei wieder zu Kappler. »Ich denke, dass Sie die klassische Polizeiarbeit uns überlassen sollten. Wir können so was. Sie dagegen haben viel mehr Informationen über den Psychopathen als wir. Und Frau Schuhmacher hat sich bereits intensiv mit dem Fall auseinandergesetzt, kennt die Akten. Sie beide sollten sich daher weiter unterhalten. Unter vier Augen.«

Der Polizeidirektor und die Psychologin tauschten einen kurzen Blick, was Kappler trotz seiner Müdigkeit nicht entging. Er hatte das Gefühl, dass Wehner ihn loswerden wollte. Schuhmacher sammelte ihre Unterlagen zusammen, die auf dem Tisch verstreut lagen, und stopfte sie in eine große Handtasche von Louis Vuitton. Die Tasche passte farblich perfekt zu ihrem beigen Kostüm. Frau Schuhmacher hatte eine sportliche Figur und schien ihre Wirkung auf Männer gut abschätzen zu können. Sie strotzte vor Selbstsicherheit.

Kappler klopfte seinem Kollegen Schmitt zum Abschied

auf die Schulter und flüsterte: »Schick mir eine Message, wenn sich hier was tut.«

Schmitt nickte. Mit diesen Worten drehte Kappler seinen Kollegen den Rücken zu.

KAPITEL 36

Sie harrten immer noch in dem Durchgang aus. Gina versorgte Luis' Platzwunde. Er saß auf dem Boden neben dem Erbrochenen und schien sich ein wenig erholt zu haben. Luis beschrieb das Gefühl, als wäre er auf einem Segelschiff bei hohem Seegang. Die Windstärken hätten etwas nachgelassen, kein Orkan mehr, nur noch Sturm. Der Betonboden, auf dem er saß, schaukele unentwegt. Hannah fragte sich, wie es mit ihnen weitergehen sollte. Was würde sie hinter der massiven Brandschutztür erwarten? Sie spürte, wie die Angst zurückkam, die Übelkeit in ihr hinaufkroch. Von ganz tief unten in ihrem Bauch. Hannah wischte sich den Schweiß von der Stirn und verrieb dabei den Staub im Gesicht. Ihrer aller Klamotten waren verdreckt wie die von Bauarbeitern, und sie hatten alle den gleichen Teint. Der Staub steckte tief in den Poren. Nur Luis sah noch schlimmer aus, der Dreck war mit Blut vermischt. Gina hatte ihn mit notdürftigen Mitteln verarztet, ihre beiden Halstücher waren blutdurchtränkt, aber jetzt kam nichts mehr. Gina hatte es ähnlich gut gemacht wie ein sogenannter Cutman beim Profiboxen, der in dreißig Sekunden einen Kämpfer für die nächste Runde wieder hinkriegen muss. Hannah vermutete, dass Gina sich mit Verletzungen dieser Art auskannte. Wahrscheinlich hatte sie in ihrer Kindheit und Jugend lernen müssen, Platzwunden und Hämatome bei sich und anderen zu versorgen, denn der Stiefvater hatte der Familie mit Sicherheit verboten, zum Arzt zu gehen.

Hannah war im Gegensatz dazu wohlbehütet aufgewachsen, hatte eine rundum glückliche Kindheit gehabt. Zusammen mit ihrer Schwester. Hannah fragte sich, was Valerie wohl machte, wie es ihr ging? Was hatte sie unternommen, nachdem Hannah nicht mehr aufgetaucht war? Bestimmt hatte sie Kappler verständigt. War er auf dem Weg zu ihr? Ganz sicher.

Hannah starrte wieder zu der Brandschutztür. Die Übelkeit ließ etwas nach, das Gefühl von Unsicherheit blieb. Seit sie im Treppenhaus die Initiative ergriffen hatte, war Hannah unangefochten die Anführerin. Nico erhob keine Ansprüche. Der Überlebenswille war stärker als jedes Ego, und sogar Gina schien mittlerweile davon überzeugt zu sein, dass es das Beste für sie alle war, Hannahs Anweisungen zu folgen. Chiara sowieso, sie befand sich in einem desolaten Zustand, noch schlimmer als Luis. Obwohl ihn Gleichgewichtsprobleme plagten, war er bereit zu kämpfen. Chiara dagegen wirkte resigniert, schien jegliche Hoffnung verloren zu haben. Offenbar glaubte sie nicht mehr an eine erfolgreiche Flucht, und um damit klarzukommen, redete sie sich ein, es sei eine gerechte Strafe für ihre Dummheit, sich dieser Gruppe anzuschließen. Wieso hatte sie nicht auf ihre Eltern gehört, vor allem auf ihren Vater? Chiara schwankte zwischen Apathie und hysterischen Anfällen. Dazwischen heulte sie die meiste Zeit. Das zehrte an den Nerven von allen. Es war beinahe unerträglich, aber keiner hatte den Mumm, ihr noch einmal eine Ohrfeige zu verpassen, wie es Frederick getan hatte.

»Reiß dich endlich zusammen«, blaffte Gina sie an. »Schau dir Luis an. Ihm geht es schlecht, nicht dir. Und jammert er? Nein.«

Chiara heulte wieder.

»Wird es gehen?«, fragte Hannah den Verletzten.

Luis nickte. »Ich kann nur nicht alleine aufstehen.«

Nico, der auffallend wortkarg war, trat neben ihn. Mit ihm als Stütze fand Luis sein Gleichgewicht und setzte dann aus eigener Kraft einen Fuß vor den anderen.

»Dann mal los, Chefin«, sagte Gina zu Hannah.

Hannah schritt vorneweg auf die Brandschutztür zu und spürte, wie ihr ein kalter Schauder den Rücken herunterlief. Hannah hatte Angst davor, die Tür zu öffnen. Angst vor dem, was sich dahinter befinden könnte. Ein Horrorkabinett oder ein Raum zum Durchatmen, um sich von den Strapazen zu erholen? Die Hoffnung starb zuletzt. Hannah nahm ihren Revolver aus dem Holster. Sie glaubte nicht, dass sie ihn brauchen würde, aber das kalte, schwere Metall in der Hand gab ihr etwas Selbstsicherheit zurück. Sie krampfte die rechte Faust fest zu. Nico stand hinter ihr, stützte Luis. Hinter den beiden verharrten Chiara und Gina, genauso angespannt wie Hannah.

»Nun mach schon«, sagte Gina. »Es wird nicht besser, wenn wir hier Wurzeln schlagen.«

Hannah streckte die linke Hand aus, umfasste die Klinke, drückte sie herunter und zog.

Die Tür ließ sich öffnen. Im selben Moment drang lautes, aggressives Hundegebell an ihre Ohren.

KAPITEL 37

»Sie haben dafür gesorgt, dass Hannah Preuss einen Waffenschein erhält. Warum?«

Kappler überlegte, ob er etwas dazu sagen sollte, denn das Thema gehörte seines Erachtens nicht hierher. Vor allem jetzt nicht. Warum sollte er der Psychologin aus Köln Rede und Antwort stehen?

Im Moment war Kappler zum Nichtstun verdammt. Polizeidirektor Wehner hatte ihn von der Besprechung ausgeschlossen. Aber wieso? Für Kappler fühlte es sich so an, als würde hinter seinem Rücken eine Intrige gesponnen. Er konnte es sich nicht erlauben, ausgebremst zu werden. Er musste Hannah finden. Sie retten. Kappler wartete voller Ungeduld auf den erlösenden Anruf aus dem Klinikum. Er sah auf die Uhr. Die Operation hatte vor gut einer Stunde begonnen, es war aber nicht abzuschätzen, wie lange die Versorgung von Brandwunden dauerte. Mal länger, mal kürzer, hatte der Chefarzt gesagt und versprochen, ihn sofort zu informieren, wenn Moritz Schröder aus der Narkose erwachte. Hätte Kappler auch nur eine einzige konkrete Spur, der er nachgehen könnte, wäre er schon längst wieder auf der Straße. Die Fahndung nach dem Lkw, der die Geiseln in einem Container weggebracht hatte, war ebenso ergebnislos geblieben wie die Hausdurchsuchungen in den

Wohnungen der Umweltaktivisten. Stattdessen hatte sich ausgerechnet der Vater von Chiara gegen jede Vernunft in einer spontanen Videobotschaft an die Entführer seiner Tochter gewandt und mit dieser Aktion die Medien auf den Plan gerufen. Es kursierten Hunderte von Gerüchten und Mutmaßungen, die es der Polizei nicht leichter machten, zu agieren. Viele angebliche Zeugen meldeten sich, die nichts zu sagen hatten, aber noch mehr Verwirrung stifteten. Die Situation schien mehr und mehr außer Kontrolle zu geraten, statt dass sich der Nebel lichtete.

Je länger das Gespräch mit Verena Schuhmacher andauerte, desto unsympathischer wurde sie ihm. Die Psychologin hatte etwas Überhebliches an sich, eine Aura der Allwissenheit. Die beiden saßen in ihrem Büro, das sich eine Etage unter dem Konferenzsaal befand. Schuhmacher hatte ihm erklärt, was normalerweise ihr Fachgebiet innerhalb der Behörde war. Täterprofile gehörten definitiv nicht zu ihren Aufgaben, sie war auf Arbeitspsychologie und Burnout spezialisiert, schrieb Gutachten nach Übergriffen von Beamten oder Schusswaffengebrauch im Dienst. Vielleicht interessierte sie sich deshalb so sehr für den Waffenschein.

Kappler antwortete nach einer langen Denkpause. »Hannah Preuss war einer akuten Bedrohung ausgesetzt. Janus hatte ihr eine Nachricht hinterlassen.«

»Das steht in der Akte«, sagte sie und stellte die nächste Frage. »Er hat ihr Blumensamen geschickt, die sie hätte pflanzen sollen?«

»Ja. In Anlehnung an den Liedtext von Bette Midlers ›The Rose‹.«

Sie sah ihm in die Augen. »Wieso dieser Song?«

»Keine Ahnung, fragen Sie Janus. Hannah sollte den Samen pflanzen und die Blume ans Fenster stellen.«

»Hat sie es getan?«

»Natürlich nicht. Wenn Sie Blumen von einem Psychopathen geschenkt bekommen, würden Sie sie in die Vase stellen?«

Die Psychologin zeigte keine Reaktion auf die als Scherz gemeinte Frage. Weder ein Lächeln noch ein Kopfschütteln. Sie blieb sachlich. »Und sahen Sie in dieser Geste eine konkrete Drohung?«

»Nicht nur ich, auch die zuständigen Behörden. Allein mit mir als Leumund hätte Hannah keinen Waffenschein erhalten.«

Sie klappte die Akte zu, sah Kappler streng an, beinahe wie eine Oberlehrerin ihren renitenten Schüler. Normalerweise würde Kappler sich so etwas nicht gefallen lassen, aber er war zu neugierig darauf, was die Psychologin letztlich von ihm wollte.

»Schusswaffengebrauch im Dienst ist mein Fachgebiet«, sagte sie. »Hannah Preuss ist in Therapie. Normalerweise bekommt so jemand keinen Waffenschein. Wie haben Sie das gedeichselt?«

Jetzt wich er ihrem bohrenden Blick aus, sah aus dem Fenster. Verena Schuhmacher verstand ihr Handwerk, sie ließ sich nicht leicht abwimmeln. Und sie war auf der richtigen Spur. Draußen ging bereits die Sonne unter und ließ den Himmel in dunklen Rottönen leuchten.

»Diese Nachricht von Janus reicht nicht als Argument für eine bestehende Gefährdungslage«, sagte sie fordernd. »Da muss es doch noch mehr gegeben haben.«

»Warum interessiert Sie das so sehr?«

»Der Polizeidirektor hat die Handydaten von Hannah Preuss angefordert. Vom Provider. Daraus geht hervor, dass Sie quasi jeden Tag miteinander telefoniert haben. In den letzten Monaten. Aber Sie haben behauptet, kein Verhältnis mit Hannah Preuss zu haben – oder gehabt zu haben. Ich telefoniere auch täglich mit meinem Freund, die Telefonate sind allerdings länger als die, die Sie mit Hannah führen.«

Kappler ärgerte sich am meisten über sich selbst. Er hätte so tun sollen, als ob Hannah und er eine heimliche Liebschaft hätten. Jetzt wäre das nicht mehr glaubhaft.

Die Psychologin hatte Verdacht geschöpft. »Sie sind beim LKA ein Experte für Entführungen und Geiselnahmen. Sie haben schon mehrere Entführungen im Vorfeld vereitelt, weil Ihnen die potenziellen Täter, die eine Entführung planten, durch Fehler ins Netz gegangen sind.«

»Ja«, sagte er genervt. »Man sollte mir mal einen Orden verleihen, anstatt meine Arbeit infrage zu stellen.«

Schuhmacher reagierte nicht darauf. »Wollen Sie Janus eine Falle stellen? Ist Hannah der Köder?«

Die Psychologin hatte ihn fast so weit, aber eben nur fast. Kappler würde ihr niemals die ganze Wahrheit sagen. Weil sie die nicht verstehen würde. Sie nicht, Wehner, Schmitt und der Rest der Kollegen auch nicht. Denn Kappler hatte anfangs auch nicht verstanden, was Hannah damit meinte, sie sei im Besitz von etwas, das Janus gehörte. Gehört hatte. Seinem Zeigefinger. Kapplers Pflicht als Kommissar wäre es gewesen, das Beweisstück einzufordern, Meldung zu machen, einen Bericht zu schreiben, den Finger in die Asservatenkammer zu bringen. Aber das Einzige, was er von Hannah gefordert hatte, war eine Erklärung.

Ihre Argumente hatten ihn überzeugt.

Psychopathen sammelten oft Trophäen von ihren Opfern, um die Tat in der Fantasie wieder und wieder zu durchleben. Genau das hatte Hannah nicht gewollt. Sie war nur ihrer Intuition gefolgt. In dem Moment, als ihr klar wurde, dass Janus die Flucht aus dem Schloss Marienburg gelingen würde. In diesem Moment fällte sie eine fatale Entscheidung und behielt den Finger als Pfand. Um Janus zu zwingen, irgendwann wieder aus der Deckung zu kommen. Hannah hatte sich selbst zum Köder gemacht. Ein Fehler, womöglich der größte Fehler in ihrem Leben. Hannah hatte intuitiv gehandelt und es sofort bereut, als sie Monate später eine Panikattacke ereilte und sie feststellen musste, dass sie dem Druck auf Dauer nicht standhalten würde. Hannahs Plan, Janus zu ködern und dabei die Kontrolle zu behalten, zerplatzte schon in der Theorie wie eine Seifenblase. Der Psychopath – das war ihr klar – würde darauf nicht hereinfallen. Und die Zeit ließ sich nicht mehr zurückdrehen.

Darum musste eine Lösung gefunden werden.

Kappler hatte von Anfang an das Ziel gehabt, seiner Freundin zu helfen. Das Bestmögliche aus der verfahrenen Situation zu machen. Er hatte sich gegen den offiziellen Dienstweg entschieden und einen eigenen Plan entwickelt. Sie mussten den Finger behalten, um ihn an Janus zurückgeben zu können, falls er dies forderte. In Kapplers Metier nannte man so was das »Lösegeld« oder »Faustpfand«. In der Asservatenkammer wäre der Finger verloren gewesen. Hannah hatte gemacht, was Janus von ihr gefordert hatte: den Samen eingepflanzt, die Blume ans Fenster gestellt und abgewartet. Aber es geschah nichts. Vorher hatte Kappler alle erdenklichen polizeilichen Maßnahmen eingeleitet, wie bei einem potenziellen Entführungsopfer. Waffenschein, Hannahs Handy wurde gescannt, ausgehende und eingehende Anrufe, Nachrichten, SMS. Seither hatten Kappler und sie täglich telefoniert, Hannahs Umfeld wurde vielschichtig überwacht. Diese Maßnahmen fanden natürlich im Verborgenen statt und unterlagen der absoluten Geheimhaltung, um bestechliche Polizisten daran zu hindern, Informationen weiterzugeben.

Kappler hatte gewusst, dass Valerie außerehelichen Vergnügungen nachging, wenn ihr Mann nicht in Deutschland war. Das Leben ließ sich nicht verbieten. Auch für Hannah nicht, sie wollte sich nicht für immer einsperren lassen, keine Gefangene sein. Kappler hatte sie zwar an der kurzen Leine gehalten, aber die war anscheinend nicht kurz genug gewesen. Hundertprozentige Sicherheit gab es nun mal nicht. Kappler war der Illusion erlegen, dass er Hannah beschützen könnte. Rund um die Uhr. Das war der große Fehler, den er begangen hatte.

Kappler schaute immer noch aus dem Fenster. Es würde seinen Plan zunichtemachen und Hannah gefährden, wenn er jetzt mit der Wahrheit herausrückte.

Verena Schuhmacher brach das Schweigen. »Wissen Sie, woran ich gerade denken muss?«

»Teilen Sie es mir einfach mit«, sagte er sichtlich genervt.

»Dürrenmatt, ›Es geschah am helllichten Tag‹.«

»Das Buch kenne ich nicht, nur den Film mit Heinz Rühmann.«

»Da ist ein Polizist, der ein kleines Kind als Köder benutzt, um einen gefährlichen Mörder zu fangen. Irgendwann erkennt der Polizist, wie gefährlich das ist, aber da ist es fast zu spät.«

»Fast«, sagte Kappler und konterte: »Weiß das Kind, dass es als Köder benutzt wird?«

Sie schüttelte den Kopf. »Nein.«

»Würden Sie Hannah als Kind betrachten? Außerdem trägt sie einen Revolver bei sich.« Nun war Kappler am Drücker. Er holte tief Luft. »Was für eine Schuld wollen Sie mir aufladen?«

»Darum geht es nicht.«

»Worum dann?« Er ließ sie nicht mehr zu Wort kommen. »Die Leiche von Gernot Kirsch, den ich gefasst habe, beweist doch eindeutig, dass es hier nicht nur allein um Hannah geht. Oder um irgendwelche Umweltaktivisten. Sondern auch um mich.«

Kappler holte den Zettel aus der Hosentasche, den er von Professor Zargert in der Besuchszelle bekommen hatte, reichte ihn der Psychologin. »Die Nachricht ist von Janus. Lesen Sie den letzten Satz. ›Erkenntnis ohne Handeln bedeutet keine ausreichende Erkenntnis.‹ Ein Zitat von irgendwem.«

»Woher haben Sie das?«

»Von Aurels Vater. Professor Zargert hat sich heute Morgen im Gefängnis das Leben genommen. Er hat auf mich gewartet, um sich vor meinen Augen die Halsschlagader aufzuschneiden. Kein schöner Anblick, das kann ich Ihnen sagen. Dem Toten in dem Hotelzimmer ist ebenfalls die Halsschlagader durchtrennt worden. Glauben Sie an einen Zufall?« Kappler ließ ihr einen kurzen Moment zum Nachdenken, bevor er fortfuhr. »Janus hat eine Erkenntnis gewonnen, eine *ausreichende Erkenntnis*, und deshalb handelt er. Ob wir das wollen oder nicht. Er agiert, wir reagieren. Wenn wir ihn fassen wollen, müssen wir daran etwas ändern. Wir müssen das Spiel umdrehen.«

Die Psychologin las den Zettel. »Wer ist Reinhard?«

»Reinhard Grav. Aurels bester Freund seit Schulzeiten. Er war ein Genie, studierte irgendwas mit künstlicher Intelligenz an einer Eliteuniversität. Er ist von einer Bergwanderung nicht mehr zurückgekehrt, wahrscheinlich auch Selbstmord.«

Verena Schuhmacher fotografierte den Zettel mit ihrem Handy und gab ihn zurück. Da vibrierte Kapplers Telefon in der Hosentasche. Er sah aufs Display. Die Klinik rief an.

Kappler sprang auf, nahm das Handy ans Ohr und verschwand ohne ein Wort des Abschieds durch die Tür.

KAPITEL 38

Das Hundegebell war so laut, dass man sein eigenes Wort kaum verstand. Nicht nur Hannah, auch ihre Mitstreiter waren schockiert von dem Anblick, der sich ihnen bot. Die Tiere unterschiedlicher Rassen, allesamt der Kategorie Kampfhunde zuzuordnen, waren in acht Metallzwingern auf dem gesamten Stockwerk verteilt. Die Zwinger sahen stabil aus. Miteinander verschweißte Metallstreben und dicker Maschendraht bildeten solide Käfige.

Das Stockwerk erstreckte sich weit in die Länge, in Hannahs Augen war es fast so groß wie ein Fußballfeld. Es gab keine Zwischenwände, die Decke wurde von Betonpfeilern gestützt. Neonröhren, von denen mindestens die Hälfte flackerte oder kaputt war, sorgten punktuell für Helligkeit. Einige Bereiche lagen ganz im Dunkeln. Die Fenster waren mit schwarzer Folie abgeklebt, und Hannah erkannte sofort, dass man sie nicht von innen öffnen konnte. An den Betonpfeilern in der Mitte des Raumes hingen alte Röhrenfernseher, die abgeschaltet waren. Und zwischen den Monitoren war etwas aufgebaut. Ein kreisrundes Gatter, gezimmert aus unterschiedlich großen Holzbohlen und Dachlatten. Das Gatter schloss eine Fläche mit einem Durchmesser von etwa vier Metern ein. Im Näherkommen sah Hannah, dass auf dem Betonboden in der Mitte heller

Sand verstreut war. Tiefrote Blutspuren zeichneten sich deutlich darauf ab. Und noch andere Überreste eines Hundekampfes waren zu sehen. Abgebissene Ohren, Hautfetzen.

Widerlich.

Hannah konnte nicht sagen, was schlimmer war, der Anblick der Hundekampfarena oder das extrem laute Bellen um sie herum, das von den kahlen Wänden widerhallte. Beides zusammen ergab in ihrem Kopf ein Gesamtbild dessen, was hier für gewöhnlich stattfand. Hunde, die aufeinandergehetzt wurden. Menschen, die um das Gatter standen, grölten, die Tiere anstachelten, damit sie sich gegenseitig zerfleischten.

Das Bellen der Hunde schwoll noch einmal an, bevor es auf einmal deutlich nachließ. Irgendwas schien die Hunde beruhigt zu haben. Hannah sah Chiara, die einen Eimer in der Hand hielt und den Hunden Fleischstücke in den Zwinger warf.

»Wo hast du das Fleisch her?«, rief Hannah ihr zu.

»Der Eimer stand da rum. Genau acht Stücke waren drin. Das wird die nicht satt machen, aber etwas beruhigen.«

»Warte«, sagte Hannah. »Vielleicht brauchen wir das Fleisch noch.«

»Zu spät«, sagte Chiara und warf das letzte Stück durch eine Klappe von oben in den nächsten Zwinger. »Ich halte das nicht aus, sorry.«

Das Bellen der hochaggressiven Hunde ebbte fast ganz ab, als Chiara sich entfernte und die Tiere sich über das Fleisch hermachten.

»Bist du total bescheuert?«, schrie Gina sie an. »Hannah hat recht, vielleicht hätten wir das Fleisch noch gebraucht.«

Hannah konnte sich ein kurzes Grinsen nicht verkneifen. Zum ersten Mal war Gina auf ihrer Seite.

Chiara blieb völlig unbeeindruckt von Ginas Worten. »Ich kenne mich besser aus mit Hunden als du.« Für sie war das Thema damit erledigt.

Hannah mochte sich nicht vorstellen, was ihnen bevorstünde, sollten die Zwinger geöffnet werden.

Nico hatte Luis zu einem gammeligen Sofa gebracht, das in der Nähe der Hundekampfarena stand. Luis musste sich setzen, er stöhnte und erklärte, dass der Schwindel unerträglich sei.

»Hey, seht mal hier!«, rief Gina.

Hannah kam zu ihr. Nico und Chiara folgten ebenfalls. Luis blieb auf dem Sofa sitzen, um sich auszuruhen.

An einer Stelle, wo mehrere Neonröhren ausgefallen waren, stand eine Schaufensterpuppe. Sie trug einen braunen Kampfanzug für Hundetrainer, der Beine, Arme und Oberkörper schützte, sowie einen Helm dazu. Der Anzug war aus sehr dickem Stoff gefertigt, durch den selbst die schärfsten Schneidezähne eines Hundes nicht durchkämen.

»Ein Schutzanzug.« Gina wirkte beinahe euphorisch, als würde dieser Anzug alle Probleme lösen.

»Einer«, erwiderte Chiara ängstlich. »Wir sind aber leider zu fünft.«

Nico sah zu Hannah. »Wie viel Schuss hast du noch in deinem Revolver?«

»Fünf«, sagte sie. »Weil wir einen sinnlos verballert haben. Aber ich kann euch die Hoffnung gleich nehmen.

Einen Hund, der angreift, stoppt man nicht mit einer Kugel Kaliber .22. Es sei denn, du triffst direkt ins Kleinhirn. Außerdem sind es acht Hunde. Wir müssen einen anderen Weg finden, um nicht als Futter zu enden.«

»Sei mal still«, sagte Nico und hob die Hand. Das Gebell war inzwischen von Fressgeräuschen ersetzt worden. Jetzt hörte Hannah es auch, einen Gongschlag oder etwas Ähnliches. Ganz leise verhallte er in dem kahlen Raum.

Da zwei der Neonröhren nicht leuchteten, lag ein gewisser Teil im Dunkeln. Hannah nahm ihr Handy aus der Flexbag und schaltete die Taschenlampe ein, leuchtete auf den Boden vor sich, während sie in den dunklen Teil des Stockwerks ging. Nico und Gina folgten ihr. Chiara zog es vor, bei Luis zu bleiben. Offenbar aus Furcht vor der nächsten Überraschung.

Hannah, Gina und Nico folgten dem Klang des Gongs, der wieder ertönte. Da entdeckte Hannah vor sich eine kreisrunde Platte aus Holz, versuchte, sie mit dem Fuß wegzuschieben, aber das ging nicht. Direkt über der Holzplatte gab es eine Aussparung in der Betondecke und darin ebenfalls eine Holzplatte. Die verschloss womöglich eine Kernbohrung, groß genug, dass jeder von ihnen hindurchpassen würde.

»Es gibt noch eine zehnte Etage über uns«, sagte Nico. »Das haben wir ja eben im Treppenhaus gesehen.«

Wieder ertönte ein Gongschlag. Er kam eindeutig aus dem Stockwerk über ihnen und verhallte langsam. Bis zur Holzplatte über ihnen waren es etwa drei Meter.

Hannah sah zu Nico. »Wenn wir es auf die nächste Etage schaffen und von dort aus aufs Dach, könnten wir uns bemerkbar machen. Kannst du mal Räuberleiter machen?«

Hannah leuchtete nach oben, und was sie bereits vermutet hatte, wurde zur Gewissheit. Die Holzplatte war mit einem schweren Metallriegel und einem Vorhängeschloss gesichert.

Nico stellte sich breitbeinig hin und faltete seine Hände zu einem Tritt. Hannah stellte ihren rechten Fuß in seine Hände, hielt sich an seinen Schultern fest und schwang sich hinauf. Sie fand etwas Halt an einer Querverstrebung der Holzplatte, leuchtete sie ab, hämmerte wieder mit der Faust dagegen.

Als Antwort darauf ertönte wieder ein Gongschlag.

Die Holzplatte gab keinen Millimeter nach, sie war durch den Metallriegel mit der Betondecke verbunden. Hannah sah sich das Vorhängeschloss an, wieder eins mit Zahlenkombination – wie an der Metallkiste im Hohlkasten. Vier Ziffern. Hannah probierte die Kombination aus, die schon einmal funktioniert hatte: 0-9-0-1 – das Hochfest des *Janus*.

Hannah rüttelte daran. Das Schloss blieb zu. Sie probierte dasselbe Datum in amerikanischer Schreibweise: 0-1-0-9. Das Schloss ging nicht auf. Das Datum von heute, auch in beiden Schreibweisen. Nichts tat sich.

Hannah spürte, wie Nico taumelte. »Brauchst du noch lange?« Er schien Mühe zu haben, sie in der Senkrechten zu halten. Als sie hinuntersprang, um die Last von ihm zu nehmen, ertönte wieder ein Gongschlag.

Hannah blickte nach oben und sagte: »Die Deckenplatte ist durch einen Riegel mit Zahlenschloss versperrt. Keine Chance. Wir brauchen wieder die Kombination: vier Ziffern.«

»Ist die Frage erlaubt, ob man da was mit deinem Revolver machen kann?« Gina schien die Antwort bereits zu erahnen.

»Die Frage ist erlaubt«, sagte Hannah. »Die Antwort lautet: Nein.«

»Es gibt da noch ein Problem«, stellte Nico fest. »Wenn wir mit Räuberleiter da hinaufsteigen müssen, bleibt am Ende einer von uns zurück.«

»Der trägt dann den Kampfanzug«, schlug Gina vor. »Und Hannah gibt ihm die Knarre.«

»Und dann?«, fragte Nico.

»Vielleicht finden wir dort oben ein Seil oder so was, womit wir ihn hochziehen können. So lange muss er dann gegen die Hunde aushalten, wenn es überhaupt so weit kommt. Noch sind sie eingesperrt.«

»Noch«, erwiderte Nico und sah zu Luis, der auf dem Sofa lag. »Unser Freund kommt weder per Räuberleiter da rauf, noch könnte er sich gegen die Hunde wehren.«

Gina erkannte selbst die Lücken ihres Plans. Einen Moment lang herrschte Ratlosigkeit. Keiner wollte aussprechen, was offensichtlich schien: Sie würden es nicht alle schaffen, nicht ohne ein Wunder oder Janus' Gnade.

Wieder verhallte ein leiser Gongschlag in den Tiefen des Raumes.

Da vernahm Hannah ein Winseln, gefolgt von Bellen. Vielleicht mochte es Einbildung sein, aber sie hatte das Gefühl, dieses Bellen schon mal gehört zu haben.

Hannah drehte sich um, ging auf einen Zwinger zu, der weiter weg stand als alle anderen. Hannah trat wieder ins Licht einer Neonröhre, ging gezielt auf den entlegenen Metallzwinger zu, von wo das Bellen kam. Die anderen Hunde ließen sich nicht davon anstecken, blieben ruhig.

Das Bellen wurde immer wieder unterbrochen von herzzerreißendem Winseln.

Hannah sah den Hund im Zwinger, einen Golden Retriever. Bosco hatte Hannah am Geruch erkannt. Er sprang aufgeregt in seinem Zwinger hin und her, bellte vor Freude. Hannah ging zu ihm. Die Maschen des dicken Drahtes waren zu eng, als dass ihre Hand hindurchgepasst hätte, um ihn zu streicheln. Hannah schossen Tränen in die Augen. Sie bekam die halbe Hand durch die Maschen, spürte Boscos Zunge, die ihre Finger abschleckte. Es half ein wenig, er freute sich, hörte auf zu bellen. Seine Fleischration hatte er nur zur Hälfte gefressen.

Hannah bemerkte, dass die Zwinger mit einem elektronischen Schloss verriegelt waren. Ein Mechanismus, den man wahrscheinlich durch eine Fernbedienung auslösen könnte. Sie waren also der puren Gnade des selbst ernannten römischen Gottes Janus ausgeliefert. Wie im Circus Maximus in Rom, dachte sie. Daumen hoch, Daumen runter, so wurde in der Antike über das Leben der Gladiatoren entschieden.

Nico erschien neben Hannah. »Der Hund kennt dich?«

»Er gehört meiner Schwester.«

Bosco winselte wieder, sah Hannah mit flehendem Blick an. Es war herzzerreißend. Was sollte sie tun?

»Der Hund deiner Schwester?« Gina fasste es nicht. »Was hat das denn jetzt zu bedeuten?«

»Darüber möchte ich nicht nachdenken«, erwiderte Hannah. Sie spürte einen fetten Kloß im Hals, hielt es nicht mehr aus, Bosco im Zwinger zu sehen und winseln zu hören. Während sie sich eilig entfernte, spürte sie wieder, wie ihr Nervenkostüm zu zerreißen drohte.

KAPITEL 39

Hannah trat neben Chiara, die am Holzgatter der Kampfarena stand und in die Mitte starrte. Die blutigen Spuren des letzten Kampfes waren auf dem sandigen Boden noch gut sichtbar.

»Du kennst dich mit Hunden aus?«, fragte Hannah.

»Mit Hunden, ja«, sagte Chiara. »Aber nicht mit solchen Bestien. Die werden von Menschen abgerichtet.« Chiara geriet in Rage. »Hunde töten sich nicht gegenseitig. Es gibt Unterwerfungsgesten. Wenn ein Hund sich auf den Rücken schmeißt, ist der Kampf vorbei, der Sieger hört auf. Wenn du einem Hund das abtrainierst, kannst du das Tier eigentlich einschläfern.«

»Und wie trainiert man einem Hund diesen Instinkt ab?«, wollte Hannah wissen.

»Das geht eigentlich gar nicht. Der Kampfhund wird nicht erzogen, sondern im Reiz belassen.«

Hannah verstand nicht, wollte es aber verstehen. »Im Reiz belassen?«

»Bei der Hundeerziehung muss man dem Tier eine Orientierung bieten, die stärker ist als der Drang, seinem Reiz zu folgen. Hunde sind permanent umgeben von Reizen. Geruch. Kommandos. Deshalb muss ein Hund lernen, sich unterzuordnen. Diese Bestien aber werden voll und ganz im Reiz belassen und darauf trainiert, so fest und so schnell zuzubeißen, dass der Gegner gar keine Chance mehr hat, sich zu unterwerfen. Er ist tot, bevor er sich unterwerfen kann. Wie gesagt, solche Bestien kannst du fast nur noch einschläfern.«

Hannah hakte weiter nach. »Warst du schon mal dabei, als ein Hund eingeschläfert wurde?«

»Ich habe es sogar schon selbst gemacht«, antwortete Chiara.

Hannah war verwundert. »Ich dachte, das darf nur ein Tierarzt.«

Chiara wirkte auf einmal wie tief in Gedanken versunken. »Ich habe mal in einem Tierheim gearbeitet – ehrenamtlich. Da habe ich das natürlich nicht gemacht. Aber so habe ich Nico und Gina kennengelernt.«

Nico trat hinzu. »Wir haben Tiere aus Versuchslaboren befreit.«

»Und ich habe mich um sie gekümmert«, fiel Chiara ihm ins Wort. Sie musste die Tränen unterdrücken. »Manche haben wir einschläfern müssen, weil es nicht anders ging. Das habe ich dann gemacht. Sie mussten so schlimm leiden.« Ihre Stimme versagte kurz vor Mitgefühl. »Sie hatten Krebs, man hatte ihnen bösartige Zellen eingepflanzt. Es war grauenhaft. Ein Mensch weiß wenigstens, was los ist, wenn er krank wird. Ein Tier leidet nur, bettelt um Hilfe.«

Hannah spürte, dass auch Chiara von einem tiefen Idealismus beseelt war. Sie wollte die Welt ein kleines Stückchen besser machen.

Hannah hatte einen spontanen Einfall. »Dieser Raum hat was mit euch zu tun.«

Gina war ganz Ohr. »Wie meinst du das jetzt?«

»Bei diesen Hundekämpfen geht es darum, dass sich die Tiere gegenseitig zerfleischen. Was gegen ihre Natur ist. Und was nur gelingt, wenn die Tiere ohne Gnade sofort sehr hart zubeißen. Richtig?«

Chiara nickte.

Luis meldete sich aus dem Hintergrund zu Wort. »Wir Menschen bringen unsere Artgenossen auch so um, wie wir es heute ja eindrucksvoll erlebt haben.«

»Ist das wirklich so?«, erwiderte Hannah. »Werden nicht auch wir zu Mördern gemacht?«

»Lies mal die Bibel«, erwiderte Luis. »Die Geschichte von Kain und Abel. Eifersucht und mangelnde Liebe reichen aus, dass wir uns gegenseitig umbringen.«

»Vielleicht sind wir deshalb heute hier«, sagte Chiara. »Wir sollen uns gegenseitig zerfleischen.«

»Oder es geht um Mensch versus Tier«, warf Gina ein.

»Mensch gegen Natur«, sagte Luis. »Auch eine Möglichkeit. Wir machen uns die Erde untertan, und jetzt schlagen die Untertanen zurück, wie bei einer Revolution.«

Chiara schlug die Hände vors Gesicht und seufzte. »Was für ein Scheißtag.«

Alle lachten spontan, was die Anspannung für einen Moment löste.

Hannah sah zu Luis, der ihre Neugier geweckt hatte. »Bist du religiös?«

Luis nickte. »Ich war nach dem Abitur ein Jahr lang im Kloster als Novize. Habe es mir dann anders überlegt. Ich konnte mir nicht vorstellen, ein Leben lang enthaltsam zu sein.«

Gina grinste. »Das kann ich mir bei dir auch nicht vorstellen.«

Die anderen lachten erneut, Hannah nicht. Sie war zu sehr in Gedanken versunken, wollte mehr über Luis wissen. In kurzen Sätzen beschrieb er, dass seine Mutter aus Andalusien stammte und er von Haus aus religiös erzogen worden war. Er hatte immer ein gutes Verhältnis zu seinen Eltern gehabt. Seine Mutter war begeistert gewesen, dass er ins Kloster gehen wollte, und umso enttäuschter von seiner Entscheidung, einen anderen Weg einzuschlagen. Mittlerweile war der Kontakt zu seiner Familie abgebrochen, weil sie nicht billigten, was er im Moment tat. Die Welt retten.

Gina wurde unruhig. »Leute. Wir verplempern mal wieder wertvolle Zeit. Anstatt zu quatschen, sollten wir lieber nach einer Zahlenkombination suchen, um das Schloss aufzukriegen.«

»Mach doch«, sagte Hannah. »Hindert dich keiner daran.«

Gina verstand nicht. »Und – was machst du?«

»Nachdenken. Dieser Raum fordert noch andere Sinne. Bis jetzt waren wir mehr oder weniger auf der Flucht, haben die meiste Zeit auf äußere Einwirkungen reagiert. Hier geht es um ein Rätsel, da bin ich mir sicher. Und dieses Rätsel besteht nicht nur aus Zahlen, es hat mit euch zu tun. Wenn wir es nicht lösen, werden wir alle zu Hundefutter.«

Nico verstand noch nicht. »Was meinst du, das Rätsel hat mit uns zu tun?«

Hannah versuchte eine Erklärung. »Janus hat euch nicht wahllos ausgesucht, das glaube ich einfach nicht. Ich muss mehr über euch wissen, wir müssen den tieferen Sinn dieses Raumes verstehen – worum geht es hier?« Hannah zögerte einen Moment, bevor sie aussprach, was sie in diesem Moment dachte. »Janus hasst euch.«

»Wieso?« Chiara sah sie mit Entsetzen an. »Wir haben ihm doch nie was getan.«

»Vielleicht doch, und ihr wisst es nur nicht. Auf jeden Fall stellt ihr etwas dar, was ihm ein Dorn im Auge ist.«

Luis war ganz Ohr. »Was könnte das sein?«

»Ihr handelt aus Idealismus. Oder aus Langeweile, ich weiß es nicht.«

»Langeweile?«, blaffte Gina sie an. »Hast du sie noch alle? Es ist fünf nach zwölf auf diesem Planeten. Wir tun das, weil dringend etwas getan werden muss. Sonst bewegt sich keiner dieser Politikärsche in Berlin oder Brüssel oder sonst wo.«

Hannah hatte das Gefühl, auch Gina glaubte an das, was sie tat. Es war nicht nur Attitüde. Nach allem, was Gina durchgemacht hatte – sexueller Missbrauch durch ihren Stiefvater und Gewalt in der Familie –, hatte sie hier eine Bestimmung gefunden. Ein Ziel, für das zu kämpfen sich lohnte und das ein Grund war, morgens aus dem Bett zu steigen. Ihre Beziehung zu Nico trug wahrscheinlich ihr Übriges dazu bei.

Hannah fuhr fort. »Janus war mal Broker an der Wall Street. Die Typen, mit denen er dort gearbeitet hat, sind im Grunde auch Psychopathen. Nur dass sie Computer und Algorithmen als Waffen einsetzen.«

Luis nickte. »Der krasse Gegensatz zu uns. Was weißt du noch über ihn?«

»Janus hasst Idealisten.« Hannah sah zu Chiara. »Nichts

würde ihm größere Freude bereiten, als wenn du einen Hund töten musst. Weil du Hunde liebst.«

Hannah wendete sich Luis zu. »Du bist aus dem Kloster ausgetreten – wegen einer Frau?«

»Nein«, sagte Luis. Er zögerte. »Wegen der Männer.«

»Echt jetzt?«, entfuhr es Gina, und sie grinste.

Luis nickte. »Ich bin schwul. Und ich konnte mir nicht vorstellen, ein Leben unter Männern zu führen, ohne dass etwas passierte. Das habe ich auch dem Abt erzählt, und er hat sich ausdrücklich dafür bedankt – für meine Ehrlichkeit und die Einsicht.«

»Moment mal.« Hannah sah in die Runde. »Ihr untereinander kennt euch gar nicht so richtig?«

Nico zeigte auf Gina und Chiara. »Wir drei schon, wir sind schon länger ein Team, machen einiges zusammen. Die anderen haben wir hier und da bei Aktionen getroffen.«

»Ihr seid also ein zusammengewürfelter Haufen«, stellte Hannah fest. »Okay, es ist an der Zeit, dass ich mehr über euch erfahre. Wer seid ihr? Luis, was hast du nach dem Kloster gemacht?«

»Ich habe ein bisschen studiert. Theologie, Philosophie, Geschichte. Aber dann habe ich gemerkt, dass irgendwie alles für den Arsch ist. Total für den Arsch. Weil es nicht um neues Wissen geht, um Fortschritt, damit das Leben der Leute besser wird, sondern nur um den Scheißprofit. Für einige wenige auf diesem Planeten. Ich komme mir vor wie im Mittelalter, verstehst du?« Er sah Hannah an. »Die Leute glauben jeden Scheiß, der ihnen erzählt wird. Darum wollte ich einer derjenigen sein, die sie wachrütteln.«

Chiara erzählte als Nächste von sich. Einen Großteil

der Geschichte kannte Hannah schon, aber nicht die Einzelheiten über das Verhältnis zu ihrem Vater. Dietmar Voeltz war Jäger, was Chiara per se verabscheute. Und er ließ seine Konfektionsware in Bangladesch schneidern, wie es fast alle in dieser Branche taten. Irgendwann war Chiara ihres naiven Glaubens beraubt worden, dass das Leben überall auf der Welt so schön sei wie im Hahnwald in Köln, der absoluten Villengegend. Chiara entwickelte Schuldgefühle gegenüber Menschen, denen es viel, viel schlechter ging als ihr. Aus diesem Schuldgefühl entstand das Bedürfnis, aktiv zu werden, etwas zu unternehmen für eine gerechtere Welt und die Rettung des Planeten. Ihr Vater hatte entsprechend reagiert, ihr den Umgang mit gewissen Leuten verboten, den Geldhahn zugedreht, sie unter Druck gesetzt. Die Bekanntschaft mit Nico und Gina führte dazu, dass Chiara sich mehr und mehr radikalisierte. Und deshalb heute mit von der Partie war.

Nico erzählte seine Geschichte. Er hatte schon immer große Probleme mit Autoritäten gehabt, mit Leuten, die ihm sagen wollten, wie er zu leben habe.

Er wurde laut. »Wir werden nur noch verarscht von den Mächtigen, den Politikern, Wirtschaftsbossen. Da kann ich nicht stillhalten. Deshalb mache ich das.«

Hannah fiel auf, dass mit leichten Abweichungen alle dieselben Ideale hatten. Sie verbrachten ihre Zeit unter Gleichgesinnten und hatten wahrscheinlich kaum Austausch mit Leuten, die weniger radikal waren. Mit Leuten wie Hannah, die zwar auch vieles, was in der Welt geschah, kritisch sah, aber deshalb nicht gegen das Gesetz verstieß.

Hannah sah zu Nico, der aufgehört hatte, zu reden. »Was machen deine Eltern?«

Er schluckte. »Ich habe keine.« Er schien den Tränen nah zu sein, jedenfalls kam Hannah sein Blick leicht verschleiert vor, auch seine Stimme wurde brüchiger. »Meine richtige Mutter habe ich nie kennengelernt. Meine Pflegemutter ist an Krebs gestorben. Dann bin ich ins Heim gekommen, weil mein Pflegevater das nicht allein hingekriegt hätte. Schule geschmissen, mit achtzehn auf der Straße gelandet. Dieses Jahr habe ich meinen Pflegevater beerdigt.«

»Ihr hattet also noch Kontakt?«, fragte Hannah nach.

Nico nickte. »Er war ein guter Typ. Anständig. Es wäre nur zu viel gewesen für ihn, wenn er mich hätte allein großziehen sollen. Ich war damals erst sieben Jahre alt.«

Es wurde einen Moment lang still, bis Gina das Schweigen brach. »Und? Was bringen dir jetzt unsere Lebensgeschichten?«

Hannah dachte laut nach. »Beim letzten Mal war jeder Raum auf eine Person ausgerichtet. Einer der Mitspieler verfügte immer über ein besonderes Talent, das man brauchte, um das Rätsel zu lösen.«

»Dann ist es hier wahrscheinlich Chiara«, sagte Nico.

»Oder ihr alle«, erwiderte Hannah.

»Hey«, sagte Luis und schaute zu einem der Fernseher. Alle anderen folgten seinem Blick.

Die Monitore bekamen Strom, ihre Dioden leuchteten rot, aber es war noch kein Bild zu sehen. Es dauerte unterschiedlich lang, bis die alten Röhrengeräte alle dasselbe Bild zeigten. Vor schwarzem Hintergrund waren gelbe Zahlen zu sehen.

01:00:00

Dann setzte sich, wie sie es vom letzten Raum her

kannten, ein Countdown in Bewegung: 00:59:59 … 58 … 57 …

Ihnen blieb genau eine Stunde Zeit.

Was dann passieren würde, konnte jeder nur erahnen.

KAPITEL 40

Kappler hasste Verkehrsmittel, die bei Stillstand nicht von allein in der Senkrechten verharrten. Er hatte aus gutem Grund keinen Motorradführerschein, und das Fahrrad benutzte er nur, wenn er mit seinem Enkel unterwegs war. Jetzt saß er auf dem Rücksitz hinter Bernd Schmitt, und sie fuhren mit Blaulicht zum Klinikum Merheim. Der Chefarzt hatte angerufen, Moritz Schröder war aus der Narkose aufgewacht und ansprechbar. Er lag auf der normalen Station.

Das Motorrad kam neben der Zufahrt für Rettungswagen zum Stehen. Kappler stieg ab, und Schmitt folgte ihm zügig. Mit dem Fahrstuhl ging es in die zweite Etage. Auf dem Korridor vor der Tür von Zimmer 207 stand ein uniformierter Polizist Wache.

»Warte bitte draußen, bis ich dich hereinrufe«, sagte Kappler zu Schmitt. »Moritz hat mir ausdrücklich gesagt, dass er nur mit mir, nicht mit irgendeinem anderen Beamten reden würde.«

Schmitt hielt ihn am Arm fest. Sie waren noch außer Hörweite des Kollegen, der vor der Tür Wache hielt. Er sprach leise. »Was ich dir jetzt erzähle, hast du nicht von mir, okay?«

Kappler nickte. »Du kannst dich auf mich verlassen.«

»In der Besprechung warst du, also deine Rolle in diesem Fall, das zentrale Thema. Der Polizeidirektor traut dir nicht über den Weg.«

»Das habe ich schon gemerkt. Und was ist mit dir?«

»Was ich bis jetzt miterlebt habe, reicht mir als Beweis, dass da draußen ein Irrer rumläuft.« Schmitt sah ihm in die Augen. »Aber was zwischen dir, dieser Hannah Preuss und Janus läuft, das verstehe ich nicht so ganz.«

Kappler zögerte. Konnte er ihm die Wahrheit sagen? Nein, unmöglich. Nicht in der Kürze der Zeit. Kappler vertraute ihm zwar, mehr als der Psychologin oder Wehner, aber Schmitt würde ihn mit Fragen bombardieren. Es war besser, ihn vorerst im Unklaren zu lassen.

»Hannah und ich sind befreundet, mehr nicht. Wir gehen nicht miteinander ins Bett.«

»Aber ihr telefoniert jeden Tag?«

Kappler verstand, was er wollte. Schmitt forderte eine Sicherheit, dass er dem LKA-Mann aus Hannover trauen konnte. »Ich sage es dir, wenn ich dein Wort habe, dass du keine weiteren Fragen stellst und es niemandem erzählst.«

Schmitt seufzte laut, bevor er nickte. »Versprochen. Solange du mich nicht in eine Straftat mit reinziehst.«

»Das tue ich nicht. Du weißt einfach von nichts, okay?«

»Einverstanden. So machen wir's.«

Kappler nahm ein kleines Zigarettenetui aus silbernem Metall aus der Innentasche seines Mantels, zeigte ihm das Etui. »Lass dir jetzt nichts anmerken, okay?«

Schmitt nickte.

Kappler öffnete das Etui. Neben zwei langen, schlanken Zigarren lag ein genauso großes Stück aus Kunstharz, etwa sieben Zentimeter lang. Auf den ersten Blick war nicht zu erkennen, welchen Zweck das Plastikteil erfüllte.

»Was ist das?«, fragte Schmitt.

»Kunstharz, wie es Pathologen verwenden, um Gewebe zu untersuchen. Sieh mal genau hin.«

Schmitt erstarrte.

»Du sollst dir nichts anmerken lassen«, ermahnte Kappler ihn.

Schmitt gab sich alle Mühe, bekam aber den Mund nicht mehr zu. Kappler schloss das Etui wieder und ließ es in seiner Manteltasche verschwinden.

»Das ist das kleine Geheimnis, das Hannah und mich verbindet. Es ist gleichzeitig wie eine Lebensversicherung. Janus will diese Trophäe zurückhaben. Dieser Finger in Aspik symbolisiert seine Niederlage.«

»Was für eine Niederlage?«

»Hannah hat nicht das getan, was er von ihr wollte. Oder hast du sie mal im Fernsehen gesehen, in irgendeiner Talkshow?«

Schmitt schien zu begreifen. »Und deshalb richtet er dieses Chaos an?«

»Nein«, sagte Kappler. »Hier geht es um viel mehr als um diesen Finger. Die Trophäe ist ein persönliches Ding zwischen ihm und Hannah. Die Sache wird erst ausgestanden sein, wenn er das hat, was er will.«

Schmitt war sprachlos, er hatte offenbar mit vielem gerechnet, damit jedoch nicht.

Kappler fuhr fort. »Seitdem die Leiche von Gernot Kirsch gefunden wurde, kann ich mir zumindest sicher sein, dass Janus mich genauso im Visier hat wie Hannah.«

»Ein Grund mehr, dass du mit uns zusammenarbeitest.«

»Glaubst du wirklich?« Kappler sah ihm in die Augen. »Glaubst du wirklich, dass wir Zeit haben für bürokratische Regeln? Dass wir mit dem Staatsanwalt über die weiteren Maßnahmen diskutieren sollten?« Kappler zeigte zur Tür. »Ich gehe jetzt da rein, und wenn ich wieder rauskomme, wissen wir, wo die Reise hingeht. Das garantiere ich dir.«

Schmitt schüttelte den Kopf. »Erklär mir, warum?«

»Wir hatten abgemacht: keine weiteren Fragen!« Kappler spürte, dass er sich auf sehr dünnes Eis begeben hatte.

»Trotzdem«, erwiderte Schmitt. »Erklär's mir. Kurz und knapp. Sodass ich dir wenigstens vertrauen kann. Denn das mit dem Finger – das ist pervers.«

Kappler nickte. »Ist es, ja. Aber extreme Umstände verlangen manchmal extremes Handeln.« Kappler zögerte, jetzt kam es auf jedes Wort an. »Du hast nicht gesehen, wozu Janus fähig ist, was er angerichtet hat. Hast du schon mal einen Menschen vor deinen Augen sterben sehen?«

»Ich habe schon Tote gesehen, ja.«

»Das meine ich nicht. Wurde vor deinen Augen schon mal jemand erschossen? Hast du gesehen, wie das Blut spritzt, wenn einem ein Messer in den Hals gerammt wird?«

»Nein«, sagte Schmitt so laut, dass der Kollege an der Tür es hörte und zu ihnen herübersah. »Nein, habe ich nicht. Ich bin nicht so ein harter Brocken wie du. Ich bin ein ganz normaler Streifenpolizist.«

»Dann erlaube dir kein Urteil über mich – oder über Hannah. Ich war früher genau wie du. Kein Stück anders, ein guter Polizist, habe mich an die Vorschriften gehalten. Aber dieses Massaker in Schloss Marienburg hat auch mein Leben verändert. So einen Fall hatte ich noch nie, und ich bin verdammt lange dabei.« Kappler holte tief Luft. »Meine Kollegin von damals, Eva Dahlhaus, gerade mal dreißig Jahre alt, sie hätte fast den Job hingeschmissen. Sie hatte Albträume, Depressionen. Jetzt ist sie in Mutterschutz und wird sich danach um Trickbetrug kümmern.«

Schmitt geriet offenbar ins Wanken. Er schien einzusehen, dass er seine Meinung ein wenig revidieren musste, wirkte aber immer noch nicht vollends überzeugt.

Kappler fuhr fort. »Und jetzt stell dir vor: Du erlebst hautnah mit, wie deine Mitstreiter brutal umgebracht werden. Einer nach dem anderen. Vor deinen Augen. Und du überlebst das Ganze, weißt selbst nicht, warum. Das verändert dein Leben, glaub mir.«

Schmitt nickte. »Das habe ich schon verstanden, aber –«

Kappler schnitt ihm das Wort ab. »Hannah möchte ihr altes Leben zurück. Ein Leben ohne Angst, ohne Albträume. Dafür war sie bereit, viel zu riskieren. Sie hat einen Fehler gemacht, sie hätte den Finger niemals behalten dürfen, niemals, das war ein Fehler, aber verdammt, hinterher ist man immer schlauer!«

Der Streifenpolizist sah Kappler tief in die Augen. »Ihr habt wirklich nichts miteinander?«

Kappler grinste, fing an zu lachen. Er hätte mit vielen Fragen gerechnet, allerdings nicht mit dieser. »Nein. Sie sieht einen väterlichen Freund in mir. Und ich behandle sie wie meine Tochter. Ich – muss – ihr – helfen. Um meiner selbst willen, verstehst du?«

Schmitt wendete sich abrupt ab, lief schnurstracks auf den Beamten vor der Zimmertür zu. Kappler ging einen Moment lang davon aus, dass er aufgeflogen war und

Schmitt ihn verraten würde. Dann begrüßten sich die beiden Uniformierten mit der Ghettofaust.

»Wo sind hier die Toiletten?«, fragte Schmitt so laut, dass Kappler es nicht überhören konnte.

»Herren oder Damen?«, erwiderte der Kollege vor der Tür und grinste breit.

»Divers«, antwortete Schmitt. Sie lachten beide.

Der Beamte zeigte den Gang runter. »Fast am Ende des Korridors. Linke Seite.«

Kappler kam näher, Schmitt sah zu ihm. »Geh schon mal vor. Ich glaube, ich habe was Falsches gegessen. Kann ein bisschen dauern.«

Kappler hatte verstanden. Schmitt drehte sich um und ging davon.

KAPITEL 41

Kappler betrat das Krankenzimmer, schloss die Tür hinter sich. Moritz lag in seinem Bett in einem Einzelzimmer, das Kopfteil hochgeklappt. Seine Hände waren nicht ans Bett gefesselt. An den Fingern hatte er einen Spezialverband, der wie eine Folie aussah. Eine Art künstliche Haut, um Infektionen zu vermeiden, aber die Haut dennoch atmen zu lassen. Moritz trug noch das OP-Hemd. Es schien ihm ganz gut zu gehen. Er strahlte regelrecht. Vermutlich vor Glück, hier versorgt und in Sicherheit zu sein.

Kappler kam auf ihn zu. »Alles in Ordnung?«

Moritz nickte. »Ich stehe noch etwas unter Propofol.«

Kappler kannte das Medikament, es wurde zum Sedieren und bei Narkosen eingesetzt. Früher drehte sich einem nach einer Narkose der Magen um, heute war man high danach.

»Und das heißt?«, fragte Kappler.

»Geiles Zeug. Aber macht vergesslich.«

Kappler vernahm sofort den Unterton. Doch Ausreden würde er nicht akzeptieren. »Ich will alles wissen, und zwar sofort! Alles, woran du dich erinnerst.«

»Okay, okay, reg dich ab, Bulle.« Moritz zeigte extrem viel Selbstbewusstsein, als wären sie Kumpel. »Ich kann mich nicht mehr an alles erinnern. Wie ich hergekommen bin, zum Beispiel. Hier in das Zimmer. Temporäre Amnesie nennt man das.«

»Aber du erinnerst dich, was du mir im Hubschrauber erzählt hast?«

»Ich habe Ihnen die Namen meiner Freunde genannt.«

»Und sonst weißt du nichts mehr?«

»Doch. Wir haben über Hannah gesprochen, wie es ihr geht und so. Hannah und ich waren in dem Brückenkasten zusammen unterwegs, haben nach einem Ausgang gesucht. Daran erinnere ich mich noch genau. Wir haben eine Schwimmweste gefunden.«

»Die war präpariert. Deshalb ist dein Freund abgestürzt.«

»Ach du Scheiße«, entwich es ihm. »Echt jetzt?«

Kappler nickte. »Erinnerst du dich sonst noch an etwas – aus dem Gespräch mit Hannah?«

Moritz nickte, blieb aber stumm.

»Nun sag schon.« Kappler wurde ungeduldig.

»Ich brauche dringend einen Freund bei der Polizei, das verstehen Sie wohl.«

»Was soll das werden?«

Moritz schluckte, und Kappler sah, wie eine einzelne Träne über sein Gesicht lief. Seine Stimme klang weinerlich. »Die werden mir diese ganze Scheiße anhängen, die Sache mit dem Beton in den Weichen. Der Schaden ist doch wahrscheinlich immens. Und ich bin vorbestraft, wie Sie sicher wissen.«

Kappler zeigte kein Mitleid. »Das hättest du dir besser mal vorher überlegen sollen.«

Moritz klang fast kleinlaut. »Noch mal komme ich nicht so leicht davon, die stecken mich in den Knast. Ich werde der Komplize eines Psychopathen sein, mein Leben lang.«

»Bist du das – sein Komplize?«

»Nein!«, erwiderte er laut. »Ich hatte keine Ahnung. Nico hat das eingefädelt. Janus hat mit ihm Kontakt aufgenommen. Wir waren alle ahnungslos, für die anderen lege ich meine Hand ins Feuer.«

»Na ja«, sagte Kappler. »Die hast du dir ja schon einmal verbrannt.«

»Sehr witzig«, blaffte Moritz. »Ich wäre beinahe draufgegangen. Ich habe es im allerletzten Moment geschafft, aus diesem Pfeiler rauszukommen.«

»Wie?«

»Da war eine Klappe ganz oben. Verriegelt. Es war dunkel, deshalb konnte ich den Riegel zuerst nicht finden. Dann fing es an, nach Gas zu riechen. Ich hatte Panik, hab wie wild gegen die Klappe gehauen, und plötzlich ging sie auf, und kaum war ich raus aus dem Schacht, gab es die Explosion. Ich hatte mir zum Glück die Hände vors Gesicht gehalten und –«

Kappler fiel ihm ins Wort. »Was willst du?«

Moritz zögerte, überlegte einen Moment, bevor er seine Forderung aussprach. »Ich helfe Ihnen, und Sie helfen mir. Eine Hand wäscht die andere. Ganz einfach.«

»Wie könntest du mir denn helfen?«

Moritz zögerte. Kappler hatte plötzlich das Gefühl, der Junge wusste mehr, als er bisher gesagt hatte.

»Wir könnten zusammen zu einem Ort fahren, wo ich mal mit Nico war. Während der Vorbereitungen.«

Kappler hakte nach. »Nico, der mit Janus in Kontakt stand?«

Moritz nickte. »Genau der.«

»Was war das für ein Ort – und wo?!«

»Ich kenne keine Adresse. Ich müsste rumfahren, mir die Gegend anschauen, dann würde ich es finden. Ich kann aber nichts versprechen. Ein Gebäude war das, ein Rohbau in einem Industriegebiet. Rechtsrheinisch.«

Kappler überlegte, ob er dem vorbestraften Umweltaktivisten trauen konnte oder das Ganze nur ein stümperhafter Fluchtversuch war. Andererseits – würde Kappler sich von einem Typen wie Moritz übertölpeln lassen? Nein. Es bestand eine reelle Chance, Hannah zu finden.

Moritz fuhr fort. »Ich führe Sie dahin. Aber dafür will ich einen offiziellen Deal.«

So etwas funktionierte nicht, nicht so schnell, das wusste Kappler. Wenn erst der ganze Polizeiapparat mitsamt Justiz in Bewegung gebracht werden müsste, wäre Hannah verloren. Kappler trat einen Schritt näher ans Bett heran, bemühte sich, ruhig zu bleiben, um so etwas wie eine Vertrauensbasis herzustellen. »Ich bin vom LKA Niedersachsen und habe hier in Köln keine Befugnisse. Aber ich könnte ein gutes Wort für dich einlegen.«

Moritz schüttelte den Kopf. »Das reicht mir nicht.«

Einen Moment lang herrschte Stille. Kappler überlegte, was er ihm anzubieten hatte.

Moritz schien nicht warten zu wollen, erhöhte den Druck. »Wollen Sie Hannah nun helfen oder nicht?«

»Es gäbe da eine Möglichkeit«, sagte Kappler, während er noch darüber nachdachte, wie die aussehen könnte. Er musste improvisieren, nicht zum ersten Mal in seinem Leben.

Moritz wirkte immer ungeduldiger. »Ich höre.«

»Wie gesagt, ich habe in Köln keine Befugnisse. Keinen Einfluss. Hier nicht, aber in meiner Heimat.«

»Wo ist die?«

»Hannover. Ich bin ein hohes Tier beim LKA, kenne eine Menge Leute und habe Erfahrungen mit solchen Verhandlungen.«

Kappler zog einen Notizblock aus der Manteltasche und einen Stift. Er schrieb einen Namen und eine Telefonnummer auf, riss die Seite aus dem Block. Dann holte er seine Brieftasche hervor und nahm zwei Fünfzigeuroscheine heraus, faltete sie mit dem Papier zusammen, hielt sie hoch.

»Wenn wir den Ort gefunden haben, wo Hannah und die anderen sind, entwischst du mir. Bevor die Kollegen eintreffen.« Kappler ließ die Worte einen Moment lang wirken, reichte ihm den Zettel mit dem Geld.

Moritz nahm es, sah ihn fragend an.

»Die Polizei wird nach dir fahnden, du hast keine Chance, in spätestens zwei, drei Tagen haben sie dich. Mit dem Geld kaufst du dir eine Zugfahrkarte nach Hannover. Auf dem Zettel steht der Name eines Anwalts. Ich rufe ihn an, um Bescheid zu geben, dass du kommst. Er handelt dann etwas aus. In Hannover habe ich wieder Befugnisse. Dann stellst du dich, und deine Leistung, die du hier erbracht hast, wird anständig gewürdigt. Das garantiere ich dir.«

Seine Worte zeigten Wirkung, die Idee schien zu funktionieren. Kappler schob den Mantel zur Seite und zeigte Moritz seine Dienstwaffe im Holster. »Wenn du versuchst, mich abzuzocken, mache ich dich fertig. Ich erschieße dich auf der Flucht, wenn es sein muss. Kapiert?«

Moritz nickte. »Es war ein Bürogebäude, aber wie gesagt ein Rohbau. Ich hab Nico gefragt, was da ist, und er hat mir gesagt, das könnte ein gutes Versteck sein, wenn wir nach der Aktion untertauchen müssten. Es ist abgelegen, da sieht und hört uns keiner.«

Kappler sah zur Tür. Dieser Moritz war ihm egal, auch, ob er bestraft würde. Es ging ihm nur um Hannah. Moritz wirkte wie ein Tölpel, der Lust auf Krawall hatte und dem es nur um den eigenen Vorteil ging. Mittlerweile schien er aufgewacht zu sein, nicht nur aus der Narkose. Er hatte begriffen, in was er da hineingeraten war. Jetzt wollte er den Fehler korrigieren. Jedenfalls hatte Kappler diesen Eindruck.

Bernd Schmitt würde den Vertrauensbruch verkraften. Und wenn nicht, konnte Kappler darauf im Moment keine Rücksicht nehmen. Wenn es gelänge, Janus zu fassen, wäre alles andere, was auf dem Weg dahin geschehen war, nebensächlich.

Kappler ging zum Fenster, schaute hinaus. Draußen befand sich ein Fluchtbalkon mit einer Stahltreppe, die eine Etage tiefer führte, wo es wieder einen Zugang ins Gebäude gab.

Kappler drehte sich zu Moritz um. »Wo sind deine Sachen?«

»Keine Ahnung.« Er zuckte mit den Schultern. »Im Schrank vielleicht.«

Kappler ging zu den zwei Schränken, machte sie auf. Im linken war ein Plastikbeutel, in dem sich schwarze Klamotten befanden.

Kappler nahm die Tüte, brachte sie zu Moritz ans Bett. »Zieh dich an.«

Moritz folgte der Aufforderung. Er holte seine Sachen aus dem Plastikbeutel und zog sich an. Kappler ging wieder zum Fenster und öffnete es.

KAPITEL 42

Der Countdown lief. Unaufhörlich. Sekunde um Sekunde verstrich. Hannah hatte vorgeschlagen, das Stockwerk nach Hinweisen abzusuchen. Sie wollten sammeln und dann die Informationen zusammentragen. Dafür hatten sie zehn Minuten vereinbart. Glücklicherweise verhielten sich die Hunde ruhig, was der Psyche guttat. Sie hatten ihre Fleischration mittlerweile vertilgt und gönnten sich einen Verdauungsschlaf. Außer Bosco. Er stand schwanzwedelnd im Zwinger und hoffte darauf, dass Hannah ihn endlich befreite. Sein Stück Fleisch hatte er nur zur Hälfte gefressen.

Hannah durchsuchte den dunklen Teil des Stockwerks, weil sie die Einzige mit einer Taschenlampe war. Mehrmals hatte sie einen leisen Gongschlag vernommen. Sie war sich nicht sicher, hatte aber den Eindruck, dass der Gongschlag nicht durch die Betondecke von oben kam, sondern aus Lautsprechern, die irgendwo im Raum versteckt waren.

»Zehn Minuten sind rum«, rief Nico.

Sie wollten sich wieder bei der Kampfarena treffen. Hannah begab sich auf den Weg dorthin, leuchtete vor sich auf den Boden. Da entdeckte sie etwas, blieb stehen, ging in die Hocke. Hannah konnte ihr Glück kaum fassen. Vor ihr lag eine Fernbedienung mit der Aufschrift »Telefunken« – für einen Fernseher. Hannah nahm sie und ging damit zu den anderen.

»Ich habe was.« Alle schauten zu ihr. Sie hielt die Fernbedienung wie eine Trophäe in die Luft. Dann stellte sie sich vor einen der Fernseher und wollte umschalten, aber da griff Gina nach Hannahs Arm, drückte ihn nach unten, sodass die Fernbedienung in Richtung Boden zeigte.

»Moment«, sagte Gina. »Was, wenn die Fernbedienung nicht für den Fernseher, sondern für die Zwinger ist? Und wir die Tiere damit freilassen.«

»Oh Gott«, entfuhr es Chiara.

»Okay«, sagte Nico. »Was haben die anderen gefunden?«

Gina fing an. »Die Hunde haben Halsbänder, und ich meine, dass da Ziffern draufstehen.«

»Wir haben acht Hunde und brauchen vier Ziffern in der richtigen Reihenfolge«, kombinierte Nico.

Chiara meldete sich zu Wort. »In den Holzbohlen waren Namen eingeritzt. Ich glaube, es könnten Hundenamen sein: Ares, Tribun, Erinnyen, Bosch, Nemesis, Hybris.«

»Hybris?« Hannah war ganz Ohr. »Das steht für Überheblichkeit.«

Luis, der sich aufs Sofa gelegt hatte, richtete sich mit einem Stöhnen auf. »Die meisten dieser Namen sind von Göttern aus der römischen und griechischen Mythologie.« Luis hatte eine Viertelstunde die Augen zugemacht, was aber nicht reichte, um sich wirklich zu erholen. »Ares ist griechisch, im alten Rom nannten sie ihn Mars, der Gott der Kriege und der Schlachten. Erinnyen sind griechisch, gleichzusetzen mit Furien, also Rachegöttinnen. Tribun ist ein Dienstgrad bei der römischen Legion. Bosch ist kein Gott. Bosch kann alles Mögliche sein, eine Firma, eine Fernsehserie, ein Künstler. Und Hybris, wie Hannah schon sagte, ist die Überheblichkeit. Wenn die Menschen überheblich sind, folgt die Bestrafung durch Nemesis. Die Göttin des gerechten Zorns.«

Hannah sah in die Runde, dachte wieder laut nach. »Dieser Raum ist auf uns abgestimmt. *Überheblichkeit.*«

»Willst du uns als überheblich bezeichnen?«, blaffte Gina sie an.

»Nicht ich, aber Janus. Ihr glaubt, die Welt retten zu können. Das ist in seinen Augen vermessen. Und deshalb hat er euch ausgesucht. Deshalb will er euch bestrafen.«

»Aber wieso?« Chiara verstand es immer noch nicht. »Es muss doch was getan werden, damit unser Planet nicht vor die Hunde geht.«

»Jetzt geht ihr vor die Hunde«, erwiderte Hannah. »Im wahrsten Sinne des Wortes.«

Luis zeigte mit dem Zeigefinger zur Decke. »Nemesis sitzt wahrscheinlich über uns. Die Göttin des gerechten Zorns muss die Fehler von Hybris ausbügeln. Ich würde das Thema ja gerne mal mit diesem Janus ausdiskutieren.«

Nico schlug mit der geballten Faust in seine Hand. »Ich auch.«

Hannah musste spontan an Moritz denken. Er hatte auch die Faust geballt, als sie zusammen im Hohlkasten der Brücke unterwegs gewesen waren. Was mochte mit ihm geschehen sein?

»Ich betone es noch mal«, sagte sie. »Versucht nicht, die Motivation dieses Psychopathen zu verstehen. Wir brauchen nur den Zahlencode. Konzentrieren wir uns darauf.« Sie hob den Arm, zielte mit der Fernbedienung auf einen der Apparate und drückte die Programmtaste.

»Hey«, schrie Gina. »Was machst du?«

Der Fernseher hatte einen Kanal weitergeschaltet. Das Bild war schwarz, der Countdown blieb unten rechts sichtbar, oben links erschien die Ziffer des Kanals: eins.

»Lass sie«, sagte Nico zu Gina und stellte sich hinter Hannah. »Wir haben nicht die Zeit, zu diskutieren. Das Glück ist mit den Mutigen.«

Alle sahen zum Fernseher, auf dem weiße Linien in Form von Sinuswellen über den Bildschirm zuckten, wie bei einem Equalizer, der Musik grafisch darstellte. Doch es gab keinen Ton dazu.

»Mach mal lauter«, sagte Luis.

Hannah betätigte die Lautstärketaste, der Fernseher blieb stumm, aber ein Balken am Bildrand verriet, dass die Lautstärke erhöht wurde. Bis zum Maximum.

Schlagartig fingen die Hunde an zu bellen. Einer nach dem anderen, lauter als je zuvor. Es schien, dass sie sich mit dem Gebell gegenseitig aufstachelten. Die Kampfhunde rasteten völlig aus, sprangen in ihren Zwingern wild umher, fletschten ihre Zähne. Bellten wie verrückt.

Chiara nahm Hannah die Fernbedienung aus der Hand, schaltete auf stumm. Auf dem Bildschirm erschien neben den Sinuswellen ein durchgestrichenes Lautsprechersymbol.

Kam es Hannah nur so vor, oder wurden die Hunde wieder leiser? Das Bellen ließ nach, nicht schlagartig, aber deutlich. Die Tiere beruhigten sich.

»Ultraschall«, sagte Chiara. »Na klar! Hunde können Frequenzen hören, die wir Menschen nicht wahrnehmen.«

»Und Ultraschall lässt Hunde wild werden?«, fragte Hannah.

»Nicht unbedingt. Aber sie könnten darauf konditioniert worden sein. Die Hunde drehen durch, wenn sie das Geräusch hören.«

»Wie beim Pawlow'schen Hund«, fügte Luis hinzu. »Der bekam Hunger, wenn man das Licht anschaltete.«

Chiara nickte. »Das ergibt Sinn. Hunde, die zu irgendwas abgerichtet werden, kriegen ein Kommando beigebracht. Erst wenn das Kommando ertönt, greifen sie an.«

»Und ohne das Kommando nicht?« Hannah wollte es genau wissen.

»Na ja«, sagte Chiara. »Ich würde es nicht drauf ankommen lassen. Womöglich greifen die auch so an, aber das Kommando, also der Ultraschall, macht sie richtig aggressiv.«

»Verdammte Scheiße«, entfuhr es Nico. Er sah zu Chiara, die die Fernbedienung hatte. »Schalte die Programme durch, was noch kommt.«

Gina begehrte auf. »Bist du dir sicher, dass das eine gute Idee ist?« Ihre Stimme klang jetzt ängstlicher als die von Chiara. »Vielleicht war das eine Warnung, dass wir es besser lassen sollten.«

Die anderen schüttelten den Kopf, waren sich einig. Gina stand auf verlorenem Posten. Hannah nahm Chiara die Fernbedienung ab und schaltete weiter.

Beim Programmwechsel blieb der Timer unten rechts im Bild sichtbar, oben links wurde der Kanal angezeigt. Auf Kanal zwei erschien das Schwarz-Weiß-Bild einer Überwachungskamera.

Hannah traute ihren Augen nicht. Sie kannte den

Raum, den die Kamera zeigte. Das Wohnzimmer ihrer Schwester. Valerie saß auf der Couch, der Raum war voll mit Leuten. Männer und Frauen, einige in Uniform, andere in Zivil. Das Haus wurde auf den Kopf gestellt, von Polizisten, die nach etwas suchten. Hannah begriff, sie suchten die Kameras. Genau die Kamera, die jetzt das Bild zu ihnen sendete.

»Was ist los mit dir?«, fragte Nico.

»Das ist das Wohnzimmer meiner Schwester. Valerie ist die auf dem Sofa.« Hannah zeigte zum Fernseher. »Da!« Eine junge Polizistin mit einem dunklen Pferdeschwanz, der unter ihrer Mütze hervorschaute, begab sich auf eine Trittleiter. Ihr Gesicht kam näher, noch näher, sie starrte direkt in die Kamera. Dann stieg sie die Trittleiter wieder herunter. Sie hatte die Kamera nicht entdeckt.

»Die ist blond und hat ihre Haare gefärbt«, sagte Gina.

»Nee«, sagte Nico. »Bullen sind einfach immer doof.«

»Nicht alle.« Hannah hatte die Hoffnung noch nicht aufgegeben, dass Kappler auf der Suche nach ihnen war und sie finden würde.

Der einzige Trost schien, dass es Valerie gut ging. Sie war umgeben von vielen Polizisten. Erst jetzt bemerkte Hannah am unteren Bildrand der Überwachungskamera eine Uhr, die 15:37 Uhr anzeigte. Ein Blick auf ihr Handy, und Hannah wusste, dass das Bild keine Liveübertragung war. Es war vor ungefähr einer Stunde aufgezeichnet worden.

Der Countdown, der am unteren Bildrand weiterlief, zeigte noch vierzig Minuten an. Was dann passieren würde, darüber wollte niemand nachdenken.

Hannah schaltete weiter. Auf Kanal drei blieb das Bild

schwarz, nur der Timer unten rechts zählte unaufhörlich rückwärts. Dasselbe Bild auf Kanal vier.

Nico war die Ungeduld in Person. »Weiter!«

Auf Kanal fünf erschien ein buntes mittelalterliches Gemälde, genauer gesagt drei. Ein Triptychon. Es war von einem berühmten Maler, den Hannah kannte.

»Der Garten der Lüste«, sagte Luis. »Hieronymus Bosch.«

»Bosch?« Chiara erinnerte sich. »Der Name war auch auf den Holzbohlen eingeritzt.«

Luis wusste einiges über das Bild und den Maler. »Wenn man das Triptychon im Original zuklappt wie einen Badezimmerschrank, sieht man die Entstehung der Welt am dritten Tag. Wenn man es aufklappt, ist links der Garten Eden, das Paradies, die Menschen in Einheit mit Gott. Rechts ist die Hölle. Dazwischen seht ihr den Garten der Lüste. Was der Garten der Lüste symbolisiert, muss ich wohl keinem erklären.«

»Unzucht, Sodomie und alles, was Spaß macht.« Nico warf Gina einen frivolen Blick zu, der Hannah bestätigte, dass die beiden mehr waren als nur Freunde.

»Bleibt keusch, oder ihr landet in der Hölle«, fügte Luis hinzu.

Hannah hatte eine Idee. »Vielleicht steht das Bild für dich.«

»Für mich?« Luis verstand nicht.

»Symbolisch. Im Mittelalter hätte man dich wegen Unzucht auf dem Scheiterhaufen verbrannt, oder?«

Luis nickte. »Ja, das stimmt. Aber was hat es zu bedeuten, wenn das Bild und ich symbolisch zusammengehören?«

Sie zuckte mit den Schultern. »Keine Ahnung.«

»Mach weiter«, sagte Nico zu Hannah. »Vielleicht erfahren wir es dann?«

Sie schaltete auf Kanal sechs, das Bild wurde wieder schwarz, und nichts tat sich, außer dass der Countdown unaufhörlich rückwärts zählte. Dasselbe bei Kanal sieben. Als Hannah weiter auf Kanal acht schaltete, wurde der Monitor plötzlich blau. Das Schaubild erinnerte Hannah an die Anzeige auf einer Bowlingbahn. Die Namen der Mitspieler waren untereinander aufgeführt. Neben jedem war ein Balkendiagramm zu sehen. Hannahs Name stand ganz oben, ihr Balken war grün. Jetzt erst las sie, was in der Überschriftenzeile stand: »TODESRISIKO: HUNDEKAMPF«.

Chiaras Name stand ganz unten, und ihr Balken war blutrot. Sie hatte ein Todesrisiko von neununddreißig Prozent. Nicos lag bei acht Prozent, sein Balken war auch grün, nur etwas dunkler als der von Hannah. Gina als Dritte hatte einen gelben Balken und neunzehn Prozent, Luis' Balken mit dreiundzwanzig Prozent war tieforange.

Chiara starrte auf den Monitor und fing an zu zittern. Am ganzen Körper. Hannah gab Nico die Fernbedienung, ging zu ihr, um sie in den Arm zu nehmen, sie festzuhalten, zu beruhigen, was kaum möglich war.

»Warum ich?«, bibberte sie. »Was habe ich denn getan?! Ich habe niemandem was getan.«

»Ganz ruhig«, sagte Hannah. »Wir haben noch über dreißig Minuten Zeit, hier rauszukommen.«

»Sie könnte den Schutzanzug anziehen«, schlug Nico vor.

»Ich glaube nicht, dass das die Lösung ist«, hielt Hannah dagegen.

In dem Moment wechselte das Schaubild. Die Balken waren verschwunden, aber die Namen standen noch da. Jetzt lautete die Überschrift »TODESURSACHE«. Hinter Hannahs Name stand in kleiner Schrift »Suizid« – neben allen anderen Namen stand »Exsanguination«.

»Was zum Teufel ist *Exsanguination*?«, fragte Nico.

Hannah hätte es gern für sich behalten, aber Luis verfügte auch über eine gute Allgemeinbildung. »Tod durch zu hohen Blutverlust.«

Allen stockte der Atem.

Nur Chiara nicht. Sie kreischte – aus Leibeskräften. Direkt in Hannahs Ohr, sodass es wehtat. Hannah löste sich von Chiara und rüttelte ihren Körper so lange, bis sie mit dem Schreien aufhörte.

»Reiß dich zusammen«, zischte Hannah sie an. »Benimm dich nicht wie eine –« Da wurde Hannah die Parallele bewusst. Die Namen auf den Holzbohlen hatten eine Bedeutung, nur welche?

»Wie eine … *was*?«, fragte Gina.

»Furie.« Hannah sah zu Luis, er hatte es eben gesagt. »Erinnyen sind Furien, sagtest du?«

Luis nickte.

»Die Namen auf den Holzbohlen sind uns zugeordnet«, sagte Hannah und schaute zu Luis. »Du bist Bosch, der Garten der Lüste. Chiara ist unsere Furie.«

Gina verstand nicht. »Was soll das heißen?«

Hannah zeigte zum Fernseher, das Bild sprang wieder um und zeigte das Todesrisiko an. Ihre Namen standen untereinander. »Das ist ein Bilderrätsel, versteht ihr? Unsere Namen stehen im Ranking in einer bestimmten Reihenfolge, und das Gemälde von Hieronymus Bosch ist auf

Kanal fünf. Wenn Luis den Garten der Lüste symbolisiert, ist die vorletzte Ziffer der Zahlenkombination eine Fünf, weil er der Vorletzte im Ranking ist.«

Die anderen nickten.

»Hey«, sagte Luis anerkennend. »Man merkt, dass du schon mal einen Escape-Room überlebt hast.«

Alle lachten.

Nur Chiara nicht. »Und ich bin eine Furie? Okay. Aber auf welchem Kanal ist eine Furie zu sehen?«

»Stimmt«, sagte Gina. »Die meisten Programme waren schwarz.«

Hannah begriff: Das Bilderrätsel war noch nicht vollständig. Warum nicht? Sie schaltete noch ein Programm weiter auf Kanal neun. Dort stand in weißer Schrift auf schwarzem Hintergrund »ANGEBOT«, darunter erschien ein kurzer Text.

Hannah las laut vor. »Sie können einen Hinweis erhalten, der Sie weiterbringt. Das kostet zehn Minuten Ihrer wertvollen Zeit.«

Unter dem Schriftfeld waren zwei Buttons, »Annehmen« und »Ablehnen«. Mit den Pfeiltasten auf der Fernbedienung ließ sich ein Cursor bewegen.

»Sollen wir das machen?«, fragte Gina in die Runde. »Wir haben nur noch fünfunddreißig Minuten.«

Kaum hatte sie es ausgesprochen, sprang der Countdown um zehn Minuten nach vorne. Hannah hatte eigenmächtig entschieden. Für Diskussionen war keine Zeit.

»Hey«, schrie Gina sie an. »Auch wenn du –«

»Halt die Klappe, Gina«, fauchte Nico.

Hannah schaltete weiter. Auf Kanal neun folgte wieder Kanal null, der Countdown. Dann der Equalizer mit den

Sinuswellen, die Überwachungskamera, dann der schwarze Bildschirm, als Nächstes wieder schwarz, dann der Garten der Lüste, dann wieder schwarz, wieder schwarz, dann das Ranking, dann das Angebot, das Hannah angenommen hatte.

Nico schluckte. »Wo bleibt der Scheißhinweis, der uns versprochen wurde?«

Er hatte den Satz noch nicht ganz ausgesprochen, da hörten sie ein lautes Scheppern, das über die ganze Etage hallte. Einer der Zwinger stand offen, das Maschendrahtgitter war auf den Boden geknallt.

Der Hund, der in dem Zwinger war, preschte auf sie zu, bellte laut.

Es war kein aggressives Bellen.

Es war Bosco.

KAPITEL 43

Kappler saß auf der Rückbank eines Toyota Corolla, den Wagen hatte er über seine UBER-App bestellt. Das erschien ihm sicherer als ein Taxi, denn die hatten alle Funkgeräte, und bei Großfahndungen wurden Taxen häufig miteinbezogen. Sein Handy hatte Kappler auf Flugmodus geschaltet, um nicht geortet zu werden.

Der Fahrer war ein korpulenter Mann mit Vollbart. Er hatte den Sitz so weit nach hinten geschoben, dass dort niemand mehr auf die Rückbank passte. Moritz saß vorne. Kappler zog es vor, ihn immer im Auge zu behalten, außerdem sollte Moritz einen freien Blick haben und sich auf die Umgebung konzentrieren können. Es dämmerte bereits, was es nicht gerade leichter machte, den Ort zu finden, an den Moritz sich erinnern sollte. Sobald er ihn an den richtigen Ort gelotst hatte, würde Kappler die Kollegen informieren und Moritz Handschellen anlegen. Der Zweck heiligte die Mittel.

Sie fuhren durch ein Industriegebiet, befanden sich rechtsrheinisch. Es gab viele Leerstände in den Gebäuden und freie Flächen. Bauland, wo früher mal die eine oder andere Fabrik gestanden hatte.

»Sind wir hier richtig?«, fragte Kappler. »War das hier in der Gegend?«

»Ja, sind wir«, sagte Moritz und drehte sich zu ihm um.

Kappler sah in die Mündung eines Revolvers, Marke Smith & Wesson, Kaliber .38 Spezial.

»Geben Sie mir bitte Ihre Dienstwaffe.« Sein Tonfall blieb ganz ruhig. Da er einen Spezialverband an den Händen hatte, konnte er den Revolver problemlos halten. Der Fahrer reagierte überhaupt nicht auf das Geschehen.

»Bitte«, sagte Moritz mit einem Lächeln. »Ich möchte Sie wirklich nicht erschießen, würde es aber tun.«

Für Kappler blieb die Zeit stehen. So lange, bis er realisierte, was gerade geschah. Wie hatte ihm nur ein solcher Fehler unterlaufen können? Moritz hatte ihm eine Geschichte aufgetischt, die in Kapplers Ohren wie Schillers Ode in Beethovens Neunter klang. *Freude schöner Götterfunken*. In dem Glauben, Hannah retten zu können, hatte er trotz aller Erfahrung jede Vorsicht außer Acht gelassen. Das Taxi hatte er über die eigene UBER-App angefordert, und es hatte sofort eine Rückmeldung gegeben. Nur eine. Kappler begriff. Seine Entführer verfügten über die gleiche Technik, die auch Kappler hin und wieder einsetzte: IMSI-Catchen. Niemand bei UBER hatte die Anfrage jemals erhalten. Kapplers Handy hatte beim Verlassen der Klinik kein reguläres Netz mehr gehabt. Selbst wenn Kappler sein Telefon auf Normalbetrieb schalten würde, es brächte nichts, solange er sich im Wirkungsradius des IMSI-Catchers und dessen Funkzelle aufhielt.

Der Fahrer drehte kurz den Kopf zu Kappler, behielt die rechte Hand lässig am Steuer. Er streckte den Zeigefinger aus. Einen kurzen Moment hatte Kappler noch so etwas wie Hoffnung, dann sah der Fahrer wieder nach vorne, zog mit der linken Hand den rechten Zeigefinger wie einen Ring ab. Es war nur eine Attrappe.

»Aurel«, entwich es Kappler.

»Schön, dass wir uns endlich persönlich kennenlernen«, antwortete Janus. Als er sich erneut kurz nach hinten drehte, konnte Kappler unter dem Vollbart ein Lächeln erahnen. »Nennen Sie mich bitte nicht bei meinem bürgerlichen Namen«, sagte er und sah wieder auf den Verkehr. »Für meine Freunde bin ich Janus.«

Kappler fühlte sich wie in einem Schockzustand, räusperte sich. »Freunde, die nicht mehr lange zu leben haben.«

Janus' Tonfall hatte etwas Schmeichlerisches, als wollte er ihn beruhigen. »Jetzt seien Sie nicht so pessimistisch. Sie haben keine Ahnung, wie mein Plan aussieht. Sonst wären Sie wohl nicht zu mir ins Auto gestiegen.«

Kappler schöpfte ein wenig Hoffnung, wenn auch nur ganz kurz. Janus hatte mit keinem der unzähligen Fahndungsbilder, die durch Gesichtsmodulation entstanden waren, die geringste Ähnlichkeit. Allein die Gewichtszunahme und der Vollbart machten einen anderen Typ aus ihm. Aber das größte Problem war: Menschen sahen immer das, was sie sehen wollten – und Kappler hatte nicht damit gerechnet, dass die Begegnung mit Janus so urplötzlich und unprätentiös stattfinden würde.

»Ihre Waffe«, forderte Moritz noch einmal. »Ganz langsam. Sonst verliert Hannah ihre letzte Option auf Rettung.«

Kappler zog seine Dienstwaffe aus dem Holster, fasste sie am Lauf, um sie nach vorne zu reichen. Moritz griff danach, aber Kappler ließ die Pistole nicht los, sah ihm in die Augen. »Du weißt, was Janus mit seinen Komplizen macht, oder? Es hat noch nie einer von ihnen überlebt.«

»Das stimmt nicht«, erwiderte Janus, und sein Tonfall klang beinahe ein bisschen beleidigt. »Ich töte nicht wahllos, auch wenn die Presse das gerne behauptet. Was ist mit dem Kanalarbeiter?«

»Sie haben ihn doch nur am Leben gelassen, weil er die Polizei zur Leiche von Gernot Kirsch führen sollte. Wieso musste Jens Radke sterben?« Kappler hielt den Lauf seiner Waffe immer noch fest.

»Jens wer?«

»Der andere Kanalarbeiter.«

Janus nickte. »Er war mir nicht nützlich.«

»Hörst du?« Kappler schaute Moritz in die Augen. »Warum glaubst du, dass du davonkommst? Wenn du ihm nicht mehr nützlich bist, stirbst auch du.«

Moritz grinste breit, dann fing er an zu lachen. Ein durch und durch überhebliches Lachen. »Wow. Ich hätte Sie für schlauer gehalten, Herr Hauptkommissar. Zumindest hat Janus Sie so beschrieben. ›Einen ebenbürtigen Gegner‹ hat er Sie genannt.«

Kappler verstand nicht, wie Moritz das meinte.

Der hörte auf zu lachen, grinste ihn an. »Sie sind immer noch nicht im Bilde, oder?«

Kappler spürte, dass er etwas Fundamentales übersehen hatte. Die nächsten Worte ließen dem Hauptkommissar das Blut in den Adern gefrieren.

Moritz sprach betont langsam, Wort für Wort, laut und deutlich. »Erkenntnis – ohne – Handeln … bedeutet? … Keine ausreichende Erkenntnis!«

Kappler ließ den Lauf der Pistole los. Moritz nahm sie an sich, steckte die Waffe ein.

Es folgte ein Moment der Stille. Der Toyota hatte einen

Elektromotor, der nahezu geräuschfrei fuhr. Nur die Reifengeräusche auf dem Fahrbahnbelag waren zu vernehmen.

Janus brach das Schweigen. »Sie hätten es ahnen können. Das Strickmuster ähnelt dem vom letzten Mal. Nicht jeder Spieler ist der, der er vorgibt zu sein. Moritz Schröder existiert gar nicht, er wurde mithilfe künstlicher Intelligenz erschaffen. Alles, was im Polizeicomputer über ihn steht, haben wir dort eingebracht. Nur die Fingerabdrücke sind unecht, die konnten aber nicht verglichen werden, denn Moritz hatte sich ja die Finger verbrannt.«

Kappler begriff. »Sie sind Reinhard Grav.«

Er lächelte. »Endlich! Endlich haben Sie es. Was hat Ihnen der Professor über mich erzählt?«

»Äußerst wenig«, sagte Kappler. »Dass Sie von einer Bergwanderung nicht mehr zurückgekehrt wären.«

Reinhard ließ den Lauf des Revolvers sinken.

Kappler hatte nicht das Bedürfnis, einen Fluchtversuch zu unternehmen. Es wäre aussichtslos, zudem würde er die Chance vertun, Hannah beizustehen.

»Ihre Leiche wurde also nie gefunden?«, setzte Kappler das Gespräch fort.

»So etwas kommt in den Bergen manchmal vor.«

»Aber im Polizeicomputer stand –«

Reinhard schnitt ihm das Wort ab. »Wann kommen Sie im einundzwanzigsten Jahrhundert an, Herr Kommissar? Wenn wir eine falsche Person auf Ihren Rechner implantieren können, glauben Sie, es fällt schwer, ein kleines Detail zu verändern? Heutzutage ist nichts mehr sicher. Es ist so vieles möglich, was Leute wie Sie nicht verstehen. Nicht verstehen wollen. Weil Sie verblendet sind. Dumm.«

Kappler musste sich die Niederlage eingestehen. »Und Gernot Kirsch? Ist der gestorben, oder war das auch nur ein Fake?«

»Kein Fake«, sagte Janus. »Das war ein Geschenk an Sie.«

Kappler kochte innerlich vor Wut. Allein die Gegenwart dieser beiden Monster widerte ihn an.

Janus schien das zu spüren. Er drehte sich noch einmal zu ihm um und lächelte.

Kappler gab sich keine Mühe, seine Abscheu zu verbergen. »Ein Geschenk, das ich niemals haben wollte.«

»Erkenntnis ohne Handeln«, erwiderte Janus. »Sie haben Gernot Kirsch verachtet, er sollte die Strafe erhalten, die er Ihrer Meinung nach verdient hatte. Er hat Sie angewidert. Genau wie ich Sie jetzt anwidere. Stimmt's?«

Kappler versuchte, keine Regung zu zeigen. Er wollte dieses Gespräch nicht fortführen.

»Genau deshalb werden Sie verlieren. Sie sind uns nicht gewachsen, die Moral steht Ihnen im Weg. Sie können nicht das tun, was Sie tun müssten, um uns zu besiegen.«

»Ich werde es tun. Haben Sie Gernot Kirsch zu Tode gefoltert? Ich wette, nicht. Das können Sie gar nicht, Sie brauchen für alles eine Marionette.«

Janus lächelte wieder, was Kappler diesmal im Rückspiegel sah. »Und von denen gibt es reichlich. Wenn man genug Geld hat, findet man immer einen willfährigen Helfer für die Drecksarbeit. Und am Ende muss man nicht mal den vollen Preis bezahlen. Gernots Mörder ist die Treppe runtergefallen.«

Reinhard ergriff wieder das Wort. »Ich war mit meinem

besten Freund in den Bergen wandern. Wir redeten lange und ausführlich und kamen zu der Erkenntnis, dass uns die Welt nichts mehr zu bieten hat. Zumindest nichts, wofür es sich noch lohnen würde, morgens aufzustehen.«

»Waren Sie im Schloss Marienburg auch beteiligt?«

»Nein«, sagte Reinhard. »Da hatte ich noch keine ausreichende Erkenntnis gewonnen. Im Gegensatz zu Aurel, der Janus erschaffen hatte.«

»Das letzte Mal war es eine Sache zwischen mir und meinem Vater«, sagte Janus. »Etwas rein Persönliches.«

»Und diesmal?«

Janus bog scharf nach rechts in eine Einfahrt, schaltete das Licht aus. Sie fuhren scheinbar ziellos in die Dunkelheit hinein. Der Boden war uneben, der Wagen rumpelte, die Stoßdämpfer knarrten. Dann kam der Toyota zum Stehen.

Janus betätigte einen Knopf am Armaturenbrett, worauf der Motor ausging und die Schweinwerfer erloschen. Nur noch ein kleines Licht im Fahrzeuginneren leuchtete.

Janus drehte sich wieder zu Kappler um, fixierte ihn. »Ich hole mir, was mir zusteht.« Er fing an, leise zu singen. Seine Stimme klang angenehm. Er sang die Textzeilen aus dem Song »The Rose«, die er Hannah hatte zukommen lassen.

Kappler unterbrach ihn, versuchte, selbstbewusst zu klingen. »Sie hätten vorher Bescheid geben sollen. Der Zeigefinger ist in Hannover, an einem sicheren Ort.«

»Mein Vater hat Ihnen gesagt, dass ich der Initiator von diesem Chaos bin. Sie hätten niemals den weiten Weg auf sich genommen, ohne die Trophäe mitzubringen.«

»Ich habe sie im Präsidium gelassen.«

»Sie enttäuschen mich«, seufzte Janus. »Ich kriege jetzt einen Zeigefinger von Ihnen. Entweder den Ihren – oder meinen eigenen. Suchen Sie es sich aus.«

Janus griff neben sich und holte aus der Seitenablage der Tür eine Gartenschere hervor, betätigte sie mehrmals. Die Klingen der Schere sahen brandneu und sehr scharf aus. Es hatte keinen Zweck. Kappler holte das silberne Etui aus der Innentasche seines Mantels heraus, reichte es Janus. Der legte die Gartenschere auf dem Armaturenbrett ab.

Janus hielt das Etui in Händen, öffnete es. Er grinste breit. »Originell. Muss ich zugeben.«

»Sie werden ihn leider nicht mehr annähen können.«

»Darum geht es mir gar nicht. Es geht hier um ein ehernes Prinzip. Der Fußballpokal bei der Weltmeisterschaft wird auch nur verliehen, nicht verschenkt. Ich habe Hannah den Finger geliehen.«

»Nein. Sie hat ihn sich genommen.«

Janus ging nicht darauf ein. »Darf ich mir eine von Ihren Zigarren nehmen?«

»Bedienen Sie sich.«

»Rauchen Sie eine mit?«

»Nein, danke.«

Janus nahm eine Zigarre heraus, klappte das Etui zu und steckte es ein. Er feuchtete das Deckblatt mit seinen Lippen an und betätigte den Zigarettenanzünder. Dann biss er das Deckblatt der Zigarre ab, spuckte es aus – vor sich an die Windschutzscheibe.

Er grinste. »Ihre Kollegen sollen doch ein bisschen DNA von mir finden. Sonst glaubt Ihnen am Ende keiner, dass ich wirklich hier war.«

»Werde ich denn die Gelegenheit haben, mich noch mal mit meinen Kollegen zu unterhalten?«

»Das hängt ganz allein von Ihrem Spieltrieb ab. Und von Ihrem Ehrgeiz, zu gewinnen.«

Der Zigarettenanzünder sprang heraus. Janus nahm ihn und brachte mit der Glut die Zigarre zum Qualmen. Er nahm einen tiefen Zug, pustete den Rauch aus. Die Wolke zerteilte sich an der Windschutzscheibe, waberte durch den Innenraum.

Nun wandte sich wieder Reinhard zu Kappler um. »Ich lese es in Ihren Augen. Sie wollen wissen, warum?«

Janus stieß die Fahrertür auf. »Die Antwort müssen Sie sich erarbeiten. Das letzte Stück gehen wir zu Fuß. Wir müssen uns beeilen.«

Janus quälte sich mühsam aus dem Fahrersitz. Reinhard zielte mit der Pistole auf Kappler. »Bevor ich es vergesse. Ihr Handy.«

Kappler hatte bis zuletzt gehofft, dass die Gegenseite doch einen Fehler machen könnte und sie dieses kleine Detail vergaßen. Denn wenn Kappler sich aus dem Wirkungskreis des IMSI-Catchers herausbewegte, würde sein Handy wieder funktionieren.

Widerwillig nahm Kappler das Telefon aus seiner Manteltasche und übergab es Reinhard.

KAPITEL 44

Das Bilderrätsel war noch nicht gelöst. Die einzige Belohnung für die geopferten zehn Minuten war Bosco, der noch immer nicht zu bremsen war. Ihm schossen die Glückshormone durchs Blut. Er hatte ein Halsband um, daran hing ein Etikett, auf dem die Ziffer Vier stand. Bosco lief um die Leute herum, sprang jeden vor Freude an, war nicht zu halten. Er winselte und bellte, aber es klang ganz anders als noch vor einer halben Stunde im Zwinger. Bosco wollte mit jedem spielen. Er sprang Gina an, Nico, auch Luis.

Nur Chiara nicht.

Hannah bemerkte das. Bosco schien sie zu meiden. Das machte er sonst nur bei Leuten, die er aus unerfindlichen Gründen nicht leiden konnte. Was sehr, sehr selten vorkam und immer einen Grund hatte.

»Bosco«, rief Hannah, und er kam zu ihr. Sie hielt ihn am Halsband fest, damit er nicht wegkonnte. Hannah schaute zu Chiara, der auch schon aufgefallen war, dass Bosco sie nicht mochte. »Komm her, ganz langsam.«

Chiara verstand nicht. »Wieso?«

»Tu, was ich sage«, blaffte Hannah sie an. »Komm langsam näher.«

Chiara ging auf den Hund zu. Bosco fing zuerst an zu knurren. Es wurde lauter, bis er bellte und sich aus Hannahs Griff befreien wollte. Kaum ließ sie das Halsband los, ging Bosco auf Distanz zu Chiara.

»Du hast etwas an dir, das Bosco nicht mag«, sagte Hannah. »Erinnerst du dich an eben, als du das Fleisch verteilt hast und an den Zwingern vorbeigegangen bist? Da haben die Hunde angefangen zu bellen.«

»Weil sie Futter wollten«, sagte Chiara. »Ich habe ihnen Futter gegeben.«

»Nein. Du hast etwas an dir, womöglich einen Geruch. Die Hunde sind nicht nur auf Ultraschall konditioniert. Deshalb ist auch dein Ranking so schlecht. Zieh dich aus.«

Nico hatte einen Einwand: »Wir haben alle die gleichen Klamotten bekommen.«

»Die gleichen, nicht dieselben«, erwiderte Hannah. »Und auf jedem Paket stand ein Name.«

Chiara kam der Aufforderung nach, zog ihre Schuhe aus, streifte den Overall ab und stand nur noch in T-Shirt und Unterwäsche vor ihnen. Sie gab den Overall Hannah, die ging damit zu Bosco, der vor ihr davonlief. Eine eindeutige Geste.

Hannah ließ den Overall auf den Boden fallen.

»Bosco«, rief sie, und der Hund kam wieder zu ihr. Sie hielt ihn wieder am Halsband fest.

»Noch mal«, sagte Hannah zu Chiara. »Komm langsam näher.«

Bosco reagierte zuerst nicht, erst als Chiara etwa einen Meter entfernt war, setzte der Fluchtreflex bei ihm ein.

»Du hast den Geruch immer noch am Körper«, sagte Hannah.

»Und was soll ich dagegen tun?«

»Zieh auch noch das T-Shirt aus, vielleicht den BH.«

»Mir ist jetzt schon kalt«, sagte sie.

Hannah betätigte wieder die Fernbedienung, um den aktuellen Spielstand anzusehen. Auf Kanal zwei war immer noch die Überwachungskamera aus Valeries Wohnzimmer zu sehen. Hannah schaltete weiter bis zum Ranking. Chiara lag nicht mehr auf dem letzten Platz, sie hatte nur noch fünfundzwanzig Prozent und damit Luis überholt, dessen Balken auf dreißig Prozent gestiegen war.

Chiara sah zu Luis. »Tut mir leid für dich.«

Luis lächelte schief. »Schon okay.«

Chiara behielt ihr T-Shirt an.

Nico hob den Overall auf, ging damit zu den Zwingern. Es geschah genau das, was Hannah gesagt hatte. Die Tiere fingen wie auf Kommando an zu knurren. Sie schienen kämpfen zu wollen. Als er zurückkam, sagte er: »Wir haben jetzt eine neue Option.«

Gina sah ihn fragend an. »Die da wäre?«

»Der Overall von Chiara ist vergleichbar mit einem roten Tuch beim Stierkampf. Wer den Overall trägt, wird von den Hunden angegriffen, und wir haben einen Kampfanzug, der uns vor den Hunden schützt.«

»Was ist mit dem Ultraschall?«, fragte Gina. »Wir haben den Ton abgedreht. Was, wenn die Hunde kein Kommando bekommen, anzugreifen?«

Hannah schüttelte den Kopf. »Darauf können wir uns nicht verlassen. Es könnten irgendwo hier Lautsprecher versteckt sein, wir hören das nicht, nur die Hunde.«

Luis hob die Hand. »Ich mach das. Was Nico vorgeschlagen hat, ich zieh den Schutzanzug an. Ich kann mich kaum bewegen und werde es eh nicht durch das Loch da oben schaffen. Ich bleibe hier sitzen und werde mit den

Hunden kämpfen, wenn es so weit kommen sollte, dass ein Zwinger aufgeht.«

»Der Anzug hält bestimmt nicht ewig«, sagte Hannah. »Irgendwann schaffen die es.«

»Lass mir den Revolver da«, erwiderte er. »Es ist wie du sagtest, man muss den Hunden in den Kopf schießen. Genau das mache ich, wenn sie sich an mir festgebissen haben.«

Gina schaltete sich ein. »Leute, es gibt noch eine Option. Wir müssen den Scheiß-Zahlencode knacken. Und sollten die Zwinger plötzlich aufgehen, stellen wir uns einfach in die Kampfarena.«

Nico sah zu Chiara. »Schaffen die Hunde es eigentlich über das Gatter?«

Sie zuckte mit den Schultern. »Weiß ich nicht. Das Gatter ist schon ziemlich hoch. Was Gina vorschlägt, könnte klappen.«

»Hat sich eigentlich einer die Holzbohlen von der anderen Seite angeguckt, ob da noch was steht?«, fragte Gina.

Chiara, die dafür zuständig gewesen war, schüttelte den Kopf.

Gina zögerte nicht lange, stieg über das Gatter hinweg. Von dem Betonboden war nichts zu sehen, weil überall der blutverschmierte Sand lag.

Hannah verspürte plötzlich ein ungutes Gefühl, wusste selbst nicht, warum. Doch! Sie befanden sich auf der neunten Etage, und bisher waren alle Getöteten im wahrsten Sinne des Wortes abgestürzt.

»Komm da raus«, schrie Hannah.

»Wieso?«

»Tu bitte ein Mal, was ich sage.«

Im selben Moment machte Gina einen unbedarften Schritt in die Mitte der Arena – und war augenblicklich verschwunden. Alle Umstehenden hörten nur noch ihren Schrei, der nach wenigen Sekunden abrupt endete. Der Sand in der Arena rieselte durch das runde Loch, das nur von einer Plastikplane verdeckt gewesen war.

Hannah sah zum Bildschirm, wo das Ranking und die Todesursache angezeigt wurden. Hinter Ginas Namen stand: »Multiple Traumata«. Wie man sie nach einem Sturz aus hoher Höhe erlitt.

Das Bild wechselte. Ginas Name stand auf dem letzten Platz beim Ranking.

Dann verschwand ihr Name vom Bildschirm.

KAPITEL 45

Corinna verstand das Geschäft. Sie hatte bei ihrem Vater das Handwerk von der Pike auf gelernt und irgendwann die Pfandleihe übernommen. So war es immer geplant gewesen, aber Corinna hätte sich gewünscht, noch ein paar Jahre länger nur die Juniorchefin zu sein. Ihr Vater hatte leider einen Schlaganfall erlitten und war wenige Monate später an den Folgen verstorben.

In einer halben Stunde würde sie den Laden schließen, und Corinna rechnete nicht mehr mit Kundschaft. Sie saß am Schreibtisch vor dem Computer und surfte im Internet. Auf der Suche nach passender Kleidung für den Winter, die nach was aussah und in die sie auch hineinpasste. Nicht ganz leicht, etwas zu finden, sie hatte Konfektionsgröße achtundvierzig. Das Angebot war eher bescheiden.

Die elektronische Türklingel ertönte. Corinna stand vom Schreibtisch auf, ging zum Tresen. Eine Panzerglasscheibe trennte sie hermetisch vom Verkaufsraum ab. Es gab nur eine Durchreiche mit einem Schubfach, in das die Kunden ihre Wertsachen zur Begutachtung legten.

Der Mann, der den Laden betreten hatte und jetzt auf den Tresen zuschritt, gehörte nicht hierher. Dafür hatte Corinna einen Blick.

»Wir nehmen keine Pfandflaschen an«, sagte sie betont unfreundlich.

Der Mann war ein Obdachloser. Corinna glaubte, ihn schon mal gesehen zu haben, wie er mit einem Einkaufswagen durch die Gegend gestreunt war, um Leergut zu sammeln.

Der Mann ließ sich nicht beirren und fummelte etwas aus seiner Jackentasche heraus. Corinna nahm einen miefigen Geruch wahr und mochte sich nicht vorstellen, wie es auf der anderen Seite der Scheibe roch.

Der Mann legte eine Uhr mit schwarzem Lederarmband in die Durchreiche. »Guten Abend. Meine Mutter ist gestorben. Und hat mir die hinterlassen.«

Corinna versuchte, ein wenig Anteilnahme zu zeigen, auch wenn sie dem Mann die Geschichte nicht abkaufte. »Das tut mir sehr leid.«

Sie zog das Schubfach zu sich heran, nahm die Uhr und desinfizierte sie mit einem Tuch, wie sie das vor der Begutachtung grundsätzlich mit jedem Gegenstand machte.

Corinna sah sofort, dass es eine Damenuhr von Patek Philippe war, eine Calatrava Lady 18 Karat. Das Glas hatte einen Sprung.

»Eine sehr schöne Uhr«, sagte sie. »Und die hat Ihrer Mutter gehört?«

Der Obdachlose nickte.

»Wieso ist das Glas kaputt?«

Der Mann zuckte mit den Schultern. »Ich weiß es nicht. Mein Bruder hat mir die Uhr überlassen. Wir haben das Erbe geteilt. Er hat gemeint, die wär wertvoll.«

Die Story klang in Corinnas Ohren unglaubwürdig. Zu ihrem Geschäftsmodell gehörte es auch, nicht zur Hehlerin zu werden. »Hat er Ihnen auch Papiere dazu gegeben?«

Der Mann verstand nicht. »Was für Papiere?«

Corinna war sich sicher, dass die Uhr kein Erbstück einer alten Dame war. Sie betätigte beiläufig den stummen Alarm. So hatte sie es mit den Beamten der Polizeiwache Porz vereinbart, für den Fall, dass ein fragwürdiger Kunde erschien. Die Dienststelle lag nur dreihundert Meter die Straße hinunter. Das Telefon klingelte.

»Moment bitte.« Der Apparat stand auf dem Tresen, sie nahm den Hörer ans Ohr. Die Polizei rief zuerst an, wenn der Alarm ausgelöst wurde. Wenn Corinna nicht dranginge, wüsste man, dass ein Überfall stattfand. »Guten Abend«, sprach sie in den Hörer. »Ja, genau … Bitte.«

Sie legte wieder auf, der Obdachlose schien nichts bemerkt zu haben. Im Radio hatte Corinna von den Überfällen auf Juweliergeschäfte in der Innenstadt gehört. Zum Teil waren Trittbrettfahrer mit auf den Zug aufgesprungen, weil die Polizei zu lange gebraucht hatte, um an die Tatorte zu gelangen.

Der Mann wurde ungeduldig. »Wie viel können Sie mir dafür geben? Auch ohne Papiere.«

»Da müsste ich im Computer nachsehen. Einen Moment bitte.« Corinna wandte sich ab und ging zum Schreibtisch. Sie setzte sich und tat so, als würde sie im Internet recherchieren.

Es dauerte nur zwei Minuten, bis die elektronische Türklingel ertönte. Corinna erhob sich wieder von ihrem Stuhl und kam mit der Uhr zurück an den Tresen.

Ein junger Polizist und seine ältere Kollegin gingen auf den Obdachlosen zu, der sichtlich nervös wurde.

Corinna kannte die Beamten. »Guten Abend. Mir wurde diese Uhr angeboten.« Sie legte sie in das Schubfach und schob es von sich weg.

Die Polizistin nahm die Uhr, zeigte sie dem Obdachlosen. »Wo haben Sie die her?«

Der Mann schluckte. Er schien sich der Ausweglosigkeit seiner Situation bewusst zu werden.

»Hab ich gefunden. Auf der Straße.«

KAPITEL 46

Bosco spürte die Trauerstimmung und hatte sich neben Hannah auf den Boden gelegt. Nico traf es von allen am härtesten. Er und Gina waren seit vielen Jahren zusammen unterwegs gewesen, einige Zeit davon auch als Paar. Nico hatte das Bedürfnis, zu reden, und keiner wollte ihn unterbrechen, obwohl die Uhr unaufhörlich weitertickte.

Nach einer Demo gegen Stuttgart 21 hatten sie die erste Nacht zusammen in einem Schlafsack verbracht, und wie es das Schicksal wollte, war Gina danach schwanger gewesen. Sie hatte ernsthaft darüber nachgedacht, das Kind zu bekommen, aber Nico war dagegen. Um ihn nicht zu verlieren, verzichtete sie lieber auf das Kind, ließ es abtreiben. Es folgten alle Höhen und Tiefen einer Beziehung, bis Nico den Schlussstrich gezogen hatte. Für Gina sei eine Welt zusammengebrochen, aber solange sie in seiner Nähe bleiben durfte, habe sie seine Entscheidung akzeptiert.

Ginas latente Aggression führte Hannah jetzt erst recht darauf zurück, dass die junge Frau immer auf der Suche nach Geborgenheit gewesen war, die sie nicht in der Familie und auch nicht ausreichend bei Nico gefunden hatte. Jetzt war sie tot.

Alle hatten verdrängt, dass sie sich im neunten Stockwerk eines Rohbaus befanden. Sie waren so abgelenkt gewesen von den Hunden – von der Angst. Die machte es ihnen unmöglich, an alle möglichen Gefahren zu denken. Gina war unbedarft über das Holzgatter in die Arena gestiegen, es hätte jeden von ihnen treffen können.

Nein! – Nicht jeden. Unter dem Loch, durch das Gina gefallen war, befand sich auch eine Klappe, wie bei den anderen Kernbohrungen. Diese Falle war sicherlich per Fernbedienung zu steuern, genau wie die Türen zu den Hundezwingern. Hannah wäre nicht abgestürzt. Janus legte schützend die Hand über sie.

Nico verstummte schließlich. Er hatte nichts mehr zu erzählen. Trauer und Wut vermischten sich bei Hannah mit dem Gefühl von Hilflosigkeit. Sie waren der puren Willkür ausgesetzt. Eigentlich müssten sie weiter nach einem Zahlencode suchen, aber keiner fühlte sich wirklich in der Lage dazu.

Hannah schaute zu dem Fernseher, auf dem immer noch das Ranking zu sehen war. Vier Namen. Hannah auf Position eins, gefolgt von Nico auf zwei, Chiara war auf dem dritten Platz, Luis bildete das Schlusslicht. Der Timer zählte unaufhörlich rückwärts. Gnadenlos. Ihnen blieben nur noch zehn Minuten. Die Überwachungskamera auf Kanal zwei zeigte noch immer das Bild von Valeries Wohnzimmer.

Luis brach das Schweigen. »Hilft mir einer, den Schutzanzug anzuziehen?«

Chiara ging zu der Schaufensterpuppe, um ihn zu holen. Luis begann damit, sich aus seinem Overall zu schälen, um sich in den geruchsverseuchten von Chiara zu zwängen. Die Zeit rannte. Sie mussten zumindest auf den Angriff der Hunde vorbereitet sein.

Hannah schaltete weiter. Auf Kanal drei, der eben noch kein Bild gezeigt hatte, erschien jetzt eine Strichzeichnung in Schwarz-Weiß. »Hey, seht mal her«, rief sie.

Auf dem Bildschirm war eindeutig eine Frau zu erkennen, die eine römische Toga trug. Die linke Brust schaute hervor, die rechte Brust war unter dem Stoff verborgen.

Hannah sah zu Luis, der ebenfalls auf den Fernseher starrte. »Weißt du, wer das ist?«

Er schüttelte den Kopf. »Nein. Schalt mal weiter.«

Hannah betätigte die Fernbedienung. Auf Kanal vier war ein Foto von dem Schauspieler Russell Crowe in seiner Glanzrolle als Gladiator zu sehen.

»Tribun«, sagte Chiara. »›Tribun‹ war in eine der Holzbohlen geritzt. Der Gladiator war ein Tribun in der römischen Legion.«

Luis wurde ungeduldig. »Lass die anderen Programme sehen.«

Hannah schaltete weiter. Auf Kanal fünf erschien nach wie vor der Garten der Lüste. Kanal sechs zeigte wieder eine Zeichnung, eine Frau aus der antiken Mythologie, römisch oder griechisch, das war für Hannah nicht zu erkennen. Die Zeichnung war filigraner, mit vielen Schattierungen.

»Das könnte eine Erinnye sein«, sagte Luis. »Also eine Furie. Weiter!«

Auf Kanal sieben war ein Gemälde zu sehen, auf dem eine Frau mit Engelsflügeln vom Himmel herabschwebte, die ein Schwert in der rechten Hand hielt.

Luis wusste mit dem Gemälde sofort etwas anzufangen. »Das ist Nemesis. Die Göttin des gerechten Zorns.« Er hob die Hand, es sollte niemand etwas sagen. Er dachte laut nach. »Nemesis muss den Fehler der Hybris beheben. Die Hybris besteht darin, dass der Mensch glaubte, Gott gleich zu sein, und deshalb aus dem Paradies vertrieben wurde. Das führte zu einem Dasein im Garten der Lüste.«

Chiara wirkte irritiert. »Was redest du da?«

»Ist nur so eine Idee, eine Geschichte, mit der wir die Bilder vielleicht in die richtige Reihenfolge bringen könnten.«

Nico hatte sich auch aufgerafft und erschien bei ihnen. »Wer ist der Tribun?«

»Du«, sagte Hannah zu ihm. »Du hast die Truppe ins Feld geführt.«

Er nickte. »Dann habe ich die Nummer vier, weil der Tribun auf Kanal vier zu sehen ist. Im Ranking habe ich die zweite Position.«

»Also kommt die Vier an zweiter Stelle«, kombinierte Luis.

»Ich bin die Furie«, sagte Chiara. »Bin auf Kanal sechs zu sehen und stehe im Ranking an Position drei.«

Hannah schaute zu Luis. »Du symbolisierst den Garten der Lüste. Die Nummer fünf an vierter Position.«

Jetzt sah Nico fragend zu Hannah. »Und wer bist du?«

»Nemesis«, sagte Luis. »Die Göttin des gerechten Zorns. Du nimmst Rache an dem, der uns das alles angetan hat. – Kanal sieben an erster Stelle.«

Nico wirkte auf einmal euphorisch. »Dann haben wir die Kombination: 7-4-6-5.«

Hannah hatte zu Kanal drei zurückgeschaltet, wo die Strichzeichnung zu sehen war. Eine Frau, eingehüllt in eine römische Toga, die linke Brust schaute hervor. »Wer ist das?«

Luis zuckte mit den Schultern. »Ich weiß es nicht. Nur so eine Ahnung.«

»Sag es einfach.«

»Könnte Aphrodite sein. Die Göttin der Liebe und der Schönheit. Aber das ist nur geraten. Ich weiß es nicht.«

Hannah schaltete weiter zum Ranking, um zu überprüfen, ob alles noch beim Alten war. Die Reihenfolge stimmte nicht mehr. Nico und Chiara hatten die Plätze getauscht. Chiara war auf Position zwei gerutscht, Nico auf Position drei, Luis war nach wie vor auf der Vier und Hannah auf der Eins.

»Das ist die Kombination: 7-6-4-5.« Hannah wollte sofort los zu der Holzplatte in der Decke und setzte sich in Bewegung.

»Moment«, sagte Luis. »Hast du nicht was vergessen?«

Hannah griff in ihr Holster und nahm den Revolver heraus, gab ihn Luis.

Er sah sie fragend an. »Wie geht das?«

»Einfach den Abzug betätigen, am besten, ohne nachzudenken, und nicht erschrecken, es wird laut. Verdammt laut.«

Chiara half Luis, den Helm aufzusetzen. Er hatte die Waffe in der rechten Hand.

Hannah ging zusammen mit Nico voran in die Dunkelheit, Bosco folgte ihr schwanzwedelnd. Hannah wusste nicht, was sie mit ihm machen sollte.

Doch!

»Moment«, sagte sie zu Nico.

Hannah packte Bosco am Halsband und zerrte ihn mit sich, brachte ihn zurück zu seinem Zwinger. Da fiel ihr erneut auf, dass er an seinem Halsband einen Anhänger hatte, auf dem eine Vier stand. Könnte die Vier etwas zu bedeuten haben? War die Sache mit dem Bilderrätsel womöglich falsch? Sie würden es bald wissen. Bosco wollte nicht in den Zwinger, aber Hannah packte fest zu und verpasste ihm sogar unsanft einen Tritt. Bosco winselte. Hannah klappte den Zwinger zu, aber er blieb nicht zu, das Schloss war offen.

»Chiara!«, schrie Hannah.

Chiara kam angelaufen.

»Finde irgendeinen Weg, wie du den Zwinger zukriegst, damit die Hunde Bosco nicht zerfleischen.«

»Okay«, sagte sie. Chiara fing an, nach etwas zu suchen, womit sie den Zwinger verschließen konnte.

Hannah lief zu Nico, der schon mit gefalteten Händen dastand und so einen Tritt bildete. Hannah nahm ihr Handy so zwischen die Zähne, dass die Taschenlampe nach oben leuchtete. Mit einem Ruck stellte sie sich auf seine Hände und hielt sich an dem Vorhängeschloss fest. Nico hatte einige Schwierigkeiten, das Gleichgewicht zu halten. Mit einer Hand musste Hannah sich festhalten, mit der anderen die Zahlen einstellen.

»Versuch, ruhig zu stehen.«

»Versuche ich«, erwiderte Nico. »Beeil dich.«

Hannah gab ihr Bestes, drehte, so schnell es ging, die Rädchen des Zahlenschlosses auf die Kombination. Drei Ziffern hatte sie schon. Nur noch die vierte.

»Wir haben noch zwei Minuten«, rief Chiara zu ihr herauf. »Bosco ist in Sicherheit.«

Hannah hatte die vierte Ziffer eingestellt, aber das Schloss ließ sich nicht öffnen. Es gab keinen Millimeter nach.

»Fuck!«, schrie Hannah. »Die Kombination stimmt nicht.«

»7-6-4-5«, rief Nico.

»Ja, habe ich«, erwiderte Hannah. »Hat sich das Ranking geändert?«

Chiara rief Luis die Frage zu.

»Nein«, kam als Antwort.

»Ich kann dich nicht mehr halten«, sagte Nico.

Hannah überlegte, was sie falsch gemacht hatten. Sie probierte es, setzte an die erste Stelle nicht die Sieben, sondern die Vier – von Boscos Halsband.

Das Schloss ging nicht auf.

»Meine Arme machen schlapp«, sagte Nico und fing an zu schwanken.

War Hannah eine Rachegöttin, die ein Schwert in der Hand hielt? Ja, sie würde sich gerne an Janus rächen, für all das, was er ihnen angetan hatte. Sie wäre sogar in der Lage, ihn zu töten. Aber wer war die andere Frau – auf Kanal drei? Womöglich Aphrodite, die Göttin der Liebe und der Schönheit.

Hannah drehte das oberste Rädchen von vier auf drei, zog an dem Schloss. Es öffnete sich.

»Ich hab's«, schrie sie und löste das Schloss vom Riegel, schob ihn nach links und stieß die Klappe auf.

Der Weg nach oben war frei.

Im selben Moment hörte sie, wie die Tür eines Zwingers auf den Boden knallte und lautes Gebell durch das Stockwerk hallte.

KAPITEL 47

Ein Bullterrier rannte geradewegs auf ihn zu, seine großen weißen Eckzähne waren deutlich zu sehen, mit denen würde er jeden Moment zubeißen. Luis starrte durch das Gitter seines Helmes. Ein bizarres Bild. Der Bullterrier war nur noch wenige Meter entfernt, da ertönte ein lautes Scheppern von einem der Hundezwinger. Eine weitere Tür hatte sich geöffnet.

Luis saß auf dem Sofa, presste die Knie zusammen. An einigen Stellen war er ungeschützt, zumindest gegen die enorme Bisskraft eines Bullterriers. Wenn es ein Kommando durch Ultraschall gab, hörte Luis es nicht, doch der Geruch, der an ihm haftete, schien die Bestie anzuziehen. Instinktiv hielt Luis den linken Arm nach vorne, angewinkelt, damit der Hund sich darin verbiss. In der rechten Hand hatte er den Revolver. Der Bullterrier gehorchte aber nicht, folgte nicht Luis' Plan, sondern sprang über den abgewinkelten Arm hinweg und versuchte, ihn in den Hals zu beißen. Der Terrier verfehlte sein Ziel, kam nicht durch. Luis aber war so erschrocken, dass er den rechten Arm hochriss. Sofort schnappte der Bullterrier danach, verbiss sich in den Unterarm, gleich oberhalb des Handgelenks. Luis spürte die Zähne, auch wenn sie nicht durch seine Haut drangen. Der Bullterrier zerrte an dem Arm, bis Luis der Revolver aus der Hand fiel, dann ließ er kurz von ihm ab, um sich an anderer Stelle erneut festzubeißen. Sein Ziel war es anscheinend, sich bis zum Hals und Kopf des Gegners vorzuarbeiten. Darauf war er abgerichtet worden, so schien es. Luis konnte sich nicht wehren, ihm wurde wieder schwindelig, stärker als je zuvor. Er verlor beinahe die Orientierung. Zu glauben, ausgerechnet er in seinem geschwächten Zustand könnte mit dem Revolver etwas ausrichten, war eine Illusion gewesen.

Luis hörte um sich herum das wilde Knurren, da spürte er einen zweiten Angreifer, der sich im Oberschenkel festbiss. Luis konnte keinen Widerstand mehr leisten, der zweite Hund war ein Rottweiler, groß und kräftig. Die beiden Tiere zerrten ihre Beute von dem Sofa herunter, als wären sie ein eingespieltes Team. Genau so arbeiteten sie sich vor in Richtung Kopf, denn das war ihr Ziel. Dem Opfer das Gesicht zu zerfleischen. Luis wusste, dass es nicht mehr lange dauern würde, bis die Bestien eine Schwachstelle gefunden hätten.

Luis spürte nackte Panik in sich aufsteigen. Die Angst vor den Qualen, die er würde aushalten müssen, bis sein Körper ausgeblutet wäre. Gedanken an all die Märtyrer schossen ihm in den Kopf, die gerädert, gefoltert, gekocht und verbrannt worden waren.

Da ließ ihn ein lauter Knall zusammenzucken. Noch einer, direkt neben seinem Ohr. Luis spürte, dass die zerrende Kraft an seinem rechten Arm weg war. Noch ein Knall, noch einer und ein letzter. Dann war es vorbei. Nichts rührte sich mehr. Aber alles um ihn herum drehte sich. Schlimmer als je zuvor.

Luis fühlte sich in dem Schutzanzug wie ein Käfer auf

dem Rücken. Durch die Gitterstäbe sah er Chiara, die den rauchenden Revolver in der Hand hielt. Ein Glücksgefühl überkam ihn, er fing laut zu lachen an.

Gerettet, ich bin tatsächlich gerettet!

Chiara war zurückgekommen, und jetzt sah er auch Nico. Die beiden halfen Luis aufs Sofa. Chiara nahm ihm den Helm ab.

»Setz ihn besser wieder auf. Es sind noch fünf weitere Hunde in den Zwingern«, sagte Nico.

»Wir haben keine Munition mehr«, sagte Chiara.

Die beiden Hunde, der Bullterrier und der Rottweiler, lagen tot auf dem Boden. Sie hatten kleine rote Löcher im Kopf, dem Bullterrier fehlte ein Auge.

Chiara und Nico waren genauso außer Atem wie Luis. Er sah sie fragend an. »Wo ist Hannah?«

Nico schüttelte den Kopf. »Sie ist durch das Loch verschwunden. Allein. Bevor Chiara überhaupt die Chance hatte, ihr hinterherzukommen, war die Klappe schon wieder zu.«

Luis wusste nicht, was er davon halten sollte. »Glaubt einer von euch, dass Hannah mit diesem Typen gemeinsame Sache macht?«

»Vor fünf Minuten hätte ich noch Nein gesagt«, antwortete Chiara. »Jetzt glaube ich an gar nichts mehr.«

»Nein«, sagte Luis kopfschüttelnd.

»Doch«, erwiderte Nico. »Gina hat recht gehabt, von Anfang an. Hannah ist seine Komplizin.«

KAPITEL 48

Bernd Schmitt saß vor dem Schreibtisch im Büro des Polizeidirektors. Er hatte den Kopf gesenkt, schaute wie ein reuiger Sünder vor sich auf den gemusterten Teppichboden.

»Sehen Sie mir in die Augen.« Wehners Stimmlage verriet, dass Schmitt keine Gnade zu erwarten hatte. »Sie sind ab sofort vom Dienst suspendiert. Sie erwartet ein Disziplinarverfahren, und je nachdem, wie das ausgeht, könnte das ernste Konsequenzen für Sie haben, bis hin zum Rauswurf. Was haben Sie sich nur dabei gedacht?«

Schmitt antwortete kleinlaut. »Ich musste zur Toilette.«

»Das glauben Sie doch selbst nicht«, schrie Wehner ihn an. »Ihretwegen konnte dieser Moritz Schröder entkommen, ein Verdächtiger und wichtiger Zeuge. Wenn das durchsickert an die Presse, machen Sie sich auf was gefasst. Die Polizei lässt den Verursacher dieses Chaos entkommen.«

»Moritz Schröder war nicht der Verursacher«, hielt Schmitt dagegen.

Wehners Kopf lief rot an. »Woher wollen Sie das wissen?«

Schmitt sah ein, dass es besser wäre, zu schweigen.

»Sie fahren nicht mehr raus. Sie bleiben hier. Bis die

Sache ausgestanden ist. Haben Sie eine Ahnung, was Kappler vorhat?«

Schmitt schüttelte den Kopf. »Nein, ehrlich nicht.« Er überlegte einen kurzen Moment, ob er noch an irgendein Versprechen gebunden war. Nein, war er nicht. Aber es wäre falsch, seinem Chef die ganze Wahrheit zu erzählen, das würde alles nur noch schlimmer machen.

Zum Glück piepte das Telefon und unterbrach ihr Gespräch. Wehner nahm den Hörer ans Ohr.

»Ja.« Seine schlechte Laune war nicht zu überhören. »Okay, und was heißt das? ... Moment.«

Wehner legte den Hörer zur Seite, schaute Schmitt an.

»Ein Obdachloser hat versucht, eine wertvolle Uhr bei einem Pfandleiher zu Geld zu machen. Die Überprüfung der Seriennummer ergab, dass die Uhr Valerie Uhlenbrock gehörte, sie hatte sie heute erst beim Juwelier abgeholt.«

»Und wo hat der Obdachlose sie her?«

»Angeblich gefunden, auf der Straße. Mehr will er uns nicht sagen. Es hat heute zahlreiche Einbrüche in Juweliergeschäfte gegeben, wie Sie ja wissen.«

»Was sagt Valerie Uhlenbrock dazu?«

Wehner schluckte. »Das ist die nächste schlechte Nachricht. Wir können sie nicht fragen. Valerie Uhlenbrock liegt im künstlichen Koma.«

»Wie bitte?« Schmitt sah ihn aufgeschreckt an.

»Die Kollegen waren bei ihr, als sie plötzlich ohnmächtig geworden ist. Man musste sie reanimieren und hat sie ins Krankenhaus gebracht. Intensivstation. Die Ärzte wissen nicht genau, was sie hat. Alles deutet auf eine Vergiftung hin.«

»Oh Gott«, entfuhr es Schmitt. Er musste kurz nachdenken. Dann sagte er: »Was die Uhr betrifft: Wenn der Juwelier sagt, dass sie heute abgeholt wurde, dann kann die Uhr doch nicht bei einem Juwelier gestohlen worden sein.«

»Moment.« Wehner nahm den Hörer wieder ans Ohr. »Haben Sie mit dem Juwelier gesprochen? … Und? Was sagt er? Wann hat sie die Uhr geholt? … Aha. Danke.«

Wehner legte den Hörer auf, wirkte nachdenklich.

»Was ist?«, fragte Schmitt vorsichtig nach.

»Der Juwelier sagt aus, er hätte die Uhr ihrer Schwester ums Handgelenk gebunden. Hannah Preuss. Sie hatte die Uhr um, als die beiden das Geschäft verließen.«

Schmitt erhob sich von seinem Stuhl. »Lassen Sie mich mit dem Obdachlosen reden, bitte.«

Wehner überlegte einen Moment. »Wir beide machen das. Ich warte noch mit der Suspendierung, aber ich verspreche Ihnen: Das ist Ihre allerletzte Chance.«

Schmitt nickte. Er war entschlossen, diese Chance zu nutzen.

KAPITEL 49

Hannah saß auf einer dunkelbraunen Ledercouch. Sie war als Einzige durch das Loch nach oben gelangt, wo man sie bereits erwartet hatte. Bevor Chiara auch nur die Chance bekam, Hannah hinterherzukommen, war die Klappe schon wieder zu und verriegelt. Hannah hatte nichts dagegen tun können.

Jetzt blickte sie auf den Flachbildschirm vor sich. Sie wollte nicht glauben, was sie dort sah. Das Wohnzimmer ihrer Schwester, die Aufzeichnung der Überwachungskamera. Aber es hatte sich etwas Grundlegendes geändert. Sanitäter waren dort, standen um eine Person herum, die am Boden lag. Hannah konnte zuerst nicht sehen, um wen es sich handelte. Dann machte einer der Sanitäter einen Schritt zur Seite, und Hannah erkannte ihre Schwester, die auf dem Rücken lag. Ein Arzt beugte sich über sie und machte eine Herzdruckmassage. Warum musste Valerie reanimiert werden? Die Aufzeichnung war bereits eine Stunde alt. Es gab keinen Ton, zumindest nicht aus dem Wohnzimmer. Von Zeit zu Zeit ertönte aus den Lautsprecherboxen ein Gongschlag, wie Hannah ihn zuvor eine Etage tiefer gehört hatte.

Moritz betätigte die Fernbedienung, schaltete um. Jetzt war nicht mehr das Wohnzimmer auf dem Flachbildschirm zu sehen, sondern die Hundekampfarena. Luis saß im Schutzanzug auf dem vergammelten Sofa, und Hannah musste mitansehen, wie ein Bullterrier ihn angriff. Luis fiel der Revolver aus der Hand. Ein Rottweiler kam hinzu. Die unbändige Kraft der Tiere, angestachelt vom Geruch des Overalls und womöglich einer Ultraschallquelle irgendwo im Raum, ließ sich auch auf dem Fernseher gut erkennen. Die beiden Hunde waren kurz davor, den Schutzanzug zu zerfetzen. Dann trat Chiara ins Bild, hob den Revolver vom Boden auf und schoss dem Rottweiler aus kürzester Distanz in den Kopf. Die Kugel verfehlte ihre Wirkung nicht, der Rottweiler war sofort tot und der Bullterrier gewarnt. Er ließ von Luis ab, um Chiara anzugreifen, sie feuerte auch auf ihn, traf aber nur den Körper. Der Bullterrier wich zurück, doch es reichte noch nicht. Chiara feuerte noch einen und noch einen Schuss ab, erst die dritte Kugel beendete den Kampf um Leben und Tod.

»Willst du es noch mal sehen?« Moritz stand neben ihr, mit einem Revolver in der Hand. Er wirkte wie ein anderer Mensch. Nicht mehr der, den sie in der Kanalisation und dem Brückenkasten kennengelernt hatte. Auch optisch – sein Outfit entsprach dem, was man heute *smart casual* nannte: gepflegt, aber nicht übertrieben schick. Eine beige Stoffhose, ein Sakko mit dunkelgrünem, grob kariertem Muster, ein bordeauxrotes Hemd. Und dazu schwarze Lederschuhe.

Moritz hatte Hannah erwartet, als sie durch das Loch gestiegen war. Er hatte mit einem Revolver auf sie gezielt und die Luke wieder geschlossen.

»Nein«, sagte Hannah. Ihr Mund fühlte sich trocken an, ihre Zunge wog bleischwer. »Hast du was zu trinken?«

»Was du möchtest«, sagte Moritz und ging zu einem kleinen Schrank aus dunklem Mahagoniholz, auf dem Gläser aus Bleikristall standen. Moritz öffnete den Schrank. Darin war eine gut sortierte Bar. »Was darf es sein?«

»Nur Wasser.«

Moritz schenkte ihr Wasser ein, reichte ihr das Glas. Sie trank wie eine Verdurstende.

Das zehnte Stockwerk, in dem sie sich befanden, war von der Größe her identisch mit der Etage darunter. Mindestens ein Viertel der Fläche war aber nicht überdacht. Wenn das Gebäude eines Tages fertiggestellt wäre, würde es hier eine schöne Terrasse geben, vermutete Hannah. Vielleicht mit einem Café oder einer Kantine. Ein Blick hinaus auf die gemauerte Terrasse verriet Hannah, wie Moritz in das Gebäude gelangt war. Draußen befand sich ein Baukran, an dem ein Transportkorb hing.

Der Teil des Stockwerks, in dem sich Hannah aufhielt, war durch schwere dunkle Vorhänge abgetrennt, um den Anblick des tristen Rohbaus zu kaschieren. Der dadurch abgegrenzte Raum war nur von Kerzen erhellt und im viktorianischen Stil eingerichtet. Wie der Rauchersalon in einem herrschaftlichen Anwesen. Dunkle Holzmöbel, dunkelroter Teppichboden. Das braune Ledersofa, auf dem Hannah saß, und zwei opulente Ohrensessel. Lediglich der Flachbildfernseher stellte einen Stilbruch dar.

Hannah suchte den Blickkontakt mit Moritz. »Du bist also sein Komplize?«

Moritz lächelte.

»Du weißt, was Janus mit seinen Komplizen macht, wenn er sie nicht mehr braucht?«

Moritz lächelte immer noch. »Die Frage habe ich heute schon mal gehört.«

»Von wem?«

»Kappler.«

Hannah starrte ihn an. »Wo ist er?«

»Nicht weit«, sagte Moritz. »Siehst du den Baukran da draußen? Er wartet in dem Transportkorb.«

Hannah schluckte. »Wie ist er hierhergekommen?«

»Er hat alles getan, um dich zu retten. Er war stets bemüht, aber das hat leider nicht gereicht.«

Hannah schaute auf Moritz' verletzte Hände, an den Fingern befand sich eine Art Folie. »Hast du dich verbrannt?«

Er lächelte wieder. »Das war alles geplant. Auf der Spitze des Pfeilers war eine Klappe mit einem Zahlenschloss, ich kannte den Code. Es gehörte alles zur Inszenierung dazu, auch die Brandverletzung.«

»Was ist mit meiner Schwester passiert?«

Da ertönte eine Stimme hinter ihr. »Sie nimmt jeden Tag zur gleichen Zeit ihre Antibabypille.«

Hannah sprang von der Ledercouch auf und fuhr herum. Sie erkannte Janus sofort, blickte in seine diabolischen Augen. Den Vollbart von heute Morgen – als er noch Mike war – hatte er abrasiert. Janus trug jetzt elegante Kleidung. Einen gut sitzenden anthrazitfarbenen Anzug aus feinem Tuch, darunter ein weißes Hemd mit Buttondown-Kragen. Hannah schätzte die Konfektionsgröße auf mindestens zweiundsechzig. Er hatte seit ihrer letzten Begegnung vor neun Monaten ordentlich an Gewicht zugelegt. Zu dem Anzug kombinierte Janus eine goldgelbe Seidenkrawatte. Erst bei näherem Hinsehen erkannte Hannah ein eingewebtes zartes Jacquardmuster: einen Smiley. Janus sah aus wie ein Broker von der Wall Street, was er ja auch früher einmal gewesen war.

»Lächle doch mal.« Janus grinste wie das Muster auf der Krawatte. »Freust du dich nicht, mich wiederzusehen? Es war doch klar, dass alles auf diese Begegnung hinausläuft.«

Hannah war entsetzt. »Was meinst du damit, sie nimmt die Pille?«

»Jeden Tag zur selben Zeit. So auch heute. Nur war heute etwas anderes in der Packung. Ich bin der Einzige, der weiß, welches Gift ihr verabreicht wurde. Ich kann deine Schwester retten. Ein Anruf in der Klinik, und die Ärzte wissen, was sie tun müssen.«

»Dann ruf an«, schrie Hannah und fing an zu weinen. »Ich tue alles, was du willst.«

Janus hob beschwichtigend die Hände. »Beruhige dich. Es wird alles gut, vertrau mir. Bitte, setz dich.«

Hannah nahm Platz, versenkte ihr Gesicht in den Händen. Janus ging um die Ledercouch herum und ließ sich auf einen der Ledersessel ihr gegenüber nieder. Moritz blieb stehen, den Lauf des Revolvers zum Boden gerichtet.

Hannah bemühte sich, ruhiger zu atmen, nahm die Hände vom Gesicht, sah Janus an. Die Stellung seiner Augen war leicht verändert, als hätte ein Chirurg den Schädel neu gefräst, ebenso hatte die Nase eine neue Form. Er trug eine randlose Brille und sah in dem feinen Anzug und ohne Bart nicht mehr aus wie der Mann, den sie bis in die Tiefgarage verfolgt hatte.

»Warum?«, fragte sie ihn.

»Hatten wir diese Frage nicht schon oft genug?« Er tat so, als ob ihn das Gespräch ermüdete.

Hannah schüttelte den Kopf. »Ich meine das mit meiner Schwester. Was hat sie damit zu tun? Du hast doch mich.« Hannah zeigte zum Boden. »Und die da unten.«

Janus sah ihr tief in die Augen. »Ist das so? Habe ich dich? Besitze ich dich? Bist du bereit, mir zu folgen?«

Hannah erstarrte. Sie hatte eine dunkle Vorahnung, worauf das Gespräch hinauslief.

Janus hielt eine Hand vor den Mund, bevor er sich wie ein feiner Herr räusperte. »Erinnerst du dich an unser letztes Gespräch?«

»Vage«, sagte Hannah. »Ich habe neun Monate lang versucht, es zu vergessen.«

Er ging nicht auf ihre Spitze ein. »Du weißt, dass ich damals wie heute nicht vorhatte, dich zu töten.«

»Ich sollte zusehen, wie andere sterben. War es das?«

Er nickte. »Ja. Um dir die Entscheidung etwas leichter zu machen.«

»Welche Entscheidung?«

»Du kannst alle retten.« Er ließ diese Worte einen Moment lang wirken. »Ausnahmslos alle. Deine Mitstreiter eine Etage tiefer. Deine Schwester, die auf der Intensivstation liegt. Und dann wäre da noch dein Freund: Bernd Kappler.« Janus machte eine Kopfbewegung in Richtung der Terrasse. Zu dem Baukran, an dem der Transportkorb hing. »Du kannst sie alle retten. Alle.«

Hannah deutete zu Moritz. »Ihn aber nicht.«

Janus lächelte sanft. »Reinhard musst du nicht retten. Er ist mein bester Freund, schon immer gewesen.« Er schaute zu *Moritz*. »Möchtest du dich selbst vorstellen?«

»Ich heiße Reinhard. Moritz ist eine Fantasiefigur.«

Hannah blickte zwischen Janus und seinem Komplizen hin und her.

Reinhard lächelte. »Wir kennen uns seit unserer Schulzeit.«

»Habt ihr damals schon Leute umgebracht?«

Reinhard blieb todernst, schüttelte den Kopf. »Nein.«

»Und wieso habt ihr damit angefangen?«

Die beiden sahen sich an. Janus überließ Reinhard den Vortritt. Der fuhr fort: »Um eins klarzustellen. Wir sind keine durchgeknallten Monster. Ich habe einen nachgewiesenen Intelligenzquotienten von hundertsechzig.«

Hannah konterte mit dem Rest an Selbstbewusstsein, das sie noch hatte. »Das solltest du unbedingt in deinem nächsten Datingprofil angeben.«

»Sehr witzig.« Reinhard ließ sich nicht aus dem Konzept bringen. »Deine Bemerkung war genauso dumm wie diese Leute, die nicht mehr wert sind als Hundefutter.« Er deutete zum Bildschirm, wo immer noch Hannahs Mitstreiter zu sehen waren. »Das Paradoxon der menschlichen Logik liegt darin, dass solche Idioten wie deine Mitstreiter unser Leben beherrschen.« Er lächelte kurz. »Du nahmst an, du seist Nemesis?« Er schüttelte den Kopf. Hannah bemerkte seine überkorrekte, steife Ausdrucksweise und die Artikulation. Er hatte beides stark verstellt in seiner Rolle als Moritz.

»Nein«, fuhr er fort. »Nemesis, das bin ich. Nemesis beseitigt die Fehler der Hybris. Deshalb muss dieses Pack dort unten sterben. Einer nach dem anderen.«

Hannah verstand allmählich, dass sie in dem Bilderrätsel Aphrodite verkörperte. Und das bereitete ihr noch größeres Unbehagen.

Reinhard redete weiter. »Die Schwimmweste, die du Sven gegeben hast, war verkabelt, und der gute Moritz hielt die Fernbedienung in der Hand. Wenn kein Schiff des Weges gekommen wäre, hätte der Taser im Wasser ausgelöst, und Sven wäre ertrunken.«

Janus ergriff das Wort. »Hattest du ein schlechtes Gewissen?«

Hannah schwieg. Ihr wurde übel bei dem Maß an Gefühllosigkeit, das in diesem Raum herrschte. Sie hatte es mit zwei Monstern zu tun.

Hannah wendete sich Janus zu. »Was muss ich tun? Was willst du von mir? Deinen Zeigefinger?«

Janus holte den Finger in Kunstharz aus seiner Jackettasche. »Den habe ich doch schon längst.«

»Was dann?«, brüllte Hannah so laut, dass Kappler sie wahrscheinlich hören konnte.

»Du hast dich mit Schuld beladen«, sagte er. »Deine Schwester hätte glücklich und zufrieden weiterleben und noch viele Männer vögeln können – wer weiß, vielleicht hätte sie eines Tages sogar Kinder bekommen. Jetzt liegt sie auf der Intensivstation. Der Metallkorb, in dem Kappler auf uns wartet, vierzig Meter über der Erde, könnte jeden Moment aus den Angeln reißen und abstürzen. Ein Konstruktionsfehler am Kran. Und die Hundezwinger dort unten, auch die könnten jeden Moment aufgehen, und deine neuen Freunde werden von den Bestien zerfleischt. So lange, bis jeder von ihnen etwa drei bis fünf Liter Blut verloren hat.« Janus deutete zum Fernseher. »Wir können uns das ansehen, das wohl beste Fernsehprogramm seit Langem.«

Reinhard lachte. »Ansonsten kommt ja nur noch Schrott.«

Hannah schrie. »Was muss ich tun, damit dieser Wahnsinn ein Ende hat?«

»Warum willst du deine Mitstreiter retten?« Reinhard wurde laut, sein Kopf lief rot an. »Warum? Die Dummheit muss ausgerottet werden. Und wir fangen damit an. Mit denen da unten. – Die ganze Welt redet von künstlicher Intelligenz. Als ob wir damit die Probleme der Menschheit lösen könnten. Aber was ist mit der Dummheit? Nur wenn wir die ausrotten, kann der Mensch über sich hinauswachsen. Es gibt nicht zu viele Menschen auf der Erde, es gibt nur zu wenig Intelligenz.«

Hannah sah zu Janus, der ungerührt zuhörte. Dann stand er auf, ging zu der Bar und holte etwas heraus, das sich hinter den Spirituosen befand, einen weißen Briefumschlag in DIN A5. Er brachte ihn mit.

»Du kannst etwas tun.« Er reichte Hannah den Briefumschlag. Sie nahm ihn, öffnete das Kuvert, sah hinein, drehte den Umschlag um, sodass der Inhalt auf die Sitzfläche neben ihr fiel. Ein kanadischer Reisepass, ein Führerschein, ein internationaler Presseausweis, ein Ehering und weitere Utensilien, die zu einer verheirateten Journalistin passten.

Hannah nahm den Reisepass, schlug ihn auf. Darin war ein Foto von ihr und daneben der Name: Virginie Laneuve. *La neuve* hieß übersetzt die Neue. Und *Virginie* die Jungfräuliche. Das Geburtsjahr entsprach dem von Hannah. Auf einem losen Blatt standen in Kürze die wichtigsten Informationen über die Frau, die Hannah demnächst verkörpern sollte.

Sie blickte von dem Text auf. »Das kann nicht dein Ernst sein.«

Janus schaute zu Reinhard. »Erklär du es ihr bitte. Mir würde sie nicht glauben.«

Reinhard nahm auf dem Ledersessel gegenüber von Hannah Platz. »Betrachte dich als Teil eines noch nie dagewesenen Experiments. Forscher unterschiedlicher Couleur versuchen seit Langem, das menschliche Denken zu ergründen. Sie erstellen quasi Landkarten vom Gehirn. Künstliche Intelligenz ist dem Menschen in vielerlei Dingen überlegen, weil ein Computer besser darin ist, singuläre Probleme zu lösen. Es gibt keine Gefühle, kein Ego, das den Rechner behindert. Aber da liegt auch das Problem. Künstliche Intelligenz verabscheut Unwägbarkeiten und Spontaneität. Das Leben ist leider voller Unwägbarkeiten, richtig?«

Hannah schüttelte den Kopf. »Ich bin nicht in der geistigen Verfassung, diesem Quatsch zu folgen. Ich habe wirklich einen Scheißtag hinter mir.«

»Hör noch dreißig Sekunden zu.« Janus sah sie scharf an. »Es geht hier immerhin um das Leben deiner Freunde und deiner Schwester.«

Hannah riss sich zusammen.

Reinhard fuhr fort. »Stell dir ein Stoppschild vor, auf dem an drei Stellen Aufkleber sind. Diese drei Aufkleber, richtig platziert, können dazu führen, dass eine künstliche Intelligenz das Stoppschild nicht mehr als solches erkennt und Gas gibt. Ein menschliches Gehirn würde sich nicht so leicht in die Irre führen lassen. Bei Intuition und Assoziation spielen Gefühle eine wichtige Rolle. Sie beeinflussen unser Denken. Angst zum Beispiel. Angst kann einen Menschen lähmen oder ihn über sich selbst hinauswachsen lassen. Was wäre, wenn wir das als Mittel nutzen könnten?

Wenn auch im menschlichen Hirn drei Aufkleber auf dem Stoppschild zu einer Veränderung von Gefühlszuständen führten?« Er holte tief Luft. »Können wir Gefühlszustände umleiten – wie ein Flussbett oder eine Straße? So etwas ist bis heute noch nie versucht worden. Jedes Experiment in dieser Richtung würde an die Grenzen von Ethik und Moral stoßen. Man nennt es gemeinhin Gehirnwäsche, aber dieser Begriff ist veraltet, er geht nicht weit genug. Wir gehen einen Schritt weiter. Gemeinsam mit dir.«

Hannah kam alles immer unwirklicher vor. »Von welchen Gefühlen redest du?«

Reinhard wirkte euphorisch. »Angst oder Schuldgefühle. Könnten diese umgeleitet werden in einen anderen Gefühlszustand?«

Hannah verstand nicht. »Der da wäre?«

»Liebe«, antwortete Janus.

Hannah begriff schlagartig. Das Bild der Aphrodite war kein Zufall gewesen. Die Göttin der Liebe. Andere Verehrer schenkten einer Frau Blumen oder einen Ring. Janus kam mit einer Handvoll Leichen um die Ecke. Er war verrückt, total irre. Janus wollte Hannah erobern. Ihren Körper, ihren Geist, aber vor allem: ihre Gefühle. *Virginie Laneuve*. Die jungfräuliche Neue.

Er holte tief Luft. »Wenn du mich begleitest –«

Hannah fiel ihm ins Wort. »Wohin begleiten?«

»Am Flughafen wartet ein Privatjet auf uns. Sobald wir in der Luft sind, bekommt der Chefarzt der Klinik einen anonymen Anruf. Die Ärzte werden dann wissen, wie sie deine Schwester behandeln müssen. Kappler wird kurz darauf aus seinem Transportkorb gerettet.« Janus holte eine kleine Fernbedienung aus der Tasche. »Die Hunde in den

Käfigen haben einen Chip implantiert. Ein Knopfdruck, und eine Giftkapsel tötet die Tiere.«

Hannah sah auf den Reisepass. Sie könnte zum Schein auf das Angebot eingehen und dadurch etwas Zeit gewinnen.

Reinhard erhob sich aus seinem Sessel, ging zu Janus und flüsterte etwas.

Hannah spitzte die Ohren.

»Was für ein Gift?«, hörte sie Reinhard sagen. Er war anscheinend nicht gänzlich in Janus' Pläne eingeweiht.

»Setz dich wieder«, befahl ihm dieser.

Reinhard schien ein wenig missmutig zu sein, ging zurück zu seinem Platz.

Hannah sah Janus in die Augen. »Ich will einen Beweis, dass du es ernst meinst. Wenn du meinen Gefühlszustand verändern willst, geschieht dies nur durch Vertrauen. Dieses Experiment, das du da vorhast, gelingt nur mit einer kooperativen Probandin.«

Er nickte. »Was willst du?«

Hannah wandte den Blick ab, schaute zu Reinhard, war auf seine Reaktion gespannt. »Töte die Hunde. Sofort!«

Reinhard schien überrascht, als Janus die Fernbedienung nahm und nach dem richtigen Knopf suchte.

»Moment!« Reinhard sprang auf. »Was machst du?«

Hannah atmete innerlich auf, versuchte, sich nichts anmerken zu lassen. Sie hatte die Schwachstelle des Plans entdeckt.

Seine Achillesferse.

Nico stand an der Kampfarena, starrte auf das Loch in der Mitte, durch das Gina in die Tiefe gestürzt war. Er ließ in

Gedanken die Jahre Revue passieren, die sie zusammen verbracht hatten. Meist glückliche Jahre, aber es hatte auch Zeiten gegeben, zu denen sie sich beinahe für immer getrennt hätten. Gina war immer diejenige gewesen, die im letzten Moment eingelenkt und die Schuld an dem Konflikt auf sich genommen hatte. Ihm war es damals so erschienen, als wäre sie ihm hörig, was auch an dem teuflisch guten Sex lag. Gina brauchte körperliche Nähe wie andere Luft zum Atmen, sie konnte nicht allein sein. Alleinsein versetzte sie beinahe in Panik. Und jetzt? Gina hatte es hinter sich. Aber was würde ihnen noch bevorstehen? Chiara, Luis und er, hatten sie überhaupt noch so etwas wie eine Chance?

In dem Moment gab es einen lauten Knall, gefolgt von mehreren weiteren. Die Metallgitter waren auf den Betonboden gekracht. Nico sah zu den Zwingern, die Türen standen offen. Alle, bis auf eine. Bosco stand immer noch hinter Gittern und protestierte laut bellend. Die anderen Hunde blieben still, sie lagen auf dem Boden.

Nico bewegte sich auf die Zwinger zu, Chiara folgte ihm.

»Hey, was ist da?«, rief Luis hinter ihnen.

»Moment«, antwortete Nico.

Nico und Chiara erreichten gleichzeitig einen der Zwinger, in dem ein besonders großer Kampfhund lag, ein Stafford Terrier. Er rührte sich nicht, atmete nicht mehr. Er war tot.

»Wir sind gerettet«, schrie Chiara voller Freude. »Wir sind gerettet.«

»Hannah«, entfuhr es Nico.

KAPITEL 50

Schmitt ging vorneweg in den Verhörraum, Wehner folgte ihm. An einem Tisch saß der Obdachlose. Die Beamten nahmen Platz.

»Mein Name ist Wehner, das ist Polizeikommissar Schmitt«, eröffnete der Polizeidirektor das Gespräch.

Der Obdachlose schien sichtlich beeindruckt, starrte auf die vier goldenen Sterne an Wehners Schulter. »Sie sind aber ein hohes Tier.«

Wehner nickte. »Ja, das ist richtig. Und Sie sind Max Stüber. Obdachlos. Ohne Einkommen. Wo haben Sie die Uhr her?«

»Ich hab sie gefunden. Warum glaubt mir das keiner?«

»Weil solche Uhren für gewöhnlich nicht auf der Straße rumliegen«, antwortete Wehner.

»Mag sein. Aber für gewöhnlich kümmert sich auch kein Vier-Sterne-General um jemanden wie mich. Also, was ist hier los?«

Schmitt hatte das Gefühl, dass sie mit diesem Geplänkel nur Zeit verschwendeten, und ergriff das Wort. »Die Uhr ist uns egal. Wir wollen wissen, wo Sie sie gefunden haben.«

»Auf der Straße«, sagte der Obdachlose.

Schmitt wurde laut. »Wo genau?«

Wehner warf Schmitt einen bösen Blick zu. Es war vereinbart gewesen, dass der Polizeidirektor das Gespräch führte, aber Schmitt kannte sich mit dieser Klientel besser aus.

»Diese Uhr könnte ein wichtiges Indiz in einem großen Kriminalfall sein. Wo haben Sie sie gefunden?«

»Haben Sie ein Handy?«, fragte der Obdachlose. »Geben Sie die Straße ein, wo die Polizeiwache in Porz ist.«

Schmitt hatte seins zur Hand und öffnete Google Maps, ging um den Tisch herum und setzte sich neben den Obdachlosen, der leider unangenehm roch. Aber das musste ihm jetzt egal sein. Sie sahen zusammen aufs Handy. Dort, wo die Polizeistation war, blinkte ein blaues Fähnchen.

»Können Sie die Karte etwas kleiner machen?«

Schmitt tat es. Gebannt sah er aufs Display.

»Ich bin etwa eine Stunde in der Gegend rumgeirrt. Ich kann mich nicht mehr genau erinnern, wo das war mit der Uhr. In dem Industriegebiet auf jeden Fall.«

Schmitt wischte die Karte ein Stück nach rechts, sodass das Industriegebiet in Porz zu sehen war.

»Ich bin der Buslinie gefolgt und habe an den Haltestellen nach Flaschen gesucht.«

»Auch noch, nachdem Sie die Uhr gefunden hatten?«

»Nein«, sagte der Obdachlose, »dann nicht mehr.«

»Also haben Sie die Uhr auf der Strecke der Linie 151 gefunden?«

»Oder 154«, sagte der Obdachlose. »Die fahren beide da, aber nicht genau dieselbe Strecke.«

Wehner wurde ungeduldig. »Sie haben eine so wertvolle Uhr gefunden und können sich nicht erinnern, wo das war?«

»Wann waren Sie das letzte Mal in der Gegend? Da sieht es so trist aus. Außerdem hatte ich schon eine Flasche Korn intus, wie man vielleicht merkt.«

»Man riecht es«, sagte Schmitt mit einem Lächeln.

»Tut mir wirklich leid«, sagte der Obdachlose sarkastisch.

»Kein Problem.« Schmitt klopfte ihm freundschaftlich auf die Schulter.

Und als ob diese Geste etwas bewirkt hätte, hatte der Obdachlose plötzlich einen Einfall. »Das war am Maarhäuser Weg. Da bei der Haltestelle in der Nähe. Jetzt weiß ich es wieder.«

Schmitt kannte den Maarhäuser Weg, vergrößerte das Bild. Jetzt erhob sich auch Wehner von seinem Stuhl und kam um den Tisch herum.

»Ich hab da einen Knall gehört, fällt mir ein«, sagte der Obdachlose.

»Was für einen Knall?«

»Klang wie ein Polenböller oder so. Ich habe aber keinen gesehen, der ihn gezündet hat.«

Schmitt schaute zu Wehner. Der Polizeidirektor nickte und verließ den Verhörraum.

Schmitt ging ebenfalls zur Tür, zögerte aber noch einen Moment und drehte sich schließlich um. »Sie müssen sich keine Sorgen machen. Wir wissen, dass Sie die Uhr nicht geklaut haben. Wenn wir finden, wonach wir suchen, verspreche ich Ihnen, dass Ihr Name nicht ungenannt bleibt.«

Der Obdachlose nickte dankbar. Er wirkte sichtlich erleichtert.

KAPITEL 51

Reinhard kochte innerlich. Hannah konnte sehen, wie seine Halsschlagader anschwoll. So hatte sie Moritz erlebt, als sie in der Kanalisation und im Brückenkasten waren. Wie jemand, der vor Zorn beinahe explodierte. Auch wenn Reinhard als Moritz nur eine Rolle gespielt hatte, Hannah wusste mehr über das Genie, als ihm lieb sein konnte. Er verhielt sich wie ein kleines Kind, dem man ein großes Spaghettieis versprochen hatte, nur leider war die Eisdiele geschlossen.

»Danke«, sagte Hannah zu Janus. »Das war eine Geste, die Vertrauen schafft.«

»Sobald wir in der Luft sind, werde ich ein weiteres Versprechen einlösen«, sagte Janus.

Hannah sah zu Reinhard. »Stimmt das? Kann man deinem Freund vertrauen?«

Reinhard brachte seinen Zorn unter Kontrolle. Mit einem »Ja« schluckte er seine Wut hinunter.

»Das glaube ich dir nicht«, erwiderte Hannah. »Was genau hat er dir versprochen? Dass die da unten zerfleischt werden? Was springt für dich bei dem Spiel heraus? Janus kriegt Virginie, und du?«

Reinhard schwieg.

Janus sah zu seinem Freund, schlug einen ruhigen Tonfall an. »Die haben gelitten, und du hattest deine Rache.«

Reinhard wurde laut. »Hier geht es nicht um Rache!«

»Worum dann?« Hannah schien ihn an einem Punkt zu haben, wo er die Wahrheit sagte, weil er die Kontrolle über sich verlor. »Das Chaos in der Stadt war also deine Idee?«

Sie spürte die Spannung zwischen den beiden. Reinhard schien die Befürchtung zu haben, dass seine Bedürfnisse auf der Strecke blieben. Er hatte die Umweltaktivisten tot sehen wollen. Um jeden Preis.

Hannah war sich ihrer Position bewusst. Es wäre nicht das erste Mal in der Geschichte der Menschheit, dass eine Frau zwei gute Freunde zu Feinden werden ließ. Sie musste den Keil tiefer hineintreiben, denn darauf waren die beiden anscheinend nicht vorbereitet. Hannah kam Reinhards Vortrag über künstliche Intelligenz in den Sinn: *Computer hassen Unvorhersehbarkeit und Spontaneität.* Sie betrachtete Reinhard nicht mehr als Menschen, sondern sah in ihm eine künstliche Intelligenz. Empathie schien ihm völlig fremd zu sein, und die Bandbreite seiner Emotionen beschränkte sich auf Zorn und blanken Hass. Er war wie Rumpelstilzchen, kurz davor zu platzen. Janus dagegen zeigte eine neue Seite von sich. Das war Hannahs Chance, ihre einzige Chance. Sie musste spontan agieren.

»Warum?«, schrie sie Reinhard an. »Was wolltest du, das große Genie, erreichen?«

Jetzt fuhr er aus der Haut, stand vor ihr. »Ich hatte eine geniale Idee, die mir zerschossen wurde. Ich hätte die Stadt der Zukunft erbaut, eine Stadt, in der es keine Hindernisse mehr gäbe, keine Verkehrsstaus, in der alles fließt wie das Blut in unseren Adern. Und das Einzige, das mich daran gehindert hat, war der verdammte Zeitgeist.« Seine Stimme fing an zu zittern. »Der Verkehr wird ausgebremst. Daraus resultiert, dass Autos noch mehr die Luft verpesten, wenn sie an Ampeln stehen, anstatt zu fahren. Dieser Irrsinn hat Methode. Und diese Methode muss bekämpft werden.«

Hannah wollte es genauer wissen. »Welcher Zeitgeist?«

»Die Dummheit der Menschen, die intelligente Lösungen verhindern. Diese Dummheit werde ich bekämpfen bis aufs Blut.« Aus Reinhard sprach der blanke Hass. Er hatte sich selbst als Nemesis bezeichnet, die Rache des gerechten Zorns. Gegen die Hybris der Menschen gerichtet. Sein Kopf lief rot an. »›Der Klügere gibt nach‹ ist einer der dümmsten Sätze der Menschheitsgeschichte. Wenn man das tun würde, hätten in kürzester Zeit nur noch Idioten das Sagen.«

Hannah bohrte weiter. »Und die Aktivisten repräsentieren diesen Zeitgeist?«

»Ja. Sie wollen die Welt retten und zerstören sie dabei. Aus Dummheit. Dummheit muss ausgerottet werden.«

Hannah nickte. Sie sah in seine Augen und tat so, als wäre sie seiner Meinung. »Und es reicht nicht, sie zu töten? Der Tod muss grausam sein?«

»So grausam wie das, was mir angetan wurde.«

Hannah blieb ganz ruhig, und je ruhiger sie sich verhielt, desto mehr brachte sie Reinhard auf die Palme.

Janus wohnte dem Schauspiel stumm bei. Aber er schien zu ahnen, was sie vorhatte. Es war nur noch eine Frage der Zeit, bis er einschreiten würde.

Hannah lächelte Reinhard an. »Du bist der lebende Beweis, dass deine Gefühle dein Denken beeinflussen. Du gibst dich deinem Zorn hin und übersiehst das Wesentliche dabei.«

»Das da wäre?«

»Wenn du in die Geschichte der Menschheit zurückblickst: Alles, was schön und gut ist, wurde von Menschen wie mir erschaffen. Nenne mir einen Irren, der etwas Großartiges geleistet hat.«

Reinhard riss den Arm hoch, mit dem er die ganze Zeit den Revolver gehalten hatte. Jetzt zielte er auf Hannah.

Janus sprang auf und stellte sich zwischen die beiden. »Hey, hey, langsam«, sagte er zu seinem Freund. »Nimm den Revolver runter.«

Reinhard zitterte, aber er folgte der Aufforderung. Seine Augen verdrehten sich. »Warum hast du das getan?«, fragte er mit vor Wut bebender Stimme. »Du hast versprochen, dass wir sie alle beseitigen, einen nach dem anderen.«

»Was ist dir wichtiger?« Jetzt wurde Janus laut. »Deine Rache oder das Experiment? Das ist das Zugeständnis, das du machen musst.«

Hannah war sich nicht sicher, ob die Darbietung der beiden nur Theater war. Wollte Janus ihr womöglich beweisen, wie ernst er es meinte, indem er sogar von seinem Racheplan abwich? Wollte er sie glauben lassen, dass alles gut werden würde, nur damit sie mit ihm in dieses Flugzeug stieg?

In dem Moment vernahm Hannah das Geräusch eines Hubschraubers. Es wurde lauter. Kam näher.

Janus fuhr herum und sah zur Terrasse. Der Hubschrauber war ganz offensichtlich nicht Teil seines Plans.

KAPITEL 52

Der Lichtkegel des Suchscheinwerfers streifte über die Terrasse und erleuchtete kurz den Transportkorb an dem Baukran. Dann wanderte der Lichtkegel weiter.

Janus und Reinhard warteten ab. Hannah stand hinter ihnen, sie trug Handschellen und nach wie vor ihren Overall. Die beiden Männer hatten zum Schutz ihrer Kleidung zwei schwarze Overalls aus dünnem Stoff übergezogen, wie man sie in jedem Baumarkt kaufen konnte. In der Dunkelheit war man damit kaum zu erkennen.

Janus gab das Kommando. »Los!«

Der Hubschrauber hatte sich weit genug entfernt, dass sie unbemerkt über die Terrasse zu dem Baukran gelangten. Hannah leistete keinen Widerstand, sie war nicht nur an den Händen gefesselt. Janus hatte ein entscheidendes Druckmittel: Valerie. Er riss die Tür zum Transportkorb auf.

Hannah sah Kappler in einer äußerst misslichen Lage. Er saß auf dem Boden des Transportkorbs, die Hände gefesselt und den Mund mit Klebeband abgedeckt. Die drei traten ein, Reinhard schloss die Tür und betätigte die Fernbedienung. Es ging abwärts. Der Lichtkegel des Suchscheinwerfers entfernte sich, streifte über das Nachbargelände. Unten auf der Straße waren etliche Blaulichter zu sehen. Die Polizei wusste anscheinend nicht genau, wo sie suchen sollte.

»Wie ist das möglich?« Reinhard flüsterte. »Wie sind die uns auf die Spur gekommen?«

Hannah lächelte selbstsicher. »Man kann eben nicht alles planen. Am Ende siegt die natürliche Intelligenz.«

Janus drehte sich zu ihr um. »Was weißt du?«

Hannah zögerte. War es taktisch klug, ihre Vermutung zu äußern?

Sie tastete sich vor. »Ich sage es dir, dann kannst du Gegenmaßnahmen ergreifen. Im Gegenzug will ich den Namen des Giftes wissen, das du meiner Schwester verabreicht hast. Und du rufst im Krankenhaus an. Sofort.«

Janus schien ernsthaft darüber nachzudenken.

Hannah setzte nach. »Ich kann dir sagen, wie die Polizei hierhergefunden hat. Diese Information könnte für euch enorm wichtig sein.«

»Nicht nur für uns – auch für dich.« Janus nahm ein Iridium-Satellitentelefon aus der Tasche, zeigte es ihr. »Wir rufen an, sobald wir in der Luft sind. Allerdings – wenn wir nicht am Flughafen ankommen sollten, weil wir geschnappt werden, ist deine Schwester dem Tode geweiht.«

Hannah schluckte. Es lief immer auf dasselbe hinaus: Janus hatte den letzten Trumpf im Ärmel. Sie schaute zu Kappler. Er signalisierte ihr mit den Augen Zustimmung, er würde Valeries Leben niemals gefährden.

»Es wäre also besser, wenn du mir sagst, was die Polizei weiß. Damit wir auch tatsächlich am Flughafen ankommen.«

»Sie haben wahrscheinlich die Uhr meiner Schwester gefunden. Ich habe sie aus dem Container geworfen, kurz bevor wir unser Ziel erreicht hatten. Womöglich hat ein ehrlicher Finder die Uhr zur Polizei gebracht.«

Jetzt schwoll Janus der Hals. Wie beim letzten Mal hatte er sie mal wieder unterschätzt.

Der Transportkorb erreichte den Boden. Janus half Kappler auf die Beine, und sie gingen über das Gelände. Der Hubschrauber kreiste in der Luft, allerdings in einiger Entfernung. Es war ein gewagtes Spiel. Ein Spiel, an dem Janus anscheinend Gefallen fand. Sofern er als Sieger daraus hervorging. Sollte der Lichtkegel sie nur einen kurzen Moment lang streifen, würde man die vier Gestalten in der Dunkelheit erkennen. Dann wäre das Schicksal von Valerie besiegelt.

Sie erreichten einen schwarzen Cherokee-Jeep, der neben einem Baucontainer stand. Der Aufkleber war nicht zu übersehen. »CD« – *Corps Diplomatique*. Janus schien wieder einmal an alles gedacht zu haben. Ein solches Fahrzeug durfte von der Polizei nicht kontrolliert werden.

Hannah und Kappler wurden auf die Rückbank verfrachtet, beide mit Handschellen an den Haltegriff gefesselt. Die Geiselnehmer streiften ihre schwarzen Einmaloveralls ab und verstauten sie im Kofferraum. Sie sahen wieder sehr seriös und wohlhabend aus, als sie ins Auto einstiegen. Reinhard setzte sich hinters Steuer, Janus auf den Beifahrersitz. Er schaltete ein Funkgerät ein, und kurz darauf ertönten verzerrte Stimmen. Sie konnten mithören, was zwischen dem Hubschrauber und den Einsatzkräften am Boden gesprochen wurde. Offensichtlich konzentrierte sich die Suche auf ein circa dreihundert Meter entferntes Nachbargrundstück. Der Suchscheinwerfer des Hubschraubers leuchtete das Areal ab.

Reinhard startete den Motor, fuhr langsam und ohne Licht über die Baustelle. Die Zäune wiesen Lücken auf, wodurch sie von dem einen Baugrundstück aufs nächste gelangten. Janus war gut vorbereitet, aber Hannah beschlich das Gefühl, dass er nicht mit dieser Situation gerechnet hatte. Die innere Anspannung war ihm und seinem Freund anzumerken.

»Wir sind doch jetzt unter uns«, sagte Hannah. »Kann ich ihm den Knebel vom Mund nehmen?«

Janus nickte.

Hannah befreite Kappler von dem Klebeband, und er holte erst mal tief Luft. »Danke.«

Kappler und Hannah sahen sich an.

Er lächelte. »Ich habe mir den Tag heute irgendwie anders vorgestellt. Eigentlich wollte ich mit meinem Enkel in den Zoo gehen.«

»Das könnt ihr euch alles später erzählen«, unterband Janus das Gespräch. »Wenn wir im Flugzeug sitzen.«

Da ertönte eine Stimme über Funk. »Personen auf dem Dach des Rohbaus gesichtet.«

Janus stellte lauter.

»Wiederhole: Mehrere Personen auf dem Dach des Rohbaus am Maarhäuser Weg gesichtet. Sie geben Zeichen.«

»Arnold von Christoph vier, verstanden.«

»Tja«, sagte Hannah. »Da haben es die Idioten irgendwie geschafft, die Luke aufzubrechen.«

Reinhard warf Janus einen bösen Blick zu. »Das war dein Fehler.«

»Nein.« Janus schüttelte den Kopf und lächelte siegesgewiss. »Ich habe die Klappe geöffnet. Jetzt wissen die Polizisten, wo sie hinmüssen, und hören auf, woanders zu suchen. Es dauert, bis die merken, dass wir nicht mehr da sind.«

Sie erreichten den nächsten Bauzaun, dahinter verlief eine normale Straße. Janus stieg aus, schob den Bauzaun zur Seite und kam zurück ins Auto.

Reinhard fuhr in gemächlichem Tempo auf die Straße. Hannah sah ein Straßenschild – und einen Wegweiser Richtung Flughafen.

KAPITEL 53

Bernd Schmitt hatte den Funkspruch gehört und drehte den Gasgriff bis zum Anschlag. Das Motorrad beschleunigte in wenigen Sekunden auf über Tempo hundert. Nach dem, was er gehört hatte, waren die Geiseln anscheinend befreit und hatten sich bemerkbar machen können.

Vor ihm fuhr ein dunkles Fahrzeug, ein Jeep Cherokee, mit vorschriftsmäßigem Tempo. Schmitt holte auf, ihm fiel der weiße »CD«-Aufkleber ins Auge. »CD« stand für *Corps Diplomatique*. Bonner Kennzeichen, wahrscheinlich das Fahrzeug eines Konsulats. Schmitt schlenzte auf die Gegenspur und überholte zügig. Im Vorbeifahren konnte er durch die getönten Scheiben nichts im Inneren erkennen, erst im Rückspiegel waren schwach zwei gut gekleidete Männer in dem Wagen zu sehen. Das Motorrad wurde langsamer, Schmitt legte sich mit seinem Körpergewicht in die Kurve und bog nach rechts ab. Im Rückspiegel sah er, dass der Jeep weiter geradeaus fuhr. Schmitt zögerte, beschleunigte nicht sofort, als er wieder die gerade Strecke vor sich hatte. Irgendetwas störte ihn. Was hatten Mitglieder eines diplomatischen Korps in einem Industriegebiet zu suchen? Schmitt gab sich die Antwort selbst. Sie waren auf dem Weg zum Flughafen Köln/Bonn, der ganz in der Nähe lag. Er drehte den Griff wieder auf maximale Beschleunigung.

Ein neuer Funkspruch ging ein. Auf einem Baugrundstück war ein auffälliges Fahrzeug entdeckt worden, ein Toyota Corolla, die Kennzeichen waren abgeschraubt. Das Baugrundstück lag fünfhundert Meter Luftlinie von dem Rohbau entfernt, wo sich die befreiten Geiseln befanden. Schmitt steuerte das neue Ziel an und traf drei Minuten später dort ein. Zwei Einsatzfahrzeuge waren bereits vor Ort, die Kollegen untersuchten das Fahrzeug.

Schmitt hielt an, stieg vom Motorrad ab und ging zu den Kollegen. »Wer ist der Fahrzeughalter?«

»Konnte noch nicht ermittelt werden, weil das Kennzeichen fehlt. Wir arbeiten noch daran.«

»Die Kriminaltechnik ist unterwegs«, sagte der Dienstälteste. Schmitt und er kannten sich nicht. »An der Windschutzscheibe kleben Spucke und Überreste einer Zigarre.«

Schmitt erinnerte sich, dass in dem Etui, das Kappler ihm gezeigt hatte, auch Zigarren gewesen waren. Ein Hinweis? Wenn, ein sehr schwacher. Das Gefühl, weitersuchen zu müssen, blieb.

»Darf ich mir mal was ansehen?«, fragte Schmitt.

Die Kollegin trat zur Seite. »Aber Vorsicht. Keine Spuren verwischen.«

»Ich schaue nur«, sagte Schmitt.

Er untersuchte zuerst die Fahrerseite, dann nahm er sich die Rückbank vor, ging um das Auto herum zur Beifahrerseite. Er öffnete das Handschuhfach. Darin befand sich die Bedienungsanleitung des Fahrzeugs in einem kleinen schwarzen Ordner. Schmitt nahm ihn vorsichtig heraus, klappte den Ordner auf. Darin lag eine Rechnung von einem Reifendienst. Die Rechnungsadresse wies den Kunden als Johannes Dreyer aus, wohnhaft in Köln. Schmitt legte die Bedienungsanleitung zurück, behielt die Rechnung und ging damit zu den Kollegen.

»Johannes Dreyer, Lothringer Straße, das könnte der Fahrzeughalter sein.« Schmitt wollte die Rechnung gerade den Kollegen reichen, da zögerte er.

In der Kopfzeile stand das Fabrikat des Fahrzeugs, bei dem die Reifen gewechselt worden waren. Ein Jeep Cherokee. Kein Toyota. Das Kennzeichen des Fahrzeugs stand auch da, es war ein anderes als das, das Schmitt auf dem Weg hierher gesehen hatte. Aber er glaubte nicht an einen Zufall. Zwischen dem Toyota und dem Jeep bestand irgendeine Verbindung.

Schmitt steckte die Rechnung ein und ging schnurstracks zu seinem Motorrad, dort nahm er das Mikro vom Funkgerät. »Arnold von Arnold elf-fünfundsiebzig, kommen.«

»Arnold hört.«

»Ich möchte ein verdächtiges Fahrzeug melden, einen schwarzen Jeep Cherokee mit Diplomatenkennzeichen. Er ist auf dem Weg von der Theodor-Heuss-Straße Richtung Flughafen Köln/Bonn.«

»Wie lautet das Kennzeichen?«, ertönte es aus dem Funkgerät.

»Bonner Kennzeichen. Mehr weiß ich leider nicht, aber ein Fahrzeug mit Diplomatenstatus«, sagte Schmitt ins Mikrofon. »Ich erinnere mich nur an den Aufkleber. Können wir es stoppen?«

»Stoppen ja, aber das Fahrzeug kontrollieren, nein. Sofern es wirklich ein Diplomatenfahrzeug ist. Oder haben Sie einen konkreten Verdacht auf Gefahr im Verzug?«

Er schüttelte den Kopf, auch wenn sein Kollege das

nicht sehen konnte. »Nein. Nur so ein Gefühl. Ich kümmere mich selbst drum.«

Der Kollege am Funkgerät meldete sich noch mal. »Ich werde die Beschreibung des Fahrzeugs an die Kollegen von der Bundespolizei durchgeben.«

»Ja. Danke.« Schmitt schwang sich auf sein Krad, startete den Motor und schaltete das Blaulicht ein, bevor er losfuhr. Dorthin zurück, wo er abgebogen war. Bis zum Flughafen Köln/Bonn waren es nur wenige Kilometer.

Schmitt erreichte den Zubringer und fuhr mit Blaulicht und Höchstgeschwindigkeit auf das Hauptterminal zu. Wenn Janus mit seinen Geiseln in dem Jeep gesessen hatte, womöglich Hannah und Kappler, würden sie eher mit einem Privatjet fliegen als mit einer Linienmaschine. Schmitt fuhr deshalb an den regulären Parkplätzen vorbei auf die Heinrich-Steinmann-Straße, die zu einem Kreisverkehr führte. Er folgte der Beschilderung zum GAT, dem *General Aviation Terminal.* Dort gab es Parkmöglichkeiten für Passagiere, die einen Privatflieger nutzten. Schmitt schaltete das Blaulicht aus, fuhr an die Schranke des Parkdecks heran und betätigte die Ruftaste.

Eine Stimme ertönte. »Ja?«

»Kommissar Schmitt, Polizei Köln, öffnen Sie bitte die Schranke. Wir sind auf der Suche nach einem verdächtigen Fahrzeug.«

Die Schranke ging hoch, Schmitt fuhr langsam hindurch. Etwa zwei Dutzend Pkws standen hier, Schmitt rollte an ihnen vorbei. Da sah er einen Jeep Cherokee, schwarz. Schmitt näherte sich und öffnete vorsichtshalber das Holster seiner Dienstwaffe. Er sah, dass die Scheiben getönt waren, wie bei dem Wagen, den er überholt hatte.

Das Kennzeichen begann mit D für Düsseldorf. Kein Aufkleber vom diplomatischen Korps.

Die Enttäuschung war groß. Schmitt machte den Verschluss des Holsters wieder zu. Sein Blick schweifte über das Parkdeck, da sah er zwei uniformierte Kollegen von der Bundespolizei. Schmitt fuhr langsam auf sie zu, hielt an und klappte den Helm hoch.

»Sie suchen einen Jeep mit Diplomatenkennzeichen?«, fragte der jüngere der beiden Kollegen.

Schmitt sah ihn voller Erwartung an. »Haben Sie ihn gefunden?«

»Nein, wir suchen danach. Es geht um eine Geiselnahme?«

Schmitt nickte. »Ja. Wo haben Sie schon überall nachgesehen?«

»Auf allen Parkdecks«, sagte der andere Kollege, der größer und älter war und einen Vollbart hatte. »Auch in dem für Langzeitparker, das ist ein bisschen weiter weg.«

»Könnten sie mit dem Wagen aufs Rollfeld gefahren sein?«, fragte Schmitt.

»Das haben wir längst überprüft«, sagte der Jüngere. »Aber wenn das Auto unerkannt bleiben soll, würde ich es woanders abstellen, hier ist alles videoüberwacht.«

»Und wo wäre das?«, fragte Schmitt.

»Folgen Sie uns«, sagte der Bärtige.

Die Bundespolizisten gingen zu einem Streifenwagen, stiegen ein, schalteten das Blaulicht an und fuhren los. Schmitt folgte ihnen.

KAPITEL 54

Hannah und Kappler saßen auf der Rückbank, waren mit Handschellen an je einen Haltegriff gefesselt. Janus und Reinhard stiegen aus, knallten die Türen zu. Hannah und Kappler waren allein. Durch die Windschutzscheibe konnten sie das Flugzeug sehen, dessen Innenraum erleuchtet war und auf das die beiden Psychopathen zugingen.

»Ich kenne mich nicht mit Flugzeugen aus«, sagte Kappler. »Aber mit der Maschine schaffst du es mit maximal einer Zwischenlandung über den Großen Teich.«

Hannah nickte. »Ich schätze, die wollen nach Kanada. Zumindest haben sie einen kanadischen Pass für mich dabei. Mein Name ist Virginie Laneuve. Ich bin Journalistin, mein Geburtsdatum ist der 27.9.1998.«

»Ich habe keinen Pass«, sagte Kappler. »Das heißt, die Reise endet für mich hier.«

Die beiden sahen sich an, dachten dasselbe. War dies ihre letzte Begegnung?

»Ich muss da einsteigen«, sagte Hannah, und der Gedanke daran schnürte ihr die Kehle zu.

»Was, wenn du dich weigerst, was würde Janus dann tun?«

»Ich kann dir sagen, was er nicht tun würde. Er würde nicht im Krankenhaus anrufen, wo meine Schwester liegt.

Er hat sie vergiftet, irgendwas in ihre Antibabypille getan, und die Ärzte ringen um ihr Leben, weil sie nicht wissen, was mit ihr los ist.«

»Woher weißt du das?«

»Ich habe es gesehen. Überall in ihrem Haus sind Überwachungskameras.«

»Wann soll das gewesen sein? Wir haben die Kameras entdeckt und entfernt.«

»Anscheinend nicht alle.«

»Das könnte ein Fake sein«, warnte Kappler. »Janus und dieser Reinhard sind in der Lage, nahezu alles zu manipulieren. Sie haben sogar die Kölner Stadtentwässerung sabotiert und die Straßen mit Jauche geflutet.«

»Und was, wenn es kein Fake ist?«

Kappler schwieg.

»Ich lasse nicht zu, dass Valerie meinetwegen ums Leben kommt. Deshalb werde ich dort einsteigen.«

Er nickte.

Hannah sah ihn flehend an. »Du musst mich finden. Egal, wo sie mich hinbringen. Wie bist du überhaupt hergekommen?«

Kappler fasste den Tag kurz zusammen, von dem Besuch bei Professor Zargert und dem inszenierten Suizid über die Begegnung mit Valerie und den Fund von Svens Leiche bis zu *Moritz* und dessen Offenbarung, dass er in Wahrheit Reinhard war. »Ich bin in die simpelste Falle getappt, in die man treten kann«, beendete er seine Geschichte.

Hannah lächelte kurz. »Willkommen im Klub.«

»Was will er von dir? Hat er das gesagt?«

Hannah nickte. »Ich soll mich in ihn verlieben.«

»Soll das ein Scherz sein?«

»Janus scherzt nicht. Er glaubt, dass ihm das Kunststück gelingt und er mich einer Gehirnwäsche unterziehen kann. Meine Gefühle umprogrammieren. Stockholm-Syndrom war gestern. Janus, der Gott der Türen, öffnet alle Tore des Herzens. Niemand ist vor ihm gefeit. Er ist nun mal ein Gott.«

»Hör zu«, sagte Kappler. »Die können nicht unbemerkt starten. Sie brauchen einen ordentlichen Flugplan und einen Slot bei der Flugsicherung. Solange ihr über dem europäischen Luftraum seid, hat euch die Flugsicherung auf dem Schirm.«

»Und wenn wir den europäischen Luftraum verlassen?«

»Der Atlantik wird nicht flächendeckend überwacht. Es gibt über dem Meer kein Radar, nur GPS. Der Pilot wird die Kennung ausschalten, und dann seid ihr nicht mehr sichtbar.«

»Du machst mir echt Mut.«

»Tut mir leid, aber so ist es. Du müsstest versuchen, unter einem Vorwand ins Cockpit zu gelangen. Das Funkgerät befindet sich in der Mittelkonsole und hat eine Notfallfrequenz. Dafür ist ein roter Knopf zuständig. Wenn du den drückst, wird das Gespräch aus dem Cockpit übertragen.«

»Und das merkt keiner?«

»Doch, irgendwann schon. Aber bis dahin musst du einen Notruf abgesetzt haben. So viele Informationen, wie du hast. Das Gespräch wird aufgezeichnet.«

»Und dann?«

»Wenn wir wissen, dass Janus in dem Flugzeug sitzt,

wird er nicht mehr entkommen können. Dann steigen, wenn nötig, sogar Kampfjets auf und zwingen ihn zur Landung.«

Hannah atmete tief ein und wieder aus. »Glaubst du, das weiß er nicht?«

»Es ist eine Chance.« Kappler versuchte sehr wohl, ihr Mut zu machen. Ihm schien sehr viel daran gelegen, dass sie die Hoffnung nicht verlor.

»Nein«, sagte Hannah. »Janus würde eher Selbstmord begehen, als dass er sich einem ordentlichen Gericht stellt. Und er würde das Flugzeug nicht landen, er würde es über bewohntem Gebiet abstürzen lassen, so viele Menschen mit in den Tod reißen wie möglich.«

Kappler schwieg.

Hannah fing an zu weinen, sie hatte versucht, die Tränen zurückzuhalten, aber jetzt brach es aus ihr heraus.

Kappler blickte sie fest an. »Ich schwöre dir, ich werde nicht aufhören, nach dir zu suchen. So lange, bis wir uns wiedersehen.«

»Ja«, schluchzte sie. »Wenn du diesen Tag überlebst, werden wir uns wiedersehen. Das musst du mir versprechen.«

»Versprochen.«

Sie sahen durch die Windschutzscheibe, wie Janus auf das Auto zukam, er hatte eine Pistole in der Hand. Hannah und Kappler umarmten sich, da ging die Tür auf Hannahs Seite auf.

»Es ist Zeit, Abschied zu nehmen«, sagte Janus.

Hannah und Kappler lösten sich voneinander. Beiden nden Tränen in den Augen.

us öffnete Hannahs Handschellen. »Sobald wir gestartet sind, rufe ich in der Klinik an, und deine Schwester ist gerettet.«

Hannah stieg aus. Janus sah zu Kappler, dann hob er den Arm mit der Pistole, Kapplers Dienstwaffe. Er zielte auf ihn.

»Nein«, schrie Hannah voller Verzweiflung.

In dem Moment schlug Janus die Tür zu.

Kappler atmete aus. Er hatte den Knall schon gehört, die Kugel gespürt, den Pulverdampf gerochen. Aber nichts dergleichen war passiert. Kappler sah durch die Windschutzscheibe, wie Hannah auf das Flugzeug zuging, die kleine Gangway hinaufstieg und in dem luxuriösen Privatjet verschwand. Die Treppe wurde vom Piloten eingeklappt, die Tür geschlossen.

Kappler sah auf die Uhr am Armaturenbrett. Es war kurz nach zweiundzwanzig Uhr. Die Zeit war wichtig. In etwa einer Stunde würde das Flugzeug den europäischen Luftraum verlassen. Kappler musste sich etwas einfallen lassen. Er sah, wie das Flugzeug langsam zur Startbahn rollte. Dort angekommen, hielt die Maschine noch einmal kurz an. Der Lärm der Düsentriebwerke schwoll an, bis sie vollen Schub erreicht hatten. Dann setzte sich das Flugzeug in Bewegung, gewann schnell an Fahrt, und schon nach der Hälfte der Startbahn neigte sich die Nase in die Luft, und die Reifen verloren den Kontakt zum Boden, klappten ein.

Der Jet verschwand in den klaren Nachthimmel.

KAPITEL 55

Für Silke Krämer hatte die Nachtschicht gerade erst begonnen. Bis morgen früh um sechs Uhr würde sie drei Patienten zu versorgen haben. Eine Herz-OP, ein akuter Magendurchbruch und eine junge Frau mit unklarer Diagnose. Verdacht auf eine schwere Vergiftung. Valerie Uhlenbrock war ins künstliche Koma versetzt worden, es drohte multiples Organversagen. Da nicht bekannt war, welcher Giftstoff ihr verabreicht worden war, stocherten die Ärzte, was die Therapie betraf, im Nebel.

Krämer stand an dem Bett, überprüfte die Vitalfunktionen und die Medikation. Da erschien die Kollegin in der Tür.

»Wo ist Dr. Lienhard?«, fragte sie.

»Hier nicht, wieso?«

»Da ist so ein seltsamer Typ am Telefon. Es geht um die da.« Die Kollegin zeigte auf die Patientin Valerie Uhlenbrock.

»Angehöriger?«, fragte Krämer.

»Scheint so. Und es ist angeblich dringend.«

Krämer verließ das Zimmer, ging zügig über den Korridor zum Schwesternzimmer. Der Hörer lag neben dem Telefon. Sie nahm ihn ans Ohr. Da fiel ihr die seltsame, extrem lange Telefonnummer auf dem Display auf, das Gespräch kam anscheinend aus dem Ausland.

»Intensiv zwei, Krämer.«

Eine sonore Männerstimme ertönte. »Spreche ich mit der Intensivstation?«

»Ja. Um was geht es?«

»Behandeln Sie die Patientin Valerie Uhlenbrock?«

»Ja, und mit wem spreche ich bitte?«

»Hauptkommissar Bernd Kappler. Wir wissen jetzt, mit was Valerie Uhlenbrock vergiftet wurde. Es handelt sich um Digitalisglykosid. Das Gift wurde mit der Antibabypille verabreicht.«

»Digitalisglykosid?«, hakte die Intensivschwester nach.

»Ja. Eine Digitalisintoxikation. Als Antidot ist ein Fab-Antikörperfragment von IgG-Immunglobulinen zu verwenden. Haben Sie verstanden?«

»Ja.« Sie wunderte sich, woher ein Hauptkommissar solche Kenntnisse hatte.

»Dann verabreichen Sie es.«

»Entschuldigung«, hakte sie nach. »Mit wem spreche ich? Wie war noch mal Ihr Name?«

»Kappler. Bernd Kappler. Hauptkommissar LKA aus Niedersachsen.«

Das Telefonat war plötzlich beendet. Auf dem Display war noch immer die Nummer zu sehen. Krämer speicherte sie vorsichtshalber.

KAPITEL 56

Kappler rüttelte wie wild an seinen Handschellen, zerrte mit aller Kraft an dem Haltegriff. Das Auto war echte Wertarbeit. Unmöglich, den Griff abzureißen. Die Tür ließ sich auch nicht von innen öffnen, Kindersicherung. Es war zum Verrücktwerden. Was sollte er tun? Die Zeit rannte davon, das Flugzeug mit Hannah an Bord war seit einer Viertelstunde in der Luft.

Da bemerkte Kappler etwas im Rückspiegel, eine Bewegung. War es der Wind, der sich in einem Strauch verfing? Kappler sah gebannt in den Rückspiegel, versuchte, etwas zu erkennen. In dem Moment wurde die Tür neben ihm aufgerissen. Zwei Männer, maskiert, schwarz gekleidet, standen neben dem Jeep. Kappler blickte in die Mündung einer Maschinenpistole. Die beiden schienen sofort zu verstehen, dass niemand sonst im Wagen war und Kappler keine Bedrohung darstellte. Der eine von ihnen trat zurück, und sein Kollege hatte einen Seitenschneider, mit dem er die Kette der Handschelle durchtrennte. Im nächsten Moment wurde Kappler gepackt und aus dem Jeep gezerrt. Die Polizisten einer Eliteeinheit rannten mit ihm über das Vorfeld des Flughafens. Kappler sah zehn Kämpfer in schwarzer Kleidung mit dem Aufdruck »Bundespolizei«.

Kappler war außer Puste, als die Kollegen mit ihm stehen blieben und nicht weiterrannten. Allmählich dämmerte es ihm, zu welcher Einheit die Beamten gehörten, und er wusste, wo sie waren. Flughafen Hangelar, direkt neben der Kaserne der Bundespolizei, wo auch die GSG 9 stationiert war. Die berühmte Antiterroreinheit. Wie dreist musste man sein, von hier zu starten? Genau das war Janus' Stil, hier hätte keiner mit ihm gerechnet, im Hinterhof der GSG 9.

Der Kommandant in Uniform kam auf Kappler zu.

»Gerd Halbers, Bundespolizei. GSG 9«, stellte er sich vor. »Sind Sie Kappler, LKA Niedersachsen?«

»Ja«, antwortete er immer noch außer Atem. »Welcher rettende Engel schickt Sie?«

»Kommissar Bernd Schmitt von der Kölner Polizei. Die Leitstelle vom Flughafen hat uns mitgeteilt, dass ein Straftäter versucht, von hier aus zu entkommen. Die Kollegen konnten die Information nicht näher verifizieren.«

»Das Flugzeug ist gerade gestartet.«

»Das haben wir gehört und bereits überprüft«, erwiderte der Kommandant. »Der Flug hatte einen regulären Slot, war bei der Flugsicherung angemeldet. Ein Privatjet der Chicago Flight Company Ltd. aus den USA. Ziel der Reise ist Toronto, Kanada. Mit Zwischenlandung in Island.«

»Wir müssen das Flugzeug stoppen. An Bord sind Janus und Hannah Preuss, sie ist seine Geisel.«

»Janus? *Der* Janus?«

»Genau der. Er ist auch für das Chaos in der Stadt verantwortlich. Haben wir die Möglichkeit, der Maschine hinterherzufliegen?«

Der Kommandant schüttelte den Kopf. »Unser Eurocopter schafft knapp dreihundert Sachen, das reicht nicht.

Ich werde die Flugsicherung informieren, die lösen einen *Alpha Scramble* aus.«

»Alpha was?«

»Flug zur Sicherung des Luftraums der Bundesrepublik Deutschland. Die schicken einen Eurofighter aus Rostock-Laage, der ist in zehn Minuten an der deutschen Grenze, zwanzig Minuten bis zum Nordatlantik, wo der europäische Luftraum endet.«

»Und dann?«, fragte Kappler entsetzt.

»Keine Sorge, die schießen den Vogel nicht ab, aber so ein Kampfflugzeug hat Möglichkeiten, die wir nicht haben. Steigen Sie in den Wagen.« Er deutete auf einen Jeep, der bereitstand. In dem Moment näherte sich ein Motorrad mit Blaulicht. Bernd Schmitt war eingetroffen. Kappler gab ihm per Zeichensprache zu verstehen, dass er ihnen folgen sollte. Schmitt fuhr hinter dem Jeep her, es ging über das Rollfeld auf die andere Seite des Flugplatzes, wo die Hubschrauber standen. Zwei Eurocopter. Die Rotoren begannen bereits, sich zu drehen. Kappler stieg aus dem Jeep und brüllte gegen den Lärm an, zeigte zu Schmitt. »Der Kollege muss mit.«

»Klar«, sagte der Kommandant.

Schmitt hatte sein Motorrad abgestellt. Sie liefen in geduckter Haltung zu dem vorderen Eurocopter, gingen an Bord, nahmen ihre Sitzplätze ein. Kaum hatte Kappler den Anschnallgurt umgelegt, hob der Eurocopter auch schon ab. Schmitt saß neben ihm. Sie setzten sich Kopfhörer mit Mikrofonen auf, um miteinander reden zu können.

Kappler boxte Schmitt freundschaftlich gegen die Schulter. »Wie hast du mich gefunden?«

»Intuition. Und etwas Glück. Ich habe euch überholt.«

»Das habe ich gesehen«, sagte Kappler.

»Irgendwie kam mir der Wagen seltsam vor. Ich bin zum Flughafen gefahren, und die Kollegen dort meinten, dass Privatflieger auch von Hangelar aus starten könnten. Die haben die Leitstelle der Bundespolizei angerufen, dann sind die Kollegen ausgerückt und haben den Jeep entdeckt. Leider war der Flieger bereits gestartet.«

Kappler verdankte Schmitt eine Menge, er war ein ausgezeichneter Polizist. »Tut mir leid, dass ich dich hintergangen habe. Ich dachte, auf der richtigen Spur zu sein.«

»Schon vergessen«, sagte Schmitt.

Kapplers Blick wanderte durch den Hubschrauber. Insgesamt fanden hier zwölf Passagiere Platz, die in Flugrichtung und entgegengesetzt saßen. Die GSG-9er trugen Kampfausrüstung, mit kugelsicheren Titanhelmen auf dem Kopf. Die Visiere waren hochgeklappt, die Gesichter darunter maskiert.

Der Kommandant lauschte dem Funk der Piloten, die mit der Deutschen Flugsicherung in Kontakt standen. »Der Pilot reagiert nicht auf die Aufforderung, zu landen«, berichtete er. »Die Eurofighter werden in zwei Minuten Sichtkontakt zu der Maschine haben.« Der Kommandant verstummte kurz, dann sagte er: »Sie haben Sichtkontakt. Die Maschine ist kurz vor dem holländischen Luftraum.«

Kappler und Schmitt schwiegen, warteten gebannt auf neue Informationen. Der Kommandant schien aufmerksam zuzuhören, was zwischen den Bundeswehrpiloten und denen des Privatjets verhandelt wurde.

Dann wendete sich der Kommandant ihnen zu. »Die Piloten des Privatjets scheinen sich gerade in die Hose zu machen. Das dürfte übel riechen im Cockpit.«

Kappler sah ihn fragend an.

Der Kommandant lächelte. »Sie drehen bei, werden in Münster-Osnabrück runterkommen. Da sind wir schnell, etwa zehn Minuten.«

Der Hubschrauber dröhnte laut, die Rotoren arbeiteten unter Volllast, um die Höchstgeschwindigkeit zu erreichen. Kappler konnte es kaum glauben, dass sie Janus so nahe waren. Was würde sie in Münster erwarten, würde der Psychopath mit dem Tod seiner Geisel drohen?

»Wie wollen Sie vorgehen?«, fragte Kappler. »Verhandeln?«

»Zum Schein vielleicht, ja«, sagte der Kommandant. »Aber meine Männer werden an das Flugzeug herangehen, und sobald sich eine günstige Situation bietet: Zugriff.«

»Hannah Preuss darf nichts passieren.«

»Machen Sie sich keine Sorgen«, sagte er. »Wirklich, wir wissen, was wir tun.«

Kappler spürte, dass der Hubschrauber in den Sinkflug überging. Er wagte einen Blick aus dem Fenster und sah einen Flugplatz in dunkler Nacht, die Landebahn hell erleuchtet.

Zehn Minuten später setzte der Helikopter auf, die Türen öffneten sich, und die Männer stürmten heraus. Der Kommandant blieb kurz in der Tür stehen, drehte sich um. »Kommen Sie mit. Bleiben Sie nur auf Abstand.«

Kappler und Schmitt folgten der Eliteeinheit. Die Männer näherten sich in geduckter Haltung der Maschine, die noch auf der Landebahn stand.

Noch bevor die maskierten Beamten das Flugzeug erreichten, ging die Tür auf, und die Treppe wurde ausgeklappt. Der erste Pilot kam mit erhobenen Händen die

Treppe herunter, eine Frau in Uniform folgte ihm, eine Pilotin.

Kappler hatte ein ungutes Gefühl. Wieso ging das so leicht?

Drei maskierte Männer mit Helmen stürmten in das Flugzeug, es dauerte nicht lange, bis der erste von ihnen wieder auf der Treppe erschien und ein Handzeichen gab.

»Es ist niemand an Bord«, sagte der Kommandant.

Kappler rannte los, so schnell er konnte, erreichte die schmale Treppe, zog den Kopf ein, betrat das Flugzeug. Das Interieur war edel, feinste Ledersessel, eine Minibar. Es deutete einiges darauf hin, dass heute noch kein einziger Passagier hier an Bord gewesen war. Keine Gläser, die herumstanden, kein Champagner. Nichts.

Kappler hatte Hannah einsteigen sehen. Und kurz darauf hatte sich das Flugzeug in Bewegung gesetzt. Wie war das möglich? Da entdeckte Kappler einen Aufkleber an der Bordwand. In der Mitte des Flugzeugs auf Höhe der Tragflächen befand sich ein Notausgang, wie bei einem normalen Linienjet. Kappler betätigte den Mechanismus, zog das Bauteil zu sich. Durch die entstandene Öffnung gelangte man direkt auf die Tragfläche. Er reichte die Tür einem der maskierten Kollegen. »Kriegen Sie das Loch wieder zu?«

Der Mann nahm das Bauteil und steckte es wieder in die Öffnung, verriegelte die Tür. »Im Cockpit ist jetzt noch ein Schalter, den man betätigen muss«, sagte der GSG-9er.

Kappler ließ sich in einen der feinen Ledersessel fallen, da kamen der Kommandant und Schmitt an Bord.

»Die haben uns gelinkt«, sagte Kappler tief frustriert. »Und wir sind wieder mal in die Falle getappt.«

»Sind die mit einem Auto davongefahren?«, fragte der Kommandant.

»Vielleicht auch mit einem Fahrrad«, entgegnete Kappler. »Einem Tandem für drei.«

KAPITEL 57

Hannah saß vor der getönten Rückscheibe im Heck des Caravans, der mit einem komfortablen Ess- und Wohnbereich ausgestattet war. Von außen hatte das Wohnmobil eher schlicht ausgesehen. Unterwegs hatten sie auf einem Parkplatz kurz vor der belgischen Grenze haltgemacht, wo sich auch Hannah des Overalls entledigen sollte. Während sie sich im Inneren des Wohnmobils ausgezogen hatte, um in die von Janus besorgten legeren Klamotten zu schlüpfen, waren die beiden Männer so galant gewesen, wegzusehen. Einer der ganz wenigen Fehler, die die beiden bisher begangen hatten.

Den Overall hatten sie in einen der Müllcontainer auf dem Parkplatz entsorgt. Sie würden in Belgien in einem Haus übernachten und den zu erwartenden Tsunami abwarten. Janus behielt die Uhr im Auge. Er wollte offenbar abschätzen, wie weit der Kenntnisstand der Gegenseite war. Er und Hannah saßen sich am Esstisch gegenüber, während Reinhard den Wohnwagen lenkte.

»Kappler hat mir einiges erzählt, was heute so passiert ist«, begann Hannah das Gespräch. »Diente das allein dazu, den Zorn deines besten Freundes zu befriedigen? Aus Wut über ein abgelehntes Projekt und den angeblichen Zeitgeist könnt ihr doch nicht ernsthaft so etwas veranstalten.«

»Wieso nicht?«, erwiderte Janus. »Das Problem ist, dass sich die meisten Menschen die Zukunft nicht vorstellen können. Ich meine nicht, die Zukunft vorhersagen, das kann niemand. Es geht um die Vorstellungskraft, was die Zukunft betrifft. Und die ist den Menschen abhandengekommen.«

»Du glaubst, dass du mit diesem Tag irgendwas in den Köpfen der Menschen bewirkt hast?«

»Nein. Das war nie unser Ziel.«

»Sondern?«

Er überlegte kurz, bevor er eine Antwort gab. »Ich habe mal einen Film gesehen, da wurde die Bundesregierung von einem Kriminellen erpresst. Er drohte damit, irgendwas in die Luft zu sprengen, und forderte eine Tonne in Gold. Das Gold sollte aus einem Transporthubschrauber in einen tiefen See geworfen werden. Nachdem das passiert war, klatschten die Polizisten sich auf die Schenkel und sagten, an das Gold käme der Erpresser niemals ran. Der Erpresser stand am Ufer des Sees, eine Frau war bei ihm. Sie fragte, wie er das Gold aus dem See bergen wolle. Und er antwortete: ›Gar nicht.‹«

Hannah verstand nicht, sah ihn fragend an.

»Er wollte nur mal sehen, ob die zahlen.« Janus lächelte verschmitzt. »Ich habe Leute an der Wall Street erlebt, denen ging es auch nicht ums Geld. Die hatten genug, mehr als genug, für sich und die nächsten drei Generationen. Die wollten auch nur testen, was möglich war. Wie weit konnte man gehen? Wie viele Schicksale dabei zerstört wurden, war egal. So funktioniert unsere moderne Welt. Ich bin nur der, der dem Wahnsinn ein Gesicht verleiht, der die Bestie in uns Menschen sichtbar macht.«

»Hat der Erpresser die Frau danach umgebracht?«

»Nein«, sagte Janus.

»Du willst, dass ich dich liebe. Das erscheint mir um einiges schlimmer als der Tod.«

Hannah spürte, dass sie ihn mit diesen Worten verletzt hatte. Janus schien tatsächlich der Illusion erlegen zu sein, er könnte ihre Gefühle umleiten wie ein Flussbett. Als würde man einfach einen neuen Graben in die Erde buddeln, damit das Wasser ganz selbstverständlich einen anderen Weg nahm. So sah er die Menschen. In seinen Augen schien jeder verachtenswert genug, dass man ihn getrost töten durfte. Es nicht zu tun, empfand Janus offenbar als Gnade, die er manchen Menschen zuteilwerden ließ. Er hoffte anscheinend, dass Hannahs Dankbarkeit, am Leben zu bleiben, so groß wäre, dass daraus Liebe entstand.

Janus griff hinter sich in den Hosenbund seiner Jeans und nahm die Pistole, die er Kappler abgenommen hatte, wog sie in seiner Hand, bevor er den Lauf auf Hannahs Kopf richtete. »Möchtest du das? Dass ich dich lieber erschieße?«

»Möchtest du mit mir schlafen?«

Mit dieser Erwiderung hatte er offensichtlich nicht gerechnet. Sie öffnete den Reißverschluss ihrer Kapuzenjacke und zog sie aus. Darunter trug sie ein weißes T-Shirt und darunter einen schwarzen BH, der sich durch den Stoff abzeichnete. »Liebe kann man nicht einfordern. Sex schon. Das geht ohne Liebe. Ist es das, was du willst?«

Sie zog ihr T-Shirt aus, dann den BH. Sie manövrierte Janus auf ein Schlachtfeld, wo er sich nicht auskannte. Mit nacktem Oberkörper saß sie vor ihm.

»Du siehst in mir die Aphrodite, die Göttin der Liebe?«

Sie streckte ihre Hand aus, nahm seine rechte Hand, an der der Zeigefinger fehlte, und führte sie an ihre Brust.

»Was ist dir durch den Kopf gegangen, wenn du mich beobachtet hast? Im Haus meiner Schwester? Beim Duschen, wenn ich nackt im Bett lag, wenn ich masturbiert habe?«

Er riss seine Hand los, nahm sie zurück. »Zieh dich wieder an! Sofort!«

Das Wohnmobil schaukelte, sie fuhren auf einer unebenen Straße. Hannah zog BH und T-Shirt wieder an, dann die Kapuzenjacke darüber.

»Was würdest du mit der Frau machen wollen, die neben dir am Seeufer steht und dein Werk betrachtet?«

»Das hängt davon ab, wie sehr sie mein Werk zu schätzen weiß.«

Hannah bohrte weiter. »Dem Erpresser ging es nicht um das Gold?«

Janus nickte.

Plötzlich verstand sie den tieferen Sinn hinter dem, was Janus erzählt hatte, und wie er dachte und handelte. Mit einem Mal sah sie den Ausweg direkt vor sich, wie ein Licht am Ende des Tunnels.

»Du kannst das Gold nicht in dem See lassen«, sagte sie.

Er sah Hannah fragend an.

»Du kannst es nicht in dem See lassen und am Ufer stehen. Du willst das haben, was dein Bruder hat. Lovis, der in Australien lebt mit seiner Familie. Der eine Frau hat, die ihn liebt. Deshalb bewunderst du deinen Freund, Reinhard.«

Janus' Augen verrieten ihr, dass er immer noch nicht verstand, was sie sagte.

»Reinhard ist der, der du versuchst zu sein. Er ist derjenige, der sich wirklich frei gemacht hat von jeglicher Moral, allen menschlichen Gefühlen. Seine Seele ist so kalt wie der absolute Nullpunkt. Er ist wie ein Computer, wie eine künstliche Intelligenz.« Hannah sah Janus in die Augen. »Du nicht. Und deshalb wirst du scheitern.«

Sie spürte, dass sie etwas in ihm losgetreten hatte. Hannah hatte ihn da, wo sie ihn haben wollte. »Ich müsste mal auf Toilette. Darf ich?«

Janus nickte stumm. Er schien über ihre Worte nachzudenken, und was sie gesagt hatte, gefiel ihm offenbar nicht.

Hannah stand auf und begab sich in die kleine Kabine, die von einer dünnen Holztür abgetrennt war. Sie ließ den Klodeckel runtergeklappt, setzte sich darauf. Dann holte sie das kleine Küchenmesser aus der Tasche ihrer Kapuzenjacke. Das Messer hatte in der Küchenschublade gelegen, und als die beiden Männer sich galant weggedreht hatten, hatte sie den kurzen Moment genutzt.

Sie schob den Ärmel nach oben. Hannah wusste, wie der Schnitt verlaufen musste, damit es schlimm aussah, aber nicht gefährlich wäre. Sie musste nur den Schmerz aushalten. Hannah schloss die Augen, holte tief Luft. Dann stach sie mit der Klinge zu. Sie spürte, wie das warme Blut aus der Wunde über ihren Arm rann. Sie verteilte die rote Flüssigkeit überall, sodass es nach mehr aussah, viel mehr. Dann zappelte sie mit ihren Beinen, trat gegen die Tür.

Hannah schloss die Augen.

Sie musste nicht lange warten, hörte, wie die Tür aufgerissen wurde.

»Halt an!«, hörte sie Janus schreien.

»Wieso?«, ertönte Reinhards Stimme gedämpft.

»Halt an, sage ich.«

Hannah spürte, wie das Wohnmobil langsamer wurde. Janus trat einen Schritt näher an sie heran, sie roch seinen Atem, so nah war er bei ihr. Er umfasste ihr Handgelenk, um sich die Wunde anzusehen.

Das war der Augenblick, von dem sie seit neun Monaten geträumt hatte. In abgewandelter Form. Immer und immer wieder derselbe Traum. Im Traum war es seine Hand, die sie packte, bevor sie mit einem Beil zuschlug. In der Realität hatte sie nur ein kleines Messer. Hannah öffnete die Augen und stach ihm die Klinge in den Hals.

Janus starrte sie mit großen Augen an. Sie zog das Messer heraus, stach noch einmal zu, wieder in den Hals. Janus wich zurück, hielt sich die Hand an die Gurgel, doch das Blut quoll zwischen seinen Fingern hervor. Nun musste es schnell gehen. Hannah sprang auf. Sie fasste um seinen Körper herum, doch die Pistole war nicht im Hosenbund. Er hatte sie auf dem Tisch liegen lassen. Hannah stieß Janus weg, er verlor das Gleichgewicht, fiel auf den Boden in den schmalen Korridor. Erst jetzt kam das Wohnmobil zum Stehen. Hannah sah Reinhard im Rückspiegel. Und dass er sie ebenfalls sah. Sie machte zwei Schritte zum Esstisch, die Pistole lag auf der Bank.

Hannah hatte es tausendmal geübt, auf dem Schießstand. Mit einer ruhigen Handbewegung zog sie den Schlitten etwas nach hinten, um nachzusehen, ob eine Patrone im Lauf war. Sie sah das Messing, dann löste ihr Daumen die Sicherung, und sie drehte sich um, gerade als Reinhard sich aus dem Fahrersitz erhob und seinen Revolver auf sie richtete. Hannah betätigte den Abzug. Sie erschrak nicht bei dem Knall, der Rückstoß war wie zu erwarten. Sie betätigte ihn wieder und wieder und wieder – bis Reinhards Körper durch die große Windschutzscheibe brach. Er war nicht mehr zu sehen. Janus lag am Boden und röchelte, verlor sehr viel Blut.

Hannah betrachtete ihren Arm. Sie wusste genau, wo die Arterien entlangliefen, die man nicht verletzen durfte, sollte man keine ernsten Selbstmordabsichten hegen. Die hatte Hannah nicht. Nie gehabt.

Sie stieg aus dem Wohnmobil aus. Reinhard hatte irgendwo am Straßenrand angehalten. Sie ging nach vorne, er lag auf dem Asphalt, hatte die Waffe immer noch in der Hand. Aber er rührte sich nicht mehr. Reinhard war tot.

Erst jetzt nahm Hannah die Welt um sich herum wieder wahr. Autos waren stehen geblieben, die Fahrer ausgestiegen. Es kamen Anwohner auf die Straße, vermutlich hatten sie die Schüsse gehört. Hannah sah auf ihren Arm, das Blut begann bereits zu trocknen, und es kam kein neues nach.

Die Luft war klar, und es roch nach brennendem Kaminholz. Langsam ging sie die Straße eines belgischen Dorfes entlang und genoss den Augenblick. Es kam ihr beinahe so vor, als hätte es diesen Albtraum nie gegeben.

ZWEI TAGE VOR WEIHNACHTEN

Kappler machte den Motor aus. Hannah saß neben ihm. Während der Fahrt hatten die beiden kaum miteinander geredet, waren in Gedanken jeder bei sich.

Er brach das Schweigen. »Du musst das nicht machen. Janus stimmt dem Gespräch mit dir nur zu, weil er das möchte.«

Hannah sah ihn scharf an. »Ich will es. Ich habe einen neuen Freund, ein neuer Lebensabschnitt beginnt. Aber das wird nur funktionieren, wenn ich dieses Kapitel ein für alle Mal abschließe. Deshalb bin ich hier. Ich werde das jetzt durchziehen.«

Kappler nickte.

Es war ihr schon lange nicht mehr so gut gegangen wie in den letzten Wochen. Janus hatte sich mehr und mehr aus ihrem Kopf verflüchtigt, sie verschwendete kaum noch einen Gedanken an ihn. Hannah war frisch verliebt. In einen etwas älteren Mann, den sie im Supermarkt an der Kasse kennengelernt hatte. Kappler war im ersten Moment alarmiert gewesen, als er von der zufälligen Begegnung erfuhr. Der Hauptkommissar hatte Florian Tenhaaf, so hieß der Mann, einer Überprüfung auf Herz und Nieren unterzogen. Als Hannah ihrem Freund das Ergebnis präsentierte, war Florian einen Moment irritiert gewesen, aber in Anbetracht dessen, was Hannah alles durchgemacht hatte, zeigte er Verständnis. Noch immer.

Kappler ermahnte sie. »Erzähl Janus nichts aus deinem Privatleben.«

Sie grinste. »Ich habe ›Schweigen der Lämmer‹ auch gesehen.«

Ein bisschen fühlte sie sich an Clarice Starling erinnert, die Hauptfigur aus dem Film, gespielt von Jodie Foster, die den schlimmsten Psychopathen in einer geschlossenen Anstalt besuchte, Hannibal Lecter.

Hannah öffnete die Beifahrertür und wollte aussteigen, da hielt Kappler sie am Arm fest. »Hier in der Nähe ist ein Mexikaner, da bin ich. Wenn was ist, ruf mich an. Ich komme sofort, um dich abzuholen.«

»Aber kein Corona oder Tequila trinken«, ermahnte sie ihn. »Du musst mich noch sicher nach Hause bringen.«

Hannah lächelte und stieg aus. Auf dem Weg zu dem grauen schmucklosen Tor dachte sie über sich und Kappler nach. Nun hatten sie die Chance, richtige Freunde zu werden. Es gab kein Geheimnis mehr, keine Bedrohung, die sie wie eine unsichtbare Leine verband. Jetzt erst konnte eine echte Freundschaft entstehen.

Hannah wurde am Eingang aufs Schärfste kontrolliert. Nicht nur ihre Tasche. Sie musste sich mit einer Beamtin in einen Extraraum begeben, wurde abgetastet, musste ihre Schuhe ausziehen. Eine Leibesvisitation sei immerhin nicht nötig, betonte die Beamtin, weil Janus und sie während des Gespräches von drei Kameras beobachtet werden würden.

Nach Beendigung der Kontrolle folgte Hannah der Beamtin durch einen Korridor, der mehr an ein Krankenhaus als an ein Gefängnis erinnerte. Janus war in einer forensischen Psychiatrie mit dem höchsten Sicherheitsstandard untergebracht. Schließlich erreichten sie die Tür, hinter der Janus alias Aurel Zargert saß.

Hannah atmete tief durch.

»Sind Sie so weit?«, fragte die Beamtin.

Hannah nickte.

Die Beamtin hob den rechten Arm mit ausgestrecktem Zeigefinger, wie in der Schule, wenn man sich meldete. »Wenn Sie den Arm heben, kommen wir sofort rein. Wir sehen Sie, können Sie aber nicht hören.«

Hannah signalisierte ihr, dass sie verstanden hatte. Sie spürte, wie ihr Puls anstieg, als der Schlüssel herumgedreht wurde und die schwere Metalltür mit Glasfenster nahezu geräuschlos aufging.

Hannah betrat den Besprechungsraum, der weiß gestrichen war, was das kalte Licht der Neonröhren noch verstärkte. In der Mitte ein Tisch und zwei Plastikstühle. Janus saß auf einem davon, war mit dem rechten Fuß an einen Haken im Boden gefesselt. Die Hände befanden sich an einem Ledergurt um seine Hüften. Die eine Kette war lang genug, dass er mit der linken Hand bis an den Kehlkopf herankam.

Hannah hatte ihm die Stimme geraubt, nicht aber sein Leben genommen. Der Stich in den Hals hatte den Kehlkopf so schwer verletzt, dass Janus fortan einen Verstärker brauchte, um sich verständlich machen zu können.

Hannah fühlte kein bisschen Mitleid mit ihm. Ohne ein Wort der Begrüßung setzte sie sich auf den freien Stuhl auf der anderen Seite des Tisches. Von Janus ging keine Bedrohung aus. Zumindest spürte Hannah keine. Ihn umgab keine Aura mehr. Der finstere Mythos war zerplatzt wie eine Seifenblase.

Janus nahm das Gerät an den Kehlkopf, und die verzerrte Stimme erfüllte den Raum. »Hallo.«

»Hallo«, erwiderte sie. Auch seine Stimme, die fürchterlich klang, flößte ihr keine Angst ein. »Danke, dass du dich zu dem Gespräch bereit erklärt hast.«

»Gerne«, sagte er und ließ den linken Arm sinken. Janus schien sich zu freuen, dass Hannah gekommen war. Er wusste noch nicht, was sie ihm zu sagen hatte.

Es folgte ein Moment des Schweigens, die beiden sahen sich in die Augen. Dann führte Janus das Gerät wieder zu seinem Hals. »Du hast gewonnen. Nicht nach Punkten, ein technischer K. o.«

»Ist das alles, was du zu den vielen Toten zu sagen hast? Zu all dem Leid, das du und Reinhard hinterlassen habt.«

Er zuckte mit den Schultern, als ginge ihn das nichts an.

»Nico und Chiara geht es gut. Luis hat noch ein wenig Probleme mit seinem Gleichgewichtssinn. Meine Schwester ist wieder wohlauf. Sie braucht noch ein bisschen Zeit, um die Geschehnisse zu verarbeiten. Aber ein positiver Effekt zeichnet sich ab. Sie stand ihrem Mann noch nie so nahe wie heute.«

»Dann hat am Ende die Liebe gesiegt«, krächzte er.

»Gegen den Zorn, ja.«

»Und Kappler?«

»Er geht morgen mit seinem Enkel in den Zoo. Du wirst ihn nicht daran hindern. Diesmal nicht.«

»Das hatte ich auch nicht vor«, drang es verzerrt aus dem Verstärker.

»Ich habe eine Frage und würde mich über eine ehrliche Antwort freuen«, sagte Hannah.

Er nickte und blickte ihr starr in die Augen.

»Hast du ernsthaft, also wirklich allen Ernstes, geglaubt, dass ich mich in dich … verlieben könnte?«

Er drückte den Verstärker fester gegen den Hals, um ein Maximum an Tonqualität herauszuholen. »Es hätte etwas Zeit gebraucht. Aber die Umstände hätten es ermöglicht.«

»Welche Umstände?«

»Reinhards Idee ging weit über eine Gehirnwäsche hinaus. Die Idee ist leider mit ihm gestorben.«

»Wie schade.« Hannah konnte sich einen gewissen Sarkasmus nicht verkneifen.

Janus ging nicht darauf ein. »Es wäre ein Gewinn für die Menschheit gewesen, wenn du dich auf unser Experiment eingelassen hättest. Reinhards Theorie wäre damit bewiesen worden.«

Hannah schüttelte den Kopf. »Er war intelligent, keine Frage. Sein Gehirn funktionierte mehr wie ein Rechner. Wie will jemand, der keine Gefühle entwickelt, andere Menschen emotional manipulieren?«

Janus nahm wieder den Verstärker an den Hals. »Ganz einfach. Indem wir dich an deinen Schuldgefühlen gepackt hätten.«

»Ich empfinde keine Schuldgefühle.«

»So?«, erwiderte er. »Deinetwegen sind Menschen gestorben.«

»Das warst du«, schrie sie ihn an. Hannah spürte eine unglaubliche Wut in sich aufsteigen. Ihr kam Kapplers Mahnung in den Sinn. Sie konnte das Gespräch jederzeit beenden. Aber das wollte sie nicht, noch nicht. Sie musste als Siegerin vom Platz gehen, sonst würde sie ihn niemals ganz aus dem Kopf kriegen.

Janus blieb die Ruhe selbst. »Wir hätten es geschafft, deine Gefühle umzuleiten, sodass du anders empfindest. Etwas für mich empfindest. Irgendwann.«

»Weißt du, warum es nicht so weit gekommen ist?« Hannah kostete ihren Triumph aus. »Reinhard wäre nicht auf den Trick reingefallen. Er hatte die ausreichende Erkenntnis, du nicht. Ihm fehlte jede Form von Empathie. Das ist mir bewusst geworden, als du die Hunde getötet hast und er zu erkennen gegeben hat, dass er nichts von diesem Plan wusste.«

Hannah bemerkte, wie Janus' Halsschlagader anschwoll. Janus wusste, welchen Fehler er gemacht hatte, weshalb das Spiel verloren gegangen und er jetzt hier war. Janus ließ den Arm sinken, schien nicht mehr zu wissen, was er sagen sollte.

Doch Hannah war noch nicht fertig mit ihm. »Du hast geglaubt, ich wollte mich umbringen. Du hattest wirklich Angst um mich. Angst, mich zu verlieren. Das hat den Gott Janus zum Menschen werden lassen, für einen kurzen Moment. Und zum Verlierer.«

Hannah erhob sich von ihrem Stuhl. »Jetzt folgt meine Rache. Du wirst mich nie wiedersehen. Höchstens in deinen Träumen. Frohe Weihnachten.«

Sie hob ihren Arm und streckte den rechten Zeigefinger in die Höhe.

DANKSAGUNG

Nach einem schönen Sommer kam der Herbst und mit ihm die Ankündigung, dass wir alle, so gut es geht, zu Hause bleiben sollten. Ich war nie eingesperrt, fühlte mich aber manchmal wie in einem Escape-Room. Und wie in einem Escape-Room war ich nie allein, sondern konnte zum Glück auf tatkräftige Unterstützung hoffen, wenn ich mal nicht weiterkam.

Ein Buch schreibt sich weder von allein – noch allein. Keiner der (faktischen) Fehler in diesem Buch ist der Qualität meiner Berater geschuldet, sondern ich nehme mir die künstlerische Freiheit, die Realität zu verbiegen, wenn es der Geschichte dient.

Bedanken möchte ich mich bei Stefan Schmitz von den Kölner Stadtentwässerungsbetrieben, der mir einen Einblick in die Unterwelt gegeben hat. Es sieht dort nicht genauso aus wie beschrieben, aber den Kronleuchtersaal gibt es wirklich, und man kann diesen sogar besichtigen.

Über der Erde traf ich auf Daniel Röhrig. Im Schatten der Severinsbrücke am Rheinauhafen in Köln hat er mich in die Welt der Escape-Rooms entführt. Es ist mir ein dringendes Bedürfnis, darauf hinzuweisen, dass die Räume dort wirklich nur der Unterhaltung dienen, familientauglich sind und dort kein »Raum der Angst« existiert. Obwohl:

Die »Stunde des Grauens« kommt schon sehr nahe an einen Thriller heran, ich kann den Escape-Room nur empfehlen.

Da ich selbst kein Genie bin, habe ich mich in Sachen künstliche Intelligenz beraten lassen von Klaas Bollhöfer aus Berlin, der mit seinem Team eine Spezialagentur für künstliche Intelligenz namens »Birds on Mars« betreibt. Durch die Gespräche mit ihm hat Janus' Komplize in meinem Kopf Gestalt angenommen. Rein kognitiv zum Glück nur, künstlich eben.

Wer weiß schon, was IMSI-Catchen ist? Ich wusste es nicht. Dass ich mit der Nase darauf gestoßen wurde, dafür danke ich »J. R.« – (Liebe Handynutzer, ihr glaubt nicht, was man mit diesen Telefonen alles machen kann.) Ebenso kenne ich mich nicht so gut in der Luftfahrt aus und danke dem Fluglotsen im Ruhestand Ralf Michael Lundelius. Für das »Digitalisglykosid« danke ich dem Pharmazeuten Ernst Baltruschat.

Mein Freund Hubertus Erfurt war ebenfalls wieder mit von der Partie. Er und seine Hunde (Bosco & Dux) haben mir klargemacht, was Orientierung und Reiz bedeuten und warum eine variable Hundeleine wenig sinnvoll ist.

Ich danke auch all denen, die mich in dieser Zeit fachlich und mental unterstützt haben, während ich mit meinem Kopf in dunklen, kalten, feuchten Räumen eingesperrt war. Allen voran meiner Lektorin Nina Wegscheider, meinem Agenten Lars Schultze-Kossack, Lothar Strüh sowie Antje, Malin, Steffen (»Lauf, Forrest, lauf«) und … sollte ich jemanden vergessen haben?

Dann danke ich denen auch.

Köln, 7. Juli 2021